魅丽文化
花火工作室

指尖竞速

Fingertip racing

全2册 

咕叽小五 著

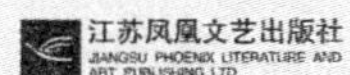
江苏凤凰文艺出版社
JIANGSU PHOENIX LITERATURE AND ART PUBLISHING, LTD

图书在版编目（CIP）数据

指尖竞速：全2册 / 咕叽小五著. -- 南京：江苏凤凰文艺出版社，2019.10
ISBN 978-7-5594-0305-6

Ⅰ. ①指… Ⅱ. ①咕… Ⅲ. ①长篇小说－中国－当代
Ⅳ. ① I247.5

中国版本图书馆 CIP 数据核字 (2019) 第 178567 号

指尖竞速：全2册

咕叽小五 著

出 版 人 张在健
责任编辑 张 倩 王 青
文字编辑 艾 晨 唐 慧
装帧设计 李 娟
出版发行 江苏凤凰文艺出版社
南京市中央路 165 号，邮编：210009
网 址 http://www.jswenyi.com
印 刷 湖南凌宇纸品有限公司
开 本 880mm × 1230mm 1/32
印 张 21
字 数 615 千字
版 次 2019 年 10 月第 1 版，2019 年 10 月第 1 次印刷
书 号 ISBN 978-7-5594-0305-6
定 价 69.80 元（全 2 册）

目　录

CONTENTS

C O N T E N T S

目 录

CONTENTS

C O N T E N T S

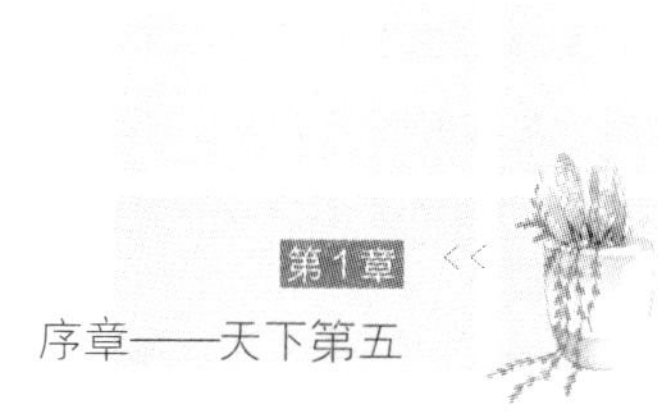

第1章 序章——天下第五

感谢你给我的光荣，这少年曾经多普通，是你让我把梦做到最巅峰。

——BOBO《光荣》

“请问，您需要些什么？”

一道清朗的男声在耳边响起。

她微微转过身，看见一个胸前挂着工作牌的男孩儿，一脸灿笑着跟自己打着招呼。

这家店是书吧与网吧集一体的综合性网咖，二楼网吧，一楼的书吧有《电子竞技》专业类的书籍区，除了可以购书之外，也提供租借服务。

正值工作日，图书区没什么人，悦耳的音乐声在网咖里久久回荡。男孩儿热情地说道：“我看您在电竞书籍这边站了有一阵子了，是要找这方面的书？或者，是找哪个游戏？那边的电脑上有检索系统……”

“哦，我没检索到。”她笑了笑说道，“不过我仔细看过了，第五排有十三本书都不在检索系统里，可能是因为这款游戏本身已经没什么人玩了，所以没有录入。我想找介绍《荣光2》玩家的书。”

男孩儿先是一愣：“《荣光2》？您玩过这款游戏吗？我看我哥玩过！”他一拍脑袋，“您等一下，这儿还真有！因为我哥个人爱好，他还跟我说过好多这款游戏的辉煌历史呢！说‘F神’啊什么的，不过因为现在看的人不多，所以书都保存在仓库里。您稍等，我去给您找找。Waiting for a moment！”

眼前的这个男孩儿，身上带着些许“热情小话痨”的气质。

不过她也有些惊讶：“这里竟然真的还有这些书？”

等待的时间是六分三十二秒。

男孩儿抱着一摞书出来，擦了擦额头上细密的汗，小心翼翼地把书放在了她面前的桌子上。

她细长的手指在这些书上轻轻划过，大概是想起了什么往事，微微有些出神。

男孩儿在一旁耐心地等待着，打量了她一下，这才注意到她手腕上的手表，他“咦”了一声，说道：“您手表上的字母写的是‘Future’？我有个非常喜欢的游戏战队也叫这个名字！”

然后，他像是突然想起什么似的，抬起头说道：“欸？您看起来好像有些眼熟……”

“我可以买这本书吗？”她不动声色地打断他，扬了扬拿在手中的书。

男孩儿定睛看了看她手中的书，《荣光 2——天下第五》，他先是一愣：“为什么是第五，而不是其他的哪一本？哦，不过这不是重点。”他挠挠头，有些难为情地说道，“那个，不好意思啊……我哥说了，《荣光 2》这套书现在都买不到了，我们不卖，但是我们可以借给您，唔，您能接受吗？”

“能借给我也很好了，”她扬起嘴角，笑了笑说道，“我借一周吧。”

男孩儿帮她办理借书手续的时候忍不住问道：“那个，我能问一下吗？现在这款游戏好像没什么人玩了，这些选手应该早就退役了，您借这本书是为了……”

他下意识地想说“缅怀青春”，但眼前的女性分明还很年轻，而且非常漂亮。

“我啊？”她看着手中的书，却没有正面回答男孩儿的这个问题，而是微微侧过头，凝神听了一会儿店里正在播放的歌曲，“这首歌，是 BoBo 的《光荣》吗？”

男孩儿仔细听了一会儿这熟悉的旋律，点点头说道：“对，播放列表里的歌都是我哥特别爱听的，这首歌和《荣光 2》，他都很喜欢。”

“感谢你给我的光荣，这少年曾经多普通，是你让我把梦做到最巅峰。”她轻声低喃了几句歌词，然后说道，“唔，我借这本书，是要去感谢一个人，嗯……一个让我把梦做到最巅峰的人。”

“啊？”

大概是话题转换得太快，男孩儿一时没反应过来，只是呆呆地看着她。

她的笑容格外灿烂：“谢谢你啦，我以为这些书都找不到了呢。”

说着，便转身离开了。

在她走出网咖的那一刻，门上挂着的风铃摇曳，响起了悦耳动听的声音。

五分钟后。

发呆的男孩儿猛地一拍脑袋，“我想起来她是谁了！”

“所以要感谢的那个人就是那个人！哇，真是令人羡慕！啊啊啊，我要跟他们炫耀一番！”原本兴奋地自言自语的男孩儿，又突然沮丧起来，他垂下头，叹了一口气：“刚刚居然没认出来，忘记问她要签名了，呜……哪怕握个手也好啊！”

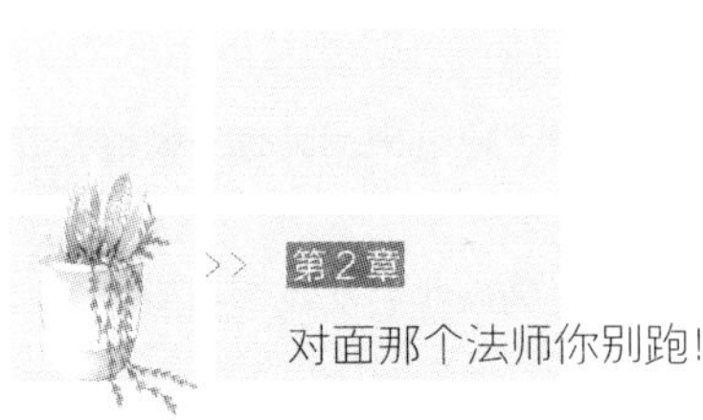

第2章 对面那个法师你别跑!

“撤退！撤退你听不见吗？”

“说你呢，那个法师，送了十个人头了，你是人形ATM机吗？”

“求你了，你在水晶挂机行吗？别出门了！”

第十次死亡，数据显示0-10-7，零杀十死，七个助攻。开局时间十一分三十二秒，等级为十二级，此次复活时间已经长达四十秒。

初七推了一下眼镜，打开操作页面，扫了一眼目前的情况。

这款游戏叫《全民斗魂》，是现在最火的5VS5 MOBA GAMES（多人联机在线竞技游戏），可以算是名副其实的“全民”，玩家从小孩儿到中老年人无所不容，几乎走到任何角落都能听到这款游戏的背景音。

5VS5的模式，地图不大，分上中下三路，每条路上都有三座防御塔，水晶就是自己的“家”，谁能推倒对方的水晶，谁就能取得胜利。

“赶紧同意！”

屏幕右上角弹出提示：队友发起投降，是否同意？

他们的三座塔都已经被推完了，只剩下一个孤零零的水晶，人头对比数是13:37，对面上下路的三座塔都还在，只是中路的被推掉了一座。

差距的确很大。

转眼间，三个人都点了同意，但还是有个人选择了拒绝。初七看了一眼ID，拒绝投降的那个人叫“心态良好才会赢”，他也是这五个人中数据最好的一个，看起来是个肉盾坦克。

初七弯了弯嘴角，复活倒计时还有五秒，她看着目前装备和经济的差距，偏过头，略一思索，也点了拒绝。

游戏规则是只要有两个人选择拒绝投降，投降就失败了。

“这还打什么？浪费时间！”

“对面肯定在打龙，我们又抢不到，赶紧投降，不然挂机了！”

耳机里传来了骂声，初七微微皱了皱眉，说道：“真吵。”

她轻轻活动了一下手腕，索性关了语音，把那两个喋喋不休的队友点了屏蔽。

顿时，世界安静了。

角色在水晶处复活。

伊迪丝，伤害爆表的脆皮法师，一技能是丢出一把飞行的回旋扇；二技能是将对方向上吹的旋风，所造成的伤害不大，但是个控制技能；三技能是个群攻的大招，范围内的敌方都会被攻击到，持续时间是五秒。

被动技能是如果这三个技能都击中了对方，伊迪丝移速会变高，就能跑得更快。

初七一路移动到了地图上那条“大龙”的附近，悄悄躲在了草丛中。

《全民斗魂》这款游戏的地图，除了小兵、野怪和红蓝 Buff 之外，还有两条龙。杀龙的队伍，全队都能拿到很高的经验和金币，杀小龙能在一定时间里增加伤害，而杀了大龙，会为你增加一条龙作为队友，因为龙高伤又能抗，一条龙至少能抵十个小兵，无论是推塔、清理兵线还是直接攻击对方的水晶，都非常强力。

躲在草丛中，因为视野的缘故，对方是看不到她的，初七等了两秒钟，走出草丛，对着大龙丢了个一技能。

只看到屏幕上出现提示：大龙已被“言司司司”击败。

“哈？！”

拿着平板电脑的男孩儿叫袁璜，他皱紧眉头：“这什么情况？”

转过身，朝着隔壁桌的同事喊道：“邱易，你指挥的？那个法师分明是个智障，怎么可能抢了大龙？”

被叫到名字的男孩儿抬起头，手下的“心态良好才会赢”继续清理着兵线上的小兵，然后慢吞吞地回答道：“啊……我都没开麦。”

看邱易的样子也不像。

“巧合吗？”袁璜这样想着，直接在全部频道上打出一行字：对面那个法师，有种你别跑！

初七看到对面有人发送了这句话，偏着脑袋，笑了笑，站在原地敲了两个字：好的。

然后一个“闪现”，跑路了。

经济差距 4128，不跑等死？

更何况……初七默默想着：我本来就没种。

袁璜眼睁睁地看着自己被摆了一道，气得想掀桌子，他气呼呼地宣布：“玩我？不再杀你五次我就不姓袁！”

五分钟后。

袁璜拿着手中的平板电脑冲到了邱易面前：“这怎么回事？！你给我解释一下！”

邱易一脸迷茫：“啊……”

“你们这个法师前面 0-10-7 的数据，她队友都在全部频道里骂她傻帽儿了，结果现在八个人头了？还拿了三杀？”袁璜皱紧了眉，“我们经济差距本来就很大，这怎么可能！哇，她好奸诈，居然出了个控制法杖，只要被她打到我就没办法回血，好烦啊！不行，我要把装备换成全法防了！”

邱易没有回话，他一边前进一边调出英雄页面，发现那个法师已经把前面出的武器换了一轮。他“咦”了一声，说道：“她出了一件定身？”

“杀啊——”

又是一次中路 5 VS 5 的群殴，袁璜大声叫起来，大有大杀四方的气势。

邱易微微皱了皱眉，身为坦克，他自然要冲到前面吃伤害，却发现那个法师比自己跑得还快，只能眼睁睁地看着脆皮法师冲进了人群中。

“哈哈哈！找死！”袁璜得意地笑了起来。

伊迪丝开了大招，然后用了那件定身装备。原地定身 1.5 秒，其间免除任何伤害。

这时候邱易的队伍频道里弹出伊迪丝打的一行字：一波，直接推水晶。

1.5 秒后。

袁璜他们五个人的大招全部放完，但伊迪丝用了定身，并没有死，反而大招伤害秒杀了袁璜他们的射手。哪怕是血最多的袁璜，此时血条也只剩下一半。

“撤退！”

见局势不妙，他们准备撤退。

顿时旋风起。

伊迪丝的二技能和一技能连续丢出，袁璜眼睁睁地看着自己和队里其他的两个英雄一起上了天，在空中还被回旋扇来回击中。

伊迪丝两个走位，飞回来的扇子完美地把地上那个没吹起来的法师给了结了。

“双杀！”

“三杀！”

“四杀！”

一眨眼的工夫，只剩下袁璜一个人，他落地的时候，也只剩不到一格的血。他忙不迭地往回跑，却看到对面的法师又丢了个“闪现”，闪到自己面前。

一个普攻，加一个冷却时间最短的一技能。

袁璜，卒。

“五杀！”

饶是袁璜他们这边的队友，都忍不住在全部频道里打出：666。

“天啊！初七！你怎么这么厉害！”

去完洗手间回来的宋词一脸崇拜地看着初七：“五杀？！这个成就我从来都没有过！啊啊啊，居然反败为胜了！”

游戏时间越长，等级越高，死亡之后的复活时间也就越长。

这一次五杀之后，对方没有了还手之力，屏幕上出现了“敌方投降”的字眼。

“还给你。”初七将手机还给宋词，脸上看不出什么表情。

宋词兴奋不已：“我还拿到了落后二十个人头反败为胜的成就！初七我太崇拜你了！唉，刚才一起玩的那些人都来加我好友！要加吗？”

“哦？”初七无所谓地耸耸肩，“你的号，随你。刚才那个坦克还可以。”

宋词挠挠头，想了好一会儿才知道初七说的是谁，她一边美滋滋地领取各种突破成就奖励，一边头也不抬地说道：“初七你是大神啊，求带飞！你玩这款游戏多久了，段位肯定很高！快快快！我要加你为好友！”

“哦……”初七顿了顿，“我没玩过这款游戏，不过好像微信就能登录，我去申请一个号。”

宋词：“什么？！这是你第一次玩？！”

袁璜看着平板电脑上弹出的拒绝，简直气就不打一处来：“哇！这个法师怎么回事啊，也太傲慢了吧！”他转向旁边吃着外卖的邱易，“她加你了吗？”

邱易吃了一口饭，认真地在嘴巴里嚼了二十下，然后咽下去说道：“啊，谁？”

“……”

袁璜对邱易这个呆子真是没办法，耐着性子解释道：“刚才那个法师啊！”

邱易点点头：“加了。”

居然加了！凭什么加他不加我！袁璜在内心咆哮：我可是发了五次好友申请的！

“那你们有说什么吗？”袁璜摇晃着邱易的肩膀，“让她来跟我单挑啊！来啊，来啊！有种别跑啊！”

邱易挠挠头：“啊……加完就下线了啊。”他想了想，又继续说道，“而且，后来应该是换了人在玩吧。”

“对哦！”袁璜一拍脑袋，“这么说就解释得通了！后面那个人还不错啊！我还是要和那个人单挑！”

邱易：“……”

初七从包里拿出手机，按下开机键，对宋词说道：“稍等，之前一直没开机。”

“啊？”宋词瞪大了眼睛，“公司这几个月培训，你都没开机吗？”

初七点点头：“跟家里说过了，三个月的封闭式培训不允许开机，我每三天都用公司电话给我父亲报一次平安。”

“你也太老实了吧……”宋词觉得有些不可思议，“虽然我知道公司的准精算师培训很严格，但偷偷用手机肯定是常事啊，没必要……”

三个月不开手机，根本无法想象，好吗！

不过宋词听说过，眼前的这个女孩儿是这批新入职的职员里最优秀的一个。公司本来是不要应届毕业生的，可是初七的简历实在太优秀，所以被破格录取。如果不是因为公司对初七非常重视，宋词也不会被人事主管命令，在开了总结会之后，约初七一起去吃饭。

主管的原话是：你们年龄相仿，爱好也类似，初七的个人简历上写着业余时间喜欢打游戏，你多跟她亲近一下，没坏处。这是我们公司今年重点培养的员工。

宋词本来还担心初七不好相处，但现在看来还不赖。

开机用了三十二秒。

初七一打开手机，就看到了无数条弹出来的信息，她微微一皱眉："边牧？"

"啊？在哪儿？"宋词很喜欢狗，听到初七说"边牧"就东张西望起来，却只看见初七对自己摆了摆手。

初七说道："不好意思，我去打个电话。"

她拿着手机走出去，拨通电话："喂……"

"小七啊，你总算活过来了，你还好吗，你没事吧？我给你发的短信，微信和QQ消息你都收到了吗？哇，事情怎么会这样啊，我根本没办法接受！"

手机那边的人喋喋不休，完全没有给初七说话的机会。

"喂！小七！小七你在听吗？"

"你是不是在哭啊，你不要难过，反正被泼脏水的是我啦！"

"这次的事情谁也不想的，只要解释清楚就好了，对不对？"

初七深吸了一口气："你没给我说话的机会，表哥。"

边牧，姓边，单名一个牧字。初七的表哥，同时也是"边境牧羊犬"的简称。

"等会儿，你该不会还不知道发生了什么事吧？"边牧的声音变了变，"你真的三个月没开手机？！"

初七缓缓地说道："严格来说，是八十七天四小时三十五分钟。"她叹了一口气，"本来想八十八天整再开机的。"

边牧对这个表妹十分无语，连忙说道："那你赶紧去看看！啊，不！"他话锋一转，"我觉得你还是不要知道的比较好。"

"哦。"初七毫无好奇心地应道，"那还有其他事吗，没有的话我挂电话了。”

边牧：“……”

哇！我真不想有这样一个冷酷无情的表妹啊。

“就……”边牧犹豫着说道，“《荣光 2》那边，出了一点儿事。和你……有关。”

初七等了一会儿，没等到下文：“就这样？”

边牧把心一横：“反正你自己去看看就知道了。”

“如果你在三十七秒之前说这句话，我现在已经回到座位上吃饭了。”初七的声音没有丝毫波澜，“我会在晚上七点三十七分左右到家，加上收拾行李和打开电脑，点开论坛的时间，大概会在八点三分至八分的时候看到。就这样，表哥再见。”

“你做好心理……嗯？”

边牧看着已经挂断的电话，耷拉着脑袋：“哎，每次都这么快就挂电话，一点儿兄妹情都没有！”想起往事他一把辛酸泪，“你知道我帮你挡了多少伤害吗，小七！”

回到座位上的初七还没来得及安心吃饭，就听到宋词说：“初七，刚才那个坦克找你。”

“找我？”初七有些疑惑地挑挑眉，看向宋词的手机。

游戏好友的消息提示里，“心态良好才会赢”发来消息：刚才帮你代打的那个人游戏 ID 叫什么？能给我吗？我没别的意思，就是我有个朋友觉得他很厉害，想一起打两局。

“啊，好沮丧……”宋词没精打采地说道，“以前我和路人一起打游戏，好友申请都是专门来骂我的。好不容易有一次不是，结果还一眼就看出来刚才打游戏的人不是我。”

“因为我出的装备和操作都不符合你以前的习惯，”初七淡淡地说道，“再加上我过程中有稍微带一下节奏，前后差异比较大，的确容易看出来。”

“那怎么回他啊？”宋词眨巴眨巴着眼睛，看着初七。

初七像是突然想起了什么似的说道：“唔，你就告诉他，让他转告他朋友，我没种。”

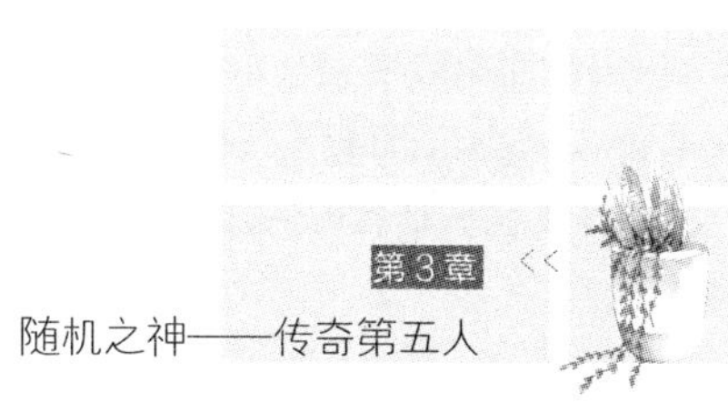

第3章 随机之神——传奇第五人

“震惊！一代影刃竟然假装跟粉丝谈恋爱，就是为了跟粉丝睡觉！”

“跪求 T 哥教我如何打假赛，如何收买裁判。”

“人肉出来了，那个人叫边牧！人如其名啊。”

……

鼠标中间的滚轮不断地滑动着。

握着鼠标的手一点点用力，细瘦的手隐约可见青筋。

啪——

初七猛地合上笔记本电脑。

她伸出左手，揉了揉皱起的眉心，然后拨通了边牧的电话。

“啊，初七，我就知道你会在这时候打电话给我，你……看到那些言论了，是吗？”边牧的声音里带着些小心翼翼。

初七点了点头，应声问道：“这些天你怎么过的？”

“啊？”

初七继续说道：“一个月前，《荣光 2》的游戏论坛上，爆出 Ture 的各种黑料，五天前他们通过各种手段查出了 Ture 本尊名叫边牧，并且搜索到了你的微博、论坛 ID 等各种网络资料，我根本不用去看，就知道你肯定被骂得很惨，你又联系不上我，所以你这些天是怎么过的？”

承受铺天盖地的漫骂和各种形式的人身攻击。

“其实也没什么，我在国外呢，虽然被骂得很惨，但没受到什么实质性的伤害，而且我还有小号呀，嘻嘻嘻。”边牧说着笑了起来，“我围观了全程，有不少人帮你说话，说你绝对不会做这些事。但我也不敢用你的名义站出来说什么，所以只好等你培训回来……”

边牧也正在用自己的小号浏览那些帖子，他叹了一口气，说道：“哎，我不知道你是怎么打算的，但这种事情，没有第一时间站出来拿证据反驳，会被人认为是心虚，时间拖得太久，就会很被动。Ture 现在已经被禁赛了。”

“表哥，”初七的声音里带着些许歉意，“给你添麻烦了。”

“别别别，”边牧连忙说道，“哎呀，我知道我表妹肯定不会打假赛或者去收买裁判的，至于睡粉丝这种事……你也没这本事，对吧？”

初七本来一直皱着眉，听到边牧这话忍不住笑了笑，她轻声说道：“表哥，我会处理的，你放心吧。”

“我当然放心啦！”边牧笑得很爽朗，“从小到大，谁能让你吃亏啊？”

说着他忍不住心疼自己：好像都是我吃亏。

挂了电话，初七走到窗前，向外望去。

这座城市天黑得早，华灯初上的街道，车辆来往不息，抬头可见朦胧的星光，却不消一会儿就被云层遮挡。

天气预报说夜晚会有阵雨，初七伸出手，感受了一下雨前湿润的空气。习习凉风吹过，初七却在这时候后知后觉地感受到，自己心里那股燃烧的怒火。

她不动声色地攥紧拳头，在心里计算起了时间线。

《荣光 2》是一款 RTS（即时战略）游戏。开始时拥有几个农民和一座金矿，附近还有森林可供伐木。派农民去采矿和伐木，然后建造各种主基地、兵营等建筑，就可以生产英雄和各类兵种，形成军队，用军队摧毁对方的主基地，就能获得胜利。

RTS 游戏最辉煌的时候是在六至九年前，那时候《荣光 2》的热度等同于现在的《全民斗魂》，初七最早接触这款游戏，是因为看到了一个人的比赛。

岳子陵。

他是这款游戏的传说之一，《荣光 2》有七种职业，分别是：日、月、星、辰、影、玄、武。岳子陵玩的是“月”这个职业，凭借非常好的意识和超快的手速，曾经三次拿下《荣光 2》的世界冠军。即使现在已经退役，但他仍然经常作为嘉宾解说《荣光 2》的比赛，至今粉丝众多，被人们称之为“月皇”。

初七崇拜岳子陵，因为在《荣光 2》的职业圈里，没有人比岳子陵的手速更快。他的单局平均 APM（即每分钟操作的次数）曾经高达三百七十六次，在整个《荣光 2》的纪录中，无人能及。

看过岳子陵的比赛之后，初七对这款游戏产生了浓厚的兴趣，她开始玩“影”这个职业，还出于好奇，她参加了《荣光 2》的线上比赛。

那年她只有十六岁，考虑到年龄问题，参赛时就用了表哥的 ID：Ture，那次比赛她进入了国内三十二强。

而如今，Ture 这个选手在《荣光 2》论坛上已经无人不晓，虽然 Ture 从来不打线下赛，从来不参加游戏官方的见面活动，但这个人无疑是如今《荣光 2》的选手圈里，打“影”这个职业打得最好的一个。

时人称之为——影刃。

初七也和职业圈里的不少选手、解说都成了朋友，严格来说是 Ture 和他们成了朋友，从来没人知道，甚至没人想过，这个选手会是一个女孩儿。

所以……初七的目光如刀，扫过屏幕上的“打假赛、睡粉丝……”之类的字眼，冷冷一笑，说道：“所以才会选择泼这样的脏水，不是吗？”

三个月前，因为要参加封闭式培训，没办法继续打游戏，但是她报

名参加了不久后的 RCG 比赛，这场比赛要求选手在参赛前必须在这款游戏的页面上保持一定的活跃度，在天梯赛上必须要有积分。

得知初七这么长的时间不能上网，有人主动提出，可以帮她上号，没事打打天梯赛赚点儿积分。

喑殷 27。

初七在纸页上写下这个 ID，眼里有寒光闪过。

“策划了整整两个月才搞定那些所谓的黑料，还伪造了一堆聊天记录。”初七喃喃自语道，“我该怎么报答你才好呢，数字帝？”

“数字帝？暗殷 27？”

男声低沉而冷峻，他抬起头，皱眉思索了一会儿，摇摇头，说道：“完全没印象。”

“这两年崛起的幻武，你三年前就退隐了，当然没听过。不过你的那些狂热粉丝们，直到今天还在做你那些比赛的精彩瞬间合集之类的事情，天天向我要视频，一堆人都在问你的近况。”对面的人双手在头后交叉，懒洋洋地靠在椅子上，“要是让她们知道，当年的 F 神竟然当了叛徒，肯定心都要碎了。”

听到这些话，一直低着头的男人抬起头，眉目深邃地说道：“段屿，我本来就没打算隐瞒这事儿，更何况，我这应该叫……曲线救国。”

“真会往自己脸上贴金，”段屿闻言失笑，“不过，三年了，你总算回来了啊，F 神。”

男人没有说话，段屿倒是像突然想起什么似的挑挑眉，说道：“说起来，你一回来就登录了《荣光 2》的游戏论坛，还跟我打听这些八卦消息，怎么，难道准备杀回来大干一场？”

他等了一会儿，没有等到对方的否认，他猛的一下站起来：“斐诰，你是真的还要回来打比赛？！说好了啊！你的第一场比赛，必须由我来做解说！”

斐诰的嘴角扬起一个满意的弧度，白皙修长的手指在键盘上敲击：“好啊，只要传说中的数字帝肯接受我的挑战，你想怎样都行。”

“你……”段屿一愣，更加惊讶，他向前探身，看着斐诰的电脑屏幕，“你真是一回来就要搞个大新闻啊！”

斐诰不置可否地挑挑眉，坐在椅子上转了个方向，看向窗外。

三年，这座城市变了很多，唯独月色，还一如从前。

屏幕上，一个叫“F”的微博账号，发布了三年来的第一条微博。

@F：@我就是暗殷 27，两件事：一、三年前我曾有幸和 Ture 一起打过游戏，相信 Ture 的人品；二、据说你是国内的“第一幻武”，如果我没记错，《荣光 2》的传统是，每个职业的最高称号保持者，要接受所有挑战者的挑战，对吧？——以上，是我的挑战书。初七看着电脑屏幕，有那么一瞬间怀疑自己是不是看错了。

F神？

同样看到这条微博的，是F神的所有粉丝，还有《荣光2》的众多玩家。至此，《荣光2》的论坛和官方微博，终于彻底炸了锅。

@没病走两步：深夜，夜宵时间刷微博，我看到了谁？！F神这是本人吗？

@F神我的嫁：有生之年我竟然还能等到男神发微博！

@楼上都是脑残：F神这是……回归了？一上来就叫板数字帝，咦，有点儿意思。

@天下谁人敌手：T哥面子真大，他们以前好像一起打过游戏啊！现在F神居然为了T哥回归《荣光2》？！

@rejecter：三年没打过比赛了吧，讲真，我也很怀疑，F神还能打过谁？

@F神我的嫁：呵呵楼上，比赛见真章。反正按照规矩，数字帝是要应战的。

电话铃在这时候响起。

“你那里是凌晨三点四十二分，”初七叹了一口气，“表哥，你半夜三更不睡觉是想干吗？”

说这句话时，初七又扫了一眼论坛，看到一个叫“我爱Ture”的人回帖说：嘤嘤嘤莫名感动！F神太帅了！

初七有点儿无奈：“表哥，你能不要起这么脑残的名字吗？”

“哇，你怎么知道那个‘我爱Ture’是我？！”边牧脱口而出之后才察觉到有些不对，“我好像又不小心暴露了，不过讲真心话啊，小七，你不觉得很感动吗？！F神，我可是看着他的比赛视频长大的！”

初七冷冷地回他：“表哥，如果资料没错的话，他比你小十七天。”

“小七你这样我很没面子的……”边牧抹一把辛酸泪，“说起来，我真不知道你和F神关系这么好，你都没跟我提过！你分明知道他是我的偶像！我要他的签名作为我这次蒙受不白之冤的损失，我不管！”

初七沉默了一会儿缓缓说道：“我和他，只能算是点头之交。”

这是真话。

四年前，初七开始在《荣光 2》的职业圈子里崭露头角，那时《荣光 2》已经在走下坡路，RTS 游戏整体衰落，那几年国内电竞环境不好，直播频道也还没发展成型，《荣光 2》的比赛不多，大多数都是诸如每周“龙鹰杯”之类的线上小比赛，周冠军只有几百元的奖金。

除了最顶尖的那几个人，《荣光 2》的很多选手都有自己的工作，毕竟，仅凭着对游戏的一腔热血，并不能换来面包。

平时没有比赛的时候，他们会打打友谊赛和练习赛。初七和 F 神没有在比赛场上遇到过，只是一起打过友谊赛，还有一次 2 VS 10 的经历。

所谓的 2 VS 10，是《荣光 2》最红解说“段公子”组织的粉丝水友赛，统称为“我要打十个”，段公子在 F 神的粉丝中选了十个天梯积分还可以的人，用自制的十二人地图，让他们进行混战。

那天 F 神本来另有搭档，可搭档突然有事，初七才临时顶上去打了这场比赛。

如今想来……初七微微皱了一下眉，那似乎是 F 神退隐前打的最后一场比赛，自这场娱乐赛之后，他就整整三年，杳无音信。

粉丝们也是很久之后才明白，原来那是一场告别。

段公子的直播间。

在线人数一千五百三十七人，距离比赛开始还有十三分九秒，弹幕上全都是 F 神的名字。

初七把直播间窗口化放到一旁，继续编辑自己手头上的文档，文档题目是《关于 Ture 打假赛、睡粉丝等七项指控的说明》，左下角的字数统计显示为两千六百二十七个字。

初七的 QQ 上，一条边境牧羊犬正在疯狂地跳动，自然是表哥边牧。

边牧最可爱：小七我好激动啊！直播就要开始！战火已经燃起！我的男神为我而战！

初七：表哥，你可能误会了什么。

边牧最可爱：好吧，那就我的男神！为我的表妹而战！行了吧？

初七：那还是为你而战吧。

直播间已然沸腾，在线人数直线飙升，已经超过了六千个人。

段公子说道：“哇，今天果然很热闹，我直播间上一次人数这么多，好像已经是一年前了，相信今天比赛的两位大家都很熟悉，一位是三年未见的F神，另一位是最近两年冉冉上升的新星，人称‘数字帝’的暗殷27。征求过双方的意见之后，今天是BO5比赛，屏幕下方仍然可以押输赢，各位直播间的水友们，可以押单局胜负，也可以押最后比赛的胜负。珍爱生命，谨慎下注。”

BO5，就是五局三胜制。

直播间的画面已经是《荣光2》游戏中的界面，左右两侧分别是F神和暗殷27。

耳机里传来敲击键盘的声音，段公子是这次比赛的解说，也是裁判。

《荣光2》真正需要裁判的时候并不多，因为输赢一目了然，很多时候裁判都是由解说来担任，因为能够在游戏里看到双方的视角且不影响比赛，非常方便。

屏幕上可以看到段公子打出的字：两位准备就绪了吗？

F：准备就绪。

暗殷27：准备就绪。

段：BO5，选一下职业和禁用地图吧。

《荣光2》的各个职业之间有压制，也和地形有关系，比赛常用的地图有一百张，所以每次比赛，选择职业之后，每个选手可以选择禁用两张地图。

暗殷27：职业“武”。

F：随机，无禁用地图。

“随机”这两个字，引来了一场弹幕的狂欢。

F神我的嫁：来！跟我一起念！国内第一名的“随机之神”是谁？

下一秒，满屏幕的F神扑面而来。

边牧也兴奋起来，在QQ上一个劲儿地敲初七。

边牧最可爱：啊啊啊我的F神！我的随机之神！

初七：……表哥。你那里现在是凌晨两点四十二分，你不去睡觉？

边牧：我感动到都要哭了！还睡什么觉！三年没看过F神的比赛了，这些年每个职业都有最强者的更迭，可是再也没有第二个随机之神！“影刃”“幻武”甚至“月皇”都有可能有第二人，但是再也没有第二个F神了！

《荣光2》有七种职业，但因为游戏机制不平衡，职业压制非常明显，到最后真正能站在顶峰的，只有四种职业：月、星、影、武。

自五年前，《荣光2》渐渐衰落，游戏公司也不再往这款游戏上耗费太多人力和财力，所以游戏平衡性没有再调整过。经过数年的变迁，《荣光2》的职业比赛，在世界范畴，都默认只有月、星、影、武四种职业。

但有一个人除外。

F神。

他之所以能够在这款游戏中封神，不是因为他拿过两次世界亚军，不是因为他粉丝众多，也不是因为他在巅峰时期突然退隐，留下无数传说。而是因为他在所有的比赛中，都选择随机职业，随机地图。

他被称之为：随机之神——传奇第五人。

《荣光2》的七个职业差异很大，操作习惯都有很大不同，能把一个职业打好已实属不易，更何况还有三个弱势职业。

但F神每个职业都玩得非常好。

四年前的《荣光2》国际大赛，决赛的时候他选择了随机职业，结果随机到了“辰”这个弱势职业，最终惜败。

如果不是随机到这个弱势职业，说不定就赢了啊！——这是粉丝们的心声。

只有这个人，能够打随机职业打到国际大赛的决赛场；也只有这个人，能让那三个弱势职业出现在比赛场上；只有这个人，打任何职业都能发挥出职业所长，让观众看到无限可能。

所以即使他从未拿过世界冠军，即使他已经退隐三年杳无音信，但他仍然是迄今为止《荣光2》的所有选手中，粉丝最多的一个。

哦，当然，还有一个可能是因为……F神本尊，斐诰，长得非常帅。

段公子的声音在直播间响起：“啊，果不其然，F神选择了随机职业，如果是这样的话，就不知道数字帝会如何选择他的禁用地图了。”

暗殷27：禁用地图第十二张和第十九张。

就职业压制来说，对“武”这个职业压制最大的是“影”，而地图第十二张和第十九张就是对“影”这个职业最多优势的两张地图。

数字帝的禁用，是怕 F 神随机到“影”这个职业。

初七看了一眼弹幕，有人开始刷 Ture 的名字了。

村头二狗：社会我 T 哥，睡粉话不多。

大雨哗啦啦啦：讲道理，撇开人品，Ture 游戏打的还行，不然也不会被称为 “影刃”了。

永远支持数字帝：都在这里刷 F 神，三年都没打过了瞎嚷嚷什么？看他怎么输。

滚筒那个洗衣机：我就想知道为什么暗殷后面加 27 就是数字帝了，我还能在我名字后面加 12345 呢！

“好的，我们现在进入测试阶段。”段公子的音量提高了一些，显然也充满了期待。

段公子：二位请测试，没问题请打 1。

F：1。

暗殷 27：1。

段公子提高音量：“比赛，开始！”

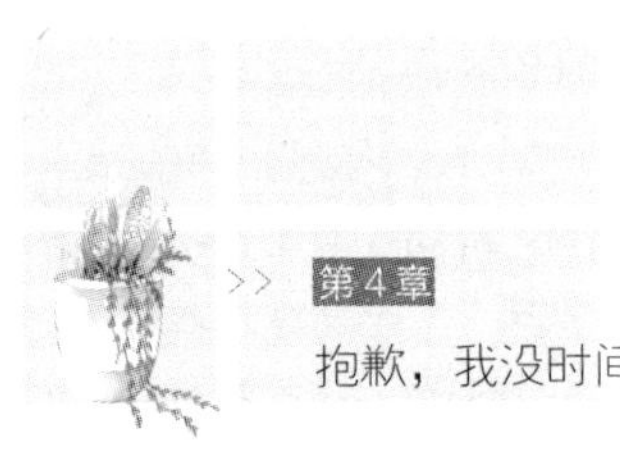

第4章

抱歉，我没时间论持久战

第一局。

看到随机到的职业时，初七不禁皱了一下眉。

旭日。

曾经的七大职业之首，如今真正的职业末流，被玩家戏称为“日暮”。职业赛场上，随着F神的退隐，已经有三年没上过场。

“可以看到F神这边的出生点是在七点钟方向，暗殷27这边的出生点是十点钟方向，这个位置……可以说是非常接近了，也就是说暗殷27这边非常容易对F神进行压制，让我们看看二位选择的第一个英雄。对了，还有三分钟，本局押注就会停止，赔率还在不断变化，大家记得下注。”

段公子的解说继续，初七看着屏幕上的相对位置，犹豫了一瞬间，押出了一千个金币。

赔率1:5。

边牧最可爱：初七！

初七：？

边牧最可爱：怎么办！F神选了露西亚啊！对方可是幻武啊，那个暗殷27肯定会选迭戈的，真正的高杀伤高爆发！

边牧最可爱：完了！智障暗殷27真的选迭戈了！哇，我的心情好差！我真是乌鸦嘴！

初七：为什么是智障？

边牧最可爱：他污蔑你！给你泼脏水！不是智障是什么？

初七的手在键盘上停顿了一会儿，实在不知道该怎么回复。

《荣光 2》的“英雄”系统，使得这款游戏注重团队精神的同时，又彰显了个人魅力，也非常考验操作。在《荣光 2》里，每个职业都有三至四个英雄，最多能选择三个英雄出战，英雄等级越高，技能自然就越强，伤害就越高。到六级的时候，所有英雄都会拥有终极大招。

曾经有一场经典的大赛，岳子陵落后对手三十五个人口，但是他的两个英雄都已经六级，对方的英雄却都只有四级，岳子陵凭借他无比精准的操作，两军对战，生生把落后的人口都弥补了回来，最终取胜。

每个英雄都有不同的能力，而“旭日”这个职业的四个英雄，一言以蔽之就是：无能。

四个英雄的设置极其不合理，每一个都有加血的能力，但是却不能叠加，没有输出只能给自己加血，而前几级的那个加血量，可以说是毫无作用。

露西亚就是其中最逊的一个英雄，前期脆且攻击低，非常容易死。《荣光 2》的英雄满级是十级，曾经有人算过一个数据，说露西亚这个英雄，要在六级之后才会有优势，但是因为前期太弱又太拖节奏，所以基本等不到她升六级，战斗就已经结束了。

而“幻武”这个职业的英雄，就是爆发力强的战斗型英雄，前期最厉害的，莫过于迭戈。

边牧最可爱：不！我相信 F 神！他一定能赢！我要把所有的赌注都押给 F 神！

边牧最可爱：初七，你为什么不说话？

初七：说什么？

边牧最可爱：当然是给 F 神爱的鼓励啊！

初七：这局他的赢面不到 20%。

边牧最可爱：……初七，你变了！你怎么这么冷漠，F 神现在是为你而战哦！

如果让表哥知道，自己押了一千个金币赌数字帝赢的话，他可能会疯掉吧？

初七想了想，索性关了 QQ 的提示音。她这个表哥，什么都好，就是太吵。

“好的，现在经济差距拉开了双方的人口，唔，我看看，”段公子继续解说道，“现在双方人口差距不大，只差三四个人口，F 神暂时落后。不过，我们可以看到，现在喑殷 27 带着自己的英雄和五个步兵，前往他和 F 神中间的那个野怪点！”

《荣光 2》的地图上有不少野怪，打野怪获取经验，还随机掉落装备，装备有属性加成。

“正面！碰上了！”

屏幕上，露西亚和射击小队，对上了迭戈和步兵小队。

“好，迭戈用了一技能，隐身加速，F 神的视角看不到迭戈，他用露西亚起了一个防御盾，给自己和小兵加防。在这儿我就不得不再次吐槽“旭日”这个职业的破烂英雄，露西亚的三技能是给队友加 Buff，只能加给队友，不能加给自己。简直太无语了！”

随着段公子作为解说的这段吐槽，弹幕也开始纷纷附和。

死性不改：十年《荣光》老粉，我当年是为了“旭日”这个职业才入的坑，说多了都是泪。随机到“旭日”，F 神太亏了。

浊世孤独：呵呵，他自己非要玩随机，能怪谁？

潇十二：嗷……露西亚跪了啊，数字帝这是什么人品，杀野怪拿了一个 +6 的攻击剑？

屏幕上的露西亚已经死亡，等待一分钟后的回城复活。

野怪被迭戈击杀，掉落了极品的 +6 攻击剑，对迭戈这种本来就攻击力很强的英雄，简直如虎添翼。

此时比赛才刚进行了四分五十秒。

没病走两步：什么情况，我刚啃了两口鸭脖，露西亚就死了？！

提拉诺：F 神打出 GOOD-GAME，太久没打了，是不是没找到手感？

初七算了一下数据，心知露西亚败局已定。

“好，现在我们看到，尽管勉强抵抗，但是喑殷 27 进攻太猛，已经冲进 F 神的家，水友们很认可数字帝的操作，真是很厉害。他这几年成为国内‘第一幻武’还是有道理的。比赛进行到十二分三十六秒，F 神这边打出了 GOOD-GAME。”

0:1。

《荣光 2》的论坛里，有人专门开了文字直播楼，一局结束之后，底下的评论也是热火朝天。

我就爱吃皮皮虾：所以说游戏这种东西，手不能停，停了就废了，F 神三年没正经打过比赛了，真是不行了。

神经那个病：不过 F 神长得帅，打得再烂，妹子粉也会不离不弃的。

悄悄为 Ture 打个 call：要是 T 哥在就好了，T 哥的“影”可以让这个智障数字帝去喝西北风。

我到底要叫什么：哇，佩服楼上的勇气！这时候还敢提 T 哥，你一定是真爱粉。

看到这几条弹幕的时候，初七忍不住又皱了皱眉，这个“悄悄给 Ture 打个 call”，一定是边牧。

初七：表哥，你去睡觉好吗？

边牧最可爱：这么关键的时候，你让我去睡觉！？F 神没有我加油助威，输了怎么办？！

初七：他上一局有你加油助威，也没有赢。

边牧最可爱：……

我真的很不想要你这个表妹。

第二局，仍然是随机职业，随机地图。

大概是因为太久没回归，游戏也对 F 神有了意见，第二局他随机到的是弱势职业“辰”，这个职业主要的问题倒不是英雄，而是兵种。

《荣光 2》的比赛除去英雄之外，当然也得靠兵力去战斗。每个职业的兵种名字不同，但职能一致，农民负责采矿，伐木来充实金库和资源库，其他的兵种负责战斗。

“武”这个职业除了普通的步兵之外，还有其他兵种，比如骑兵、枪炮手、暴走者……以及空军龙骑士。

《荣光 2》能在数年前风靡全球，有一部分原因是除了在陆地战斗之外，它基本每个职业都有空军，因此吸引了无数玩家。但是“辰”这个职业没有空军。兵种上的先天差距，让这个职业很难在电子竞技的赛场上取得胜利。

段公子在看到这个随机职业的时候也轻声叹了一口气，他和 F 神是好友，心里多少希望F神能赢。但他更是个专业解说，清了清嗓子说道：“F神这次随机到了‘辰’这个职业，弹幕已经爆炸了，大家少安毋躁，运气也是实力的一部分，还是好好看比赛吧。先来看看这张地图，嗯……哇，F神随机到了第五十五张地图？！稍等一下，这个情况是不是应该问一下？”

屏幕上显示裁判要求暂停。

段公子说道：第五十五张地图，对F神这边很不利，但因为是他自己选择的随机地图，所以现在按照规则问暗殷27是否统一换地图？时间为五秒。

五秒过去了，屏幕上没有回应。

段公子：好，比赛继续。

《荣光2》1VS1的比赛偶尔会出现这种情况：虽然已经过了选择禁用地图的时间，但出现的地图若对场上的一方劣势很大。这时候可以询问另一方是否同意换地图，如果另一方在五秒内没有同意，就视为拒绝。

初七熟悉《荣光2》的每一张地图，1VS1的第五十五张地图，只有两个出生点，而这两个出生点中间，有一片海。《荣光2》没有海军，要渡海，只能靠能飞的空军。而“辰”这个职业，没有空军。

如果F神一开始就选择了“辰”这个职业，那么第五十五张和第八十二张地图会自动被屏蔽。但他选择随机，就是职业和地图同时随机，也真是点儿背，偏偏随机到了这张地图。

以前有过类似的情况，一般对方都会同意换地图。

游戏刚开始，暗殷27就在全部频道里打出：啊，我刚电脑卡了一会儿。我要选同意的啊！现在可怎么办？

暗殷27：哎，只有五秒真是太坑了，对不起啊F神。

F：没事。我自己选的随机，继续就好。

直播间的弹幕再次刷的飞起。

一叶之橙：数字帝真是虚伪……

永远支持数字帝：人家都说了，是卡了没来得及回复同意，你们还要怎么样？

F神我的嫁：是呢，需要做选择的时候就突然卡了，如此恰到好处。

让我来教你耍帅：怎么说呢，点儿背不能怪社会，这局基本没戏了。还是希望F神比赛之后能来跟我学习一下耍帅方法，只要九九八，帅帅天天耍。

帅帅：？？？

不出所料，游戏才开始三四分钟，暗殷27就已经大规模生产空军，连最简单的防御哨所都没有建——的确没有必要，因为F神过不去。

边牧最可爱：以前你和暗殷27一起打过很多次双人赛，那时候我对他的印象还挺好的。没想到会出这样的事情。更没想到，我偶像重返赛场，竟然还要被这种人踩在脚下！他粉丝一向捧一踩一，本来我的偶像F神出马，我觉得肯定可以搞定的，结果……啊，气死了！

初七：别气。

边牧最可爱：你能不能有点儿生气的情绪啊，呼应我一下！

初七：可惜，本来还想看看这一局的。

她修长的手指久久停留在键盘上，没有继续打字。估计她是现在国内所有选手中，最了解数字帝的一个，她清楚地知道，暗殷27的空军，是他的弱项。如果不是随机到了这张地图的话……这局比赛是可以期待一下的。

比赛时间比初七想象的要长，比赛中有许多次，暗殷27飞过去的空军都被F神团灭，但即使F神占有了优势，他仍然没办法飞过那片海域，去攻打数字帝的家。

双方都不断积攒实力，一方攻不下来，另一方也攻不过去……弹幕上已经有不少人表示不耐烦：他们该不会准备这样打一天吧？

比赛一直纠缠到了二十七分十六秒，F神终于打出了GOOD GAME。

屏幕上醒目的红字，写着比分：0:2。

边牧最可爱：我不敢看了……早知道这样，我宁可他再也不出来，江湖还能留有他的传说。像“月皇”那样也挺好的，偶尔打打友谊赛或者虐一下菜，粉丝还是乐得高兴。F神该不会0:3输给数字帝吧？

初七：有可能。

边牧最可爱：……初七，这个时候你应该安慰我一下！

初七：胜负乃兵家常事。

边牧最可爱：你这是在安慰我？

初七：那应该怎么说？

边牧最可爱：你应该跟我说“有些人，生来就是剑客，一剑成名，天下皆知。他们最好的收鞘，就是在成名之后，归隐山林，与美酒佳人做伴，潇洒了此一生，江湖上仍然充满他的传说。但有的人，生来就是斗士，会老去，会衰落，但永远不会退却。他们不怕失败，不怕牺牲，无所畏惧！因为战死沙场，是他们自己选择的宿命！F神，就是这样的人！”

初七：……要复制一遍发送给你吗？

边牧最可爱：哼！不用了！我已经被F神感动到了！

我看你是被自己感动到了吧？

“现在中场休息结束，准备进行第三局，场上的比分是0:2，B05的赛制，这一局已经到了数字帝的赛点。”段公子的声音响起，“不过电竞比赛，没到最后，谁都不知道胜负，希望直播间里的水友们稍微冷静一点儿。老规矩，本局三分钟内还可以猜胜负，同时也会结束整场B05的胜负竞猜，各位继续下注吧。”

屏幕上，F神和暗殷27开始选职业和地图。

暗殷27：和上局一样，“武”，禁用地图第十二张和第十九张。

F：“日”，无禁用地图。

段：？什么职业？

F：“旭日”。

直播间再次炸了锅。

F神我的嫁：我的天，F神你怎么了，你不要放弃治疗！

永远支持数字帝：哟，这是害怕随机到很厉害的职业也会输，所以才选了“旭日”吗？

围观者：呵呵，旭日，还有比这个更逊的职业吗？这局也没必再要看下去了。大家散了吧。

话虽如此，直播间里的人数却只增不减，人数已达到一万三千二百四十五人。

边牧的头像一直在电脑右下角闪烁。

初七没有理会，认真地看着比赛。

她相信F神的职业素养，他对“旭日”的选择绝不可能是自暴自弃。

“比赛开始！地图是第三十一张，这张地图野怪比较多，F 神的出生点在三点钟方向，暗殷 27 的出生点在七点钟方向，双方正在各自建造兵营。”

“我们可以看到，数字帝选择的第一个英雄依然是迭戈，而 F 神这边……露西亚？他选择的第一个英雄是露西亚？！额，我虽然和 F 神是好友，但是我真的不懂他，我们继续往下看吧。”

段公子的视角是裁判的极佳视角，所以对战双方的情况都能看得很清楚。

初七看着屏幕，轻声“咦”了一声：“这是在存钱？”

F 神出了一个英雄和四个小兵之后，金币就没有动用过了。连建筑都没怎么造，初七微微歪了一下脑袋，挑了挑眉，然后在下注的地方，押了一千个金币。

“比赛进行到四分二十三秒，F 神刚才用露西亚和迭戈进行了一场简单的较量，二级的露西亚和三级的迭戈，结果不用多说，露西亚让出了野怪，加了个防御然后跑了，数字帝正在打野怪，F 神来到了商店？说起来，我刚才还没发现，F 神现在手头上竟然有八百多个金币！”

初七微微笑了一下，从刚才 F 神存钱开始，初七就猜到：和露西亚配合，对手又是‘武’这个职业，结合目前的经济，应该是要买八百个金币的中立英雄——青蛙约瑟。

《荣光 2》的七个职业都有自己的英雄，但除此之外，商店里还有强力的中立英雄，只要有足够的金币就能购买。“旭日”这个职业的英雄不好，那就去买个强力的中立英雄来用。

“F 神买了青蛙约瑟！”段公子的音量提高了一些，“已经有三四个月没有在比赛中看到过中立英雄出场了，青蛙约瑟攻击很高，有两个技能都是群体攻击，但是它防御低移动速度慢，价格又很高，所以一直出场不多，但是这局，它拥有一个强力辅助——露西亚，啊，突然开始期待这局比赛的走向了。”

初七全神贯注地看着屏幕，F 神的多线操作一直都很好，他在自己的基地附近建立防御哨所，派小兵去骚扰暗殷 27 的基地，露西亚和青蛙约瑟兵分两路，青蛙约瑟在打小野怪，露西亚去干扰数字帝的英雄打野。

“数字帝也已经出了第二个英雄——绝地领主。这个英雄能抗，而且伤害不错，六级之后还能重生。”段公子继续道，“不过现在双方都不知道对方的第二个英雄是谁，似乎都是有意隐瞒。”

青蛙约瑟打野怪，已经越跑越远，与此同时，F 神还买了很多经验卷轴，给青蛙约瑟升级。

“比赛进行到第十二分钟，青蛙约瑟已经升到五级了，真快！当然了，五级到六级是个大坎，需要的经验很多。但是 F 神让英雄跑这么远，真的没关系吗？”段公子皱了皱眉，突然一拍脑袋，“哎，等等！青蛙约瑟还带了农民？他这是要偷偷开分矿？”

看直播的初七微微点了点头，这张地图她非常清楚，地图上一共有六个矿洞，《荣光 2》这款游戏，只要有金矿和足够的钱，占领金矿之后，就能在金矿旁边建立基地。

只要还有一个基地在，就不能算输。

“左下角那个，”初七自言自语道，“在这里开分矿，短时间内暗殷 27 应该不会知道，只是……又能守多久呢？”

“哇！攻家了，攻家了！”段公子的语气顿时兴奋了起来，“比赛进行到十四分钟，迭戈五级，数字帝这边的优势明显，已经率领军队来到了 F 神的基地附近！”

五十七个人口。

初七深吸了一口气，从地图上看，青蛙约瑟短时间内根本回不来。人口差距十二个，英雄伤害差距大，青蛙约瑟想赶回来，如果不买集体回城卷轴的话，跑回来最少需要二十七秒，以现在数字帝的领先程度，二十七秒足够拆掉 F 神所有的防御哨所和兵营，还能杀掉 F 神一半以上的人口。

连初七自己都没有意识到，自己已经紧张地将手攥成了拳。

“咦？”段公子的声音再次响起，“露西亚没回家？而是把所有的兵和农民都带走了？又往矿洞跑，这是准备再开个分矿？”

暗殷 27 也察觉到了这一点，他留下了几个远程投石车专门拆 F 神这边的基地，迭戈和绝地领主兵分两路，去寻找露西亚开得分矿。

与此同时，在屏幕上打字。暗殷 27 在屏幕上打：无限开分矿流吗？

抱歉，我没时间论持久战。

初七皱了皱眉，看向露西亚奔跑的方向，露西亚率领自己的农民，在距离数字帝的主基地不远的那个矿洞，建了一个分矿！

这时候，屏幕上出现了F神的回答。

F：这么巧，我也是。

虽然看到了露西亚到了自己的主基地附近，但数字帝没有让绝地领主回城，而是继续率领队伍寻找青蛙约瑟。初七露出不易察觉的笑容：他很快就会找到了。

十秒后。

"啊……F神似乎早就预料到了数字帝一定会走这条路，提前埋伏了，绝地领主落入了青蛙约瑟的陷阱！"

蛙之陷阱，青蛙约瑟的技能之一。需要三秒才能完全做好，所以一定要预判敌人的位置，敌人落入陷阱七秒之内无法动弹。

"可怜的绝地领主，七秒不能动弹，本来都快五级了，这回翘辫子了吧。数字帝亏啊，损失了不少人口，还赔进去一个英雄！一分钟的复活时间，"段公子叹了一口气，"现在双方的英雄是2对1，青蛙约瑟快要六级了！F神会怎么做呢？"

屏幕上，F神已经率领自己的两个英雄、步兵和骑兵、远程弓箭手和三只巨大的飞天蝙蝠，一起浩浩荡荡地朝着数字帝的基地而去。

这是他的全部战斗力。

与此同时，数字帝建造了四座防御哨所，也把所有的兵都召唤了回来，此时距离绝地领主复活还有三十七秒。

"数字帝还在建造新的防御哨所，但是F神似乎破釜沉舟了？他的主基地被拆，分矿只有基地和兵营，无法防御，绝地领主还有三十秒才能复活，如果这次F神没能取胜，那就必输无疑！"

青蛙约瑟和露西亚终于会合，露西亚的三个技能一起释放，给青蛙约瑟加满了Buff，青蛙约瑟率领蝙蝠和骑兵冲入数字帝的阵营之中。加满Buff的青蛙约瑟，爆发伤害很高，只用了十秒就杀掉了数字帝的两条飞龙！

"远程弓箭手和蝙蝠现在都在拆数字帝的防御哨所，现在数字帝只剩下最后一座防御哨所了！但是防御哨所的攻击也很高，死了一只蝙蝠，剩下的两只蝙蝠也已经残血，现在双方的兵和英雄都在互相对战，因为数字帝具有主场优势，有防御哨所助攻，所以暂时人口还是领先的！距离绝地领主复活还有十秒！”

最后一座防御哨所和一只蝙蝠一起倒下。

双方都伤亡惨重，即使是青蛙约瑟，也只剩下三分之一的血。

“奇怪，F 神买的血药怎么不给青蛙约瑟喝？露西亚的加血不能让他回满呀，啊！”段公子的音量骤然提高，“绝地领主复活了！”

初七深吸了一口气。

“露西亚给青蛙约瑟一个加速和加攻击的 Buff！ F 神似乎铁了心了！青蛙约瑟直直地朝着刚刚复活的绝地领主冲了过去！”段公子也有些紧张，“青蛙约瑟的神圣一击！打中了！这一招如果能出暴击，绝地领主可能会牺牲！”

神圣一击，青蛙约瑟要牺牲自己剩余血量的 50% 才能发动攻击，攻击后有一秒钟的时间不能移动。

很可惜，没能触发暴击，绝地领主剩下不到一格的血量。

而这一秒钟，青蛙约瑟却不能动。

迭戈已经在刚才的间隙里喝光了所有血药，他当然不会放过这难得的一秒钟，加速朝着青蛙约瑟飞奔过去，给了他致命一击。

F 神在这时候给青蛙约瑟灌了一瓶血药，他的血量现在和对面的绝地领主几乎一样。

露西亚冲了上去！

“现在露西亚应该要给青蛙约瑟加血，然后……等等！我……我看到了什么？”段公子瞪大了眼睛，“F 神……把青蛙约瑟给卖了？！怎么能这样对待一个有功之臣？！”

屏幕上，F 神，卖掉了青蛙约瑟。

段公子的语速极快：“两军对战兵力旗鼓相当，但是数字帝拥有两个英雄！绝地领主残血，迭戈却几乎满血，而且迭戈还有一个技能是分身术，虽然分身伤害低很多，但这相当于是三打一啊，F 神该不会是按错了吧，为什么会突然卖掉青蛙约瑟？”

第5章 就是要用最差劲的英雄，打败你

“咦？这么晚了，总裁办公室怎么还亮着灯？”

游戏测试部刚加完班，到公司楼下的时候，袁璜抬起头，指着七楼总裁办公室问道。

邱易：“啊？我不知道啊。”

“不会也在加班吧？他好像才回国没多久啊。”袁璜叹了一口气，“人长得帅，游戏打得好，还这么努力，我感觉我听说的那些富二代总裁只会花天酒地的故事都是错的。”

有句话是怎么说的来着？最可怕的事情是，比你强大的人比你还努力！

“斐总是很能干，”邱易点了点头，“游戏也打得很好。”

袁璜有些无奈地耸耸肩：“重点不是打游戏好吧？我想说的是能力。听策划部那边的主管说，《全民斗魂》这款游戏的总策划就是斐总，他之前一直在国外，但重大决策都是他做决定，《全民斗魂》在一年多时间就能有今天的成绩，斐总功不可没。所以他直接接管总裁职位都没人有异议。哇，你没看到，公司那些女孩儿迷他迷的都神魂颠倒了！”

邱易打了个哈欠：“嗯，没看到。”

“你这人真是……”袁璜感觉自己要被他气笑了，“哦，对了，前几天让你找的那个人，你问到了吗？不要光顾着泡妞啊，我要和那个人PK的！”

邱易点点头：“我问了，可是那个人说自己没种。”

“什么啊！”袁璜咆哮起来，“为什么跟你说这个？！谁会跟别人说自己没种啊？！”

邱易挠挠头：“应该是看出我们两个人是一起的吧。”

袁璜愣在原地："啊？真的假的？"

暗殷 27 请求暂停。

暗殷 27：额，刚才是 F 神操作失误吗？

初七左手放在唇边，不自觉地咬了咬食指，然后倏地坐直了身体："啊！我知道了……"

她眼睛亮起来，打开了和边牧的对话框。

未读消息三十二条。

边牧最可爱：天啊，我的青蛙约瑟！为什么要卖掉它！

边牧最可爱：本来刚才再给绝地领主补一刀它就死了啊！F 神应该是点错了吧！呜，太可惜了！

边牧最可爱：我记得以前数字帝经常说，露西亚是现在这个版本的《荣光 2》里最差劲的一个英雄。我本来还想着这局如果 F 神赢了，就能啪啪打脸了，怎么会有这样的操作失误啊！

……

边牧最可爱：初七你已经半个世纪没有理我了。

初七：是十六分二十四秒。

边牧最可爱：四舍五入就是一个世纪！

初七：不是操作失误。

边牧最可爱：哈？什么？！

初七：你继续看。

屏幕上，数字帝还在发言。

暗殷 27：如果前辈是操作失误的话，我可以三分钟内不对你的基地发起进攻。

F：不是失误，继续吧，速战速决。

暗殷 27：那么……我不客气了。

初七挑了下眉，将暗殷 27 这句话的截图发给边牧。

初七：好好留着。

边牧最可爱：数字帝这说话的语气，真是让人不舒服！初七，你的意思是以后能拿这个打他的脸？哇！我要好好保存起来！

比赛继续。

“F 神刚才卖掉了青蛙约瑟，不过他既然说不是操作失误，那就继续往下看吧。无论胜负，这局都会在几分钟内结束。两边的兵都牺牲得差不多了，现在双方都被拆的只剩下了一个基地，接下来，就只看英雄的表演了。”

“露西亚向绝地领主发起了进攻，难道要以命换命？！”

屏幕上，绝地领主已经再次倒在了地上。

露西亚刚才进攻绝地领主时，迭戈使用分身术左右夹击露西亚，现在露西亚受了重伤，撤退的时候只剩下一半的血。

“因为刚才杀了绝地领主，吃到了经验，现在露西亚已经升到五级了，弥补了和迭戈的等级差距，但是血量……唉唉唉？”段公子的声音都快因为惊讶而变调了。

屏幕上闪过一阵蓝色的光芒。

段公子：“等会儿，露西亚不是五级吗，怎么就六级了？！”

《荣光 2》的英雄满级是十级，从第一级开始就有三个技能，等级提升技能也会变强，但到第六级时就会脱胎换骨，因为会学第四个技能，就是大招。

只有英雄在五级升六级的时候，才会有这样的光芒闪烁。

FFFFFF 团：发生了什么？露西亚什么时候升到六级的？

围观者：是结算 bug 吗？

向天再借五百块：F 神的钱少了好多，是买了经验卷轴吧。

段公子恍然大悟：“刚才忽略了一个问题，为什么卖掉青蛙约瑟！因为五级的中立英雄卖了能有不少钱！F 神从一开始就只打算让它到五级，然后卖了用金币买经验卷轴！难怪！刚才 F 神连血药都不舍得给青蛙约瑟喝！”

不止。

初七算过，青蛙约瑟发出神圣一击，普攻在两秒内会有 10% 至 15% 的加成，第一秒他虽然不能动，但是吃了血药保命，之后没有继续攻击，而是撤退。是因为 F 神本来就没打算让青蛙约瑟杀掉绝地领主，他要把杀绝地领主的经验，留给露西亚，让露西亚借此升到五级。然后用全部的金币买经验卷轴，硬是把露西亚升到了六级。

露西亚升到六级时有一个绝招：烈火焚烧。这一技能给敌方英雄造成伤害的同时，还能按照 25% 的比例给自己回血。就是说如果对方掉了一百点血，你就能回二十五点血。

“刚才两边买道具和药品花了很多金币，现在双方剩下的金币就只够买一瓶血药。露西亚使出了烈火焚烧！迭戈的血量以肉眼可见的速度直线下降！召唤出来的分身也已经死亡！”

眼看着迭戈一边逃跑一边掉血，露西亚的血却已经快要回满。露西亚到六级之后，前面三个技能可以变成给对方的 Debuff，让对方中毒，减速和减少防御……所以迭戈被减速减防之后，根本跑不出烈火焚烧的攻击圈，数字帝用最后的金币买了血药，但依然无济于事。

迭戈索性回身，去攻击露西亚，然而也没能坚持多久，迭戈还是倒下了。

此时露西亚还有 60% 的血。露西亚上前，将最后几个小兵砍死。

屏幕上。

喑殷 27：GOOD GAME。

“啊……数字帝打出了 GOOD-GAME，那么本局是 F 神获胜，”段公子愣了好一会儿才开口说道，“哎，这就是为什么我一直喜欢《荣光 2》这款游戏，因为它永远充满惊喜。恭喜 F 神获胜，双方战成 1:2。”

与此同时，《荣光 2》论坛的图文直播楼里，边牧用新注册的“问问数字帝的脸疼不疼”这个 ID 发了刚才保存的那张截图。

问问数字帝的脸疼不疼：一定很疼吧？哎呀，乖乖吹吹疼疼飞走啦！

秋葵：哈哈哈楼上我要被你笑死了！不过数字帝之前说没时间论持久战，又说可以三分钟不进攻。啧，人家 F 神根本没空等你三分钟啊。

想蹲个二少：如果没记错的话，以前数字帝说过，“旭日”是目前最差劲的职业，“旭日”这个职业中的露西亚是目前最差劲的英雄，所以一直打随机职业的 F 神这局专门选择“旭日”的露西亚，就是为了打他的脸吧？

F 神我的嫁：F 神的内心活动大概是“嗯，就是要用最差劲的英雄，打败你”。

我是一只小小小小号，嗷嗷：第一次知道露西亚这个英雄还能这么玩，学习了。《荣光》老粉，以前一直玩“旭日”这个职业，后来削的不能玩就放弃了，挺感谢 F 神的，很久没有在比赛场上看到了，虽然不是什么大赛，但竟然有点儿热血沸腾。电子竞技的魅力，大概就是这样吧。

边牧兴奋地简直要跳起来。

边牧最可爱：天啦！天啦！我们赢了，我们是冠军！

初七：……表哥，你能冷静一点儿吗？

边牧最可爱：你难道不觉得我男神非常厉害吗？！这怎么冷静！

初七微微一顿，看得出来，这场比赛对F神来说，前两局的确是热身，但又不止热身那么简单，F神退隐的这几年肯定有和职业圈里厉害的选手打练习，但从来没有和数字帝打过交道。

他那两局，是在习惯和适应数字帝的打法，在了解自己的对手。

F神被称之为《荣光2》的“军事战略家”，他能成为随机之神，正是因为他能用最快的速度适应任何一张地图任何一个职业，能够根据对手的情况来不断调整自己的打法。

经过前两局的试水，F神已经猜到了很多数字帝的套路，所以才会用这样的战术。

初七：嗯，是很厉害。

屏幕那边的边牧揉了揉眼睛。

边牧最可爱：初七，你是要跟我抢男神吗？你不是心里只有月皇吗？啧！太花心了！

初七：第四局要开始了。

边牧最可爱：激动！我的男神要大杀四方了！

边牧最可爱：数字帝好像要休息一会儿？也是，被“旭日”这个职业打败一定很丢脸吧，他应该也很清楚，他这个“第一幻武”的名号其实是捡来的吧？

边牧最可爱：等等，初七，你该不会是在故意岔开话题吧？

第四局。

“休息时间快结束了，我刚去看了论坛的文字直播楼，有几个分析得很有道理，也是我直播时忽略了的，和水友们共同分享一下。”

说着，段公子的直播屏幕上出现了几张截图，是他从《荣光2》论坛上看到的分析评论。

听说名字取得好能上镜：上局青蛙约瑟埋伏绝地领主非常关键，给

F 神赢得了很多时间，为后来的胜利打下了坚实的基础。F 神算好了绝地领主会过来。当时虽然双方还不知道对方的第二个英雄是什么，但数字帝出绝地领主是“幻武”的常规打法，而 F 神会买一个中立英雄这件事肯定出乎数字帝的意料。

但关键是，F 神为什么会选择在那里埋伏？露西亚引开迭戈之后，绝地领主还有四条路可以走。但 F 神的预判为何会如此准确。我相信，是前两局的比赛，让 F 神对数字帝的打法有了一定的了解。

诸位应该还记得，月皇以第一手速著称，星帝以精准的微操独步天下，而 F 神被称之为“战略大师”，因为他最出色的地方是战略预判，甚至懂得利用对方的心理，所以经常逆风翻盘。

慎独宝宝：上一局数字帝说“没空玩持久战，要速战速决”，F 神回复说“我也是”，数字帝是为了卖弄，但 F 神是认真的。因为拖到后期他会输。

七：F 神共买了十三个经验卷轴，五个小经验卷轴加杀野怪和绝地领主的经验，让青蛙约瑟升到了五级。此后青蛙约瑟让出了推防御哨所和民居的经验，F 神的微操非常到位，推防御哨所的最后一下，是露西亚击打的。

《荣光 2》的规则是只要在范围之内，杀死小兵、英雄、摧毁对方的建筑……都有经验加成，但如果击打了最后一下，经验和金币加成是前期的 1.5 倍。

绝地领主被青蛙约瑟打得只剩下一丝残血，是因为这个经验值要让给露西亚。后面 F 神卖掉了自己包裹里的回城卷轴，加上金币加成，买了一个经验卷轴。露西亚靠着这个卷轴升到了六级。

“这个 ID 为七的人，大家应该也有点儿印象？论坛里这个七，被称为数据小王子，因为他每次发言都会有一些数据分析在里面，而且数据非常准确。”段公子笑着说道，“不过我给这个人发过几条私信，没回我。哎，还是很想认识一下这种数据控的。”

“好的，现在数字帝已经休息完毕，双方准备进行第四局的对战。”

屏幕上，再次开始选择职业和地图。

暗殷 27：F 神先选吧。

F：随机职业，无禁用地图。

暗殷27：我和上一局一样。

F神大概开始转运，随机到的职业是“影”，地图是第一百三十二张，起始时间是夜晚。

“暗影”这个职业是夜行者，能够隐身，藏匿于黑暗之中，夜视能力非常强。原本从职业压制来说，这个职业就是压制“幻武”的。

这局，几乎没有悬念。

比赛过程也乏善可陈，F神从第三分钟开始一路骚扰，九分钟的时候就已经把迭戈杀的无力抵抗，十五分钟的时候就打到了数字帝门口。

暗殷27：GOOD-GAME。

边牧最可爱：不愧是我的F神，每个职业都玩得这么溜！

初七歪了歪脑袋：如果是我的话，十三分钟就可以结束。

边牧最可爱：啧啧，初七你膨胀了！

初七：阐述事实。

任何地图随机到起始的夜晚模式，“暗影”都很占优势。

初七的Ture被称为“影刃”，是因为她这几年来潜心研究这个职业，更何况，她了解数字帝的所有弱点，如果是她来打这一局，会赢得更快。

“现在双方战成2:2平，比赛来到了第五局，也就是真正的赛点。”段公子轻声说道，“第五局会是什么样的情形呢？让我们拭目以待吧。”

段：请双方选择职业和地图。

暗殷27：职业“武”。地图我希望能等F神选完再选。

段：额……F神你这边有意见吗？

F：职业“武”，无禁用地图。

段：？

永远支持数字帝：F神选了“幻武”？

鸭霸王：F神是要用本职业来打败数字帝吧，“第一幻武”这个称号对数字帝来说太夸大了，可能F神想让他清醒一下。

滚筒那个洗衣机：完蛋了，数字帝从此以后可能要成为数字先帝了。

段：F神你是要选择“幻武”这个职业？

F：我下过挑战书，不是吗？

暗殷27：好。那我也没有禁用地图。

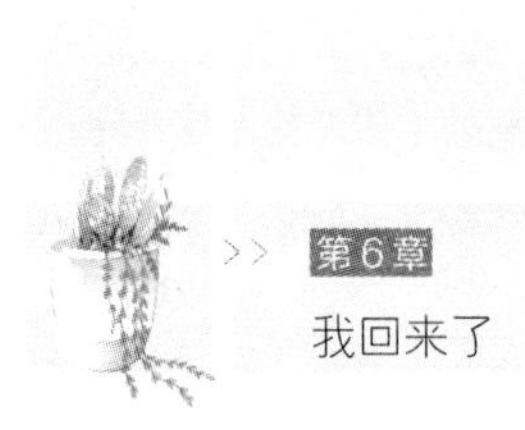

第6章 我回来了

边牧最可爱：内战！看F神把数字帝打得满地找牙。初七，你猜F神多久能拿下战斗？

初七：唔，F神的赢面大概在30%。

边牧最可爱：初七！我要和你绝交了！

初七：哦。

边牧最可爱：……

妈妈我根本不想要这样冷漠的表妹！

边牧最可爱：我姑且给你一次机会，你告诉我你的理由是什么？

初七：F神的手速本来就不算快，而且他到了这个年龄，手速只会下降。

边牧最可爱：什么叫到了这个年龄？F神才多大！？才二十五岁多一点好吗！

初七：数字帝还不到二十岁。

暗殷27，这两年才成为《荣光2》冉冉上升的新星，被称为"第一幻武"，很多人说他错过了《荣光2》最好的年代，有些可惜。

因为自几年前，《荣光2》开始衰落，玩家减少，比赛减少，职业选手圈也缺少新鲜血液。十几岁的游戏玩家接触的是《全民斗魂》之类的游戏，又有几个人会来《荣光2》的职业圈呢？

暗殷27是《荣光2》职业圈里非常年轻的选手之一。初七亲眼见证了他这两年来的进步，这样一个年轻的选手，对《荣光2》职业圈来说非常难得。

电子竞技非常残酷，巅峰之后，状态只能下滑，这是身体机能，是自然规律，非人力所能抗衡。

被称为《荣光2》最快手速的岳子陵，封神之后坚持打了两年，二十四岁那年宣布不再继续打职业比赛，并非不想打，而是他清楚地知道，自己不再是这个赛场上无所不能的王。

凭谁问，廉颇老矣，尚能饭否？

F神虽然只有二十五六岁，但在电子竞技的世界，早已是职业暮年。

初七：最后一局，又是内战，数字帝一定会全力以赴。他被称为国内“第一幻武”也许有水分，但他还是很强。在我的印象中，F神打“幻武”不算很厉害。

边牧最可爱：这款游戏，手速和对职业的熟悉度不代表一切！

初七：所以我说F神还有30%的赢面。

边牧最可爱：哼！

第五局开始。

“这张地图很有意思，一共有四个矿洞，有两个在地图左下角，离得很近，另外两个在地图右上角，离得也很近。但全图只有中间位置上一个商店，是两人的必争之地。值得一提的是，刚开局双方都对附近的矿洞进行了侦查，没有发现对方，所以彼此都知道对方离得很远。F神侦查之后，给主基地搬了家，搬到了离矿洞最近的地方，之后才继续建造防御哨所。”

“好的，在商店附近他们相遇了！”段公子研究着眼前的数据，“数字帝这边的升级要顺利一些，因为出生点附近有三个野怪，F神这边的迭戈还没到三级，唔，开团了，开团了！”

屏幕上，两个长得一样的英雄，和六个长得一样的小兵开始互相攻击。

滚筒那个洗衣机：怎么觉得这个画面有点儿搞笑？

围观者：以前见到的内战好像也不是这样吧，他俩的内战怎么这么耿直？

初七皱着眉，从开始到现在，F神都是和数字帝正面交锋，一命换一命的方式。杀掉一个小兵，自己也损失一个小兵，杀掉一个骑兵，自己也失去一个骑兵。

但两个人的英雄一开始就有差距，如今比赛已进行到十分二十七秒，双方都出了第二个英雄，而且都选择了绝地领主，数字帝那边迭戈经验领先，所以率先升到了第五级。如果一直维持这种硬碰硬的局面，对F神非常不利。

不过……初七注意到，F神比数字帝少建了一所民居，用这些钱买了两只飞鸟。

她低下头，在纸上写了几个数字。

“比赛进行到十八分钟，双方好像要展开一场决战？”段公子提高音量，“哇，这个画面很有意思，英雄半路打架，小兵分头拆家！”

屏幕上的两个人就像约好了一样，带着步兵、骑兵和投石车出来，准备去轰对方的家，然后在两个基地中间，完美相遇。

F神给小兵们一个加速，让他们去了数字帝的家，然后上前缠住了数字帝的英雄迭戈和绝地领主。

数字帝见状也把小兵和骑兵都调走，去拆F神的家，双方英雄开始互怼。

“虽然这个场面有些奇怪，但是却出乎意料的精彩，双方的英雄比拼，都是极限操作。现在可以看到数字帝的迭戈和F神的迭戈都消失了，应该是使用了隐身术……他们会出现在哪里呢？”

五秒后。

“啊！出现了！两边的迭戈都去打对方的绝地领主了！哈哈哈，这种场面真是太逗了。”

段公子清了清嗓子：“看得出来，两个人的操作都非常好，现在双方的基地都有红色警报，提醒他们基地遇袭，来看一下拆家的情况，两边的兵都在拆对方的防御哨所，双方都建了三座防御哨所，现在速度也是一致的，真是令人吃惊……”

听到这句话，初七轻轻地摇了摇头：“他们的速度并不一致。”

F神的英雄绝地领主先一步倒下，但F神的迭戈也已经使用了分身术，分身将数字帝的英雄绝地领主击败。

两边的拆家工作也还在有条不紊地进行。双方的最后一座防御哨所也轰然倒下。

F神派过去的兵力还剩下七个，两只飞鸟，三个步兵，两个骑兵。数字帝也只剩下：一只飞鸟，三个步兵，三个骑兵。

“好的，清理完了防御哨所，现在双方都派兵去打对面的主基地了，两边的英雄还在焦灼对战！主基地和民居都有反击功能，虽然不像防御哨所一样高攻击，但是主基地的血很厚，能扛。农民都变成了狂暴状态，在努力回防！”段公子解说的语速非常快，“接下来，让我们再转回到两个英雄对战的战场！”

“迭戈对战迭戈！两边的迭戈现在全都是六级，F神率先使用了大招！终极之剑！”

终极之剑，每秒对敌人的所有地面部队造成一百点伤害，攻击时长三十秒。

“数字帝没有去跟他正面冲突，而是使用了隐身术，F神只能先除掉他的分身！”

迭戈隐身的同时会加速，但不能给自己的分身也隐身，当迭戈选择进攻或是隐身，时间一到就会现形，只要一现形，攻击效果就会增加。

初七又在纸上记录了几个数字，然后伸出手，修长的手指在屏幕上比画了一下，她长长地吁了一口气：“果然是……战略家。”

“数字帝的分身死了！他也使用了终极之剑！朝着F神的方向冲了过去！”段公子明显激动了起来，“现在双方的英雄都是残血状态！共同使出了终极之剑！从技能上来看还是数字帝这边比较占优势！F神那边的终极之剑还剩十秒，如果每一次都能打中，也是还有希望的！”

“数字帝只剩下三百点血，两边英雄的血量都呈直线下降趋势，现在谁也无法脱身，两边都没有多余的金币去买复活或者血药，这次一定会分出胜负！”

所有人都紧张地看着直播，没有几个人发弹幕。

初七笑着敲了几个字。

直播间飞过一条绿色的弹幕。

初七：恭喜F神。

“直播间已经有水友对F神发出了祝贺，但从血量来看，F神并不乐观！ 他的血量只有一百点，他正逐步往后退，想跑。但数字帝不会放过这个机会，数字帝使出隐身术，这次隐身，是为了加速！”

“啊！”段公子难以抑制地喊了出来，“F神的迭戈！倒下了！”

屏幕上，数字帝的迭戈站着，血量为七十五。

段公子沉默了好几秒才说道：“很可惜，只差这么一点点，但是双方刚才的对决可以说是非常精彩，现在F神这边的经济和时间也不允许他……等等？等等！发生了什么？！”

屏幕上显示：暗殷27已经被击败。

鹤归一万九：我是不是眼瞎？

服部平次女朋友：欸？所以F神赢了？难道死的不是他的迭戈吗？

伞修一生推：家！家！家！家没了！

《荣光2》，就算所有英雄都死了，也不会输，只有主基地都被推了，才算输。

暗殷27的主基地，被F神的小兵推倒了。

“哇，这真是出乎意料……”段公子的声音透着些许不知所措，“刚才双方互相对砍的时候，两边的兵都在推基地，但是F神这边推得更快一些。”

说着，段公子调出了回放：“其实F神这边的基地也被推的只剩下一百三十二点血了，如果加上英雄的话，两三秒钟就能彻底推掉吧？”

永远支持数字帝：哇，F神这是走什么狗屎运。

长枪独守大唐：楼上怎么说话呢？之前F神随机到最烂的职业，最烂的出生地他也没说过自己运气不好，你现在就说人家是走狗屎运？

未水水：段公子，你去论坛看看，数据小王子已经回帖了！不明觉厉！

论坛的直播楼，最新回帖的仍然是那个“七”。

七：第五局，说几个小细节：

一、开局双方互相判断出生点后，F神给基地搬了家，虽然在地图上看只是一点点距离，但小兵跑起来会多花大概0.8秒，看起来微不足道，但F神就是赢在细节的计算上。

二、F神从一开始就少一个民居，用这些钱多买了两只飞鸟，因为狂暴状态下的农民没办法打空中单位，只要推掉了防御哨所，除了主基地那微乎其微的反击，飞鸟几乎不会受伤，可以安心打基地。

三、和对方英雄单挑是战术安排，有四次机会F神都可以撤退，但他为了不让数字帝回主基地，一直故意卖血，让数字帝认为自己可以拼赢。

四、F神的英雄迭戈使用大招的时机，很多人都觉得太早，其实是故意的。因为他这时候已经放弃了英雄，只要数字帝不回去，F神知道自己拆家会赢。

“哇，这个分析……”段公子深吸了一口气，“主基地搬家和飞鸟的细节真的很容易被忽略，当然也都是‘七’自己的分析，唉？说起来，那刚才发弹幕恭喜F神的难道是同一个人？”

初七突然有点儿后悔自己发了那条弹幕。

边牧最可爱：哇！初七！你太厉害了！真给我长脸！

初七：……

围观者：大神果然隐藏在直播间！

生不逢时：谁知道是真是假，那个F神真想了这么多？

F神我的嫁：呵呵，楼上。数据分析都拿出来了，还嘴硬呢。

屏幕上，暗殷27也发了弹幕：谢谢前辈指教，有空希望能和前辈再次比试。

F：RCG见。

直播间里。

FFFFFF团：啊！F神要回来打比赛？！

死性不改：这是RCG最后一次有《荣光2》的比赛了吧……不少人都回来了

一叶之橙：唉，可是我记得，RCG不是需要天梯积分吗？

“天梯积分前一百名直接进入初赛，如果积分不够又想参加的话，可以报名海选，也是积分赛制，选出前十六名选手进入初赛。”

段公子解答弹幕上的问题：“大多数选手都有天梯积分，所以海选的名额不多。另外这一届的RCG多了2VS2的赛制，你们所期待的朋友一生一起走的画面，可能真要出现了。就算之前没有报2VS2，但如果双方都进了初赛，也可以再组队报名参加。”

“今天的直播有将近两万观众，很久没这么热闹了，”段公子感慨道，“给大家一个小小的福利。我和F神连线了语音，现在对他进行赛后采访。”

段公子笑着对F神说道：“F神，首先恭喜你获得比赛的胜利，虽然只是友谊赛，但是很精彩。你退隐了这么多年，粉丝们都快把我逼疯了，所以，给大家说点儿什么吧？”

“嗯……”

男声低沉而充满磁性，宛如醇酒，他乍一开口，直播间里已经醉倒一片。

“如各位所见，”男声顿了顿，声音微微扬起，带着些久别重逢的味道，“我回来了。”

听说下雨天我和F神更配哦：我听到这句话已经哭了怎么办？

死性不改：F神是想要拿一个RCG的冠军吗？我没记错的话，F神拿过两次世界亚军？

我就不信叫这个名字还有人跟我抢：星帝、F神、沉安、大懒、数字帝、鳗鱼……这届的RCG星光熠熠啊，少了个T哥，不过好在“影”这个职业，还有别的选手在打。

我给Ture打个call：F神，你为啥一回来就和数字帝杠上啊？

“啊，看到这个带T哥的弹幕，我忍不住要再问F神一个问题，”段公子的声音传来，“回答一下，为什么一回来就会和数字帝杠上？难道是不服气他拿了‘第一幻武’吗？”

F神沉默了片刻，才开口说道：“选手之间挑战不是很正常？”

段公子的声音变得有些戏谑：“欸？真的不是T哥的原因吗？”

“真要这么说的话，可能有一点儿吧，毕竟我为Ture鸣不平。”他微微一顿，“再认真地表明一下立场，我相信Ture不会做那些事。知道这次《荣光2》有2VS2赛制，还想和Ture组队，可惜他被禁赛了。”

说话间，他轻笑了一声：“哦，对了，这只是个人立场，数字帝可以选择不相信他，我也可以选择相信，今天比赛很开心，感谢各位，再会。”

不听不听王八念经：退隐三年一朝归来，冲冠一怒只为T哥？如果真的组合要叫啥，FT？

永远支持数字帝：呵呵，真恶心，腐女就知道各种凑对，不说别的，

Ture 本人都不敢出来露面了，F 神面对那些实锤视而不见，就轻描淡写说一句“我相信”，呵呵。

风萧萧：社会你 T 哥，睡粉话不多，记录被曝光，比狗还沉默。

FFFFFF 团：请不要随意作诗，谢谢！

我为 Ture 打个 call：第一、我不相信打假赛；第二、睡粉的那些所谓证据并没有多少实锤吧？ T 哥不说话，没准是在积蓄能量。你们别忘了，《荣光 2》的论坛给 T 哥的评价是：要么不出手，出手要你命。

F 神是我老公谢谢：既然 F 神相信 T 哥，那我也愿意相信 T 哥，希望 T 哥能给大家一个交代，哪怕是站出来承认，至少能说明他是个有勇气的人吧。

人生自古谁无私：对对对，是男人就站出来！

看到这条弹幕的时候，初七摸了摸下巴，打开了 RCG 大赛的海选报名页面，没有天梯积分也能参加 RCG，只是稍微麻烦一点儿。

不过……她扬起淡淡的笑容，RCG，应该会很有趣吧。

第二天午休，初七被宋词神秘兮兮地拉到一旁：“初七，初七，我有件事情想拜托你。”

“嗯？”初七看着宋词，眨眨眼，“你说？”

“就那天你帮我打的那一局你还记得吗？前后有两个人来加我，其中一个好像无论如何，都想要和你单挑……”宋词咬了咬嘴唇，知道自己这是不情之请，“他给我发了定位和工作牌照片，他是《全民斗魂》公司的工作人员，说只要你同意和他 PK，无论输赢，都可以送我英雄的周边……游戏中的稀有皮肤也可以。”

初七微微挑眉：“这么执着？只要我同意 PK 就可以？”

“对对对，”宋词点点头，“还说如果不信的话，可以直接去《全民斗魂》的公司找他，现场真人 1 VS 1。他还问你，你怎么知道他和那个‘心态良好才会赢’是认识的。”

初七抬起头，看着眼前的女孩儿，笑了笑：“那就去他们公司吧，到时候拿周边也方便。”

第7章 有兴趣来做兼职吗

“我，我，我叫袁璜。是《全民斗魂》游戏公司的，额，我是负责美术这块的……”

这天中午，宋词和初七来到了《全民斗魂》游戏公司，袁璜看着她俩，一时间有些手足无措。他一边做着自我介绍一边用求助的眼神看向邱易。

邱易看着她俩说道：“他有点儿异性恐惧症。”

宋词瞪大眼睛，不可置信地看着袁璜。

袁璜，属虎，一米八三的东北糙汉，自小艺术天分很高，美院毕业，此时正忙不迭地用手当梳子，打理自己那一头乱发。

“不，不，不是异性恐惧症！”袁璜连忙解释道，“只是面对陌生的异性会有点儿紧张，等我技能 CD 好了就行！”

宋词问道：“什么是技能 CD？”

“技能冷却时间。”初七轻声解释道，“就是你用了技能之后他转圈圈的那个时间。”

听到这段对话，袁璜看向初七：“所以你，你，你就是那个代练！”

“我不是代练，”初七的声音清冷，“她当时有事，我帮忙打了几分钟而已。”

袁璜“啊”了一声：“你，你，你竟然是个女的！”

初七微微一皱眉：“我和你见面到现在已经过去了六分十三秒，你的观察力真是令人佩服。”

“你怎么知道我和邱易认识？”袁璜连忙追问。

“你们游戏自己出的防作弊系统啊，”初七指着袁璜 iPad 屏幕上的画面，“进入游戏和最后结算的时候都会有一个符号标识，说明这两个人的距离很近，甚至是同一个 IP，如果你们联合起来送人头，一举报一个准。”

袁璜一脸迷茫。

邱易点点头：“嗯，上个月才推出的系统，不过会有视频回放，只要我们没有真的故意送人头，官方是不会给出惩罚的。”

“好了！不说这些了！来 PK 吧！”袁璜拿起 iPad，表情非常认真，“1 VS 1，你挑你最擅长的英雄！”

初七看向宋词：“唔，要问你借一下手机了。”

“别！”袁璜立刻阻止，“iPad 屏幕大更清晰，操作起来方便不会经常按错，不如你用邱易的 iPad 跟我玩吧！”

“哦，不用了。”初七说话间已经接过了宋词的手机，进入了游戏界面，“我不会按错。”

袁璜表情一僵，好几秒之后才挠挠头说道：“打三局，你们赢一局就可以拿你们想要的周边了！”

宋词看着周围的游戏周边，眼神里满是期待。

初七点点头：“好。”

袁璜拿出自己最擅长的英雄：长轩。

长轩，少有的近战类刺客型法师，一技能朝三个方向发出攻击球；二技能位移的同时可以造成法术伤害；三技能是大招，瞄准敌人后发射出大炮弹，伤害非常高，专收敌人的残血。

自带位移技能的法师，天生就在灵活机动上具有更多优势，因此不怕近战，再加上长轩的被动技能是叠加法术球，只要技能命中，就能有一个小法术球，最多叠加五个，然后依次朝着距离最近的敌方目标攻击。

简单来说，这个英雄，单挑很强。

在进入游戏之前，每个英雄能多带一个特殊技能，比如狂暴、眩晕、闪现、治疗等，这些特殊技能的 CD 时间很长，最短也要六十秒。

袁璜选择了长轩，一般是 5 VS 5 的模式，他会给长轩带一个闪现，但现在是 1 VS 1，他想了想，最终选择了带治疗。

进入游戏，他终于看到了对方的选择。

希言。

自带吸血技能的法师，一技能点两次可以位移；二技能是给对方造成伤害的同时可以给自己吸血，大招是短期无敌，让对方无法选中。这个英雄的被动技能是打中了敌方可以召唤小法球，小法球攻击敌人的时候，也会为希言回血。

初七选择这个英雄的原因很简单，1 VS 1 的地图只有一条路，没有野怪，要回血基本只能吃路上的血药或者回城，但来回的路上很浪费时间，所以自带回血的英雄十分可贵。

最重要的是，希言没有蓝条。

英雄，一般有血条和蓝条，血条是生命，蓝条就是法力值。5 VS 5 的地图会有红蓝 Buff，蓝 Buff 就是能让英雄迅速回蓝，减少技能冷却的时间，但 1 VS 1 的地图，没有蓝 Buff，想要回蓝，只能自己花钱买回蓝的装备。希言是没有蓝条的英雄，只有血条和自己的怒气条，怒气条是根据技能命中涨起来的。

邱易在看到双方英雄的时候就微微叹了一口气，说道："结局已经注定了。"

袁璜如果让长轩施展技能，就必须要给长轩买回蓝的装备，但是金币就那么多，长轩的防御和攻击装备必然会受到影响。而且对方这个英雄，进入他的攻击范围后，用二技能选中他进行吸血攻击的同时开大招。

开了大招的希言，长轩没办法选中，自然也没办法伤害她，只能任由希言攻击自己还吸自己的血。

太惨了。袁璜三局全输。

他气急败坏地跺了跺脚，生气地把自己的 iPad 丢到一边，然后抬起头看着初七。

宋词："哇，他怎么一副要打人的样子？"

"师傅！"袁璜突然双手抱拳，给初七行了个礼，"收我为徒吧！"

宋词："啊咧？"

初七的嘴角抽了抽，心想这是什么神展开？

一旁的邱易毫不意外：我就知道是这样。

袁璜讪讪地说道："师傅，你太厉害了！我们全公司，包括游戏测试部的那些高手，从来没人能 1VS1 打我 3:0！”

邱易默默扭过头，不忍心告诉袁璜，那是他们知道连赢三局就得被迫收袁璜为徒。

“希言这个英雄设计得很不合理，”初七缓缓地说道，“而且我没想到，在明知道长轩的致命弱点的情况下，你还三局都用同一个英雄。希言现在打绝大多数英雄，1VS1 都占尽优势。与其拜我为师，不如跟你们策划部的工作人员建议一下，调整一下游戏平衡性。”

袁璜收回手，看向邱易：“邱易！”

邱易有些无奈地说道：“好啦，希言这个英雄现阶段太强我们也发现了，已经在做平衡性调整了，会把她的普攻伤害去掉的。AD 也会削。”

“AD 为什么要削？”初七皱了下眉，“现在希言这个英雄的普攻起始是 50，每升一级加普攻 50，然后增加 1.0 的 AD，和 0.3 的 AP，对吧？一个法师，削她的 AD 有何意义？削一点儿 AP 才合理吧？”

“啊对，是 AP！”邱易点头，“刚说错了。”

袁璜看向宋词：“你知道他们在说什么吗？”

宋词摇头。

袁璜：“那就好，原来不是只有我不懂。”

“那个……”邱易看着初七在纸上列出来的表，认真地说道，“你能和我一起去一趟游戏测试部门那边吗？”

游戏测试部。

初七：“希言现在的问题是 AP 有点儿高，普攻要削，还有一个 bug，就是现在希言可以无伤单挑大小龙，因为她的二技能可以吸大小龙的血，这对其他英雄来说不公平。”

“对，”邱易点点头，“我们已经准备把这个取消了。”

“你是在附近上班吗？”一直在旁边听他们谈话的部门主管突然问道。

初七点点头说道：“额，对。”

“有没有兴趣来我们公司做兼职？”主管继续说道，“《全民斗魂》每次改版、推出新英雄之前都要反复测试，我们公司有很多兼职的游戏体验师，在测试体验之后，给我们提出一些意见和建议。我觉得你很有想法，对数字敏感性很高，有空的时候愿意过来做游戏测试吗？”

初七一愣。

袁璜连忙上前：“师傅！兼职费很高的！而且可以拿很多免费的周边和皮肤！”

初七对这件事没什么兴趣，只是低头看了一眼腕表，距离下午上班还有十七分钟：“唔，我该回去上班了。”

“不考虑一下吗？我们……”

办公室的门这时候被敲响，主管说道：“请进。”

两个男人一前一后走了进来。

主管惊讶地说道：“啊，嘉哥！斐总！您……怎么来了？”

“哦，嘉哥说有点儿游戏平衡性的问题要反馈，我也顺道过来听听，希望没打扰到你们。”

男声低沉而有磁性，听起来还格外耳熟。

初七抬起头，看向走进来的两个人。

在看清其中一个男人的脸的时候，她彻底愣住了。

“啊啊啊！好帅啊！”宋词在旁边激动地拉了拉初七的衣袖。

是真的很帅，男人英俊挺拔，只消往那里一站，就会吸引无数人的眼球。

他轮廓分明，鼻梁高挺，还有一双黑曜石一般的眼睛，“器宇轩昂”这个词，像是为他量身定制的。

其他人对他态度都非常恭敬，宋词再次小声感慨：“是老总啊？我的天，这是小说里的霸道总裁活过来了啊！原来童话不是骗人的！”

他进来之后，找了个位置坐下，做出一副“你们聊不要管我”的姿态。可这样的男人，天生就具备极强的存在感，让人根本不可能忽视他的存在。阳光从百叶窗的缝隙里投射进来，光影交错的斑驳中，可以看到他嘴角轻扬，弧度分外好看。

初七看着他，终于确信，自己认得这个人。

斐诰。

“她们是谁？”

宋词和初七离开之后，和斐诰一起进来的男人看向主管，说道："老钟，你是不是又借职务之便勾搭女孩儿？"

钟主管和他是旧相识，撇撇嘴，说道："罗嘉，你别以为我们斐总在，我就不敢骂你啊。她们是附近公司的员工，来公司打打游戏，拿些周边，以前也有过这种事。不过其中一个女生，提了很多很好的游戏建议，你们进来之前，我还在问她，有没有兴趣来兼职做游戏测试呢。"

"才打了几局就让人家兼职做测试？这还不是以权谋私？"罗嘉"啧啧"两声，摆出了一副"没想到你是这样的钟主管"的表情。

"呵呵，"钟主管报以微笑，拿起桌上的一张纸，递给罗嘉："你看看这个。"

纸上罗列了几个英雄的名字，写了不少数据，是英雄伤害和装备各方面考虑的计算结果。

罗嘉脸上的表情变得严肃起来，他仔细看了一遍，说道："基本功很扎实，一般只有职业玩家才会了解得这么透彻，她游戏打得怎么样？"

"怎么，想收啊？罗嘉，我记得你喜欢娇小的萝莉来着，"钟主管也开玩笑地说道，"那两个女孩儿个子都不矮，不符合你的要求吧？"

"你脑子在想些什么？我是为俱乐部考虑，"罗嘉皱起眉，"现在一个好的女选手，商业价值很大，各个俱乐部都在疯抢，连所谓的'星探'都出来了。各类游戏直播这么火，这是趋势。"

听到这些话，斐诰走过来："是啊，大势所趋，我听说之前你们收了几个挺好的女孩儿，却被某人给骂跑了？"

"某人"不耐烦地挥挥手："那几个根本不行，找来的都是什么人，骂两句就哭鼻子，游戏打得不好，还不能说了吗？"

"可以，可以，"斐诰自然了解罗嘉，忍不住笑着说道，"毕竟你是出了名的魔鬼教练，惹不起，惹不起啊，嘉哥。"

罗嘉，江湖人称嘉哥。是《全民斗魂》最早的游戏玩家之一，最出色的游戏教练之一。他所率领的"葫芦娃"战队，在去年《全民斗魂》的 QPG 比赛上，拿到了全国总冠军。

队员们接受采访的时候纷纷表示："嘉哥什么都好，除了脾气……有点儿那个，暴躁。"

“在嘉哥的骂声中，我们成长到了今天的冠军队。”

……

“你不是有对游戏的一些反馈吗？”斐诰挑挑眉，看向罗嘉，“说说看吧。”

罗嘉却将手里的纸直接丢给斐诰：“不用了，她把我要说的都写下来了。”

斐诰一愣，仔细看向那张纸。

钟主管上前：“斐总，她真是让人印象深刻，英雄的很多技能范围我自己都要看资料，但她门儿清，提的所有问题都一针见血。可惜……”

“可惜什么？”斐诰扬眉，轻声问道。

钟主管叹了一口气说道：“她似乎对来我们这儿做兼职游戏测试，不太感兴趣。”

“不是啊……钟主管！”袁璜摇晃着自己的手机，上面有宋词刚发来的消息，“我师傅说可以考虑，不过她说自己平有些忙，具体的时间安排和待遇会再来我们这儿跟您商量。”

斐诰：“你师傅？”

“对！我刚收的师傅！额，不对，不对，”袁璜摇着头说道，“我刚拜的师傅！我师傅真名叫初七！本职工作是一名准精算师，平时偶尔打打游戏。十几岁的时候还拿过全国心算的冠军，是个名副其实的‘数据帝’！”

“初七？”斐诰的嘴角勾起一个好看的弧度，“这名字还挺好记。”

“准精算师！”钟主管点点头，“还拿过心算冠军，难怪，她对数字这么敏感。不过现在准精算师都很忙。难怪她……”

“钟主管，”斐诰将手中的纸郑重地交回给钟主管，“好好跟她聊一聊，她提的待遇能满足都尽量满足，如果可能，把人一起挖过来。”

边牧最可爱：你说什么？！你见到F神了？在哪儿？什么时候？你有没有跟他说谢谢？！

初七：……我为什么要跟他说谢谢？

边牧最可爱：F神旗帜鲜明地表示相信你！支持你！为你而战！难道不应该道谢？！他帅吗？！是不是和照片上一样！你偷拍了吗？！

初七：……没有，我赶着去上班。

边牧最可爱：什么？难道对你来说，上班比 F 神更重要吗？

初七：对。

边牧最可爱：哼！

五分钟后，边牧收到了初七发来的一张照片。

边牧：啊，小七你是全天下最好的妹妹！

初七：不是我拍的，是我同事偷拍的。

初七也没想到，宋词这个小花痴竟然偷拍了一张斐诰的照片，还发到了自己的微信上：初七，冲着这个总裁，你也要答应去做兼职啊！

她电脑屏幕上的页面还停留在 F 神的百度百科。真名斐诰，资料不多，写了他过往《荣光 2》的种种战绩，身高，还有几张照片。虽然过去几年了，但还是认得出是他。

边牧最可爱：同事？所以你工作的地点在 F 神工作地点的附近？我要回国！

初七：哦。

初七低下头，看着自己手机上的三个好友申请，犹豫再三，选择了同意。

并且给他们分别备注为“心态良好才会赢”“要和我 PK 的袁璜”和“《全民斗魂》游戏测试钟主管”。

退隐三年回归，真实身份竟然是另一款游戏公司的老总吗？

初七又看了一眼百科资料，微微皱了下眉。

奥特曼打小怪兽：求助！我在 RCG 海选赛场上是不是见到 F 神了！ID 是 Seven，打了两局，他都用的随机，和 F 神思路很像！每局都不超过八分钟！我好羞耻啊，我用的月族，竟然被旭日给打败了！！

芒果和告白信：不是 F 神，F 神的 ID 就是 F，不过你说的这个人我也注意到了，到现在为止打了十局，还没有输过。

再看把你次掉：有点儿意思，我去找找这个 Seven。

“师傅，师傅！”袁璜笑眯眯地递过来一杯水，恭敬地说道，“喝水！”

初七接过水，对自己这个便宜徒弟有点儿无奈，但还是礼貌性地说道：“谢谢。”

“我听钟主管说啦，你同意了，但基本只有周五下午才有空过来，平时有空会打打游戏，写写测评体验，对吧？”袁璜看起来还挺开心，“那师傅什么时候有空带我一起飞？”

初七：“组队一起玩？”

“对对对，”袁璜忙不迭地点头，“反正现在也算是你的工作了，对吧？不会有人说你玩物丧志的！”

初七：“可是他们会说你。”

袁璜的脸一垮：“师傅……”

“我才过来十分钟，你已经催三次了吧，”初七抬起头看着袁璜，“你不是负责画画的吗？快去吧。”

袁璜低下头，看起来很不开心。

不知怎的，初七突然想起了自己远在国外的表哥边牧，忍不住笑了笑，说道：“不过，如果你想的话，平时可以一起吃午饭，吃完之后能玩四十三分钟。”

四十三分钟，好精确的数字。

袁璜忙不迭地点头：“好的师傅！没问题师傅！”

说完他才离开，初七左右环顾，打量了一下这个专门用来做游戏测试的房间。

房间很大，中间有一个大屏幕，可以播放或回放游戏录像。有十六套配套桌椅，每张桌子上放着五款不同的手机和一个 iPad，用来给不同的机型做测试。

初七挑了个位置坐定，拿起一部《全民斗魂》比赛时专用的品牌手机，登进了游戏的体验服。钟主管给了她一个游戏测试专用的账号，体验服里有新地图，新模式，以及还处于调试阶段的新英雄。

“云志安？”初七歪着脑袋，用三十秒研究了一会儿这个新英雄的技能，然后点了匹配游戏。

射手，看技能是射程最远的射手，人设计的很帅，有三套皮肤，必然是准备拿出来坑……啊不，卖一些钱的。

第一局打了二十分钟，初七输了，结算的时候她仔细看了看双方的各项数据，发现云志安这个英雄输出的确很高，当然，脆皮也是真的技能释放范围非常远，但是释放的引导时间很长，这就要求必须预判准确，说明这个技能容错率很低。初七在纸上写了几个字：冷却时间。

可以在地图各个位置放侦查眼，初七咬了咬手中的笔："唔，要不要改成对方也能看到？"说着，她又在纸上写了几组数字，细细算了一会儿，才又匹配了一局。

大概是她太过专注，所以根本没有注意到，这时，游戏室里进来了一个人。

那人推开门的时候有些诧异，大概是没想到周五下午的工作时间，游戏室里竟然会有人。

她穿一条浅蓝色的连衣裙，坐在角落里，微微低着头，用手机打着游戏，神情看起来非常专注。二十出头的女孩儿，哪怕只是坐在角落里一言不发，也自带些许青春朝气。

应该是刚毕业出来工作不久，是那种介于学生和上班族之间的气质，从他这个角度看过去，女孩儿面孔白皙干净，轮廓也非常好看，只是戴了一副样式有些老气的眼镜。

斐诰记得，她那天来过公司，连罗嘉都对她评价很高，名字非常好记：初七。

钟主管跟他说过，初七周五下午放假，每周五这时候都会过来打游戏，做测评。

看她玩得太过认真，斐诰没有上前打扰，自己找了个位置坐下，也玩起了游戏。

三十七分钟后。

初七又打完了两局，她长舒了一口气，放下手机，稍微活动了一下脖子和手腕。

"战果如何？"一道男声传来。

"咦？"初七先是一愣，这才意识到游戏室里还有人，她抬起头，看到了坐在离自己五个位置远的斐诰，她有些意外，"斐总？"

虽然这里是他的公司，可是他为什么也会来游戏室打游戏？

斐诰也正在打游戏，他转头礼貌地朝她笑了笑，手里操作游戏的动作却没有停："不用叫我斐总，我叫斐诰。觉得不顺口的话，叫我F就行。"

"F……"初七几乎是下意识地低喃道，"你在玩《全民斗魂》？"

斐诰皱了皱眉，有些疑惑："不然呢？"

也对，就算他是F神也不代表他只能玩《荣光2》这一款游戏。

之前和钟主管聊天的时候，钟主管已经跟她介绍过公司的"血泪"发展史，斐诰是个含着金汤匙出身的富二代，但他父母对他非常严苛，而且出于某些"钟主管也不知道"的原因，他似乎和家里有什么协议，所以当时他创建《全民斗魂》的团队，设计这款新游戏的时候，斐家给的支持并不多。

直到这款游戏在一年前，正式火爆。

初七有些好奇F神打其他游戏的样子，便大大方方地走了过去，拉了把椅子坐在他旁边，歪着脑袋看他打游戏。

数据并不好看，开局十分钟，零人头四死三助攻。

"怎么用这个英雄？"

初七注意到，F神用的是现阶段非常弱的刺客莉莉安，刺客主要是前期打野发育，然后三线跑着抓对方的人，负责切对面后排和团战时收割人头的。

但是现在别说是排位，哪怕是匹配和娱乐模式，都很难见到莉莉安这个英雄了。

作为一个刺客，她没有位移，伤害不高，三个技能放完都杀不掉对面一个脆皮法师。还经常会被半血的法师给反杀。

果不其然，这次就被反杀了。

看着屏幕上的死亡倒计时，斐诰笑了笑："哦，想看看可能性。"

"准备加强一下吗？"初七看向屏幕上的尸体，"可是就算加强，感觉用处也不大。"

"是。"斐诰点了点头。

屏幕上弹出了"是否投降"的字样，斐诰顿了顿，还没来得及做出选择，其他四个人都已经同意。

游戏失败。

斐诰将手机放下，说道："加强既然没用的话，就重塑好了。"

经过这几局测试，斐诰已经心中有数。

"重塑？"初七一愣，就她所了解的，《全民斗魂》这款游戏历史上没有重塑过英雄。

"如果推出新英雄，就废掉老英雄，那就失去了游戏本身的意义。"斐诰拿出自己的手机，在备忘录上写下"莉莉安重塑"几个字，"具体怎么重塑，就得让设计团队那边仔细考虑一下了。"

斐诰看向初七手中的纸："怎么样，今天的测评结果？"

"额？"初七皱了皱眉，"你们公司的兼职测评师，还要跟老总汇报的吗？"

斐诰嘴角勾起一抹笑："这个还需要保密？"

"那倒没有。"初七将手中的纸递给他，"只是我写得太乱了……"

纸上仍然是密密麻麻的数字居多，偶尔写几个中文，但毫无关联，很难看出是什么意思。

"额……我简单解释一下好了，"初七的确没想到，F 神身为总裁，竟然事必躬亲到这种地步，连一个兼职游戏测评的报告草稿都要亲自过目，她纤细的手指指向其中几行字，"这个地方是……"

"哦，不用，"斐诰摆摆手，"你是说可以把一技能调整一下，增加二技能的输出，但是触发概率低一些。另外你觉得能够插眼增加视野这件事，需要再重新划定一下范围？二技能反向施法可以让对方看不见预放？"

初七眨了眨眼睛，有些惊讶："哦，你看得懂？"

"我又不是文盲。"斐诰忍不住笑起来，"还玩吗？"

初七看了一眼腕表："我还有二十七分钟。"

他点点头，说道："那一起打两局吧。"

第8章

我觉得你们F神有情况

手机震动。

初七瞄了一眼，桌上有一部白色的手机在震动，她几不可见地皱了皱眉。

斐诰却连眼皮都没抬，只是认真地操纵着手中的英雄。

这次没有去体验区，而是随便找了个区一起匹配，两个人都是小号，段位又低，所以遇到的对手和队友都很蠢。低端局只要稍微会一点儿，基本就能带飞。

之前初七用宋词的号玩的那局就是这样，大逆风都能扳回来，还顺手拿到一个五杀。他们打的这两局就更是虐菜了，2VS5都没啥问题。

当然，事实告诉我们，不能轻敌。

斐诰选得是一个刺客，专业人头收割机，还能隐身，切对面后排切得飞起，初七眼睁睁地看着他冲进人群里，杀了两个之后，被对方的远程射手打死。

十一杀一死五助攻。

好端端的一路超神之旅，居然被菜鸡给杀了。

斐诰在队伍频道里打字：翻车。

初七强忍着笑，在频道里打字：没事，我带你们飞。

斐诰偏过头，看了一眼身边的女孩儿，看得出她忍笑忍得很辛苦。

初七，一个青春正好，肤白貌美大长腿的美人儿，偏偏拥有一颗铁T的心。

三局，玩了三个不同的坦克。

就是那种伤害我来扛、女孩儿我来救、团战我第一个上、打不过了你们先跑我最后一个撤的非常有奉献精神的伟大英雄。

共同特征大概是：长得丑、身形硕大无朋、充满了男性力量感的粗犷糙汉子……还时不时就要来几句极其雷人的台词。

“为什么选坦克？”斐诰等待复活的时间里，看着她用那个英雄抗伤害保护队友，终于忍不住问道。

初七一愣，没有停下手中的动作，成功推掉对面的高地防御塔之后才腾出空，转过头，露出一个得意的笑，说道：“啊？因为性价比高啊，坦克生存能力强，也可以打出不低的输出。尤其 5VS5 路人局的话，自己选坦克带节奏，胜率会更高。你为什么问这个？”

“我们做过市场调查，”斐诰的声音低沉，如同大提琴的声音一般在她耳旁缭绕，“超过半数的女性玩家不喜欢玩坦克，甚至不喜欢打近战。她们更偏爱小巧可爱一些的远程英雄，或者长得比较帅的类型。”

初七正要说什么，就听到门外传来一道男声：“小诰诰！”

游戏室的门被推开。

进来一个穿着一身绿色衣服的微胖男子。

他看到初七先是一愣，冲她点了点头：“咦，没想到游戏室还有其他人，一般不是晚上或是周末才会有人吗？”然后才看向斐诰，“你打游戏也太认真了吧，电话都不接。”

“什么事？”斐诰抬起头看了他一眼，跟身旁的初七介绍道，“这是我朋友，段屿，游戏解说。”

听过段公子太多次游戏解说，初七从他说第一句话时就听出来他是谁了。

初七站起身，看向段屿：“你好，我叫初七。”

“你名字很好听！”段屿笑着说道，然后看向斐诰，眼睛滴溜溜地转了一圈，“其实也没啥，就是让你送我回家。”

“啊？”斐诰皱眉，“你自己不会回？”

段屿非常沮丧：“前两天违章停车，车被扣了……”

斐诰：“……”

初七：“……”

段屿在心里默默地想：是我的错觉吗？感觉这个女孩儿看我的眼神，和斐诰看我的眼神好像啊！就是那种“我认识这么多年的朋友怎么会是个这样的傻子”的眼神。

“那我先回去了。”初七拿出自己的手机看了一眼时间，然后背上包，准备离开。

“等一下！”段屿注意到她手中拿着的黑色手机，开口挽留道，“我们也要撤了，你家在哪儿，小诰诰反正也要开车送我，不如让他一起送你回去？”

斐诰说道：“我什么时候答应要送你了？”

“难道你不送她回去吗？”段屿怒目，“你在国外不是学的绅士那一套吗，竟然敢不送妹子！”

初七说道：“哦，不用……”

“别客气啊姑娘！”段屿摆摆手，“斐诰开车很稳的！”

“不是客气，”初七摇摇头，“我住的地方离这里只有三站地铁，从你们公司出去往右走二百七十三米就可以到地铁站，三站路只需要十分钟，出地铁站再走一百八十五米我就到家了，全程不会超过二十分钟。”

初七顿了顿，继续说道：“但现在已经快到下班高峰期，又是周五，这条路会堵车的概率高达93.6%，开车过程中要经过四个红绿灯，还要经过一个高架桥，本来就比坐地铁的时间要久，再加上等红绿灯的时间，预计最快也要四十分钟，还不算开车从停车场出来的时间，更何况堵车时长不一致，他还要送你回去，我想，我们没必要为了某些毫无道理的社交礼仪，而耽误彼此的时间。”

段屿：“……”

斐诰：“你说得对，那我送你到公司门口。”

“唔……”初七歪着脑袋，觉得自己没理由再拒绝，便回答道，“好。”

段屿：？？？

结果就真的只送到了公司楼下，然后挥手“拜拜”。

初七：“走啦，再见。”

留下两个男人，一个看着她离开的背影，不动声色地扬了扬嘴角。

另一个人上下打量着看她背影的那个男人，拿出手机发了一条微博。

@段公子：我告诉你们一个不幸的消息，你们的F神似乎有点儿情况！我今天看到他和一个女孩儿一起打游戏，两个人眉来眼去配合默契！而且他们用黑白配的同款手机！现在你们的F神正在用痴汉的目光看着那个女孩儿远去的背影。你们有没有人要脱粉，尽快！

几分钟之后，段公子的微博评论区炸了。

@F神今天娶我了吗没有：段公子你说什么？！谁和谁？我的八卦之魂！

@梓沫是个小可爱：首先坚决不脱粉，其次求透露细节到底是个什么样的女孩儿可以让F神成为你说的那种痴汉啊！

@F神迷弟：只有我一个人关心男神的是什么手机吗？我也想去买一部了。

@段公子今天减肥成功了吗：要有F嫂了吗？不过段公子你到底是去干啥的？当第三者吗？

@试问谁会不喜欢边牧呢：哇，我心里有点儿难过又有点儿高兴，情绪非常复杂。其实F神也到结婚年龄了吧，条件这么好，一直不结婚，没女朋友，没对象，没绯闻真的蛮奇怪的，退隐三年，说不定已经结婚有孩子了，我的天啊！想想就有很多故事……

@想蹲个二少：T哥怎么办？

@FT一生一起走：我的天，段公子，我上次才掉进F神和T哥的配对坑里，你现在告诉我F神是个直男？？？

初七打开QQ的时候，收到了来自表哥的十七条消息轰炸。

边牧最可爱：呜呜呜呜呜……

以下省略十三条哭泣的消息。

边牧最可爱：初七你看到段公子的微博了吗？F神找了一个女朋友。

边牧最可爱：不对，现在有人说他们孩子都已经两岁了，叫斐小诰。我是因为他才玩这款游戏，一直想着，有生之年我如果能见他一面，或者在虚拟的网络上和他一起打打游戏，就特别满足了。我心情特别复杂，虽然我知道他结婚生子淡出游戏圈是迟早的事……

初七看完了所有的消息。

先是皱了皱眉。

初七：你之前不是为了一个你追求的女孩儿才打这款游戏的吗？那个女孩儿起名叫False，你想叫True凑一对，结果手残打错字就成了Ture，后来那个女孩儿找了男朋友，你放弃了这个号，我才拿着玩的。为什么今天又变成了因为F神？

边牧最可爱：……我不理你了！

初七：表哥，你有点儿无理取闹。

没回复。

初七歪了歪脑袋，还真生气了？

她打开微博，找到了段公子的发的那条微博，看了一眼发送时间。

心里默默叹了一口气，万万没想到段公子竟然如此八卦。

不过他眼睛可真够犀利的，之前初七看到斐诰手机的时候，也愣了一下，因为和自己的是同款同型号，只是颜色不一样。

但这款手机已经上市八个月了，用同款手机谈不上奇怪，现在还满大街都是苹果呢，这也能算是情侣机黑白配？

边牧最可爱：初七，你和F神的工作地点很近啊，你去跟踪他，抓住那个狐狸精！！！

初七：？

边牧最可爱：论坛里有人发帖分析了，说F神之所以退隐三年，就是为了那个狐狸精！

初七：？

边牧最可爱：时间线完全吻合，肯定是她之前狠心抛弃了F神所以F神伤心难过一气之下就离开了游戏三年，然后复合之后才又回到了这款游戏里。这样的女人太可恶了！

初七：……

还是不要告诉表哥，那个人就是我。

初七：到海选比赛时间了，我去打两局比赛。

边牧最可爱：好的么么哒！小七加油，小七最棒！

其实也没什么好加油的，高水平的基本都直接进了初赛，海选中的玩家水平都比较一般，初七虽然没拿过冠军，但也是全国前十的水平，打海选的积分赛几乎毫无压力。

初七看了一眼海选的积分排名，十六局全胜的有二十三人，其中当然还有那个眼熟无比的 ID：F。

袁璜在这时候发来消息：师傅，师傅，呼叫，呼叫！

初七：？

袁璜：明天有空吗？要不要出来喝饮料顺便开黑？

所谓的开黑，自然是一起打游戏，他的游戏瘾还挺大……

袁璜：来吗？师傅，我听宋词说你住在地铁站附近，你那一站地铁站旁边就有个电动城，喝完奶茶还能去打电动！我叫了宋词和邱易，一起去玩吗？

宋词：七七，明天一起出来玩吗？

初七看了一眼备忘录里的周末计划，分别给两个人回复了“好”。

“撤退！快撤退！”

袁璜叫嚷着：“宋词，你赶紧回来啊！别去了，别去了！”

宋词：“可是我跑不掉啊……”

话音未落，屏幕上的小法师已经倒地身亡。

“抱歉，”邱易挠挠头，“没救到。”

宋词叹了一口气：“我是不是给大家拖后腿了……”

袁璜连忙说道：“没有，没有，不好意思啊，我语气不太好，有点儿着急，其实我们只要好好配合就行了，还有机会，还有机会的。”袁璜转向初七，“师傅！求指挥！”

初七微微一皱眉：“袁璜你已经复活过了，现在把那件复活甲卖掉换一把封魔刀。邱易你到 19，32 这个坐标点隐蔽好，宋词十五秒之后把你第一个装备卖掉，买法师装备的那个法杖。”

宋词：“十五秒之后？”

“你现在的金币数不够买，在中路清三个小兵加十五秒的金币自然增长速度，卖装备返一半的金币，应该刚好够。”初七头也不抬地解释，“《全民斗魂》的匹配制度你们应该清楚，我们四个人一起玩，匹配到的基本对方也是四个或五个人一起开黑，所以难度的确会大一些，要讲究配合。稍微往中路集中一下，准备开团。”

初七说话间在队伍频道里打出：射手去偷大龙，不用管我们。

初七的英雄叫阿诺德，是个一身钢铁铠甲的坦克，基本上毫无输出可言，但是可以抗伤可以控人，手持一把镰刀，能够把对面的人勾过来，击中对方英雄还会造成嘲讽效果。

所谓的嘲讽，就是吸引仇恨。阿诺德使用了这个技能打到对方，相当于吸引了那个英雄的仇恨，对方英雄不能逃跑不能攻击其他英雄，只能被迫攻击阿诺德。

除此之外，初七带的特殊技能是眩晕，可以说是一个全控的英雄。

因为初七玩了坦克，所以邱易选择了一个能隐身的刺客，宋词还是玩法师，袁璜则玩的是一个战士型的英雄，高歌猛进硬碰硬的近战。

“我先手开团。”初七说着已经冲进了对面的人堆里，“就现在，邱易、宋词，你们开大直接进团。”

邱易皱着眉，看着眼前的战况。

宋词：“哇，啊啊我牺牲了！”

“对方也牺牲了一个了！”袁璜皱紧了眉头，“不过我们三打四，还是很吃力啊。为什么不叫那个射手过来？”

“你先别管这些，你只负责追对方带回血装备的那两个英雄，因为你出了封魔刀，只要对方被你的技能击中，他们短期内就无法回血。”初七顿时把对方的一个英雄给勾到了自己面前，“邱易！”

一直在附近草丛中蹲守着的刺客瑞恩冲了出来，收割掉被勾住的那个英雄。

袁璜叹了一口气：“不行，不行，我撑不住了。”

场面变成二打三，而且初七也已经残血，初七急切地说道：“邱易，你去追那个法师，不要让他打野，他打野就回血，很麻烦。”

邱易微微皱眉，一个加速去追对方那个丝血逃跑的法师。

屏幕上此时出现“大龙已被莱斯特击杀”的字样，初七微微扬起嘴角，发出了“请求集合”的信号，莱斯特在射手里是移动速度最快的一个，而且大龙本来就距离中路不算太远，击杀了大龙之后的莱斯特还剩下半血，他冲了过来，朝着和初七缠斗的两个英雄开炮。

初七皱了下眉，说道：“糟糕。”

莱斯特是个脆皮射手，本来应该远程攻击，却在半血的状态下直接开大冲了进来，被对面的战士控制住，直接给弄死了。

袁璜："什么鬼？这是什么废物射手！"

好在莱斯特造成的伤害是真的，但此时初七也已经快没血了，邱易终于追上了那个法师并且成功地击杀了他，正在往回赶。此时初七急切地说道："别过来，直接去对方的红 Buff 那里等！"

初七按下大招，和对面的坦克同归于尽。

此时战场上只剩下两个英雄，对方的战士和邱易的刺客。

对方的战士收了两个小兵，回复到了三分之一的血量，开始往自己的野区走。

"卖掉你的法防，出物理防御，攻击刀也换成封魔刀。"初七说道。

电光石火间，邱易已经迅速换装。

对面的战士也在这时候回到了自家红 Buff 附近，蹲守在草丛中的邱易瞅准时机，先手出招控制住了对方的战士，然后凭借物理防御的装备和阻止对方回血的封魔刀，终于成功击杀了对方的最后一个英雄。

射手刚才杀了龙，现在龙已经从水晶处往对面飞去，初七他们四个英雄虽然还没复活，但是对方的五个英雄已经全部牺牲。初七缓缓说道："一波。"

于是邱易的刺客带着龙和小兵，以极快的速度拆掉了对面的两座塔，直接来到了水晶面前，拆水晶前后也只用了四秒。

胜利。

MVP 自然是邱易。

"所以师傅你当时不让他过来是因为……"袁璜挠挠头，"那个射手也太逊了吧。"

初七挑挑眉："熟练度很低，出装有问题，意识也不强，应该是刚玩不久。"

"呼……"宋词脸上展现出笑容，"好开心啊！和初七一起玩就是各种赢！"

袁璜忙不迭地点头："是的，是的，师傅太厉害了！"

邱易的手机在这时候响起，他起身去接电话："你们先玩。"

然而接下来的两局，可以说输得非常凄惨了……邱易本来就比袁璜和宋词会玩，操作和意识都更好，也很了解这款游戏。初七带着他们两个人很难走向胜利，再加上连续两局匹配到的队友都非常不给力……

袁璜终于忍无可忍，在队伍频道里开骂：射手你能别去送人头了吗？！

很多人打游戏是为了娱乐，但没有人喜欢输，这种要和别人打配合的游戏，时有喷人和吵架的事情发生。

一款游戏，越火，玩的人越多，就越容易发生这样的事。

初七刚玩《荣光 2》的时候，就已经见识到了各种各样的喷子，不过因为《荣光 2》本身的游戏性质，玩家大多数是喷选手不给力，操作失误战术有问题之类的。但是到了《全民斗魂》这类游戏，就是各种对喷，还有跟对面开嘲讽的。

被喷的射手不乐意了：你算个什么玩意儿，有本事来 solo 啊！

宋词怯生生地说道："那个，袁璜，你别跟他们吵，打游戏嘛，总会遇到坑的，而且……"宋词有些心虚，"我也很坑啊。"

射手：那个法师，又送人头，这才是真智障！

射手：还敢抢老子的蓝，打成这个鬼样子也好意思拿蓝？

宋词："……"

袁璜气就不打一处来："这怎么能算了，遇到这种人，气都要被气死。"他看了一眼状态界面，"他们开了耳机，我要开语音了！"

他本来就一只耳朵戴着耳机，现在索性打开了麦："她是个法师，缺蓝拿蓝 Buff 很正常，你说人家打得不好，难道你打得好？这才几分钟，都死了七次了。"

射手暴跳如雷："你再跟老子说一句！"

宋词："这个声音……怎么感觉，好像就在附近一样？"

"嗯，"初七皱着眉头，"《全民斗魂》现在新推出的版本，就是优先匹配附近玩家。"

邱易提到过，本来他们设计这个优先算法，是想着这样能给玩家一种"人生何处不相逢"的缘分感，前面在一起游戏，后来发现这个人就在附近，说不定还能成为朋友。

当然，也可能成为仇人。

因为那个射手，就在距离他们两三米远的地方，和他的一个朋友坐在一起。袁璜顿时就来了火气，吐槽的声音提高了一些，那两个人听见声音就朝这边看了过来。

游戏结束，袁璜说道："赶紧举报这个射手，我要被气死了。"

"呵呵。"

一道男声传来："去举报啊，还怕你不成？"

宋词有些紧张地抓住了初七的胳膊："初七……"

"哟，原来就在附近？"袁璜站起身来，仗着身高优势把对方压了一头，"怎么，坑了人还不承认，不服？不服来 solo 啊？"

从对面走过来两个男人，看起来也只有二十来岁，脾气都不怎么好，有一个身上还有难看的文身。

眼熟，初七很确定，从他们刚开始坐着玩游戏开始，这两人就好像在他们周围。

"行啊，来呗！"那个有文身的男人说道，"爸爸等着你！"

说着，他们两个人竟然在初七他们对面坐了下来，大概是因为阵仗太大，周围已经围了不少人。另外一个男人说道："要 solo，旁边就是 PK 室，这地儿的规矩你们应该知道吧？"

袁璜一愣。

初七看向宋词，宋词小声解释道："这个游戏厅很出名，一直有专门的 PK 室，很多人都来这里 PK，从《魂斗罗》到《全民斗魂》各种游戏都要，有专门的大屏幕，其他人能围观，可以 1 VS 1 也可以 3 VS 3、5 VS 5。规矩就是，输了的要负责对方全天在这里的花费，最狠的一个，好像一天花了一两万元。"

"怎么，小子，害怕了？不敢了？"身上有文身的那个男人趾高气扬地说道，"喏，在场的各位给我做个见证啊，他口口声声说要跟我 solo，现在又害怕了！哎哟，小哥儿，快回家吃奶去吧！"

初七不动声色地攥了攥拳。

邱易在这时候回来，看到眼前的情况皱起眉："这是怎么了。"

宋词连忙把来龙去脉简单地说了一遍，邱易脸色未变："不行，不能 solo，恐怕要中计。”他皱着眉，“这两个人很有可能是职业混子。”

宋词虽然不懂，但初七瞬间就明白了，正是因为这个地方有这样的规矩，而且很出名，所以才会有这样的人来浑水摸鱼。找准机会和他们一起匹配，优先匹配附近的机制会让他们碰到一起，然后各种坑，故意互喷激怒对方，提出对战，他们打游戏的水平，恐怕不到自己真实水平的十分之一。

围观的人一多，再嘲讽两句，对方肯定会被激怒，然后忍不住同意……

“行！来啊！”袁璜点头同意，“我们进游戏室！”

就是这样。

初七的心一沉。

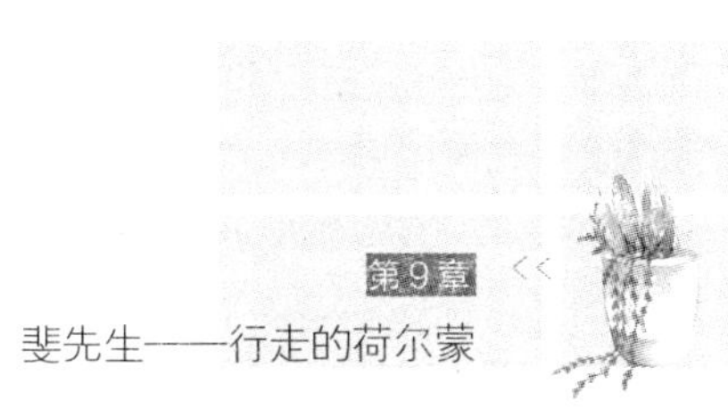

第9章 斐先生——行走的荷尔蒙

宋词眼看着围观的人越来越多，秀气的眉头紧皱在一起：“啊……不该选这个地方的，现在怎么办？”她看向初七，“能劝劝袁璜吗？感觉他听你的。”

“这个时候他不会听的，”不等初七说话，邱易就摇摇头说道，“你不了解袁璜，他打游戏很在意这些，现在被激到这一步，怎么可能退缩？”

宋词很紧张：“如果他们真的是职业混子，袁璜有胜算吗？只会被嘲笑得更惨，还要帮他们付钱，看他们得意的嘴脸，多恶心！”

“你说得对。”初七点点头，轻声问邱易，“可以多人组队吗？3 VS 3之类的？”

邱易叹了一口气：“可以是可以，但是付出的代价也很大，必须连着三天，支付对方在这个游戏城的所有消费。以前好像有比赛打其他游戏的，5 VS 5输了，连着五天，一天好几千的花费，还差点儿打起来，反正当时闹得挺大……因为他们这帮人算是地痞无赖了。”

“报警！”宋词紧攥着拳头说道。

邱易摇摇头：“打游戏你情我愿的事情，接受挑战大家就视为同意规则，这些人就是吃这口饭的……也有人报过警，但警察来了也无济于事。说实话，围观群众巴不得他们闹，他们只负责看热闹。”

“收拾这种人，的确还是在赛场上打败他们，比较有成就感。”初七微微眯了眯眼睛，眼里似乎燃烧起了些许火焰。

“初七，你是想去打3 VS 3吗？”宋词有些担忧地看着初七，“可是3 VS 3能赢吗？”

“可能性很小。”初七没有玩过3VS3，只是知道有这张地图，而且和5VS5的打法差距很大，邱易和袁璜也是很少玩3VS3的人，但对方如果是职业混子，这方面绝对不会弱。初七不知道对方的真实实力，的确没什么把握。

可惜他们只有四个人，不能5VS5，哪怕其中两个人水平差一点儿，但是至少能做到不送人头，而且，初七更熟悉这个模式和地图……

她轻轻咬了咬嘴唇，还是缓缓走上前，抓了一下袁璜的胳膊，说道：“袁璜。”

到底是自己拜的师傅，袁璜还是很给初七面子的，他回过头：“师傅，你们先去玩其他的吧，我和他们PK完再过去找你们？”

“怕输吗？”初七的声音几不可闻，“邱易说，这几个人可能是职业混子，刚才打的肯定不是真实水平。”

其实到这个当口，袁璜已经明白过来了，但是心头这股无名火又没法熄灭，而且对方百般挑衅，他摇摇头，说道：“无所谓，我不怕输，又不是没输过，大不了被他们讹一个月的工资。那也不能现在打退堂鼓。师傅，你别劝我。”

初七摇摇头说道：“我没打算劝你，不过……”她好看的嘴角微微上扬，眼睛里闪过异样的光芒，“既然你叫我一声师傅，当然不能就这样丢下徒弟不管啰。”

袁璜愣了愣，似乎没能完全理解初七话里的意思。

“我们几个人是一起的，3VS3吧，怎么样？”初七说道，看向对面那几个虎视眈眈来挑事的男人。

身上有文身的男人愣了一会儿，用有些猥琐的目光上下打量着初七：“哟，姑娘，你也要一起啊？行啊，”他又转向宋词，“那边那个美女，要一起吗？”

邱易上前一步，把微怒的宋词护在身后，愤怒地说道：“我们三个人一起。”

“行呗，我们再叫一个就是了，”文身男子无所谓地耸耸肩，“各位都知道规矩吧？我们三个人在这游戏城里三天的所有开销，你们要全包。”

他们叫来了一个头发染成棕黄色的男人，初七扫了那人一眼，心想：这还真是个完美的洗剪吹组合。

黄毛一来，还没开口说话，就盯着初七看了好一会儿，他的目光在初七的长腿上逡巡半天，初七今天穿得简单，白色T恤加牛仔短裤，脚上穿了一双小白鞋。

她身高近一米六八，身材比例很好，皮肤又白，今天这一身虽然简单，却看得到凹凸有致的轮廓，尤其是一双傲人的大长腿，格外吸引人的眼球。

“可以啊，美女当对手，我怕我舍不得下杀手。”黄毛男人笑着说道，露出和自己头发一样发黄的牙齿。

初七觉得自己的太阳穴都在突突地跳，她自小就非常理性，习惯用逻辑和数学来解决一切问题，对于情绪这方面的接收能力比别人弱很多，无论是生气还是喜悦，她都是淡淡的，甚至是后知后觉感受到的。

可是对面这几个人真的让她觉得很烦。

“你！”袁璜已经扬起拳头想上去揍人了。

初七拉住他，神色不变地说道：“先说说规矩吧，几局几胜？”

“三局两胜吧，怎么样？”穿红T恤的男人说道，“3VS3没有什么禁用英雄之类的，我也不怕告诉你们，别说哥哥欺负你啊，我肯定选射手的。”

就算初七没有玩过这个模式，也能分析出这个模式的地图，射手是最吃香的，而且还是推塔小能手。

“这游戏3VS3没意思，而且他们四个人，有个女孩儿在旁边只能看着，太无聊了。”

一道熟悉的男声传来。

初七抬起头，看到来人一身休闲装，单手插在裤兜里，自带气场地走过来，嘴角噙着些许笑意：“不如算我一个，你们再叫两个人，5VS5，怎么样？”

袁璜瞪大了眼睛：“斐……”

他才刚开口，对面的斐诰已经将右手食指竖在了唇边。

袁璜便生生把后面的那个“总”字给咽了下去。

“这位帅哥是想英雄救美？”黄毛说道，“可以是可以啊，但是5 VS 5 的规矩，你知道吗？”

斐诰嘴角噙着微微的笑意：“愿闻其详。”

分明是简单的四个字，那黄毛却不知为何后退了一步，看向了他身边的两个朋友。

洗剪吹组合一番商量，文身男子便说道：“5 VS 5 输了的要负担对方在这游戏城里十天的所有开销。”他挑挑眉，“能接受吗？”

宋词算了半天还是觉得不对：“五个人为什么是十天啊？”

“十天？”斐诰看向对面的几个人，用颇为无所谓的语气说道，“一个月吧，怎么样？

洗剪吹组合：“……”

他们拿不准斐诰是何方神圣，三个人便开始嘀咕：“他看起来好像很厉害？”

“5 VS 5 又不是一个人的游戏，这个版本一个人强没用的。我记得之前打这款游戏的时候，他们那个法师很逊的？”

“他这么能装蒜，为保险起见，不如去叫阿浩？”

洗剪吹组合讨论了一番：“那可以，你们等着，我们叫人来！”

宋词小声说道：“刚才他们是在小声商量吗？可是我都听见了啊。”

“我也听见了。”袁璜一脸沉重，然后看向斐诰，“斐……额，你怎么会这么巧在这里？”

“本来在附近，听到这边热闹，就过来看看。”斐诰笑了笑说道，“刚好看到你们。”

宋词光是看着斐诰就有点儿脸红，微微后退了一步，不太好意思地说道：“我太逊了，肯定会拖后腿的。”

“别在意，”斐诰扬起嘴角，看着脸色微红的宋词，“就算输了，也不过花点钱而已，就当我给这个游戏城的消费尽一些力，你别有心理压力，好不好？”

宋词的脸唰的一下红到了耳根。

初七突然想起来，之前《荣光2》论坛上有人说过：见过F神本人的女孩儿百分百会成为死忠粉，因为他本身是特别绅士，修养非常好的男人。你明知道他对所有的女孩儿都这样，但你就是会被撩到，就会变成‘你长得这么帅你说什么都对’……所以斐诰又被称之为——行走的荷尔蒙。

初七以前没什么感觉，今天看到宋词的反应，才有了一点儿真实感，仿佛看到了这三年来在F神微博下留言，表示会一直等他回来的那些女孩儿们一样。

洗剪吹组合又叫来了两个戴棒球帽的男孩儿，一个叫阿浩一个叫琦琦，都还很年轻。黄毛清了清嗓子，说道："那就开始吧？"

袁璜有些心虚，压低了声音问邱易："邱易……我们如果输了，还连累了斐总的话，我是不是可以收拾铺盖滚蛋了？"

邱易摇摇头。

"呼！"袁璜吁了一口气。

邱易："你没有铺盖可以收拾吧？"

……

黄毛开了5VS5自建比赛的房间，对着初七吹了声口哨："房间开好了，进来吧！"

斐诰眉头微微一蹙。

初七连头都没抬，只是认真地看着英雄页面。

选英雄的时候，宋词小心翼翼地问道："要禁用哪两个英雄啊？"

初七下意识地看向斐诰，只见他摇摇头："不禁。"

宋词和袁璜都瞪大了眼睛，袁璜忍不住说道："不禁的话我们很吃亏的！"

"没事。"初七轻声说道，"第一局你们做好输的准备，我们把时间拖长一点儿。"

说话间她低头看了一眼腕表，略一思索："希望时长在三十二分钟以上，四十一分钟以内。"

宋词眨眨眼："还有上限？"

“嗯，疲劳是同等的，相比他们而言，你们更容易疲劳。”斐诰的声音低沉而温和，“我们只是想摸清楚他们的路数和默契程度，如果拖太久，我们的套路也会被他们看穿。”

宋词一脸蒙：“什么，我们还有套路吗？”

“会有的。”初七笑起来，看了一眼身旁的斐诰。

宋词和袁璜他俩一个选了法师一个选了战士，轮到邱易的时候他有些犹豫地看了看初七和斐诰，似乎不知道自己该选什么好。

初七这时对着邱易说道：“你坦克水平还不错，全肉，守线，有需要我们叫你集合。”

斐诰选了个高伤的刺客，笑了笑对初七说道：“不如你也来输出吧，怎么样？”

“嗯……”初七歪着脑袋，“那就射手吧。”

斐诰不再多言，调了一下技能和出装，轻声说道：“记住我们的使命，尽量拖住他们。”

斐诰他们是红方，阿浩他们是蓝方。

因为是难得的5VS5，游戏城里又有挑战的传统，不少围观的人都在等着看其中一方的笑话，但游戏打过三十分钟之后，围观的人都有些昏昏欲睡。

“这也太久了吧？”

“没办法啊，你看红方一直都留一个人守线，无论如何都不出去，越塔强杀有时候又杀不掉，蓝方肯定也很烦。”

“半个多小时了，是我，我早就投降了，看困了都。”

“总共就三局，要是轻易就认输了，就得支付这帮人十天的开销啊，这可不是一笔小数目。而且这帮人……名声真不好，靠这个在游戏城都不知混了多久了！”

“唉唉唉？红方投降了！”

时间进行到三十七分二十八秒，红方团灭，选择投降。

场上比分0:1。

输了比赛，谁都不会高兴，袁璜皱紧了眉头：“师傅，我可能太高估我自己了，他们……很厉害。”

“而且配合得也很好，我根本出不了门，出去就好几个人堵我。”宋词整张小脸都皱在了一起，摇摇头，说道“我这种手残，果然不适合打这款游戏啊。”

初七却只是笑了笑：“还有两局呢，别打退堂鼓啊。”

“什么感觉？”斐诰看着初七，轻声问道。

初七歪着脑袋想了想：“我打一局辅助，怎么样？”

斐诰迎上她的眼睛，嘴角扬起一个好看的弧度：“好啊。”

第二局开始。

选择禁用英雄的时候，宋词本来以为还是要放弃，结果斐诰已经给了她两个英雄的名字，正是上一局，对面最高输出的两个英雄。对手禁用的英雄也是上一局初七和斐诰用的英雄。

因为上一局，初七和斐诰两个人，占据了红方 75.2% 的输出，秀操作秀到飞起。自然是意料之中的事情，初七这局秒选了辅助月沧海。

这是个刚推出不久的辅助型英雄，伤害虽然不高，但是每个技能都非常“恶心”。被动技能是高额增加自己和队友的移速，主动技能仍然是三个，一技能朝着指定方向召唤出一条小河，小河上的敌人受到法术伤害并且被击退；二技能是召唤一个小圆圈，可以让己方的残血英雄被传送回水晶，并瞬间满血，免去了来回奔走回城和等待回血的时间；三技能也就是大招，是放出一个大圆圈，其他队友接到召唤，可以集结到圆圈之中，发起团战。

这是《全民斗魂》现有英雄的技能中，唯一一个能召集所有己方英雄的技能。

初七在选择带特殊技能的时候犹豫了一会儿，本来选择了治疗，因为辅助英雄可以给己方英雄加血，但她又想了想，选择了闪现。

除了初七没有选择输出之外，这局其他配置和上局别无二致。宋词依然是负责送人头的小法师，守中路守得心惊胆战，邱易是坦克，袁璜是战士，斐诰选了个有位移的射手，清兵带线加打野，刷金币刷得飞起。

初七知道对方肯定会欺负宋词，一开始就全力在中路辅助。月沧海这个英雄，只要预判准确，几乎可以把对方恶心到死。虽然双方都在中路会分摊金币和经验，但也没被对方占到优势。

初七打得非常稳妥，全防御装备。只要宋词被对方打到还剩一半的血，她就开二技能让宋词回家，仿佛一个敬业的护花使者。

但一味防守用处不大，对方的水平摆在那里，每次抓人都是三个人以上，饶是初七操作没问题，也还是死了两次，邱易、袁璜和宋词都死了三四次，全场金币第一自然是斐诰，射手打钱本来就快，再加上目前没人去压制他。

对方的黄毛再次击杀了宋词，忍不住喊道："哎哟，法师妹子真对不住了，又击杀了你一次。"

然后，他就被斐诰追着杀了两次。

黄毛"啧"了一声，说道："英雄救美啊？可惜，5 VS 5 的游戏，别说你们有两个人不太给力，就算五个人都厉害，配合不好一样要落败。我倒要看看，你一个人能有多厉害？"

斐诰闻言，连眼皮都没抬一下，只是继续操纵着手中的英雄。

"上一局时间打太久了，"对手阿浩皱了皱眉头，"不想再拖了，打起精神，赶紧打完。"

打游戏时间太长，对双方都是一种折磨，阿浩知道对方五个人的水平不如他们，所以想赶紧结束战斗。

游戏进行到十二分钟，洗剪吹组合已经推掉了初七他们这边四座塔。下路一座塔，中路一座塔，上路两座塔，然后开始打龙。

初七在队伍频道打字：对方肯定在打大龙，你们守塔，我去偷。

袁璜和邱易同时皱紧了眉头，两个人对视一眼，都觉得有些莫名其妙：初七是个纯辅助的英雄，怎么可能偷得了龙？

最好的选择，当然是斐诰去偷龙，他金币最高输出也最高，偷不到龙还能杀对方一个措手不及，而且这个射手有位移技能，可以确保自己全身而退。

他们正要发出疑问，就看到斐诰打出的字：好。

好？

斐总在想什么啊？

袁璜忍不住大声说道："不是，你们……"

初七抬起头，轻轻扫了他一眼。屏幕上出现了几个字：听师傅的。

看到“师傅”两个字，袁璜就乖乖地闭嘴了。心想：反正初七认了自己做徒弟了，今天输了也值了。

对面的黄毛又讥讽道：“哟，这是怎么了？内讧了啊？”

宋词气鼓鼓地看了一眼那个黄毛，恨不得自己会游戏里的各种法术，一个大招丢过去弄死这个黄毛。

屏幕上显示“大龙已被阿浩击败”。

这张地图大龙的位置在图下路和中路之间的海域，打完大龙，对方五个人在中路集合，阿浩轻声说道：“一波。”

斐诰飞快地在队伍频道里打字：中路集合，这波守住高地，技能全都给小兵和大龙，服从命令听指挥。

除了初七，其他三个人一起点了点头。袁璜一脸好奇地看了一眼初七的位置，发现她在大龙附近的草丛中蹲着，一直没动。蓝方带着龙和兵线从中路一路推过来，顷刻间就已经推倒了两座塔，来到了高地前。

袁璜有些紧张，因为这时候，初七动了！对方都来攻打高地了，她的月沧海却没有选择回城，而是选择了去对面！月沧海出了全防御装，在没有兵线的情况下，被塔打两下还是很疼的，但她却浑然不觉，一个劲儿地往对方的水晶跑。

阿浩皱了皱眉，说道：“她要去干吗？”

“哈哈！”黄毛大笑起来，“妹妹呀，找不到家了吧！”

此时阿浩他们已经把高地塔打得只剩下一半血，不管宋词他们四个人怎么努力防守，也只能是拖延时间，不能改变被对面五个人一路推翻水晶的命运。

袁璜着急地喊道：“师傅！”

他是真想不通初七去对面干吗，没有兵线，她的攻击力连一座塔都推不倒，这时候当然应该回来守水晶啊！虽然辅助守塔能力也不强，他们这波八成也守不住了，但也不能放弃治疗啊！

如果这个人不是初七的话，恐怕袁璜和宋词都会直接喷她了。

初七突然扬起头，笑了笑，说道：“猜猜我要做什么？”

语气里竟然带着些俏皮。

不过是转瞬之间，她已经一个闪现到了对面的水晶，扛着水晶给自己造成的伤害，朝着对面水晶开了个大招。

大招！

袁璜瞪大了眼睛！

他心里隐约有了猜测，却觉得简直不可思议！宋词几乎是下意识地转头看了一眼斐诰，发现斐诰打掉了两个小兵之后，已经按下了同意的按钮。

这是全场，初七放的唯一一个大招。大概是因为一直没有用过，所以阿浩他们几乎都忘了，月沧海的大招，可以召唤己方全体英雄。

阿浩的眉头猛地皱紧，站在原地就要回城。黄毛连忙劝道："他们不一定比我们快啊！别回去！"

"一定比我们快！你这个笨蛋！"

瞬间，这边的四个英雄就已经飞到了对方的水晶身边。同时，阿浩他们这边也拆掉了高地塔，开始攻击水晶。

阿浩回城才回到一半，就看到了屏幕上出现了"游戏失败"四个大字！

该死！他狠狠地捶了一下桌子。

谁能想到初七竟然会选择放弃家里的水晶，直接攻打对方的水晶？他们家的高地塔都还在呢！

围观的群众好多人也一脸蒙，半天没回过神。

"啊？月沧海还能这么用？！"

"所以这女孩儿从一开始就不是为了去偷大龙，而是为了缩短距离？"

"如果那个阿浩不选择回城的话，他们说不定不会输？他回城肯定来不及的。"

"不是的，他不回去一样会输，他是个坦克，拆塔能力一般，而且他们刚拆完高地，而初七他们就已经在攻打水晶了，他们还得从高地走到水晶跟前，虽然就零点几秒的距离，但是初七他们的那个射手推塔无敌啊！"

“对对对，那个帅哥好厉害啊，经济第一，上来两下，阿浩他们的水晶就剩半血了！”

“这局我真是开了眼，以前只觉得月沧海这个英雄的控制技能恶心，第一次知道居然还能这么用？难怪开局的时候选择带闪现而不是治疗……太精彩了，简直是太精彩了，果然电子竞技的赛场，不到最后一秒，根本不知道谁胜谁负。”

场上战成 1:1 平。

宋词喃喃道：“我们……我们赢了？”

初七闻言笑了笑：“还没有，还得打一局呢。”

第10章

把游戏城……买，买下来了吗

因为第二局的失利，第三局蓝方非常谨慎，禁用英雄时第一个禁用了上一局初七所使用的月沧海，第二个禁用了一个高伤害的刺客。

初七看向斐诰："怎么说？"

"听说过所谓的'脏套路'吗？"斐诰挑挑眉。

初七点了点头，她虽然没玩这款游戏多久，但她天生认真，研究过所有英雄的技能，自然也知道英雄之间的克制和配合。所谓的脏套路，就是英雄组合带着点儿打不死的赖皮，这对几个人之间的配合要求非常高："以哪个英雄为主？"

袁璜和宋词都一脸蒙，倒是邱易已经差不多猜到了："老威廉？"

老威廉，刚推出不久的射手，最初调试的时候考虑不周，导致这个英雄可以和另外几个英雄打配合，四保一一路中推。

其实邱易他们已经接到通知，要对这个英雄进行调整，只是具体的调整还没有完成。所以现在的老威廉，还是可以走"脏套路"的。

斐诰笑着点了点头。

"万一他们看出来可怎么办？"邱易难免有些担忧。

斐诰耸耸肩："他们先选择了禁用英雄，自然是我们先挑英雄，不是吗？我先把老威廉选了就是了。"

"对方肯定会针对吧？"邱易皱了皱眉说道。

初七笑起来："我们不是还没选禁用英雄吗？"

说着，她看向宋词，报了两个英雄的名字，让她禁用。这两个英雄都是高输出的刺客。

然后斐诰选择了老威廉。

对面的阿浩已经皱紧了眉头："老威廉？"

他抬头看向斐诰，看到对面的男人一脸笃定的笑容，心里突然有点儿懊悔，他和黄毛他们本来就不是很熟，根本就不想做这种事，他的梦想是当一个职业选手！不是天天在这种游戏城里混吃等死！

"阿浩，该你选了！"文身男有点儿着急了，"快点儿！"

阿浩却还是有些犹豫，他猜到对方会走以老威廉为核心的"脏套路"，其他四个人都选择相应的英雄来保护他，然后一路推倒水晶。

但知道归知道，最克制老威廉的两个英雄，已经被敌方禁用了。

阿浩选择了一个高伤的刺客，希望自己能刺杀老威廉，破对方的四保一阵容。

轮到宋词选择英雄时，听到了初七的声音："选冰女吧。"

冰女，是英雄栾云的外号，也是一个法师。三个技能全都和冰有关，所以又被称之为冰女。一技能冰霜造成法伤并且减速；二技能预判，可以将对方冻住；三技能是以她自己为中心画一个大圆圈，天上突降暴风雪，给范围内敌人造成伤害。

如果二技能冻住对方，再开大招，脆皮基本全都被秒死。

当然，栾云本身是个脆皮法师，大招也有可能被打断，这个英雄能不能玩好，就看二技能是否能冻住人。

宋词有些为难："可是我不会玩这个英雄，我从来没冻住过人。"

"没事，"初七弯了弯眼角，"这次你一定能冻住。"

宋词不相信自己，但是很相信初七，所以她点了点头，选择了栾云。

袁璜轻声问道："师傅，我呢？"

初七歪了歪脑袋，看了看对方的选择，然后笑着说道："选个真君吧，能让队友复活的英雄，多酷啊。"

作为一个徒弟，袁璜可以说是非常乖巧的。

而邱易，已经选择了机关师作为自己的英雄，他抬头看了一眼初七，似乎在征求她的意见。初七点了点头："全肉，扛伤就交给你了。"

至于初七自己，她选了欧丽作为自己的英雄，这个英雄的人设是个萝莉，至于技能也非常萌，总的来说就是，加血，加速，晕眩敌方。恶心程度比起月沧海恐怕都有过之而无不及。

看到初七选择的这个英雄，阿浩沉重地叹了一口气，他看着黄毛说道："你选老头。"

老头是个远程法师，大招守塔无敌。老头的被动技能，是让自己这边的五个英雄迅速升级，敌方三级的时候，他们可能已经全都四级有大招了。

但黄毛摇摇头："我们已经有法师了，不选法师，而且我不会玩，我选个其他的吧。"

然后他就选了个射手。

阿浩额上青筋暴起，吼道："你大爷的！让你选老头！"

也不知道黄毛是被他这一吼给吓住了还是根本不想换，愣了几秒，等他回过神，选择英雄的时间已经过了，无法再更改。

阿浩深吸了一口气："出防，我上去打老威廉的时候你们就一起进去。他们开始攻击中路就全部守中。不过……"

说到这里他抿了抿嘴唇。

文身男连忙追问道："不过什么？"

不过……应该是没办法改变结局了。可他还是没说出口，没开局就说这种丧气话，实在不符合他打游戏的作风。尽管，阵容已经输了一半。

第三局开始。

老威廉前期打了红 Buff 和两个野怪，一路清理下路兵线，飞速升到了五级，他又重新回去打了个红 Buff，眼看就要升到六级，其他英雄终于也全部到了六级。

初七在频道里打字：集合，直接中推，速战速决。

连对这款游戏最不了解的宋词，都已经彻底明白了他们这个阵容的意义，很快，所有人都到了中路。

老威廉，大招是架炮台，然后形成一个大圈，一旦敌人在范围之内，就会被打倒，而且这个圈离得越远，攻击就越高，所以有些坦克或者刺客会专门冲进圈里来打老威廉。

斐诰他们的套路就是四保一，其他四个英雄围绕在老威廉的身边保护他，宋词对着老威廉的位置一个劲儿地丢二技能，这样敌方英雄靠近老威廉时，就会被冻住。

哪怕没被她冻住，她也会立刻开大招，因为其他三个英雄都有控制技能，能够让敌方的英雄进来了就出不去。被控，被冰女的暴风雪伤到的同时，还要被老威廉的炮台伤害，真的很惨。

敌方五个英雄，基本上没有活过。才九分钟时间，他们就已经推倒了敌方的高地。

邱易所使用的机关师，除了是个坦克，能扛伤能控人之外，还有一个近乎 bug 一样的技能，就是拆塔能力。分明是个坦克，拆塔能力却不逊于任何射手。

这一局几乎毫无悬念可言。推倒水晶的时候，斐诰开大招架起炮台，就直接把手机放到了一边，站起来，伸了个懒腰。

初七笑了笑，一边开技能给他加血，一边在全部频道里打字：再见。

游戏结束。

宋词看着 2:1 的比分，莫名觉得自己体内的血液都在沸腾。

她从来没有体会过战略战术的胜利。从选英雄的阵容配合，禁用对方英雄的谋略，猜测对方的想法，预判路线，甚至牺牲一个人保全队友……这种种，都是新鲜的体验。

以前看到职业选手的精彩操作和配合，会忍不住感慨一句“好厉害”，而今天，她竟然在这后面两局的比赛中，感受到了自己的不可或缺。

“宋词，你呢？”

此时的宋词沉浸在感慨中，好不容易回过神，却不知道初七在问她什么：“啊？”

“割地赔款时间，”斐诰挑眉，“初七在统计我们每个人的单日开销。”

“还真的要……他们掏钱啊？”宋词皱了皱眉，觉得以斐诰这种总裁身份，做这种事情实在是有点儿难以理解。

初七挑眉：“不然呢？不是愿赌服输吗？”

“可我其实都不怎么来游戏城，一个月也就来个一两次，每次都是玩抓娃娃……”宋词挠挠头，“也花不了多少钱啊，因为根本抓不到，就放弃了。”

初七笑了笑，说道：“那给你算一万元吧，这样总能抓到了。”

“喂！”洗剪吹组合终于开始抗议，黄毛皱紧了眉头，“用运气和‘脏套路’取胜有什么了不起的，不就是想要狮子大开口讹我们一笔啊！一个人一天一万元，就算我愿意，我们也拿不出来好吗？！”

初七眯了眯眼睛：“好像也有道理。”

黄毛笑逐颜开，正要继续说什么的时候，初七却先开口说道：“那不如立个保证书吧，你们在半年之内，不要再来这个游戏城。”

“你说什么？！”文身男立刻暴怒起来，“不要以为你是个女孩儿我就不敢……”

斐诰上前，将初七挡在身后，抬起头来看了他一眼，眼神如刀。

文身男被这气势所慑，忍不住闭了嘴。

“你们在这个游戏城里当这种职业混子，也有很长一段时间了吧，”斐诰的音量不大，但每个人都听得清清楚楚，“跟游戏城有协议吧？”

初七心下一沉，她之前就觉得奇怪，听斐诰这句话才明白过来，这些游戏混子的存在，也是游戏城的经营手段之一，刺激消费为自己扩收，同时也能给“混子”一些好处。有了这个“擂台”的噱头，还能吸引不少人来，今天他们比赛时，旁边围观的人就非常多。

“你胡说八道什么？！”红T恤男大喊起来。

斐诰懒得跟他们废话：“我是不是胡说，你们心里清楚。不过，你们这种好日子也到头了。”

说完，他转过身，看向其他四个人：“打半天，饿了，先吃饭吧？”

袁璜有些气不过：“就这样便宜他们？”

“你看不出来吗？”邱易耸耸肩，“他们没钱。”

说着，他又看了一眼洗剪吹组合，叹了一口气，说道：“之所以会挑衅你，是以为我们好欺负，后来变成5VS5，虽然有变数，但是他们还去请了两个外援，更觉得万无一失。全场开嘲讽，现在输了自然就不敢说话了。”

黄毛咬了咬嘴唇，一脸愤恨，但最终还是没有发作，因为邱易说的是事实。

但初七却走上前，对着他们笑了笑，然后看向其中一个人，说道：“你叫阿浩，对吗？”

她笑起来有清浅的酒窝，看着阿浩说话的时候，眼眸微微亮着，格外好看。

阿浩的脸腾的一下就红了起来。小宅男平日里闷头打游戏，打赢了偶尔会有女孩儿尖叫两声，他还挺高兴，可如今输了，他正心里愤懑，对手却走过来跟自己搭话？

还是个特别漂亮的女孩儿！

他顿时有些手足无措，结结巴巴地说道：“林、林浩，他们都、都叫我阿浩。”

“唔，你今年多大了？”初七继续问道。

查户口？

林浩的脸还红着，虽然不知道初七为什么要问，还是下意识地回答道：“十九岁。”

旁边的四个人此时也有些疑惑地看着初七，不知道初七葫芦里卖的是什么药。

“还很年轻呢，”初七脸上的笑容不变，伸出手：“我叫初七，这三局，你都打得很好。”

无论是操作还是意识，眼前的男孩儿都远胜自己。只是其他四个人和他差距太大，而且他们五个人应该不是经常一起玩，配合很一般。

林浩个人能力突出，也具有领导能力，但其他四个人跟不上他的节奏。

第二局有轻敌和意外的成分，但第三局就是阵容出了问题，林浩当时看出了他们的“脏套路”，让黄毛选择英雄，但是黄毛不肯听。林浩在知道情况不利的情况下，还是尽全力打完了最后一局，而且发挥得很不错。

只可惜，5 VS 5 的游戏，不是一个人强就够的，想来他应该是所有人中最郁闷的一个。

所以初七才会走过去，和他说这些。她欣赏眼前的这个男孩儿，他还有挺长的路可以走，和这些人一起在游戏城里当游戏混子，实在是太可惜了。

林浩第一反应是：这是嘲讽？然而他抬起头，迎上眼前的女孩儿那双漂亮的眼睛，愣了一会儿才点点头："啊！那个……谢谢。"

他低头看向她的手，在灯光下，白皙修长的手指好像会自体发光，不知怎的，林浩竟然有些不好意思地伸出手，握住了她的。

初七脸上仍然挂着笑，说道："以后有机会，再一起打游戏吧。"

说完，她转过身，离开了。

不远处的斐诰微微挑眉，看着这一幕。他看到林浩的目光，一直追随着初七的身影。

"走吗？"初七走到他身边，抬头看了他一眼。

斐诰点点头："嗯，想吃什么？"

初七想了想说道："虎皮尖椒、麻婆豆腐、爆炒肥肠。还有二两米饭和柠檬水。"

斐诰愣了一会儿，没想到自己会听到如此具体的回答，他勾起嘴角，笑着点点头："好，走吧。"

五个人即将走出游戏城的时候，几个挂着游戏城工作牌的人匆匆忙忙走了过来，袁璜如临大敌："什么意思，这是要打架吗？！"

一个西装笔挺的男人走过来，说道："斐总，已经谈妥了。"

他似乎是斐诰的助手，说着，他将手中的合同递给斐诰，斐诰接过来飞快地扫了一眼，说道："好。"

"是否需要重新装修游戏城？"助手看了看周围的环境，"工作人员的安排上……"

斐诰将手中的合同递给助手："你看着办，只是以后不能再有这种游戏城的托了。"

"知道了，斐总。"

一路走到饭店，袁璜才如梦初醒："等等？所以，斐总把游戏城……买，买下来了吗？"

"难怪刚才会说他们的好日子到头了，"宋词瞪大眼睛，一脸崇拜，"天啦！现实版霸道总裁！"

说完宋词才反应过来斐诰就坐在对面，她十分不好意思地捂住嘴，低下头。

斐诰不置可否地笑了笑，似有似无地看了一眼初七，说道：“啊？霸道吗？”

“你本来就是来办这件事的吧，”初七扒拉了两口饭，“碰巧看到我们，就过来凑热闹了。”说着，初七转向斐诰，“什么时候取消优先匹配附近人的制度？”

“已经跟钟主管说过了，会让他们调试。”斐诰点点头，“当时考虑不周，没想到会弄成这样。”

袁璜点点头：“打游戏很容易怼来怼去，隔着网络，最多心里不爽，在现实中就很可能要打架了。”

“还有那个林浩，”初七转向邱易，“我觉得他还不错，《全民斗魂》不是一直都在找兼职的游戏测试吗？他很合适，甚至，我觉得他如果好好磨炼，有可能进职业战队。”

邱易点了点头：“哦，那我到时候去……”

“短时间我们不需要兼职的游戏测试了。”斐诰打断邱易的话，漫不经心地说道，“至于职业选手，只要他打得够好，会有战队去挖他的。”

初七点点头，没说什么。

邱易却心下有些疑惑：最近不需要兼职的游戏测试了吗？怎么和钟主管跟我说的不一样？斐总什么时候开始关心这些事了？

想到这里，手机微微震动，他打开一看，竟然是袁璜。

他为什么离这么近还要发微信？

袁璜：我突然觉得，斐总和我师傅之间好像有点儿什么！

邱易正在喝水，看到这句话差点儿被呛到。

“你们接下来是什么安排？”吃完饭，斐诰突然问道。

宋词茫然地摇头：“不知道，看他们。”

邱易一脸理所当然：“走一千步，然后睡午觉。”

“喂！”袁璜对邱易这种老年人的养生生活一直都特别无语，“当然是找地方继续玩啊！”

邱易皱了皱眉：“哈？可是中午不休息一下，下午很容易困的，而且一天之内打游戏的时间最好不要超过两个小时，打太久会疲劳的。”

“你一直都是这样吗？”宋词偏过头，颇为好奇地看着邱易，“感觉你像个老爷爷？”话说出口她自觉不太妥当，又摇摇头连忙补充道：“额，我不是那个意思……”

“你说得没错啊，除了出差或者加班到深夜的情况之外，他每天晚上十一点睡觉，早晨六点半起床，运动三十分钟然后洗漱吃早餐出门上班，吃饭讲究细嚼慢咽，基本要数十几下之后才往肚子里咽，什么荤素搭配也非常讲究，根本不像是我们的同龄人……”袁璜挠挠头，“他什么都有时间表，简直就是一朵奇葩。”

初七正在喝柠檬水，听到这句话微微皱了皱眉：“有自己的时间表，这很奇怪吗？”

袁璜一愣：“啊？也不是奇怪，就是感觉，按照时间表生活，会……活得太条条框框了。”

宋词笑起来：“初七不但有时间表，还会把等待电梯、地铁的时间精确地算出来，连从前台走到她的座位上要多少步，都很精确。”

“这是我个人习惯而已……我天生对数字敏感。”初七缓缓地说道，“啊……其实是我用来消遣放松脑子的，对数字敏感这个……可能是天生的。我叫初七，是因为我是七号出生的，我父亲是个数学家，痴迷数学，所以直接给我起名叫初七。”

“啊，当然，”初七又补充了一句，“不用去查什么姓初的数学家，我跟我母亲姓。”

邱易眨眨眼：“咦？”

初七淡淡地说道：“我父亲一心只痴迷数学，他认为在繁衍后代方面，女性更为辛苦，付出也更多，所以让我跟我母亲姓。后来没多久他们就离婚了。”

邱易一时间不知道该怎么接话。

“初七……”宋词心里难过，有心想安慰她。

却不料初七说道：“不过这是一件好事，自从他们离婚之后，我父亲的研究得到了不断地提升，他说感情和家庭都是牵扯了爱与责任的东西，对于理性思维本身，是一种拖累。我遗传我父亲更多，非常喜欢数学和数字，啊……”

初七一顿，好几秒后才继续说道：“不好意思，我忘了交浅言深是社交大忌。我听说如果在不熟悉的情况下提起家事，尤其是不太幸福的经历和遭遇，会让听的人为难，因为彼此之间的熟悉度和感情都很一般，不知道自己该做出什么反应，气氛就会有点儿尴尬……”

周围十分安静。

初七挠挠头，又接着说道：“好像更尴尬了，我和别人在这方面不太一样，这些事情对我来说也不是难过或者悲伤的事情。”

她抿了抿嘴唇，怀疑自己又说错了话。她向来不擅长处理人情世故，跟别人相处起来也经常会觉得辛苦，少时的她，连自己的情绪都很难判断准确。

从小到大，没有人教过她应该怎么做怎么说，她所了解的社交方法，基本都来自晦涩难懂的书本和她与边牧的交流。

但边牧是她从小一起长大的表哥，其他人怎么能一样呢？

“只要，你提起这些事的时候不会难过就好，”斐诰一双黑曜石一般的眼睛，定定地看向她，语气里带着不易察觉的温柔，“就算和别人不太一样，又有什么所谓呢？”

初七没料到打破沉默的人会是斐诰，有些感激地迎上他的目光，然后轻轻地点了点头。

她不擅长表达，不代表没有自己喜怒哀乐的情绪。她的确觉得这些事情对自己谈不上什么伤害，至少在她自己看来是不存在的。

她也并不在意自己和别人不一样，只是单纯地希望，自己说这些话不会给他们四个人造成不必要的困扰。

因为在她看来，这四个人都是温柔有趣的，他们都也很好相处，自己愿意和他们待在一起，不希望他们不开心。

“不过啊……”

斐诰的声音再次响起，初七没料到还有下文，有些疑惑地看向他。

斐诰的嘴角轻轻扬起一个弧度，伸出手，指向桌上的水杯：“说和我们‘交浅言深’，实在是让人伤心，自罚一杯柠檬水吧。”

初七一愣：“啊？可是，我们的确……”

“嗯？”

斐诰挑了挑眉。

初七默默将“我们的确认识没多久所以是‘交浅言深’没错啊”的话咽了回去，端起那杯柠檬水，一饮而尽。

斐诰唇边笑意更浓。

“您好，您这桌打完折后，一共消费三百一十八元，请问您是现金还是……”

“不对。”初七抬起头看向笑容可掬的服务员，“今天是十九号，你们这道菜原价是三十元，今天特价是十九元。”

“啊，不好意思，那就应该是三百零七元。”服务员连忙道歉。

“不是啊，”初七又摇摇头，“按照原价三十元来算，我们一共消费的是三百七十四元，你们打八五折，那就是三百一十七元九角，你算是三百一十八元。但是如果是按照十九元的特价算，一共消费三百六十三元，打完八五折应该是三百零八元五角五分，按照三百零八元算吧。”

服务员：“……”

袁璜、邱易、宋词：“……”

斐诰忍着笑，说道：“不四舍五入吗？”

“那没有道理的。”初七摇摇头，“如果不能抹零就按原价走，但是不接受四舍五入。”

俨然是一副不能被人占便宜的表情。

斐诰终于忍不住，笑出声来。

服务员一脸蒙：“额，可以的，美女，那就三百零八元。”

“微信支付。”说话间，初七竟然已经拿出手机要结账。

袁璜和邱易几乎是下意识地去看斐诰，却发现斐诰根本没有阻拦她的意思。

“师傅！我来，我来！”

但是初七已经付款完毕，她看着激动的袁璜，挑挑眉说道：“每人六十一元六角，微信红包给我。”

咦？

竟然不是她要请客哦？

袁璜连忙给初七发消息：师傅！斐总带我们出来吃，你抢着付了账，他肯定会不高兴的。

初七：可按照道理来说，他帮我们解了围，帮我们省了钱，理应我们请他。他请客我会过意不去。但我想他也不会同意我请客，所以大家 AA，是最好的解决方案了吧。

看到这个回复，袁璜一愣。

不愧是师傅！竟然已经想了这么多！

所以斐总刚才也是猜到了她的想法，才没有阻拦的吧。

袁璜疑惑地看向斐诰。

斐诰已经掏出手机，嘴角挂着一抹笑："唔，微信号是多少？"

喔。

袁璜深以为然地点点头：我明白了。

不愧是斐总，真是一个深谋远虑的男人。

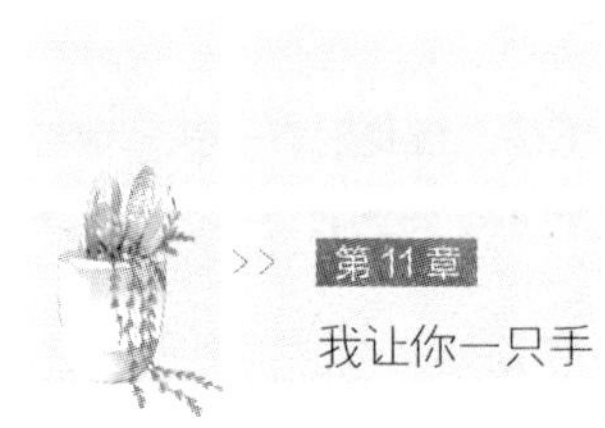

第11章

我让你一只手

F神最可爱：哇我的F神果然是海选赛积分第一名入围RCG！

段公子今天减肥了吗：是并列第一，那个Seven，也是三十场全胜。

人生自古谁无死：接下来的比赛段公子应该会开始做直播了吧，弹幕刷起来啊，伙伴们!

电脑右下角边牧的头像拼命跳跃。

边牧最可爱：初七，你和F神一起通过海选了！快告诉我，你的心情怎么样?

初七：没感觉。

边牧最可爱：……小七你怎么能这样！？我做梦都想和F神一起通过海选的初赛，结果我积分还是没打够，好气啊。

初七：下次再加油。

边牧最可爱：我都快二十六岁的人了，还下次啊！不过F神也二十六岁了，职业生涯不会太久了。他退隐三年回归，应该也是为了拿到一次RCG的冠军吧。

此时边牧的男神F神，正在段公子家里看视频。

“怎么样，这个Seven？”

段屿给他看了几个视频集锦，说道：“说是今年杀出来的一匹黑马。而且，因为选随机的缘故，感觉应该是你的粉丝啊，说话风格也很像。”

斐诰凝神看了一会儿：“不错的对手，不过……看得出来，以前这个人不是打随机的。”

“我也觉得，海选赛对这个人来说更像是一个熟悉职业的过程，但这个人也非常精准。可能是对手太弱，其他部分看不出来，”段屿挑挑眉，“不过，今年海选赛有你和这匹黑马，所以关注海选赛的人特别多。”

“精准。”斐诰细细品味了一下段公子用的这个词，然后点了点头，“计算能力很强。每个招式的距离，技能的时间……”

段屿笑起来：“是不是让你想起一个人？”

“你觉得这个人是 T 哥？”斐诰看向段屿。

“国内二三流的选手我都见过，你这几年不在，可能不知道。但是看他的情况，比赛经验肯定很丰富，至少经常打对战，这个水平却完全没听说过，可能性太小了。而且……”段屿指着其中一个视频说道，“这一局，这个 Seven 随机到了‘影’这个职业，打得非常出色。我觉得和 Ture 的相似之处，不是一星半点儿。”

黑马横空出世，打法却和 T 哥类似。而 T 哥，正好这次因为被禁赛，无缘 RCG。

“RCG 官方已经宣布，这是最后一次有《荣光 2》这款游戏的比赛，今年不但你回来了，还有一些老选手也回来参赛了。”段屿继续说道，“T 哥不想放弃，也是正常的。”

斐诰皱了皱眉：“T 哥好像是连同身份证一起的吧？如果被查出来，又是一大丑闻。”

“是啊，我真不知道 T 哥怎么想的，RCG 可是要打线下赛的，我们都帮他说话了他还不出来，别人肯定觉得他心虚啊？这个人如果真用了别人身份证参赛，那我们之前也算白忙活了。”段屿摇摇头，叹了一口气，“不过也只是猜测，打复赛的时候再看吧。”

如今对手太弱，看不出虚实，一旦遭遇到厉害的对手，就没办法隐藏了。

周日晚上八点半。

初七换了运动服准备出去跑步，手机却在这时候响起来。

“小七，小七！江湖救急！”

打电话的人是宋词，初七微微皱了皱眉：“怎么了？”

“袁璜和别人吵起来了……”宋词一脸无奈，“我怎么都劝不住他。”

这小子又干什么了？初七拿起包：“打架？那报警啊。”

“那个游戏节你有印象吧？”宋词说道，“你说没啥兴趣，就我们三个人来了，很多游戏都有自己的场馆，《全民斗魂》是最火爆的，斜对面是另一个游戏场馆，人气不如这边，似乎是那边场馆的人说了《全民斗魂》的坏话，被袁璜他们几个工作人员听见了，现在两边吵起来了。我怕他们打起来，你能不能联系一下……啊！”

宋词话还没说完，电话突然挂断了。

不知道宋词那边发生了什么事，电话也打不通，初七只好发了个消息：别急，我立刻就到。

在电竞圈这些年，初七自己没有卷入过任何纷争，却很清楚地知道，电竞圈喷子非常多。

基数越大，喷子越多。

而且游戏圈还有所谓的生态链和优越感，玩游戏 A 的人看不起玩游戏 B 的，等出了游戏 C，玩 A，B 的都看不起玩游戏 C 的。

袁璜这个人的确性子比较冲动，他和别人动起手来弄得鼻青脸肿的倒无所谓，一个大男人，只是……宋词怎么办？

“都说了，有本事来 solo 啊！你光说《全民斗魂》不好玩做得烂有什么意义？”

初七赶到的时候，一群人还在吵个不停。

《全民斗魂》这边除了袁璜之外，还有几个工作人员，此时的脸上都带着怒容。

“我不稀罕和你 solo 这款游戏，”一个一脸戾气的男人说道，“玩你们这款游戏不就是因为手残？一点儿技术含量都没有，人设什么的还这么丑！”

负责画人设的袁璜：“你说什么东西丑？！”

“不止丑，还恶趣味，有些女的故意设计成大胸，这款游戏靠这个吸引人？一个角色出 N 个皮肤来骗钱，你们这款游戏根本就不用脑子，也不用操作，你真觉得自己厉害？一款手机游戏，容错率那么高，对操作几乎没有要求，我玩了《荣光 2》这么多年，说实话真的看不上你们这款游戏。”

其实袁璜他们私底下也会吐槽游戏的人设和角色台词，女性身材的刻意放大，角色台词的恶趣味，还有疯狂出皮肤“骗钱”的事……他们在网上看吐槽的帖子也看得津津有味。

但这不代表他们能够容忍别人面对面指着鼻子骂他们的游戏是垃圾，说他们画的人设奇丑无比。

“你！”有个工作人员实在气不过，冲上前去，“《荣光 2》是吗？又有什么了不起？现在有几个人听过这款游戏？装什么能？”

站在那男人旁边的一个人也不乐意了：“怪你年纪太小，错过了好游戏。才会看到垃圾都当宝。到今天《荣光 2》仍然是 RTS 游戏里做得最好的一款，最好的人物故事背景，最好的优化，最精彩的对战。当年《荣光 2》风靡全球。全世界最顶尖的电子竞技赛事 RCG，都还有《荣光 2》的一席之地，《全民斗魂》，有本事冲出国门吗？”

“我们没强迫你们玩我们的游戏！”《全民斗魂》美术组的女孩儿终于忍不住了，“你们不玩就算了，为什么非要骂我们？”她将目光转向《荣光 2》的工作人员，“你们的玩家指着我们的鼻子骂，你们工作人员都不管一下吗？”

听到这话，《荣光 2》那边的一个工作人员站起身：“玩家素质也归我们管？天天在网上怼我们游戏的是谁？去我们论坛捣乱发帖宣传《全民斗魂》的是谁？RCG 这段时间海选赛，谁在我们视频下面留言说《荣光 2》是个给《全民斗魂》提鞋都不配的垃圾游戏？那时候我们抗议过，你们怎么回应的？玩家行为和游戏官方没关系。”

工作人员冷哼一声：“行呗，那现在就别双标，对不起，我们管不了游戏玩家！”

《全民斗魂》美术组的小姑娘脸色红一阵白一阵，竟然想不出反驳的话。

宋词看初七来了，小心翼翼地拉了拉初七的衣袖：“你来啦？我这里信号不好，刚突然断了……”

初七已经明白了事情的大概，应该是《荣光 2》的玩家和《全民斗魂》的工作人员起了冲突。但这种程度的言语贬损和辱骂，恐怕还不至于要报警。

只是让人气不过。

打《荣光 2》的老玩家有时候的确有优越感，看到其他游戏兴起的时候，会出来说句话：“比起《荣光 2》确实是差远了”。当然，关起门的时候，他们也会骂《荣光2》这么多年都没有再调整的平衡性。

这段时间RCG的海选赛，的确有不少《全民斗魂》的玩家来捣乱，骂这款游戏怎么还有人玩之类的坏话，被一干人称之为“小学生玩家”。看来有人对此很不爽，在今天的游戏节上，把火都撒在了《全民斗魂》游戏组工作人员身上。

“本来早就该撤了，这都晚上七点三十了，其他展馆下午五点就收了，《全民斗魂》因为太火爆所以一直拖到快八点，正门都关了，结果突然进来这几个人，玩了一会儿《荣光2》就过来骂《全民斗魂》，袁璜他们气不过……”宋词叹了一口气，“邱易有事出去了，我又不知道能找谁。”

宋词犹豫了一会儿才继续道：“我想着你不是有斐总的联系方式吗？我以为你会把他叫来的……”

原来是这样。初七微微皱了皱眉，拿出手机给斐诰发了个微信：现在忙吗？

她耐心地等了两分钟，对方没有回复。

“你一个劲儿地骂我们《全民斗魂》的游戏不行，又不肯和我solo，是不是男人啊你！”袁璜还在大喊着。

“真以为我不会玩你们的游戏？我告诉你，玩过这么多游戏的人，对这款游戏最多就是不熟悉，上手之后就能玩得很好，我还真不是不会，”那男人说着拿出手机，调出《全民斗魂》的游戏界面，“这是我的号，我不说和你solo，是给你面子，知道吗？”

袁璜微微一愣，发现对方竟然处于《全民斗魂》的最高段位。

他忍不住想起初七，师傅也是没玩多久，但也玩得很好，听说斐总之前也是打其他游戏的，然后打《全民斗魂》的水平很高，而且《全民斗魂》的确是最容易上手的游戏之一了。

“就是因为我玩过这款游戏，所以我才更知道它有多逊色。”男人收起手机，“我可以和你PK《全民斗魂》，我甚至还能换个区，用小号和你1VS1，但是，你敢来《荣光2》和我PK吗？”

袁璜愣了好一会儿，没接话。

他听说过《荣光2》，也看过背景图和人设图，觉得画得很不错。

但他从来没玩过。

对面一个男人的目光横扫着站在袁璜附近的人：“你们这群人中，有能和我在《荣光 2》PK 的吗？”

“我们又没玩过！”又是那个女孩儿说道，“PK 肯定会输啊……”

“而且就算和你 PK《荣光 2》，你不也还是看不起《全民斗魂》吗？！”

那男人挑挑眉：“连应战的胆子都没有，果然是手残游戏粉，但凡有点儿技术的，都不可能去玩你们这款游戏。玩《全民斗魂》的，八成玩《荣光 2》的时候连简单的电脑都打不过！”

“你！”

明知道这人现在不讲道理，故意抹黑《全民斗魂》，故意激怒他们，但袁璜还是成功地被激怒了。他气得攥紧了拳头，生平第一次感受到了“秀才遇到兵有理说不清”的气闷感。

“如果和你 PK《荣光 2》，而且赢了的话，你怎么说？”

温柔的一道女声，却又富有力量的在耳边响起。

所有人的目光都看向了女声传来的方向，刚才还在叫嚣的男人有些诧异地皱了皱眉。

眼前的女孩儿穿了一身运动服，有一双修长又不会过分纤细的腿，未施粉黛的脸上戴着一副眼镜，但也看得出她轮廓清晰，五官精致，是个能称得上“美人”的女孩儿。

“你说什么？”他一瞬间怀疑自己听错了。

“我说，”初七索性向前走了一步，“如果你打《荣光 2》输了，你怎么样？”

前面一直剑拔弩张的袁璜这才发现初七竟然来了，瞪大了眼睛，叫道：“师傅……”

“师傅？”那男人看向袁璜的目光满是轻蔑，“哟，怎么，自己打不过就找个女孩儿来帮忙？难道我会手下留情吗？”

“初七……”一脸蒙的宋词小心翼翼地拽了拽初七的袖子，“你别冲动啊，不是 PK《全民斗魂》，是《荣光 2》啊。”

宋词下午的时候围观了一下《荣光 2》，发现这款游戏超级无敌复杂，各个兵种，都是一个人操作，还要采矿什么乱七八糟的活计，一个人同时操作好几个英雄，非常难玩！

对面这个叫嚣的男人，明显经验丰富，下午的时候宋词看到过，他一直在擂主的位置上，好多人来挑战都没打赢过。

那些人好像叫他什么“欢喜哥”，宋词突然有些后悔自己一时冲动联系了初七，虽然她的初衷是希望初七联系斐诰，解决这件事。

初七却只是拍了拍她的手说道：“没事。”

欢喜哥上下打量着初七：“怎么，准备跟哥哥过两招？《荣光2》，你听说过这款游戏吗？”

“今天太晚了，一局定胜负吧，”初七的声音没有起伏，“我玩‘影’这个职业，你呢？”

“我的ID是欢喜哥，天梯排第一百五十七名，妹子你呢？”欢喜哥饶有兴致地打量着初七，等待着她的回答。

初七忍不住在心里冷笑，脸上却不动声色，她指了指腕表：“我赶时间，天梯排名不重要吧？不如先讨论一下输赢之后的奖惩？”

“行啊，我要是输了，我肯定道歉，行吧？或者你想要什么，哥哥都满足你。”欢喜哥脸上的笑容带着点儿邪气，“但是你要输了呢？陪哥哥打一年游戏？”

周围的人开始起哄。

袁璜气得抡起拳头要动手，被初七拦住。

“可以，我答应你。”初七一脸的云淡风轻，“但是你输了，不但要跟《全民斗魂》的所有工作人员道歉，还要帮我代练《全民斗魂》到九段。”

欢喜哥一愣。

“反正你已经九段了，既然你认为这款游戏这么简单，我相信你很轻松就可以做到。”初七一边说着，一边朝着《荣光2》的游戏展厅走去，见欢喜哥没有动，她回过头，说道：“怎么，不打了吗？”

欢喜哥这才跟着她重新回到了《荣光2》的游戏馆，坐在之前的擂主位置上，缓缓地说道：“妹子，我今天在这儿当了大半天的擂主，打败了几十个挑战者，你要不要看看视频再做决定？免得别人说我欺负你。”

初七顿了顿，略一思索：“也好。”

她用十六倍速看了一局店里存放的视频，正是欢喜哥用“月”这个职业对抗“影”的，看完之后她皱起眉，有些犹豫。

欢喜哥露出得意的笑容：“《荣光 2》这款游戏很难的，我虽然不是职业选手，但是也算很强了。你没必要为这些人强出头，打打《全民斗魂》那种没技术含量的游戏，挺好。”

“哦，你可能误会了。”初七缓缓地说道，“我之前对天梯排名一百五十七存在一些错误的估算。”

初七顿了顿，似乎是在斟酌措辞：“看了视频才发现，你比我想象的还弱一些。我也很怕传出去，别人说我欺负人，所以有点儿为难。”

“你！”

初七皱着眉，感觉很为难：“不如这样吧，”她坐上挑战者的位置，发现这是多功能的电竞专用鼠标，“我单手操作，让你一只手。”

“你说什么？！”欢喜哥瞪大了眼睛，却发现初七一脸坦荡，竟然是认真说的。他立刻怒从心头起，“我可是给足你面子了，妹子，等会儿别下不来台！”

“那个……”连《荣光 2》的工作人员都有些看不过去了，“虽然这款鼠标功能很齐全，但是单手操作《荣光 2》打 1VS 1 竞技赛，很难赢的。”

《荣光 2》是一款要求玩家多线操作的游戏，需要鼠标和键盘一起控制，键盘上有快捷键快速下达指令，鼠标操作英雄的技能攻击等等。一旦将双手操作改为单手操作，无疑会给操作者带来很大的压力。

以前的友谊赛也有过单手对战，瓜帅、月皇、F 神、沉安、星帝、大懒……这些《荣光 2》历史上熠熠生辉的 ID，都曾经在和自己的粉丝对战时采取过单手对战，因为实力相差太多，单手操作才相对公平。

这也是后来段公子他们推出了“我要打十个”之类粉丝赛的原因，给职业选手增加难度，也因为混战而增加了游戏乐趣。

“哦，没事。”初七笑看着那个出言提醒自己的工作人员，说道，“能麻烦你帮忙调试一下，顺便当我们的裁判吗？”

初七看向欢喜哥：“一局定胜负，对吧？”

“对，”欢喜哥冷哼一声，“现在牛吹得这么大，到时候输了可别找我哭鼻子！”

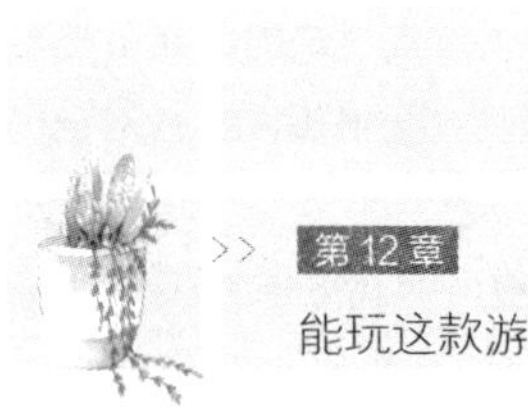

第12章
能玩这款游戏，已经是我的幸运了

裁判：请双方选择职业和禁用地图。

专治各种不服：职业“影”，无禁用地图。

欢喜哥：职业“月”，无禁用地图。

随机地图，第七十二张。

屏幕上投影出两个人的出生点。

《荣光2》的游戏馆中间有大屏幕可以让观众看到两边的游戏情况，但玩家是完全背对着的，而且戴着专业的耳机，听不到外面的声音，只能一心一意地操作手中的角色。

宋词颇为担忧地看着屏幕上的游戏战况，发现自己完全看不懂，然后又看向初七，初七坐得挺直，左手背在身后，始终都只用右手操作。

“袁璜，你觉得初七能赢吗？”宋词皱着眉，看向袁璜。

虽然袁璜自己心里也没底，但此时见到宋词这样，当然要给她一点儿信心：“放心吧，我觉得我师傅肯定是高手！”

可是……刚才连工作人员都说了，除非是职业选手对菜鸟，否则不会选择这种方式的。

宋词攥着初七的手机，紧张地看着屏幕，期待有个人能给她讲讲现在的战况。

《荣光2》的几个工作人员也一直看着比赛的战况，时不时窃窃私语两句。

“这张地图双方都不占优势，就看比赛的情况了。”

“那个女孩儿……很厉害啊，你看她单手操作，速度完全不输欢喜哥，APM很高。”

“ID叫‘专治各种不服’是马甲吧？她这个熟练度绝对不可能是平时不打竞技赛的，真人不露相啊，单手都这么厉害……双手岂不是难以想象？”

“那还等什么赶紧录下来啊！”

初七和欢喜哥都没有注意到，这场比赛已经被工作人员录了下来。

比赛进行到八分钟，欢喜哥用的是“月族”，一个喜欢造塔的职业，出了两个英雄，分别是月之法师和月之天神。

月之法师是水系法师，可以召唤暴风雪或者水元素，月之法师最强的招数就是召唤水元素作战，因为伤害高、可以持续一分钟，无论是用来输出还是逃跑的时候用来消耗敌人，都非常有效。

六级之后，月之法师能够拥有瞬移的大招，可以移动自己和队友共二十个单位，到自己的建筑附近，这个技能可以省去买回城卷轴的钱，必要的时候可以用来逃命、救家……

当然，还有一些比较令人恶心的战术，就是月之法师带领着农民来到对方的主基地附近，造座塔，然后一个传送，把自己家里二十个兵叫过来，咔咔就把敌方的家给拆了。

此外，月之法师还可以给自己和友军加速。

月之天神是个物理系的英雄，武器是个锤子，前三个技能都是捶捶打打，伤害很高，六级所能拥有的大招是给自己加Buff，能让自己变得高大强壮，伤害和防御同时大幅度增加， 生命上限能增加到五百点。

这两个英雄的组合是当年月皇最喜欢的组合，自然也是无数人效仿和学习的对象，欢喜哥也最喜欢用这两个英雄，而且胜率很高。

另一边，初七单手操作却只用了不到六十秒的时间就适应了，这都是托边牧的福，以前初七和边牧打这款游戏，把她单手操作的水平给练了出来。今天用的还是电竞专用鼠标，比她之前单手操作的巅峰状态还要好。

初七看了一眼场上的局面，人口数双方都是五十，经济差距也不大，几次交锋对方都没能占到便宜，初七也出了“影”这个职业最常出的两个英雄：黑暗战士和女将军。

黑暗战士是“影”的首发标配。一技能是火球的法术攻击；二技能是献祭，用火焰将自己包围，可以伤害附近的敌人，被动技能是有概率可以触发闪避。

六级黑暗战士变身为终极战士，攻击方式变成远程，与此同时生命增加五百个点，简单来说就是一个高伤又能扛伤的远程战士。

另一个英雄女将军，本身技能让所有己方处于隐身状态，但只能夜间使用，现在地图时间还是白天。可以召唤夜之眼用来侦查，能看到隐形的单位。随等级的提升，持续的时间也逐渐变长，攻击技能是射出火之箭。被动技能是一旦被攻击，会触发身边所有远程部队的攻击力提升，六级大招是流星火雨。火如同流星雨一般从天而降，造成范围内巨大的伤害。

比赛进行到了十分十二秒，初七终于带着大部队出发了。

因为比赛已经进行了十分钟，此时欢喜哥也已经额头冒汗，这十分钟他已经真切地感受到了对手的强劲，最重要的是，他觉得对方恐怕还有所保留。

是单手有所保留……

不！绝不能输！

欢喜哥攥紧了拳头，抿了抿嘴唇，又盖了两座防御哨所。

“月”这个职业，建造防御哨所的速度是最快的，性价比也是所有职业中最高的。所以有一些人打这个职业，虽然打不过对手，就不停地建防御哨所来防守，让对方的空军和陆军都攻不过来，以此拖延时间。

初七的队伍已经集结完毕。

决战一触即发。

宋词凝眸看着比赛的战况，初七的手机却一直在她手里震动。

来电：斐诰 F 神

……这后面的 F 神是什么意思？

宋词微微皱了皱眉，用胳膊肘捅了捅身边的袁璜：“欸，你们斐总给初七打电话了，怎么办？要接吗？”

袁璜一愣，看向初七的手机屏幕，略一犹豫，还是按下了接听键。

刚一接通，就听到好听的男声：“喂？不好意思，刚才你给我发消息，我才看到，就打电话问问，有事吗？”

作为《全民斗魂》公司的一员，听到斐总熟悉的低音炮，袁璜已经开始后悔自己贸然接了电话，只怪师傅这款手机连锁屏都没有，谁都能直接接听！

怎么就控制不住自己这欠揍的手呢！？

“喂？初七？听得到吗？”

他深吸了一口气，讪讪地说道：“喂，咳咳！那个，斐总……我是袁璜。”

手机那头一顿。

声音低沉：“你？”

不知怎的，袁璜突然觉得自己背后有股凉意，斐总听起来心情好像不太好！

“哦！我和宋词还有师傅一起在游戏节这边，师傅有点儿事，我帮她拿一下手机。”袁璜忙不迭地解释，刻意强调了还有宋词的存在。

谁料斐诰的声音更低：“宋词不帮她拿？”

“是宋词拿着的！”袁璜心里叫苦不迭，“因为看到来电显示是斐总您，所以我才接的……过会儿我让师傅给您打回去！”

就在这时候，周围突然想起了掌声和叫好声。

“哦！太厉害了！这流星火雨太强了吧？”

“你刚才看到月之天神死得有多惨了吗？那女孩儿的走位简直太神了，月之天神的锤子，愣是一下都没捶到，被她放风筝给活活放死了！”

“虽然我没玩过这款游戏，但是刚才那波操作真是太强了！而且她还是单手！我的天，我被她征服了！”

袁璜连忙抬起头，发现屏幕上，欢喜哥的月之天神已经死亡，月之法师也只剩下半血，人口损失也不小，初七这边几乎没有伤亡。

刚刚因为接电话错过了三十秒的细节，不知道初七是怎么做到的，袁璜忍不住感慨道：“好厉害……”

“游戏节这个时间点不是应该结束了吗？”电话里的男声继续说道，“怎么，在比赛？”

袁璜这才反应过来自己还在跟老总通话！

"啊，对不起斐总！"他找了个相对安静一点儿的地方，"是……我师傅在跟别人单挑呢。"

"哦？"那头的声音带着些难以察觉的笑意，"可是《全民斗魂》的1VS1没什么意思啊，她喜欢？"

"不是《全民斗魂》……"袁璜挠挠头，"她在和别人单挑《荣光2》。"

斐诰瞬间沉默了。

几秒之后，他才再次问道："《荣光2》，你确定？"

袁璜有些诧异地"嗯"了一声，心想我就在旁边看着呢？有什么确定不确定的？

他继续补充道："是啊，斐总我跟您说我师傅太厉害了！打得对方屁滚尿流！"

说完这句话他又觉得不太对："啊，我的意思是，反正就是赢定了！之前那个欢喜哥，跩得跟个什么似的，哼！让他知道厉害！单手也能打赢他！"

"欢喜哥？"斐诰一边说着，一边在电脑上查起了天梯的积分，他在海选赛的时候曾经遇到过这个ID，所以还有点儿印象。

排一百五十七名，挺弱的。

不过……斐诰的手指顿了顿，回忆起刚才袁璜说的关键词：初七是单手操作。

"对啊！太厉害了！刚才《荣光2》那边的工作人员还看不起她呢，现在要化身成脑残粉了吧！现在师傅在拆敌方的家，斐总！这游戏和《全民斗魂》这点儿还挺像的，一定要拆主基地或者等敌方投降了才能分出胜负。"袁璜一边努力盯着屏幕研究一边兴奋地进行实况转播。

斐诰又沉默了一会儿："我知道了，下次别随便帮别人接电话。"

袁璜背后刚刚才消退的凉意又一下涌了上来："斐总您放心，绝不会有下一次了！"

挂断电话之后他三步并作两步地跑回去："怎么样？！"

"敌方两个英雄都死了，那个欢喜哥太狡猾了，把所有的兵都退回去了，建了好多座防御哨所，初七现在攻不进去，再拖一会儿的话，欢喜哥的英雄就要复活了！"宋词着急地跺了跺脚，"建那么多防御哨所也太过分了吧！《全民斗魂》这一点比起来好多了，再怎么样，塔也只有那几座，全推了就行！”

“别急，你看那个女孩儿，她把普通的兵换了，出了巨人和弩车。”旁边一个《荣光 2》的玩家说道。

宋词和袁璜同时回过头，看向那个人。

“如果我没猜错的话，她是要从地图的另一边突破吧。”

欢喜哥的矿洞在一片森林里，外面密密麻麻地盖了好几座防御哨所。但巨人和弩车，是可以快速拔树和攻击树木的。

初七找了一条需要拔树最少的线路，把巨人和弩车都丢了过去，与此同时，卖掉了自己的二十个步兵，增加了十个空军单位。

欢喜哥看着英雄的倒计时，心已经提到了嗓子眼儿里，之前还抱有一丝能赢的希望，但是刚才四个英雄对战，欢喜哥两个英雄全牺牲了，但对方几乎毫发无损……现在他已经很清楚地知道，对手是真的比自己强很多。

不知道她是何方神圣，欢喜哥上一次这么清楚地意识到自己和对手的差距，还是海选赛，遇到 F 神的那一次。

当然，输给 F 神完全不丢人。至于今天这场……只能寄希望于不要输得太难看了。

就在欢喜哥等待英雄复活的时候，突然看到了警告。

“主基地正在被攻击！”

这怎么可能？

就算用了巨人和弩车，也不可能这么快就从旁边的森林中开出一条路的啊！

欢喜哥凝眸仔细看，这才发现，是空军！

空军绕过森林飞过来，把距离主基地最近的那两座防御哨所打掉了，其他防御哨所离得太远，初七的空军完美地卡在了其他几座防御哨所的攻击范围之外，攻击欢喜哥的主基地。

她是算好了的。

欢喜哥心里一沉，犹豫了一会儿，终于打出了 GOOD-GAME。

这一刻他想通了，与其硬拖到英雄复活再被虐一次，还不如现在投降。

总时长十五分二十二秒。

一时掌声如潮。

当然，是给初七的。

电子竞技的赛场，鲜少有人能记得败者。

欢喜哥走向初七，之前的嚣张气焰已经完全消失：“你很厉害，我绝不相信你是没打过天梯赛的人，至少，能告诉我你的天梯 ID 吗？”

初七看了他一眼，在纸上写了几个数字，交给欢喜哥：“这是我《全民斗魂》的游戏账号，目前是斗魂三段，麻烦你遵守承诺，帮我代练到最高段位。”

欢喜哥一愣。

他已经把这茬儿给忘了！

“对了，还有道歉。”初七已经走到了袁璜他们身边，拿回了自己的包和手机，然后转过身看着欢喜哥，眼里满是理所当然。

“可以，我道歉。”欢喜哥耸耸肩，“虽然我讨厌《全民斗魂》这款游戏，但你们只是游戏公司的员工，不应该为此负责。我言语过激了，对不起了。”

初七的声音清冷：“我以为能被称之为道歉的，起码是直视对方着眼睛的。”

“我道歉就这样，给大家说声对不起，行吧？”欢喜哥面子上有些过不去，不肯再让步，“说真的，《全民斗魂》真的不如《荣光 2》，你们看刚刚应该也看得出来啊，《荣光 2》 可比《全民斗魂》难多了。”

初七轻轻叹了一口气：“游戏的难度高低和游戏本身的优秀程度毫无关联。你是《荣光 2》的玩家和粉丝，把《荣光 2》作为心中最佳无可厚非，但跑到其他游戏公司的员工面前出言嘲讽，非常不礼貌，所以你道歉是应该的。”

“只许州官放火不许百姓点灯吗？《荣光 2》工作人员的话你听到了吧，是《全民斗魂》的玩家先挑衅的！而且不只挑衅了《荣光 2》，还有其他几乎所有的游戏！”欢喜哥提高了音量，“是那些玩家……”

“是那些玩家给自己玩的游戏招黑，”初七轻声打断他，“你这不是以牙还牙，只是给《荣光2》招黑。我本来不想和你PK，因为你不强，但我对你不满。我喜欢《荣光2》，我不希望有一天，在场的其他人提起《荣光2》的时候，想到《荣光2》的玩家，觉得他们都和你一样。”

欢喜哥一愣。

“没错，《全民斗魂》存在一些不足的地方，但它火，绝不是因为简单。RTS游戏和MOBA游戏本身就没有可比性，但如果真的要比……”初七抬起头，看着欢喜哥，“你应该知道，比起《荣光》，《荣光2》也是降低了难度的，《荣光2》刚出来的时候，《荣光》的老玩家也出言嘲讽过，但《荣光2》的火爆程度，远远超过《荣光》。因为它更优秀，提供了更多的可能性。

《全民斗魂》也一样。5VS5的游戏模式本身，就给游戏提供了无限可能，人才是游戏最大的变量。五个人的团队合作，哪怕地图都是同一张，模式都是同一种，都能玩出无数种可能。很多游戏在盈利和游戏性能之间难以平衡，但是《全民斗魂》做到了。你可以花钱买皮肤和符文，但是如果不买，单靠操作，也能弥补这些。你不想花钱买英雄，除了个别几个人民币英雄之外，其他强力英雄你一样可以拥有。”

一旁《全民斗魂》的工作人员听到这句话，都纷纷点头。

“我十五岁那年看到月皇的比赛，对他精准的操作和超快的手速非常崇拜，才开始玩《荣光2》。我见证过《荣光2》的辉煌，熟悉那些至今在《荣光2》的英豪榜上熠熠生辉的名字。我看过月皇登顶，看过瓜帅落泪，见证过随机之神的奇迹，见证过‘星帝’点燃的星火，见证过无数精彩的瞬间。就这一点来说，我很幸运。”初七的声音里终于有了感情，她继续说道，“正是因为见证过，所以我很清楚，RTS游戏最好的时代过去了，《荣光2》最好的时代，也过去了。”

“《荣光2》的衰落早在五六年前就开始了，《全民斗魂》不该为它的衰落买单。而仅仅因为有几个《全民斗魂》的玩家去叫嚣《荣光2》不好，就来游戏节上大放厥词，你这个举动也太愚昧了。”

今天听到欢喜哥说的那些话，初七的确大动了肝火。否则不会做到“我让你一只手”这种地步。

她后知后觉地发现，虽然最早只是因为觉得这款游戏有挑战性才玩，如今这么多年过去，这款游戏竟然也已经成为她人生中的一部分，她是真心实意地喜欢着这款游戏。

所以她才想要维护它，才要在《荣光 2》的赛场上，打败欢喜哥。

“我……”欢喜哥被她说得有些动容，挠挠头，“对不起，我没想那么多，我只是，可能有点儿不甘心吧。”

十年《荣光》的忠实粉丝，看它高楼起，看它高楼塌。看那些不如它精致，不如它精彩，不如它好玩的游戏充斥在大街小巷。从小孩儿到中老年人，知道的都是其他游戏的名字。

看到《全民斗魂》的比赛门票卖到五百八十元一张都一票难求，而《荣光 2》却即将被 RCG 的比赛除名。今年是 RCG 比赛有《荣光 2》这个项目的最后一年。这个曾经让无数选手挥汗洒泪的世界级比赛，曾经带给粉丝们无数感动的比赛，从此以后，再也不会有关于《荣光 2》的新传奇。

一款游戏不可能一直火，RTS 游戏的整体衰落早成定局，那些最顶尖的选手都已经渐渐不再适合电竞赛场，而《荣光 2》又鲜少有新鲜血液融入，以后精彩的巅峰对决只会越来越少。

他知道，全都知道。可就算知道，谁又能轻易甘心呢？

“我玩过很多游戏，《荣光 2》是我最喜欢的一款。”初七像是想到了什么似的，微微扬了扬嘴角，“这款游戏带给我更多挑战，这款游戏的选手让我看到无限可能。一想到它在渐渐衰落，玩得人越来越少，以后可能会没人知道……我也很遗憾。但没人能阻挡历史规律，它作为一款游戏，曾经风靡全球，已经非常成功了。有一个《荣光 2》的游戏解说曾经说过，‘我所能做的，就是陪这款游戏走到最后’。”

欢喜哥轻轻点了点头：“我记得。那时候《荣光 2》官方宣布，不再做《荣光 2》的游戏平衡性调整。那时候，段公子说过，无论如何，他会尽力陪这款游戏走到最后。这也是他所能做的，为数不多的事情之一了。”

“喜欢一款游戏，应该做的不是去贬损其他游戏。”初七迎上欢喜哥的眼睛，脸上有了浅浅的笑意，“你能给《荣光 2》最大的支持，不是去说《全民斗魂》有多差劲，而是让别人看到《荣光 2》的优秀之处。

多给选手一些支持和体谅，多给还在做游戏视频的解说们一些支持，如果有《荣光 2》的线下比赛，有机会就买张门票，去现场看一看。”

“我预购了 RCG《荣光 2》赛区的门票，”欢喜哥有些激动，向前走了两步，“也许我们会在那儿见到？”

初七微微顿了一下：“唔，可能吧。”

欢喜哥看了看她，又看了看旁边的工作人员，突然鞠了个躬：“对不起各位，今天是我不对，让大家见笑了。我想你们也看得到，《荣光 2》的粉，不是都像我这样的，还有像这位大神这样的。”

大神，自然是指初七。

袁璜忍不住有些自豪地笑了笑：“那当然了，那是我师傅！”

欢喜哥走向初七，郑重地伸出手：“那个……多谢指教，我叫唐铭。”

“初七。”

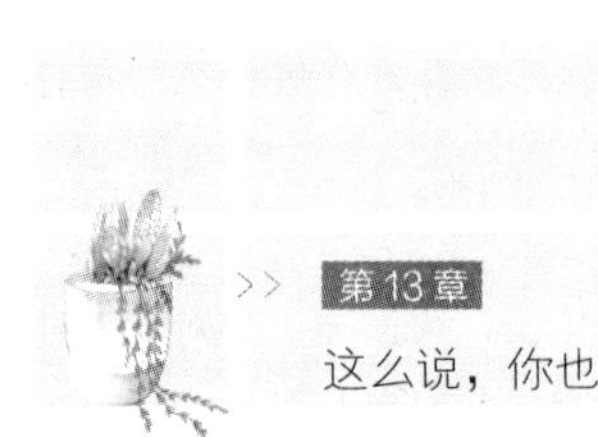

第13章 这么说，你也觉得那个 Seven 是初七

梓沫是个小可爱：我有新女神了！啊，那个女孩叫初七是不是？太酷了！

此生不悔入《荣光》："你能给《荣光2》最大的支持，不是去说《全民斗魂》有多差劲，而是让别人看到《荣光2》的优秀之处。"听到这句话的时候，真的瞬间泪目。

我就不信叫这个名字还有人跟我抢：真的太震惊了！单手打得这么好，这视频出来的时候我还以为是宣传广告呢！女孩儿肤白貌美大长腿啊！真的很想认识这个女孩儿，愿意出一千元论坛币，帮忙找出这个女孩儿的论坛 ID 或者是天梯 ID。

今天段公子减肥成功了吗：因为段公子说的那句话我才成为他的真粉，一直追他的视频到今天，看他的解说一天比一天更成熟，也越来越成功（并且越来越胖），很感慨。另外，玩得好又没见过真人的 ID 就那么几个，到现在论坛大神们还没猜出来是谁吗？那个海选赛的黑马，不是叫 Seven 吗？这妹子就叫初七，有可能是同一个人吗？

F 神我的嫁：看视频感觉她数据也很好啊，而且她肯定混论坛，有没有可能是论坛那个 ID 是"七"的人？该不会初七是七也是 Seven 吧？

楼上说得对：看我的 ID！我觉得你说得很有道理！

一个名字：啊，想和她打几局。

暮从碧山下：无论那个女孩儿的论坛 ID、游戏 ID 到底叫什么，我都非常喜欢她。很少有女孩子同时让我觉得又帅又美又酷又霸气又温柔，但她身上全都有了而且一点儿都不违和。但更想说得是，从昨晚半夜开始，就有人说要人肉她，找她本人之类的话，但她本人未必愿意吧？我很喜欢这个姑娘，请大家不要随便去打扰她，我觉得她特别美好，真的。

沉安：哟，这视频居然把大懒都炸出来了，难得。

鳗鱼：哈哈，我刚想说，大懒记起来论坛密码了？

一闪一闪亮晶晶：他给我打电话让我帮忙找回密码，结果上来就说了七个字，浪费我半天时间。

论坛众人：……

围观者：我的天，这什么情况？大神们全都出现了？！

暗殷27：围观楼上大神。

春风不解风情：给大家介绍一下，“一个名字”就是大懒，“沉安”和“鳗鱼”就是他俩本尊，“一闪一闪亮晶晶”自然是星帝，加上楼上的数字帝，国内《荣光2》的风云人物，来了不少啊！

丘山子陵：本来想潜水，大家既然都发了帖，我也来凑凑热闹吧。微笑。

月皇后援会：啊啊啊，抓住一只月皇SAMA！

欧迈泪滴：月皇，我想采访你一下，那个妹子说之所以玩这款游戏是因为崇拜你才开始玩的，请问你有什么感想？！

丘山子陵：荣幸之至，只是有一点儿好奇，看了我的比赛玩这款游戏，为什么会选择“影”这个职业，而不是“月”？

滚筒那个洗衣机：对对对，我看视频的时候也在想这个问题，简直十大未解之谜之首。

FFFFFF团：这些就是初七妹子说得那些《荣光2》历史上熠熠生辉的名字啊，简直泪目，所以F神你人呢？！赶紧出现啊？！

F神我的嫁：是啊，老公就差你了！

……

因为这些基本上都在潜水很少发帖的大神们的出现，论坛顿时也热闹起来，大神们的回帖全部被置顶，主题帖短短几小时内盖到了上千楼。

初七接到了边牧的电话：“小七！你太过分了，你居然去玩了《全民斗魂》，哎呀这不是重点，重点是你居然单手和别人打比赛！当然这也不是重点！重点是你好帅啊！现在你是《荣光2》论坛的热门搜索，所有人都在猜测你是谁！”

初七：“哦。”

边牧：“微博上也沸腾了，官方还做了个采访，就采访那几个大神，尤其是月皇，反正每个人都说话了，连大懒这种人，都上了微博，转发了那个视频。《荣光2》所有能排上号的人，都在打听你。”边牧滔滔不绝，口若悬河地说道，“小七，你出名了！”

初七像是突然想到什么似的说道：“F神呢？”

“啊？”边牧愣了一下，继续说道，“哎，可能男神还没看到？微博都没更新，不过……你居然会主动问起我男神有没有提起你？小七，你变了！”

初七却不由自主地想起来，昨晚她比赛结束之后，袁璜说起斐诰打电话的事，她用微信给他发消息：不好意思，刚在忙。我找你没什么事，已经解决了。

斐诰的回复是：嗯，我听说了，《荣光2》的1VS1？还是单手操作，很厉害。

所以他不是不知道，他比月皇他们知道的，还要早。

“小七？小七，你怎么不说话啦？”

初七叹了一口气：“糟糕，可能掉马甲了。”

段屿刚上QQ，就收到了无数条留言，他跳过这些留言，直接找了在《荣光2》担任论坛管理员的小斯：小斯，我有个事要问你。

小斯：别，我不知道，我不能说！

段公子：……我还没问。

小斯：今天已经有很多人来问我论坛那个“七”的注册信息了，我可是很有职业操守的，绝不会说！就算是段公子你也不行！

段公子：哦，我不是要问你这个。

小斯：？

段公子：我想问你，T哥那个ID，没再登录过吗？

小斯：嗯，最近都没有，我还觉得奇怪呢。

段公子：但是前几个月T哥的论坛ID有过异地登录的提醒，是吗？

小斯：对啊，就是爆黑料的那段时间，论坛都炸锅了，但是登录地点在国外，而且也没说过话。

段公子：哦……我还有个事情要问你，以前T哥虽然从来没参加过线下赛，但是参加过不少线上的小比赛，还拿过奖之类的，对吧？

小斯：是啊，不过你也知道，线上赛那种每周都有的周赛，奖金就几百元，我们那会儿举办其他比赛，都劝过T哥，让他参加线下赛，其实有几次T哥说想去，但是因为工作忙，就没办法参加了。

小斯：怎么想起来问这个？

段公子：……

段屿回过头，颇为迷茫地看向身后的斐诰：“是啊，这种时候我打听T哥的事干什么？”

斐诰斜靠在后面的桌上，手指在桌面轻轻敲击：“你问问小斯，T哥本来是不是准备参加RCG的？”

段屿：“这个不用问，都知道啊，今年最后一届有《荣光2》的比赛，所以T哥也想参加，连你都回来了，这有什么好奇怪的。”

斐诰俊朗的眉微微拧在一起，他沉默良久，又说道：“那RCG，报名之后是不是可以申请更改个人信息？”

虽然一头雾水，但段屿还是给小斯发了消息问这件事。

小斯：嗯，这事儿大家都知道，《荣光2》刚出来的时候，很多玩家都未成年，游戏比赛有限制，但那会儿不少人都想参加比赛，会借别人的身份证，注册一个游戏ID去参加比赛。《荣光2》的游戏官方也知道这事儿，因此还出台了一些政策。

小斯：比如你本人是未成年人，但是你要参加比赛，用别人的身份证进行注册，需要进行一个预先登记，就是让大家都知道你不是那个人，但征得同意用了那个人的身份证（大多数都是自己的亲朋好友），以后如果换了ID，可以申请战绩复制转移，当然，有些人玩久了，对这个ID就有了感情，就不愿意另外注册，就可以跟游戏方申请，核实无误，官方会进行个人信息更新。

小斯：沉安之前就是用他朋友的身份证注册的，两三年前才换成自己的。他刚打比赛那会儿还在读书，家里根本不同意他打比赛。其实他们刚打比赛的时候基本都未成年，都是用别人的身份证注册，大家心知肚明。平时线上赛之类的小比赛都不太管这些，除非被查出来打假赛。线下赛是要核实的，RCG 管得比较严。

小斯：怎么，难道你也偷偷报了名，需要变更个人信息？

段屿看向正在看他电脑屏幕的斐诰："所以小诰诰，你问这个到底要干吗？"

斐诰却没有搭理他，只是皱眉思索着什么。

段屿叹了一口气，只好自己编造谎言来敷衍小斯。

段公子：啊，没事，我有个水友，以前 ID 是朋友的，现在想起这事儿，那天问我一直用别人的行不行，我印象中线上赛不怎么管这个，但是线下赛比较严格，拿不准，就问问你。

段公子：行了，不说这个了，说说那个叫初七的女孩儿啊！

小斯：……我就知道！

小斯：我对她的了解也不多，不是有人猜她是那个 Seven 吗？可惜这次 RCG 的报名信息是完全保密的，我没办法查到！太遗憾了！一直都不知道《荣光 2》的高手中，居然还有个这么漂亮的大美女！

段公子：Seven ？可是你前几天还怀疑这是 T 哥的小号！

小斯：额……猜测而已嘛！现在感觉是这个女孩儿的可能性更大啊！初七，Seven，完美啊！

段公子：所以她是论坛那个'七'吗？

小斯：……

小斯：《荣光 2》论坛注册又不需要什么信息，那个人资料上什么都没写，就算是我，也查不到啊。

段公子：骗谁呢你，常登录 IP 总知道吧？

小斯：……

段公子：我这儿有斐诰的最新照片。

小斯：我像是那种会轻易被 F 神的美色打动的人吗？！

段公子：你有六十秒的考虑时间。

五秒后。

小斯：好！成交！

小斯："七"的常用 IP，在 S 市，我没记错的话，你就在 S 市吧？

段屿一愣，看了看旁边的斐诰。

斐诰目光一凝，一句话都没说。

小斯：喂！一手交钱一手交货啊！

小斯：F 神的照片呢？！

段屿拿出手机，对着一旁的斐诰拍了一张。

小斯：啊啊啊，我去跑圈了！！！嗷嗷嗷，我 F 神帅得飞起！！！

段公子：你身为论坛管理员的端庄呢？

小斯：要不是为了 F 神，你觉得我当年会申请当《荣光 2》论坛的管理员？

段公子：也对。

小斯：怎么，你是不是要去找那个初七了？

段屿想了想，没回答小斯的话，QQ 上一堆人的留言，基本上都是在打听初七的。

他看向身旁的斐诰："你就没什么要说的吗，小诰诰？"

"说什么？"斐诰挑了挑眉，摆出一脸的无可奉告。

段屿每次看到斐诰这表情都想揍他，但是想了想斐诰从小练武术，自己肯定打不过，于是退而求其次采用语言攻击："小诰诰你不能这样对我啊，那女孩儿可是你们公司的兼职游戏测试！你要是跟我说你什么都不知道，你自己相信吗？"

斐诰深深地看了段屿一眼。

"而且，就算你不认识她——毕竟我们没人认识她——但是玩《荣光 2》的人，怎么可能不认识你？她自己在那个视频里都提到了，"段屿歪着脑袋，凭借着自己超凡脱俗的记忆力复述道，"她说'见证过随机之神的奇迹'，你虽然退隐了三年，但是她见到你的时候，怎么可能不知道是你？"

《荣光 2》的论坛上，有所有顶尖选手的照片、视频，和精彩比赛回放。

当然包括 F 神的。

斐诰移开目光，看向窗外。

他还记得那天。

女孩身材高挑，面容姣好，在见到自己的时候，她和她旁边的女生都愣了一下。

但感觉是不一样的。

斐诰分得清女孩儿看着自己的目光。

宋词的感觉大概是崇拜、欣赏、花痴……可初七看着自己的时候，眼神里流露出的是“这个人怎么会在这儿”的那种惊讶。

他当时并没有过分留意初七，美丽的女孩儿于斐诰而言如过江之鲫。更何况，他实在没有第一次见面盯着女孩子看的习惯。

直到他听到罗嘉和钟主管的夸奖，认真地看了她留下的那张纸条。

逻辑清晰，数据清楚，也很有想法。听到袁璜说，她叫初七。拿过全国《珠心算》的冠军，还是个准精算师……

那时候斐诰站在办公室的窗边往楼下看，她刚好和同行的女孩儿走出公司大门，两人并肩走远。

“难道你真不知道？她连回家走路要走多少步都算得很清楚，还真的和论坛那个‘七’很像，数据小王子，哦不，小公主。”段屿挠挠头，感觉自己已经有些迷糊了，“但是如果她是那个‘七’，前阵子你和数字帝比赛的那一局，她肯定也看了啊，为什么……”

段屿用怀疑的目光看着斐诰：“她真的什么都没和你说过？”

斐诰缓缓地摇了摇头。

“不过看视频，虽然是单手，但用‘影’这个职业，她的风格很有特色，明显是高手，和Seven很像！”段屿趴在桌上，有气无力地说道，“我之前还那么笃定地觉得Seven一定是T哥，现在自己打自己的脸，好气哦！”

他一脸生无可恋：“为什么突然来了这么多玩‘影’的高手，以前他们都在干什么？！”

“这么多个？”斐诰摇摇头，“哪儿还有，就一个而已。”

段屿看向斐诰：“这么说，你也觉得那个Seven是初七？”

斐诰不置可否地耸耸肩，拿起自己的手机，刷了一下微博和《荣光2》的论坛。

果然所有人都在讨论她。

猜测这个长得好看，打游戏也厉害的女孩儿，到底是什么人。

“不是《全民斗魂》……她在和别人单挑《荣光 2》。”

“斐总，那个女孩儿真的让人印象深刻，提的所有问题都一针见血。可惜……”

“可惜什么？”

“她似乎对来这里做兼职游戏测试不太感冒。”

“不是啊……钟主管！我师傅说可以考虑，不过她说自己平时会忙一些……”

“F 神……你在玩《全民斗魂》吗？”

“论坛那个‘七’，登录 IP 也在 S 市。”

诸多细节，在斐诰的脑海中一幕幕回放。

他那双好看的眼睛轻轻眯了一下，拿起手机，径直朝外走去。

“喂，你去哪儿？！”段屿眨了眨眼睛，“你一大早把我叫醒帮你问这问那，现在啥也不告诉我就走了？到底什么情况啊？”

斐诰转过身：“以后你就知道了。”

说完，就推开门走了出去，留下一头雾水的段屿。

司机毕恭毕敬地给斐诰打开了车门：“斐总，现在去哪儿？”斐诰看了一眼时间，下午两点三十分。

“今天是周五，对吧？”

司机有些诧异地回过头，看了一眼老总，连忙点头：“对的，斐总。”

斐诰记得，周五下午，她是不用上班的。他看了一眼天空，缓缓说道：“去公司。”

周五下午两点三十分，《全民斗魂》公司的游戏室。

“师傅……真的对不起。”袁璜挠挠头，“是不是给你添麻烦了？我看昨天你们那一局，好像网上传得沸沸扬扬的？”

初七手里动作不停，头也不抬地说道：“哦，没事，掉马甲而已。”

“啊？”

袁璜看了一会儿初七打游戏：“师傅，我是不是一直都在给你添麻烦？那天，我真的没想让你帮我出头，我甚至没想到宋词会叫你过去。”

“你误会了。两件事：第一，宋词的本意不是让我过去涉险，她没有斐诰的联系方式，劝不住你，又联系不到邱易，实在没办法了才联系我，”初七继续打着《全民斗魂》，“第二，我和欢喜哥打那一局，不是为了帮你出头，而是为了《荣光 2》，为了我自己。”

袁璜知道初七不希望给别人留下“《荣光 2》玩家就是欢喜哥这种素质”的印象，她心里窝火，所以才决定上场，给嚣张的欢喜哥一个教训。

他忍不住说道：“不过话说回来，师傅，你怎么打什么游戏都那么厉害啊！我看论坛上他们都说，《荣光 2》所有的女玩家，你可能是全国第一呢！”

初七皱了皱眉：“玩游戏还和性别有关吗？我怎么没见有排过男玩家名字的榜单？”

“额……”袁璜又愣了一会儿，“也对哦。不过，这个视频好像超多人转发，会不会对你有影响啊？”

“《荣光 2》的女玩家的确不多，”初七淡淡地说道，“所以昨天这场比赛会引发一些讨论，很正常。对我不会有什么影响，而且……”

“啊！”

初七话还没说完，就听到袁璜的惊呼声，她皱着眉抬起头，看到站在门口的男人。

袁璜叫道：“斐总！”

斐诰站在游戏室的门口。这男人大概是上天的宠儿，单手插兜往那儿一站，就生生站出了男明星海报一样的效果。

他虽然一句话都没说，在游戏室里的两个人都立刻有些不知所以的心虚。

袁璜心想：完蛋了，被斐总抓到我上班时间在游戏室里浪！而且是跟我师傅！

初七心想：糟，看来果然掉马甲了。

“斐总！”袁璜立刻跳起来，火速离初七几米远，“我就是过来看一眼！刚过来两分钟，啊不，两秒钟！我回去工作啦！拜拜！”

不待斐诰做出回应，他就光速消失了。

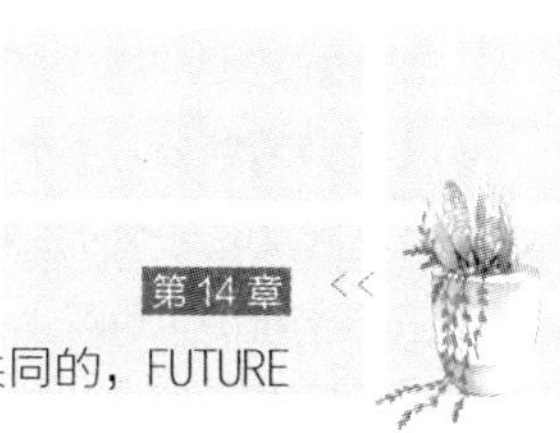

第14章 <<
我的F，你的TURE，我们共同的，FUTURE

斐诰缓缓走进游戏室，在初七不远处站定，低头看着她，但始终一句话都没说。

即使是初七再淡定，也实在没办法在这种注视之下，装作什么事都没有的继续打游戏，她抬起头，看着他："找我？"

"你猜我有什么事？"斐诰的声音低沉。

初七觉得自己那股莫名其妙的心虚感变得更加强烈了。

简直毫无道理，自己一没偷二没抢三没骗，甚至上次吃饭都没让他请客，昨天和欢喜哥打那一局，多少还有为他的公司出头的意思……所以到底为什么，竟然会在面对这个人的时候，觉得有些对不起他？

"昨天……"初七想了想，终于开了个话头，"本来是想让你找人解决一下矛盾，但是后来我发现我可以自己解决，所以就没麻烦你。"

斐诰挑了挑眉，好整以暇地等待着她的下文。

初七皱眉又思索了一会儿："唔，说完了。"

她低下头，重新点了匹配，决定尽可能忽略掉眼前的这个人，安安静静地打游戏。

斐诰索性坐到了她身旁，轻声说道："我也从来没想过，T哥，居然会是个女孩儿。"

初七的手一哆嗦，给自己的英雄戴错了装备。

她偏过头，瞪大了眼睛看着斐诰："你……"

"怎么，"斐诰扬起嘴角，欣然说道，"难道掉马甲这种事，不在你的意料之中？"

初七叹了一口气：“我以为掉的不是这个马甲。”

斐诰闻言挑了挑眉：“你以为的，是论坛的‘七’，还是报名参加了 RCG 海选的‘Seven’，还是在段屿直播间的那个‘七月初七’？”

初七耷拉着脑袋，手中的比赛才刚进行到六分钟，就已经被人推到了高地，有人发起了投降，她叹了一口气，也选择了同意。

这才将手中的手机放下，扭头看向斐诰：“没错，都是我。其他的也就算了，Ture 是怎么猜到的？”

“Seven 这个 ID 出现的时候，就已经有人怀疑是 Ture 的马甲了，你昨天单手操作打赢欢喜哥，因为名字的缘故，又让人觉得你是 Seven。你很精细，所有的数字都会算好才会出击，这一点，无论是过去的 Ture，现在的 Seven，还是你打败欢喜哥的那次，都没有改变。”

斐诰看向她，发现她右侧有几根头发垂下来。

他下意识地伸出手去，想要把她的头发拢到一边，却又感到自己有些唐突了，于是尴尬地收回手，摸了摸自己的下巴，干咳了一声才继续说道：“不过，我觉得你本来也没打算瞒着所有人，你只是在等一个最好的时机，让所有人，尤其是数字帝，看到，是不是？”

初七有些惊讶地抬起头，迎上那双黑曜石一般的眼睛：“咦，你连这个都知道。”

“不难猜。”斐诰眼里有浅浅的笑意，“我回国虽然时间不长，但是也知道那时候你经常和他一起打练习，组队 2VS 2，算得上是他半个师傅，后来你被人爆出所谓的黑料，一看就是熟悉的人所为，数字帝明显站在喷你的人那边，但你从头到尾一言不发。”

初七静静地等着他的下文。

“我查了一下，你们公司的准精算师要求非常严格，入职培训的那三个月，等于是与世隔绝。那时候你的账号借给了他？还是让他帮忙开号打天梯？不管怎样……他利用这个机会抹黑你，自导自演了很多聊天记录，但他之前都从来没想过，T 哥会是一个女孩儿。否则，他恐怕不会愚蠢到要给你弄睡粉之类的黑料。是不是？”

初七有些恍惚，先是愣了一会儿，然后才点了点头。

斐诰几不可见地皱了一下眉，安慰她道：“别难过。”

初七有些惊讶："啊？"

斐诰却只是笑了笑，轻轻地拍了一下她的肩膀："我想，等数字帝在 RCG 线下赛，赛场看到你，知道你就是 T 哥的时候，一定会很惊讶。"

那种种谣言，自然也不攻自破。

只是……斐诰垂眸，看着眼前神态自若的女孩儿。

一起打过那么久的游戏，2VS2 组队还被称之为最佳配合。她信任那个人，才让那个人帮自己开号打天梯，等她回来的时候，看到漫天的攻击，看到无数的黑料，得知 Ture 已经被封号禁赛……又会是怎样的心情?

她也许反射弧比常人长，也许对感情、情绪都没有那么敏感，但她怎么可能不生气，不失望，不难过?

在欢喜哥说那些话的时候，她会为《全民斗魂》的人鸣不平，会在打败他之后告诉他"喜欢一款游戏，能做的是好好支持这款游戏，而不是去贬低其他游戏"……可是这款她最喜欢的游戏，和她一起玩了很久的人，选择了用这种方式来对待她。

斐诰突然心头涌上一种难以言说的愤怒，不只是对数字帝那些人，更是对自己。

那时候没能安慰你一句，哪怕只是"别难过"。

"所以，在此之前，"初七像是终于回过神，笑得有些俏皮，"要替我保密吗？"

斐诰眉毛微挑："除非你回答我几个问题。"

"嗯？"初七微微歪了歪脑袋，"说说看。"

"我为了 T 哥，也就是你……还曾经和数字帝打过一场比赛，那场比赛你分明看了，可是为什么见到我却装作不认识?难道没有一点点感动吗？"

……那时候，确实还不认识啊。

"这样的事情，瞒了我这么久，你心里没有一点点愧疚吗？"

……没有故意瞒你，你也没主动问过啊。

不过，她的确有些莫名的心虚就是了。

"既然你有感动，也有愧疚，那你不觉得，你应该做点儿什么吗？"

“做什么？”她有些惊讶地抬起头，看到对方飞扬的眉眼，竟然有一瞬间看呆了。

他是真的好看。

五官的比例特别好，几乎每个点都符合数学上的“黄金分割点”，所以怎么看都会觉得舒服又顺眼。

不对。

她回过神，声音重新恢复清冷：“我没有感动，也没有愧疚。”她皱了皱眉，“不要乱给我安这些情感。”

斐诰将她的表情尽收眼底，唇边笑意更浓：“既然你觉得愧疚和感动，那就……以身相许，如何？”

“喂！”初七没来由地觉得自己的脸有些发烫，深吸了一口气，“斐总，F神，我不知道你还爱开这种玩笑。”

斐诰收敛了一点儿笑容，看了看她绯红的脸，眼里有一抹不易察觉的温柔：“没开玩笑啊，我记得，《荣光2》邀请组队的传统，不就是让对方‘以身相许’吗？怎么，难道我离开了三年，连这个规矩都变了？”

“这么说来……”初七秀眉蹙起，仔细回忆了一下，“好像还真有。”

也不记得是从什么时候开始，是从谁开始，邀请别人组队的时候开了这个玩笑，说“以身相许”，后来大家组队2VS2，经常这么说。

以至于后来打3VS3甚至更多人的混战，段公子还说“哎呀，这样的话这个队伍每个人都是一夫多妻制或者一妻多夫制，贵圈真乱。”

想明白了这一点，初七平静了一些，但她脸上的温度却久久未散，想来是因为旁边的人离得太近的缘故。

她轻声问道：“要组队？”

“这一届是RCG最后一次有《荣光2》这个项目的比赛，所以首次开放了2VS2模式，也会决出世界冠军。一直到复赛之前都可以组队报名，我听说数字帝也报名了，”斐诰深深地看着初七，“怎么样，要和我一起吗？”

初七只犹豫了一秒钟，就点了点头：“好。”

斐诰对这个答案并不意外，却还是露出了非常开心的笑容。

和我一起。

@我是一只鳗鱼：我听说@F 已经找到人一起组队参赛《荣光2》的2VS2了？何方神圣？

@F 回复@我是一只鳗鱼 ：消息很灵通啊。（附上一张图）

@我是一只鳗鱼 回复 @F ：啧啧，有人闷声搞出了一个大新闻啊。

@F 回复@我是一只鳗鱼 ：RCG见。

这张图是RCG2VS2的一张报名表，不过报名表上全是马赛克，根本看不到另外一个人的信息，只能看到F神给这个2VS2的战队取的名字：FUTURE。

微博和《荣光2》论坛又一次炸开了锅。

@F神我的嫁：什么F神，你找到了和你一起创造未来的人吗？为什么要隐去对方的名字！我好慌！

@再看就把你次掉：只有我一个人觉得这个战队名字有点儿……微妙吗？仿佛看到了另外一个人的ID。

@无故人：咳咳， 你们说的是……Ture吗？你们该不会是想告诉我F神找了T哥来组队2VS2吧？RCG的禁赛那么严格，肯定是身份证啥的一起被禁了啊！

@服部平次女朋友：其实吧，我脑补了一个…… “我想和你一起组队去参加RCG的《荣光2》2VS2，但是你被禁赛了注定不能和你一起去，那我就在战队里把你的名字写进去当作我们一起参赛”的动人故事！

@边牧最可爱：想想觉得好惨，T哥连同身份证一起被禁赛……

@永远支持数字帝：怎么到现在还有人替T哥洗白，怎么你们觉得打假赛，睡粉都没关系是吗？还是说你们这些女粉都巴不得偶像来睡？

@F神我的嫁：楼上看不出来自己不受欢迎吗？到人家微博下面刷存在感？F神公开说过他相信T哥，我们粉丝当然相信F神。虽然T哥一直没出现我有点儿失望，但是你们跑到F神微博下面瞎吵吵，实在是很烦。

@但求一睡F神：希望大家能看看我的ID，个别女粉，比如我这样的，真的是做梦都想睡F神啊。讲真，F神有可以去娱乐圈闯荡的颜值，他的身材、声音都没得说，是个修养特别好的人，真正的绅士，谁不想睡啊？不知道 F 神会和什么样的人在一起呢。

@体重满一百减二十：虽然我很萌 FT，这个 T 哥也从来没说过一句话，但我突然在想另外一件事……前几天那个叫初七的女孩儿，你们还记得吧？她给我的感觉，是个女版的 F 神啊！

两分钟后。

@体重满一百减二十：我看到了什么？F 神点赞了我那条评论？？？

@回鸭霸王：所以 F 神点赞的是说初七是女版 F 神？等会儿？我好像吃下了人生中第一对 BG 的 CP！

@F 神我的嫁：我还是比较萌 FT 啦，我的 F，你的 Ture，我们共同的，FUTURE。太带感了好吗？

两分钟后。

@F 神我的嫁：我老公点赞了我那条评论！所以这个 FUTURE 战队名真的是这个意思？

边牧的头像闪烁不停。

初七看着边牧发过来的图片，皱了一下眉。

初七：表哥，我可以自己去他微博看这些评论。

边牧最可爱：哼！我给你截的全都是亮点！F 神很少给评论点赞的，今天一下点了两条，全都和你有关！虽然他不知道是你！

初七：……那个。

边牧最可爱：说起来最近他们刷 CP 刷到连我也很想看到 F 神和 T 哥一起组队 2VS2 了！但是 T 哥，也就是我，连同身份证一起被禁赛了！那个和 F 神一起组队的小妖精到底是谁啊？！

初七：……是我。

发完那条消息，QQ 语音的申请就传送过来了。

初七点了接通。

“你的意思是你和 F 神一起组队了？起了个战队名叫 FUTURE？”

“嗯。”

“哇，初七这段时间到底发生了什么啊？你能不能好好地详细地清楚地跟我说一遍？

边牧觉得自己的八卦之魂在熊熊燃烧。

初七想了想，理了一下时间线，一口气把事情讲完了。

边牧愣了好一会儿才提取关键词："所以，F神现在是《全民斗魂》公司的老总？"

"嗯。"

"你在《全民斗魂》公司当兼职游戏测试？"边牧顿了顿，"可我记得你一向对这些都没兴趣的，为啥会答应？你又不缺钱。"

初七皱了皱眉，是啊……为什么会答应呢？当时本来是准备要一口回绝的，但最后还是答应了。

她想了一会儿，坦然回答："因为我在他们公司看到了斐诰，那些人叫他斐总，我心里有些好奇，所以后来就同意了。"

边牧意味深长地"哦"了一声，"按照你说的时间线，那时候他和数字帝比赛刚结束没两天，他站出来公开表示支持Ture，这件事对你来说还是有触动，是不是？再后来你在《全民斗魂》游戏公司看到他，好奇虽然是一方面，但还有一方面就是因为那个触动，让你忍不住想了解这个人，对不对？"

初七歪着脑袋："啊，是这样吗？"

边牧知道初七在这些事情上一直都比较迟钝，有时候甚至会行动比大脑快，再回忆起来自己都不知道为什么会这么做，因为她擅长用数学和理性的逻辑来分析，却不太具备感性思维。边牧其他地方都不如初七，但在这类事情上却一直算是初七的半个导师。

他放慢语速："后来你们熟悉了一些，但你还是没有告诉他你的身份。一方面你觉得没有这个必要，因为没人问起。另一方面，你自己其实也在期待，有一天他知道你是谁之后的反应。"

"我……期待吗？"初七愣了愣，陷入沉思。

"那次你和欢喜哥的对战，他不但和其他人一样猜到了你是Seven，还猜到了你就是Ture。所以他邀请了你和他一起组队，但是创建的战队却叫作FUTURE。"边牧缓缓分析道，"小七，你告诉我，创建战队名的事情，你知道吗？"

初七点点头："知道的。他当时问我叫FUTURE怎么样，我觉得战队名叫什么都无所谓，就同意了。"

边牧在心里叹了一口气："那他今天给评论点赞的事情你怎么看？"

"什么怎么看？"初七完全不解。

"他点赞的那两条，一条是别人说你是女版的F神，另一条是说FUTURE的意思是，他的F，你的Ture，你们共同的FUTURE。"边牧有些着急了，"你没有感觉到有什么吗？"

初七摇头："没有啊。不过，如果是这样分析，那个U是数学符号里的并集的意思吗？表示和？"

边牧深以为然地点点头。

怎么听都觉得，F神对初七是有点儿那个意思的……不过，边牧挠挠头，初七在这方面的反射弧真的很长，她自身条件优越，从小到大跟她告白的男孩儿实在不少，但初七从来都是一脸蒙，她没谈过恋爱，似乎也不知道什么叫喜欢……她在这方面没有任何雷达，好多次都是靠边牧提醒。

"对了，那个一直纠缠你的学长，还没放弃吗？"边牧突然想起什么似的说道。

初七愣了一会儿才反应过来："都说了陈跃学长对我的感情不是喜欢，我们只是都很喜欢数学而已，我这周末还要去陈跃学长他们那个培训基地一趟呢。"

边牧心里一沉："你竟然要去和其他的男人约会！"

"表哥，通话时间已经十五分二十三秒了，根据我以往的经验，你接下来就会说一堆毫无用处的废话和你胡乱揣测到的八卦，在你眼里你表妹我的吸引力似乎接近正无穷，无论是我的同学、朋友、同事，甚至网友都会对我产生感觉。"

边牧扶额："初七，你没谈过恋爱，也不知道什么样的感情才算是对别人的喜欢，但是相信我，我说的那些别人对你的感情，真的是偏向爱情的喜欢，而不是什么友谊。"

"你是说我不知道爱情是什么？"初七说道："从科学的角度来说，爱情是一种生物驱动的情感，也是体内化学物质的传输，包括激素和神经递质。大脑的右半球包括情感、创造力、想象力等，所以所谓的爱情也在大脑的右半球。早期的爱情是包含迷恋和欲望，性激素会有反应，具体的生理反应是心跳加速、汗腺被刺激，出汗发热……”

“停停停！”边牧忍无可忍，“你这些乱七八糟的东西都是从哪儿知道的？

初七愣了愣：“啊？看书还有网上的科学相关帖啊……”

“你！”边牧深吸了一口气，“你以后还是别看这些了吧？”

初七皱眉：“上次你不是说我要多看一些书吗？我可以肯定，我没有对谁产生过这种感情。之前你说我对月皇的崇拜，本质上说白了是对数字和突破极限的崇拜，所以不能算爱情啰？”

边牧：“……对。”

“那就真的没有。”初七摇摇头，“尤其是那些明显的生理反应什么的，没碰到过。”

边牧想了想，觉得自己一个单身狗，为什么还要替表妹操这种心，索性摆摆手，说道：“没有就算了，有一天那种感觉到了，你自己肯定也会察觉到的。”

“嗯，我不和你说了，下午要出去买个好点儿的鼠标，之前的不太好用了。”初七缓缓地说道，“表哥再见。”

QQ 语音结束。

那头的边牧看了一眼外面还黑着的天，又翻了一下日历：“唔，再过半个月，我就能回国了。”

第15章 你是老板还是我是老板

电脑城。

初七穿了一条牛仔裙，修长高挑的身材在人群中格外抢眼，电子竞技鼠标区的女生不多，卖方小哥也热情又耐心："美女，试了这几个，你觉得哪个最好用？"

初七低着头，在心里计算着眼前这几个鼠标的性价比。

"具体看你打什么游戏，像这款黑色的，有九个键位，虽然价格贵了一点儿，但是时下流行的游戏都能玩，或者你喜欢清秀一点儿的，粉色和白色的那两个也都挺好，"卖家小哥滔滔不绝，"尤其是粉色那个，你的手长得好看，我觉得特别衬你！"

"蓝色那个吧。"背后响起一道清朗的男声。

"你打《荣光2》的话，蓝色的那款鼠标最合适。"

听到这句话，初七微微一愣，回过头，然后呆住了。

"初七，对吧？"

那人冲她笑了笑，眼里还有些惊喜。

初七好一会儿才回过神，有些不敢置信地说道："月皇……"

"岳子陵。"他朝她礼貌地点点头，伸出手，唇边笑意更浓，"前几天刚看了你打比赛的视频，刚在逛鼠标区的时候看到你，还想是不是我看错了，再三确认是你，才忍不住冒昧过来打个招呼。"

初七犹豫了一会儿，伸出手去握住了岳子陵的手。她脸上不动声色，内心却远不如表现出来的那般平静。

如果每个女孩儿都有所谓男神的话，那么岳子陵，就是初七的男神。

十五岁那年看边牧打游戏，和他一起看《荣光 2》的视频，看到岳子陵在操作的时候被惊为天人。这个人巅峰状态飚出的 APM，《荣光 2》迄今为止无人能够超越。

在初七看来，岳子陵是一个没有极限的人。岳子陵不断地突破极限，手速、技术、战术……那时候《荣光 2》虽然火遍全球，但 RCG 上《荣光 2》的世界冠军，始终是外国人。

岳子陵之所以成为“月皇”，之所以无人能够替代。是因为他是第一个，将中国的国旗挂在 RCG《荣光 2》的比赛台上的电子竞技选手。第一个国内拿到 RCG《荣光 2》项目世界冠军的选手。

创造历史的人，自然也会为历史所铭记。

他创造了一个时代，成为国内电竞历史上的第一个“偶像”。那时候国内电竞环境远不如现在好，连“职业选手”都是新鲜词汇，却是第一次有了一个在游戏世界里无所不能的王——岳子陵。

当时看岳子陵的比赛，看到不断飙高的 APM 数值，初七为他欢呼不已。比赛总有输赢，但这样精确的操作和超快的手速，却只有他一个。

初七算过，岳子陵能够在很多场比赛中取得胜利，不是他的战术更好，不是他对这款游戏的理解更深，而是因为他的手速更快。同样的操作，他可以比其他选手提前 0.1 秒到 0.3 秒的时间完成。

高手相争，从来是失之毫厘，谬以千里。

最终，初七选择了岳子陵建议的那款鼠标，付了款后扭头看着岳子陵：“月皇怎么会来 S 市？”

她知道岳子陵是 A 市的。

“私下不要叫我月皇吧，听着怪别扭的，”岳子陵帮她提着购物袋，与初七并肩往外走，“你叫我子陵就好了。”

岳子陵继续说道：“来 S 市办点儿事，路过这里，可能是习惯了，看到电竞设备就忍不住要逛一逛，结果没想到，看到了最近《荣光 2》的风云人物。”

“额……”初七突然有些不太自在，她叹了一口气，说道，“你也看了那个视频啊？”

“可不是？”岳子陵点点头，“我的粉丝们都在问我，说有个女孩儿当时为了我才开始打这款游戏，打了这么多年还玩得那么溜，我心里是什么感想。”

初七微微侧身，看着岳子陵：“什么感想？”

“我在接受采访的时候说过，”岳子陵微微挑眉，“我觉得与有荣焉，但是也有一点儿疑惑，如果是崇拜我才开始玩《荣光2》，你为什么玩的是‘影’？还是说……其实你‘月’这个职业也玩得很好？”

“‘影’是我玩得最好的职业，”初七轻轻地笑了一下，“而且这是你给我的建议。”

岳子陵一愣。

“这不是我们第一次见面，月……”初七想起岳子陵说不要叫他“月皇”，只好临时改口，“岳子陵，不过你应该不记得了，那时候你来S市做宣传，《荣光2》的签名会，我拿着《荣光2》的海报等过你的签名，唔，海报至今还在呢。”

岳子陵闻言更加惊讶：“啊，可我……”

“五年前的事了，”初七像是回忆起来往事，忍不住笑着说道，“那年我才十六岁，剪着一头短发，你一天都在闷头签名，字也写得越来越潦草，到后来连头都没空抬，自然是不记得我。”

那几年，《荣光2》虽然已经开始衰落，但比赛和活动还是很多，岳子陵作为“月皇”，经常要和其他几个知名选手一起进行玩家见面会之类的活动，还会有现场的友谊赛。

不过因为现场人太多，友谊赛和挑战赛经常会搁置或者变动，经常到了晚上，活动方要求清场，但是友谊赛还没举行，就又会换场地，甚至会改成线上赛。

这两年《荣光2》已经很少有这样的活动了。“荣光校园行”之类的活动也很难搞得起来，因为年轻一代已经很少有人玩这款游戏。

岳子陵说道：“只是签名的话，为什么说是我的建议？”

“我十六岁那年，《荣光2》的现场友谊赛抽签，我被选中可以跟你打一局，因为时间和场地的缘故，临时改成了线上赛。”初七顿了顿才继续说道，“那场比赛我毫无悬念的输了，在打出GOOD-GAME之后，你说觉得我耐心很好，对游戏数据的把控能力很强，如果选择‘影’这个职业，可能会比‘月’更好。”

初七说这些的时候一直看着岳子陵，却发现他微微皱着眉，明显没有找到这段回忆。

她有一点儿淡淡的失望，月皇他，果然不记得了啊……

岳子陵仔细搜索了一下自己的回忆，没有找到这个片段。

不过，这倒也怪不得岳子陵，那几年他忙得够呛，每次见面会挑战赛之类的活动，折腾一回半个月都缓不过来。签名累了一天，哪还有时间和精力打挑战赛，全程都在手抖。后来改成线上赛，一方面是场地和时间的原因，另一方面就是岳子陵的身体根本支撑不了和那些被选中的粉丝打友谊赛。

真相是，后来的挑战赛和友谊赛，很多都是其他选手代打的。

反正也是职业选手，就算打法和岳子陵有区别，但以绝大多数挑战者的水平，是无法察觉的，就算察觉到了，也以为是月皇改变了打法，不会想太多。

——那局比赛大概不是我跟你的。

岳子陵看着初七的眼睛，还是把这句话给咽了回去。

“要不要一起打一局？”岳子陵突然问道。

初七有些诧异地微微扬起头，眼睛眨了眨，问道：“今天吗？”

“择日不如撞日，”岳子陵点点头，“当然，前提是你有空的话。附近就有个网咖，环境还不错，二楼有专门的无烟区，还算舒服，网速也很不错，要不要去试试你的新鼠标？”

说着，岳子陵扬了扬手中的袋子，里面正是初七买的新鼠标。

下午倒是没什么其他安排，初七想了想，然后点点头，说道：“好。”

丘山网咖。

看到这个网咖名字的时候 初七一愣：“这该不会是你开得网咖吧？”

丘山，为岳。

岳子陵摇摇头：“不是，这个网咖的名字让我觉得很有缘分，所以只要来S市，基本都会来这里，店里的柠檬红茶很好喝。”

他果然熟门熟路，征得初七同意之后点了两杯柠檬红茶，端着茶，带初七上了楼。

大概是因为不少人喜欢抽烟，无烟区的人反而少了很多。初七挑了个角落坐下，岳子陵坐在她旁边，开了机之后发现初七只是在四处打量，并没有要开机的意思。

岳子陵微微一愣：“怎么？”

“我没来过网咖，”初七神色自若，“有点儿新鲜。”

说着，她看了一眼电脑上的说明，然后开机，输入自己的身份证号和初始密码，才说道：“哦，刚在楼下我好像没刷身份证？”

“哦对，”岳子陵的胳膊越过她的键盘，在初七的电脑上输入了自己的身份证号和密码，“我和网管比较熟，打过招呼了，开两台机子，不需要你的身份证。”

“特权阶级？”初七说这句话的时候并没有看岳子陵，而是继续看着电脑屏幕，把原来的鼠标拆下来，换上了自己的新鼠标，适应了一下。

岳子陵进入《荣光 2》的界面：“来吗？”

“好。”

进入对战平台之后初七接到了岳子陵的组队邀请，她微微一愣：“喔，2VS2？”

岳子陵点点头：“对啊，你该不会是想和我 1VS1 吧？年轻人，不要欺负已经过气了的退役选手。”

“所以我们要联手欺负对战平台上的小菜鸟吗？”初七笑起来，却还是点了同意。

她的 ID 是 Seven，而那边岳子陵的 ID 则是丘山。

2VS2 组队随机匹配到了两个很搞笑的 ID，分别是“胖聪”和“瘦聪”。

胖聪：这个 ID 是丘山？又一个假冒“月皇”的！让我来揭穿你！

瘦聪：Seven？这不就是最近很火的那个 ID，据说是一个女孩儿的。

丘山：开。

初七和岳子陵都选择的是随机职业和随机地图，然而对方大概是点儿背，偏偏岳子陵随机到了“月”这个职业，而初七随机到了“影”。

对面两个人则都是“月”，在英雄升到二级的时候乍一碰面，初七就知道对方的操作和意识都非常一般，不过因为是打 2VS2，对面两个人明显长期练习，单打独斗都不行，但是在一起配合的时候却是 1+1>2

的效果，能够互相弥补彼此的缺点。

反过来……初七有些尴尬地发现，她和岳子陵第一次打配合，效果竟然是 1+1<2，两个人都不能发挥正常的水平。

好在他们的水平摆在那里，经过七分二十秒的磨合，总算调整了过来，配合虽然一般，但可以各自发挥所长。对方被他们压着打，那个叫胖聪的英雄全都被打死，在主基地附近等待复活，瘦聪的英雄不敢出门，在自己家附近的野怪点转悠。

“结束战斗吧，”初七看了一眼游戏时间，“先把胖聪家敲了？”

岳子陵操纵着手里的英雄和小兵：“前后夹击，拆了胖聪的家，估计对方也就会 GOOD-GAME 了。”

2 VS 2，取胜的话需要拆掉对面两个人的主基地，或者他们投降。

初七点了点头，找了一条路准备去打胖聪的基地，然后在路上遇到了岳子陵的兵。

初七：“……”

岳子陵：“……”

岳子陵：“啊原来你要走这条路，那我从那边包抄过去。”

初七本来已经准备换一条路走，手指在键盘上顿了顿，硬是把那个命令给撤回了，然后笑着回答道：“好。”

“其实也不错，”岳子陵一边换路线一边说道，“至少我们想到一起去了。”

初七完全不明所以，只是皱了皱眉：“可惜，这样一来，又耽误了五秒钟。”

岳子陵抿了抿嘴唇，手中动作不停，给队伍给了一个加速 Buff。

因为是前后夹击，胖聪主基地的防御哨所顷刻间就被拆得一干二净，那些小兵也无力回天，胖聪的英雄复活之后甚至放弃了抵抗，直接一个传送，传到了友军瘦聪的主基地。

初七似乎有些意外地挑挑眉：“竟然没有投降，难道是觉得自己还有胜算？”

闻言岳子陵转过头，看着身旁女孩儿的侧颜，她真人比视频上更好看，可能和今天穿的裙子也有关系，显得她脖颈修长，气质很好。

初七的侧颜很美，乍一看她坐在这里的样子，可能会以为是某个女明星。她鼻梁细且高，唇线分明，略施粉黛的脸颊有淡淡的红晕，脸部的线条也格外好看，一头柔顺的长发披散着，左边的头发被她用手放在了耳后，露出小巧的耳朵。

“嗯？”察觉到岳子陵的英雄没有动静，初七有些疑惑地看向岳子陵，发现他正在看着自己，她秀眉蹙起，“怎么？”

岳子陵这才回过神，有些自嘲地笑了笑，说道：“我只是在想，我以前给你签过名，我怎么会没有印象。”

她分明是那种，见一次面就很难忘记的人。即使如她所说，十五六岁如同假小子一样，应该也是会让人眼前一亮的假小子。

“走，我们去拆他们的老家。”

说着，岳子陵从主基地又调了几个空军，和初七的队伍一起，浩浩荡荡地朝着瘦聪的主基地进发。

开局时长十分二十三秒。

全部频道里传来胖聪发送的信息：二位，你们该不会真的是本尊吧？

岳子陵嘴角扬起，正要打字。

啪——周围陷入一片漆黑。

网咖里响起阵阵谩骂声：“逗我呢？我都快赢了，你停电？！”

边牧最可爱：初七！你，你水性杨花！

初七：？

边牧最可爱：你竟然和月皇一起组队了！

初七：你怎么知道的？

边牧最可爱：微博都炸锅了！

初七点开边牧发过来的微博链接，看到了一篇图文并茂的长微博。

上面有她和岳子陵的 ID 截图，打游戏的过程截图，还有最后的结局截图……长微博的题目是：#有生之年系列#，我是不是赢了月皇？！

发长微博的人是胖聪，那场匹配，最后的胜利者是胖聪和瘦聪。

下午的情形还历历在目，初七自然记得，他们准备去拆对方主基地的时候丘山网咖突然停电，等了五分钟也没来，网咖老板各种退费赔礼道歉，岳子陵也感觉万分荒唐："我来这里这么多次，第一次遇到这种情况……比赛中途一方停电的话，会自动判输吗？"

初七点点头："对。"

岳子陵明显有些不甘："这也太不公平了。"

"这就是所谓的'不可抗力'，"初七倒是无所谓地耸耸肩，"走吧？"

边牧最可爱：然后呢？

初七：然后就走了啊。

边牧最可爱：你们干什么去了？

初七：……吃了顿晚饭。

边牧最可爱：你！你竟然和别的男人一起吃饭！

初七：恕我直言，我基本每天都和别的男人一起吃饭。

她中午在食堂吃饭，同事很多男的啊。

边牧最可爱：……哼！那月皇专门转发这条微博干什么？！他肯定对你有所图谋！

对于表哥边牧来说，大概谁对自己都有图谋吧。初七撇撇嘴，懒得再搭理他，上微博扫了一眼月皇最新的微博。

@丘山子陵 回复 @胖聪：是我本人，恭喜你们赢了。不过……当时我们的军队突然停滞不前，是因为打游戏的网咖突然停电了。

@胖聪 回复 @丘山子陵：天啊，真的是月皇！激动！我说最后你们怎么明明能赢，但是都站在那儿不动了，还以为是故意放水呢！那另外那个 Seven，就是那个女孩儿 Seven 吗？

这条微博岳子陵没有回复，奈何围观群众非常热情。

@春光微暖我要长胖：停电为什么两个人都不动了？该不会俩人当时……在一起吧？

@是你太师傅：S 市？不就是那个初七妹子在的城市？初七不是说打这款游戏是因为月皇吗？所以他们认识？

@小兔啾咪：说到这个，今晚八点不是会公布 RCG 的初赛名单吗？有点儿想知道初七会和谁分在一组？

晚上八点。

初七合上手中的《数独》，打开了《荣光 2》的官网，寻找这次

RCG 的信息。

海选结束，加上直接进入初赛的天梯排名靠前的选手，排除掉不能参加的之外，确认进入初赛的有六十人。初赛时间定在五天后，赛制是小组积分赛，六人一组，每组积分前三名进入复赛。

分组是后台随机生成的，初七分在 D 组。

D 组名单：潇十二、人间、好汉饶命、Seven、小甜瓜、Lazy。

初七的目光定格在最后那个 ID 上。

Lazy，江湖人称大懒。

手机的微信消息提示音响起，初七看了一眼，看到 F 神发来的信息：以前和大懒打过吗？

初七：没有，从来没碰到过。

F 神：你和“幻武”的对战次数倒是不少，但数字帝和大懒打法完全不同，这对战经验于你而言，未必是好事。

看到这条信息，初七微微愣了愣。她太了解数字帝的每个操作，却也容易形成惯性思维，预判对方下一步的时候，会下意识地按照数字帝往常的习惯去做预判。

但是数字帝和大懒，绝对是完全不同的两个人。

这些年暗殷 27 在《荣光 2》的战场上非常活跃，再加上年纪小喜欢出风头，也愿意做粉丝经营，时常直播，打友谊赛，乐于参加各种小比赛，自然曝光率高，这一年来积分赛和天梯赛积分很高，超过了大懒，所以才被称之为“第一幻武”。

但……真正了解《荣光 2》的人都很清楚，这不过是大家给数字帝面子，才给了他这个称呼。

真正的“第一幻武”，始终另有其人。

——Lazy。

他非常出名。但他出名的主要原因，不是因为操作多好，不是曾经拿过怎样的荣耀。而是因为他人如其名——懒。

懒得开微博，懒得上论坛（据说当年注册《荣光 2》论坛都是别人帮忙注册的），懒得直播，甚至懒得打比赛……

有时候连初七都忍不住好奇，像大懒这种人，到底是为什么会成为

《荣光2》的选手，而且到现在还没退役？

F神的消息又一次发送过来：不过你们组这个分组，大懒未必会有多用心。就算是想跟你打，也会等到复赛再说。

初七忍不住笑了笑，心想以传说中大懒的性格，也对。

在学生时代有两种传奇，一种是考试总是拿满分的人，还有一种就是考试总是拿六十分的人，一分都不多。

大懒就是那种精准地控制自己只拿六十分的人。不会不及格，但是多一分他都懒得拿。

以往的淘汰赛、积分赛，他从来都是压线过，要积分十二及以上的人才能通过，他就刚好打个十二分，RCG不需要海选直接就能进入初赛的名额，是天梯排名前五十名，大懒就正好打了个第五十名。

去年的RCG初赛，他一看自己稳坐小组第三，最后一局直接选择了弃权，然后以小组第三的成绩进入复赛。

懒得打。

懒得接受记者采访，懒得和粉丝互动，也懒得发微博什么的……即使是已经退隐三年的F神，发的微博总数也比大懒多。

整个《荣光2》的圈子里，他就是一个传说：打线下比赛都很难见到他，因为他懒得出门。选手之间的聚餐也基本懒得去，吃饭全靠外卖，或者是别人给他带回来。最早的时候大家还会觉得大懒架子大难伺候，后来慢慢习惯了他这个人设，竟然也觉得他挺可爱。

大懒最好的朋友是星帝，他们本来就是三次元的朋友，一起打了这款游戏。按照星帝的说法，大懒的人生就是“吃饭，睡觉，《荣光2》”，只有这三件事是他最愿意投入时间的三件事，其他的事情他一点儿都不上心。

甚至连线下赛，等待比赛的时候，大懒都能直接趴在桌上睡着，很多粉丝偷拍到的现场图：大懒不是在睡觉，就是在准备睡觉。

永远都是一副懒洋洋的，看起来很困，睡不够的样子……如同树懒。倒是有不少女粉丝很喜欢，说“他睡眼惺忪的样子太招人疼了！”

他也不是永远都懒洋洋的，大懒也有很精神的时候。

有一年他和月皇对战，BO5，双方2:2打成平局之后，最后一局打了六十五分钟，连看比赛的人都觉得大伤元气，但那一局大懒最终战胜了月皇。

那几局比赛，大懒严肃又认真，眼神里充满了锐利的光芒，他只有在游戏中遇到厉害的对手，才会有精神。甚至在看别人的比赛的时候，看到精彩的对决，也会让他的精神为之一振，否则就还是一副懒洋洋的样子。

那一局月皇打出 GOOD-GAME 之后，大懒立刻就恢复到了原先“懒得动、懒得听、懒得说、懒得管”的模样。当段公子要求他无论如何都要说几句话的时候，大懒：“哦，椅子坐着不舒服。”

至于论坛，他就更少出现了，基本上每次都是有大事了，星帝去通知他，他才看一眼，偶尔说一两句话。上一次大懒在论坛上发言，就是初七的视频流传出去之后，他出来说了一句：想和初七打一局。

硬是把本来只准备围观的吃瓜大神们都炸了出来。

就在初七想这些事的当儿，F 神的信息又发送过来了：月皇这次到 S 市待多久？

初七一头雾水：不知道啊。

F：我以为你们是朋友？

初七：我买鼠标的时候碰到他，他认出了我，然后一起打游戏。算朋友吗？

F：这样啊。有时间打两局游戏吗？

初七：好。

斐诰发给她 YY 房间号。

初七没有再回复，直接登录了 YY，戴上耳机输入了房间号。

房间名叫“FUTURE”，初七微微一愣。

紫马的名字是 F。

她歪了歪脑袋，把自己的 ID 改成了 Ture。

男声低沉：“来了？”

说话间，斐诰已经给了初七一匹橙马。

“1VS1 还是组队 2VS2？”初七轻声问道。

《荣光 2》的快捷键众多，选手一般上 YY 都是开自由麦，斐诰听到她敲击键盘的声音，轻声说道：“都打两局？”

“既然组了队，还是先打 2VS2 吧，”初七用眼角余光看了一眼电脑右下角的时间，已经是晚上八点半，“打两局再看时间，我十点就要关电脑。”

她作息规律，没特殊情况的时候，十点关电脑做三十分钟瑜伽，看会儿书洗澡睡觉。

斐诰这段时间倒也大概摸清楚了她这些习惯，点点头：“好，你用什么 ID 玩？”

“啊？我自己身份证注册的 ID，就只有 Seven 那一个。”初七有些疑惑，“怎么了？”

“没什么，只不过……”

初七却顿时福至心灵：“哦，你是不是害怕和我一起组队会出现今天和月皇那样的情况？”她顿了顿，又说道，“你介意这些吗？”

斐诰叹了一口气：“我是怕你在意。”

“闲言闲语虽然没什么所谓，但还是有点儿烦。”初七皱了皱眉，“你有其他 ID 可以用？”

下一秒，初七就看到斐诰的 YY 好友信息，然后给自己发来了一个账号密码。

ID 名叫王卷卷。

初七登录对战平台后，看到了斐诰的 ID：王巷卷。

她忍不住笑了起来。

就在这时候，斐诰的手机响起，他有些不耐烦地看了一眼来电人，提示的是“小飞”，他不禁皱了皱眉。

他随手挂断了电话。

“不接吗？”

斐诰微微挑了挑眉：“没事，我微信跟他说一声就好。”

说话间，他调出微信上的联系人小飞：好了，恢复吧。

那边连珠炮似的回复：哇，老板你到底什么情况啊？为什么下午那会儿非要让我给网咖断电啊！还断那么久！很多顾客都有意见的，你必须得给我一个合理的解释！

斐诰：你是老板还是我是老板？

小飞：……我错了，我不问了。

第16章

游戏，还是应该尽兴才好

三连胜。

电脑右下角的时间指向二十一点六分，三局都结束得很快。

初七微微皱了皱眉：“是对手太弱吗？”

那头传来低低的笑声：“怎么，觉得赢得太轻松？”

“嗯。比赛应该不会这么轻松吧？”初七觉得有些奇怪，和F神一起打2VS2，三局下来，两个人却根本一句话都没有说过。

又或者，难度太低，根本不需要说？

分明都挂着YY，却三局都没说过话，两个人都打随机，分明只在数年前打过一次2VS10的不算配合的比赛，今天打的时候却似乎像是配合了很久一样，格外默契。

“RCG，星帝和大懒都组了一支队参加了，”F神轻声道，“还有国外的KQ组合，瓜帅和M皇也报名了，RCG的对手，肯定不会弱。”

初七点点头：“2VS2是要到个人赛复赛结束之后才会进行？”

“对，”斐诰沉声道，“这是第一次有2VS2的项目，担心有些也参加了单人赛的选手忙不过来，会稍微晚一点儿。2VS2决赛的时间，也比单人赛要晚半个月。”

斐诰起身给自己倒了杯水，又说道：“我一直有个问题想问你。”

“嗯？”

“我听说，T哥是上过YY的？”斐诰的声音低沉，“虽然很少在YY上讲话，但的确是讲过话的，都说是个声音挺好听的男孩儿。”

初七愣了一瞬才反应过来，突然笑起来：“哦，对的。”

她强忍着笑意，打开了QQ，果然收到一堆表哥发来的留言。

那边听到了她QQ的提示音：“这么多人找你？QQ我一般都静音的。”

“其实只有一个人，”除了特别好的朋友和几个亲人，这个QQ上没其他好友，她笑着道，“当时我哥注册了这个ID，又不用了，我就拿来玩。其实我没说过我是男的，只是从一开始，就没人觉得我是女孩儿。再后来我用这个ID参加过几次线上赛，当时也没人核实身份信息，奖金也是直接打给我表哥，大家也都习惯了叫我T哥，我也懒得去解释。”

初七顿了顿又继续道：“后来有一次数字帝他们让我上YY聊天，当时我表哥刚好在我家，他爱热闹，想和那些人聊一聊，在YY上说话的人是他。”

“这样，”斐诰听明白了，“但是也因为这件事，往后你越要解释身份，恐怕就越难了。”

初七苦笑了一声：“当时还真没想那么多，大不了永远不打线下赛呗，直到RCG官方宣布，这是有《荣光2》赛事的最后一年……”她伸手揉了揉眉心，“我犹豫了一下，觉得不参加会有遗憾，当时本来准备三个月的公司新人集训回来之后，找个机会跟大家道歉坦白，然后跟RCG官方更新ID的身份信息的。”

这是她和表哥商量的结果，可谁能想到，她回来的时候，局面已经完全变了。

“没事，现在能用Seven这个ID也好，”斐诰的声音轻柔，“我希望数字帝能进入线下赛，否则，看不到他脸上的表情有多精彩，就太可惜了。”

初七脸上有淡淡的笑容：“说起来，我表哥叫边牧，是你的铁杆粉。”

“哦，是吗？”斐诰似乎有些惊讶，“他也玩随机？”

初七摇摇头：“那倒不是，他就是很崇拜你，天天跟我念叨什么‘我的F神’之类的。”

斐诰顿了顿：“哦？念叨什么？”

“‘我的F神’啊，”想着对面大概是没听明白，初七再次重复，“还有类似于‘我家F神又大杀四方了’之类的……你回归之后更是这样，他在国外有时差，还会为了看你的比赛而熬夜。”

我的F神。

我家F神……

嗯，还挺好听。

斐诰不动声色地扬起嘴角，端起手中的水杯，喝了一口水，悠悠然地说道：“你呢？”

初七顿了顿：“什么？”

“没什么，”斐诰嘴角噙着笑意，“你是因为是最后一届《荣光2》的赛事，所以想参加吗？”

初七一边认真地做眼保健操一边说道：“是啊，最后一届了，应该没有人愿意错过吧，你不也一样？退隐三年，都已经当上《全民斗魂》游戏公司的总裁了，明知道自己的状态比起巅峰时期还是要差一些，却还是参加了这一届的比赛。”

“我啊……”斐诰的声音听起来格外悠远，“我这个年龄在这个位置，你应该也猜得到，我家里并不会太简单。”

初七淡淡地“嗯”了一声，她当然不意外，这个用脚趾头都想得明白。

以《全民斗魂》现在的火爆程度，除了游戏本身要足够优秀之外，能够在一众竞品公司之中脱颖而出，肯定是有非常好的推广渠道的……才两年多的时间就发展到“全民”的地步，这自然是多年积累的结果，而绝不可能单靠斐诰一个人。

如果初七没猜错，斐家，应该掌握着那个很出名的集团公司，虽然现在涉及不少行业，但游戏公司的营收是他们的大头，旗下有非常多出色的游戏。

“我从小就开始接触各种游戏，但几乎享受不到任何打游戏的乐趣，因为家里的原因，我必须在我很想继续玩的时候，停下来问自己，为什么我会想继续玩。家里的教育是近乎变态的，而且很矛盾，他们一方面要我接触各类游戏，打游戏，了解游戏里的各种机制，包括思考，游戏本身为什么要这样设计等等，另一方面……”

斐诰的声音低了一些，“他们又坚决不允许我沉迷游戏，会强行规定时间，时间一到，不管我玩到哪一步，都会立刻抢走游戏机。”

初七做完了眼保健操，听到“抢走”的部分忍不住皱了皱眉：“怎么会这样？”

游戏没打完就强制中断，除了停电之类的不可抗力之外，初七都无法接受。

对很多小孩儿来说，拥有游戏的快乐童年，对斐诰来说都是痛苦的折磨。其他人享受的游戏时间，对他却变成了任务、规则和种种束缚。

“我的逆反心理和别人不一样，我的中学时代，男孩儿逃课去网咖打游戏，我就开心读书、上体育课和武术班是我最高兴的时候。同龄人玩得每一款游戏，我都玩厌了，觉得很没意思，可还是得被迫去玩很多游戏。”

斐诰说到这里似乎自觉失言地笑了笑：“那个……希望你别多心，我也没有要博同情的意思。”

“嗯。”初七想了想，认真地回答道，“你说的这些，还远远达不到能博取同情的地步。”

斐诰闷声笑了起来：“也对。”

这世上童年不幸的小孩儿多的是，父母双亡、家庭暴力、贫苦……这种种，都能让一个孩子在成长的过程中有无数的痛苦，享受不到快乐。他们的故事会让人伤心落泪，同情又伤感。

与之相比，自己的那点儿微不足道的痛苦，到底能算得了什么？

现在的斐诰想起来，拿年少时的自己和旁人作比较，也觉得当年自己是无病呻吟，自寻烦恼。但这世上没有真正的感同身受，对当时的斐诰而言，家里的种种管教和束缚，已经是他所知道的最痛苦的事情。

那时候的斐诰经常用看傻帽儿的眼神看自己的同龄人，觉得他们幼稚又无聊，竟然会沉迷于游戏这种东西，觉得他们终其一生，都没办法体会到自己的苦恼。

斐诰自嘲地摇摇头，继续说道：“中间部分就隐去不提了吧，后来我开始玩《荣光 2》这款游戏，是竞争对手的公司做的，《荣光 2》的火爆，让我家不少 RTS 游戏都受到了极大的冲击，当时它的火爆程度你应该也有所体会。”

初七：“嗯，我表哥也是那会儿开始沉迷《荣光 2》的。”

边牧大概就是斐家很怕斐诰成为的那种人，沉迷游戏无法自拔，逃课出去打游戏什么的简直是家常便饭，去那种不怎么管身份证的地下黑网吧玩，上课的时候偷偷看各种比赛视频，看不了视频就看文字直播，还查攻略记笔记，比上课还认真无数倍，天天惦记着去看现场比赛，惦记着那些赛场上闪耀的 ID。

然而去网咖被他爸妈抓回家，咔咔就是一顿胖揍。边牧典型的记吃不记打，擦干眼泪，两天后又是一条好汉。

寒暑假的时候爸爸基本都没空管自己，就把自己丢在姑妈家，也就是那个时候，初七看到了边牧打这款游戏。当时边牧说："来，小七，哥哥带你飞。"

十分钟后。

边牧："天啊小七你好厉害啊！带带我！"

想起这些往事，初七忍不住扬了扬嘴角，她自小不是很合群，披着所谓的"天才"光环，活得孤傲又自我。真正一直相处的同龄人，只有表哥边牧。

姑妈他们经常觉得不好意思，因为自己的儿子是个"聒噪的普通人"，还是个话痨。一方面，姑妈希望初七能够带给边牧一些正面的影响，另一方面，她又担心边牧拖了初七的后腿，左右为难。

在他们的概念里，虽然边牧是哥哥，可一直以来，是受着初七的照顾。姑妈经常挂在嘴边的一句话是：幸好有小七在，不然都不知道我家这不成器的儿子得痞成啥样！

但初七心里很清楚，完全不是这样。

别人都以为是她带给表哥一些正面的影响，教了边牧很多。然而恰恰相反，如果没有表哥，初七真的不知道自己会长成什么样。边牧教会了她很多书本上没办法学到的东西。

"你是不是生气了？我跟你说，你……就代表你生气了哦！"

来玩游戏嘛，不玩一局怎么知道好不好玩？"

小七，有没有男孩儿喜欢你呀？快告诉表哥！表哥替你把关！"

哪有人喜欢一直自己一个人待着？我反正很怕孤独的，我要和小七一起玩！"

有话要说出来，闷在心里会不舒服的，小七。"

他的确有点儿话痨，但对自己很好，不管自己态度多么糟糕，表哥都没有跟自己计较过。

哪有什么自己让着他，从小到大，都是他让着自己，陪伴自己长大。哪怕是男孩儿脾气最不好的年纪，边牧也从来没有吼过初七一句。

“我最早玩《荣光 2》，是家里人让我玩，分析这款游戏为什么这么火，我当时的逆反心理已经到了恨不得家里的公司能倒闭的状态……”斐诰回忆起自己的中二时期，轻轻咳了两声，“咳，那当然已是陈年旧事了，所以我很希望《荣光 2》一直火爆，毕竟是竞品公司的。没想到玩这款游戏，自己竟然也陷进去了。”

初七挑挑眉：“因为这款游戏，比你想象中还要好，有无数的可能性。”

“我甚至认为，做这款游戏的人，当时都没有想过会这么好。”斐诰接过话茬儿，“第一次，我不用家里人逼迫，也会认真地思考，为什么这款游戏会这么好玩？也是那时候开始，我隐隐约约地觉得，是因为游戏给了玩家更高的自由度，即使兵种和英雄就只有那些，但却能开发出无数种玩法。”

人，是游戏里最大的变量。

斐诰笑了笑说道：“说起来你可能不信，那是我有记忆开始，第一次从这款游戏里感觉到了真正的快乐，我很感激《荣光 2》。”

“我信，”初七淡淡地说道，“这方面，我们应该差不多吧。”

因为表哥的缘故，她其实也玩过不少游戏，但大多数都让她觉得无聊，只要算好了数据，连第几分几秒取胜都在计算之中。

直到她开始玩《荣光 2》，直到她看到了月皇他们打比赛的视频。

“后来我才发现自己以前是钻牛角尖了，也觉得打游戏还蛮有意思的。然后就开始跟家里人斗智斗勇，偷偷打游戏，不断挑战自我，我就是喜欢玩随机，因为有无限的可能性。而且，我本来手速就不能和月皇他们硬拼，打随机，出其不意，才是我的强项。参加比赛之类的，大概也是好胜心作祟，忍不住想知道，自己到底能走到哪一步。喔，为了这事儿还跟家里人闹翻了。”斐诰说得轻描淡写，“那段时间就在段屿那儿蹭吃蹭喝。”

初七却觉得这其中不会太过简单，斐诰那段日子恐怕过得很辛苦。

一定有很多人觉得他蠢。直到今天，电子竞技也不被很多人所认可，打游戏谋生，在不少人看来，都是其他事情做不好，才会走上这条路。

不好好学习，成天打什么游戏？

“《荣光 2》开始走下坡路的时候，我就知道这款游戏一定会冷下去，可它对我来说意义重大。”斐诰顿了顿又继续说道，“三年前，我和家里人进行了一次长谈，最后决定曲线救国，所以离开了。”

“曲线救国？”初七有些疑惑地问道，“你是说《全民斗魂》吗？”

斐诰却在这时候卖了个关子：“唔，已经十点了，你该关电脑休息了。”

“咦？”初七看了一眼时间，略微有些惊讶，“嗯，那我下了。”

“早点儿休息，”那边的男声似乎仍然带着笑意，“下次再聊。”

初七点点头：“好。”

下了 YY 之后，她看着表哥边牧的留言，突然似乎有些触动，发了一条信息给他。

初七：表哥，一直以来，其实真的很谢谢你。

然后下了 QQ，关上电脑，铺开瑜伽垫开始做瑜伽。

三十分钟后，手机上有六个来自边牧的未接电话。

她皱了皱眉，回拨过去：“喂……你给我打电话了？”

“小七，你吓死我了！”边牧的声音传过来，语速极快，“我看到你给我的 QQ 留言，吓死我了，我以为发生什么事了，你又不接电话，我差点儿以为你想不开！”

初七：“表哥，你内心戏真是很丰富。”

“可你平时根本不会跟我说这些话啊，还说什么一直以来很谢谢我，别吓我！”边牧提高语调，“你知道如果你真有个三长两短，被我爸妈知道你给我留了这种言，我这辈子就完蛋了！”

初七撇了撇嘴，有点儿无奈：“好，那我以后不说了。”

“不不不，我不是这个意思！”边牧忙不迭地说道，“我的意思是你要多说一点儿，你就是平时说这种感人的话，说得太少了，所以突然说出来我才会这么不适应！你为什么突然想起来，要感谢你英明神武帅气潇洒风流倜傥的表哥我？”

初七打了个哈欠：“因为我闲的。”

那头却根本不在意初七说了什么，继续道：“不过我作为你的兄长，照顾你是理所应当的！以后就不用这么客气了！”

“嗯，我准备洗洗睡了，表哥晚安。”初七轻声道，“也不是跟你客气，就是觉得，和我相处应该也挺辛苦的，谢谢你。”

隔着大洋，电话那头的边牧听到这些话，竟然鼻子有些酸酸的，平时滔滔不绝的人，此时挠挠头，愣了好半天才说道：“没有，我妹可好了！快休息吧，晚安。”

挂了电话，初七揉了揉眉心，看着手机，突然低喃道：“是啊，怎么今天突然想起来跟表哥说这些？”

别说边牧了，就是初七自己都觉得有些不可思议。

洗过澡之后，初七躺在床上，思考了一会儿最近的生活，忍不住有些感慨：若是几个月前，她刚刚去参加公司的准精算师入职培训，绝对不会想到会发生这么多事情。

被暗殷27算计，Ture这个ID成为千夫所指，却意外成了《全民斗魂》的兼职游戏测试，和F神还有月皇结识，甚至一起组队打游戏。

人生际遇，数学无法预测。

初七关了灯，闭上眼睛。

“初七，这边！”

按照陈跃师兄给的地址，初七在周日上午十点，来到了那个青少年培训基地。

陈跃已经在外面等着，看到她的时候朝她招手，眼神定定地看着她，说道：“几个月没见，你怎么好像瘦了？”

“错觉。”初七缓缓地说道，“上次见到师兄是在一百零三天以前，比起那时候，我无论是围度还是体重都没有丝毫减少。书上说，一段时间不见对方，会很容易让对方产生好像‘瘦了’的错觉。还有个理论说从社交礼仪的角度来说，男性面对一段时间没有见面的女性，如果跟对方说对方‘瘦了’‘漂亮了’之类的话，女性会很容易心生愉悦，从男性角度来看，赞美女性，也是一种礼貌。”

陈跃摆摆手求饶：“得，当我没说，”他笑起来，做了一个“请”的手势，“进来看看吧，这个培训机构也就半年左右，不过天育是全国连锁的培训机构，学员倒是不少，有几个小朋友，资质特别好。”

说着，陈跃带着初七走了进去，到底是有名的培训机构，占地面积不小，分了很多个不同的教室。

陈跃是初七的学长，负责青少年速算，心算，口算的培训班。都是小班教学，一个班只有十个学员，分四岁以下、四到六岁、六到八岁、八到十岁、十到十二岁、十二到十四岁和十四岁以上的班级。

“你拿全国《珠心算》冠军是几岁的时候？”陈跃突然问道。

“十一岁。”初七缓缓地说道，“算得上是黄金年龄，如果那年我没拿到冠军，再往后想拿也不太可能了。”

学习《珠心算》的最佳年龄是四到十岁，因为这期间孩子的大脑可塑性最强，而学习之后再经过反复练习，不少人是到十二三岁的时候才能够发挥出自己的最高水平。

初七曾经也是S市心算队的佼佼者，她自小受父亲的影响，五岁就开始学《珠心算》，一直学到十五岁，拿过两次全国《珠心算》冠军，还曾经创造过乘算的全国纪录。在国际《珠心算》比赛上，获得过世界第三的好成绩。

“有没有想过重新回到比赛场？”陈跃问道，“十四岁以上的班级里，有一个二十岁的女孩儿，现在也还在做这方面的努力，之前还差点儿破了吉尼斯世界纪录呢，多位数乘法的那个。”

初七微微挑眉：“十三位数乘十三位数吗？差点儿……如果没被人打破纪录的话，那吉尼斯世界纪录保持者，应该还是当年那个十几岁的小男孩吧。”

陈跃点点头：“是的，她说破吉尼斯世界纪录，是她的梦想。”

“悬。”初七叹了一口气，顿了顿又说道，“不过也不排除奇迹发生的可能。那个心算女神，二十多岁，本来已经离开心算界去当律师了，却为了战胜国外的选手，站在了综艺节目的赛场上。她依然能够创造神话，甚至差点儿打破世界纪录，让整个心算界都非常感慨。当然，她这样的情况太少了，但有梦想就去做，这也没什么不好。”

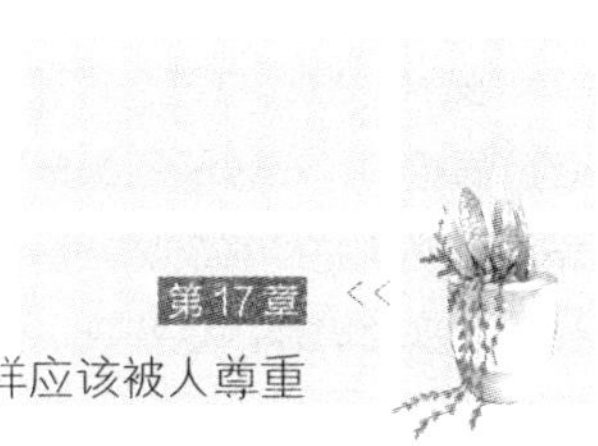

第17章

电子竞技的世界冠军，同样应该被人尊重

初七以前尝试过，去培训机构上课或当家教，但是成效都很一般。

陈跃帮她分析过，这是因为她很喜欢数学，对数字天生敏感，后天又一直在做针对性训练，对她来说数学是非常美好的东西。

但她所面对的学生不是这样，初高中的很多学生，提到数学简直谈虎色变，不得已才会参加课外的辅导。

对初七来说，这些学生对数学的恐惧是难以理解的。反过来，学生们也无法理解初七对数学的喜欢。更何况初七本来就不擅长人际交往，实在做不到循循善诱来引发学生们对数学的兴趣，只能板着一张脸讲课。

总之，初七试过几次之后挫败感极其强烈，从此以后对这类活动都比较抗拒。

这次陈跃告诉她，这边的学员和她以前的学生不一样，这里的很多小孩儿天生对数字敏感，而且很喜欢数学。

所以初七决定过来看看，她来的时间，正好是陈跃师兄给八到十岁孩子的班级上课的时间，教室外面有专门为家长设置的旁听区，初七便也坐了过去。

望子成龙，望女成凤的家长们手里都拿着纸和笔，一脸郑重地听着课，感觉比在教室里上课的学生还要认真。

天育有不少所谓的“少年天才班”，《珠心算》的班级也是全国出名的好，他们这些班不但有专业的老师教学，还请了科学家来做研究，天育直接挂靠全国的各种《珠心算》考试，甚至前两年的全国《珠心算》个人全能冠军全都出自天育。

盛名在外，实行的又是小班教学，很多家长想尽办法让孩子进天育的《珠心算》小班，每个能进来的学生，都是经过考察或者学校推荐来的。

陈跃师兄比自己会讲课得多，在讲《珠心算》的想象空间时也很有自己的想法，小孩子们都跟着他认认真真地用算盘算着，所谓的《珠心算》，就是先用算盘算，然后将算盘和拨算盘珠的这个形体动作，转化成脑海里的影像。这些孩子经过一段时间的系统培训，就不再需要实体算盘，而是利用大脑的空间想象力和形象再现能力，形成心算的影像。

初七在系统练习的巅峰时期，能够做到看到数字和加减乘除符号的同时大脑开始拨算盘，几乎在看完数字的时候就能把结果算出来，到大位数的加减乘除的时候，他们这些人的计算能力，比别人按计算器都还要快很多。

“姑娘，你看起来年纪还很小，是陪着弟弟妹妹过来上课的吗？”

毕竟是八到十岁的学生课堂，初七怎么看都不像是有这么大孩子的家长，旁边一个女人跟她搭话，似乎是想跟她套套近乎。

“额，”初七解释道，“我是那个任课老师的师妹。”

那女人立刻说道：“哦哦哦，老师的女朋友啊！哇，你们郎才女貌，一看就很般配！”

“不是，”初七重申，“他是我学长。”

“哎呀，还是学长学妹，真好，在学校就在一起了吗？”那女人还比较年轻，没有到要叫“大妈”的地步，但的确非常唠叨。

初七不擅长和这样的人打交道，撇了撇嘴，便也不再多做解释。

“那个穿蓝色衣服的男孩儿，是我儿子，今年九岁，”那女人自顾自地介绍起来，“我叫陈岚，你叫我岚姐就行。我儿子叫岳峰，虽然是个聪明的孩子，但很贪玩，特别爱玩各种游戏，真是愁死我了。”

初七微微挑眉，说道：“只要不上瘾，游戏也有正面的教育效果，不然也不会有所谓的益智类游戏了。”

“唉，问题是，其他人都在学习，他的时间都用来玩了，时间久了不就赶不上了吗？”陈岚摇摇头，“这可不行，我辞职了在家专门带他，给他辅导功课让他好好学习，他倒好，天天想着各种办法去玩那个《全民斗魂》，真是气死人！现在社会竞争多激烈啊！他根本不懂时间宝贵！

得好好说说他才行！”

初七成长过程中鲜少和所谓的家长打交道，没想到竟然还是个全职主妇，一时竟然觉得有点儿新鲜，她转过头看向陈岚：“辞职了专门在家带孩子吗？”

陈岚点点头，眼里似乎有一抹遗憾：“我本来的工作薪水不低，前途也不错，自怀孕开始我就经常请假，孩子生下来之后我恢复得不好，公司的很多事情也慢慢没办法跟上，再后来我老公说，反正他收入高，倒不如我辞职在家带孩子。岳峰是我和我老公全部的希望，我们所做的一切都是为了他，不过他也挺争气的，这点儿我还挺欣慰。”

全部希望，一切都是为了他。

初七想，这几句话可真沉重。

大概是天下的父母说到子女时，都忍不住会多说几句。

此时，陈跃的教学已经结束，学生们自己在课堂上做练习题，陈岚继续和初七闲聊：“之前有个全省的《珠心算》比赛，他没发挥好，只拿了第五名，我们是希望他再好好学一学，争取更进一步。”说着，她指了指其他的班级，“诺，还有这么小的小孩，我家小峰就是送去学习太晚了，六岁才开始学，哎！”

下了课，学生们有礼貌地起立，跟老师说“再见”，陈跃便也笑着朝他们挥挥手，家长们则在这时候走上前，追着陈跃问东问西，都想了解孩子在课堂上的表现。

“哎，幸好只有十个学生，要是再多几个的话，陈老师可真是忙不过来啦！”

“你好！”一道童声在耳边响起，初七转过身，发现自己身边站着一个穿蓝色衣服的小男孩，初七认出来了，这就是陈岚的儿子，岳峰。

岳峰看着她：“你是初七，对吗？”

初七一愣，有些惊讶地看着岳峰：“你……”

她没有和陈岚说自己的姓名啊。

她皱了皱眉：“是……陈老师跟你们说的？”

“不是哦，”岳峰小大人一般地挑挑眉，“我看过你单手打《荣光2》的那个视频！”

初七：“……”

万万没想到，那个视频的流传度竟然这么广？

初七抬手拧了拧眉心：“你也玩《荣光2》吗？”

“NO，NO，NO，”岳峰摆手又摇摇头，拿出自己的手机，“我是《全民斗魂》的玩家，只不过你那个视频，我碰巧看到了而已。”

“那你记性真不错，”初七微微蹲下身子，让岳峰和自己尽量保持平视，笑着说，“可别让你妈妈知道，她好像很反对你玩游戏。”

听到这话岳峰撇撇嘴，有些无可奈何地摇摇头：“哎，这些大人啊，都觉得打游戏耽误学习，真是烦死了。”

初七轻轻扬起嘴角，觉得岳峰在说“这些大人啊”的时候，语气非常少年老成，还带着点微妙又奇特的“恨铁不成钢”的意味。

陈岚拉着陈跃聊了很久，初七等得都有些困了，而岳峰早就窝在一旁打起了游戏，初七走过去，对着岳峰说道：“不怕你妈妈发现？”

“放心，”岳峰毫不在意地摆摆手，“我打的是人机模式，随便玩玩，放松一下，她聊完往这边走，我就立刻退出游戏。”

真是抓紧每一分每一秒。

初七皱了皱眉：“可是人机模式很无聊啊。”

《全民斗魂》的人机模式，是最简单的入门模式，初七歪着脑袋看岳峰的操作，岳峰的操作当然算不上好，是那种“勇往直前不死不回头”的类型，冲进人群中，1VS5也无所畏惧。

如果对手不是电脑的话……初七几不可见地皱了一下眉，觉得自己总算能理解所谓的“小学生玩家”是什么意思了。

“无聊也比一直做题好吧，”岳峰低着头继续操纵着英雄，勇敢地往前跑，“其实我挺想当个职业电子竞技选手的。”

初七点点头：“哦，《全民斗魂》的吗？”

“目前最感兴趣的是这款游戏，不知道等我十四五岁的时候，它还会不会像现在这么火。再说吧，不过话又说回来，你不觉得我奇怪？”岳峰手里动作一顿，转过头来看着初七，眼神里满是惊讶，“我但凡是跟别人提这类想法，都会被嘲笑。我爸妈尤其反对……”

“为什么？”初七满脸疑惑地问道。

岳峰撇撇嘴："因为打游戏是不务正业啊，别人也就算了，我爸妈怎么可能同意自己的小孩儿以打游戏为职业啊？"

初七一愣。

岳峰继续说道："电子竞技选手职业生涯短暂，到二十多岁就没办法继续了，只得转行或做解说之类的，而且该好好上学的时候，时间都没花在读书和学习上，长大了才发现自己一无所长，要文凭没文凭，要本事没本事，除了打游戏什么都不会，还八成会有点儿社交障碍，因为常年面对的人都是游戏和网友，很多电竞选手在现实中都不知道怎么和别人沟通。"

"噗，"听到岳峰滔滔不绝的谈论打游戏的弊害，初七有些忍俊不禁，"你这都是从哪儿知道的？"

岳峰手里的英雄终于因为打得太浪而被对手电脑给杀死了，他耸耸肩："我妈天天念叨呗，因为我叔叔……"

"小峰，走了！"

他话还没说完，就听到陈岚的声音。

陈岚朝着岳峰招手，看到岳峰慌乱地收起手机，她立刻皱起眉，音调也提高了一些："又玩游戏！又玩游戏！"

陈岚有些生气地走过来："果然不能让你叔叔住在家里！他每次来S市，你都跟着他学坏！我得跟你爸爸好好聊聊！你根本不听劝！天天就惦记着打游戏！"

"我叔叔有什么不好！他很成功的！"岳峰忍不住顶嘴道，"而且叔叔挣的钱一点儿也不比爸爸少！他还是很多人心中的英雄，打游戏又打得特别好，影响了很多很多人！他是世界冠军啊！为国争光了！"

世界冠军……初七心头微微一动。

"什么世界冠军！"陈岚没好气地拍了一下岳峰的脑袋，"打游戏的世界冠军有什么了不起的？小峰，你要是什么时候《珠心算》能拿个世界第一，那才是真的为国争光！我们所有人都为你骄傲！你那个叔叔，哎！"

陈岚有些无奈地摇摇头，看到旁边的初七和陈跃才反应过来，脸上连忙挤出一抹牵强的笑，说道："你们别见怪，最近我小叔子过来了，这几天住在家里，他是退役了的竞技职业选手，早年还算有点儿名气。”

“男孩儿嘛，”陈岚叹了一口气，看着岳峰，“有些叛逆心理，还会崇拜一些偶像，他就把他叔叔当偶像，他那个叔叔啊，为了打游戏十几岁就辍学了，这一晃十几年过去了，游戏是打了，但那款游戏也没落了，还有几个人记得他？现在还能吃点儿老本，还有些广告代言，但是等他过了三十岁，以后要怎么办啊？”

陈岚又叹了一口气，接着说道：“我可真愁死了，其实子陵是个好孩子，比他哥哥也小不少，对小峰也不错，就是……”

“子陵？”初七抬起头，“你说的是，岳子陵？”

“对，就是他。”陈岚点点头，“别提了，快三十岁的人了，天天打游戏，连个女朋友都没有，真是！”

她又将目光看向岳峰：“你看你叔叔就知道了，他算是游戏选手里的佼佼者了，外形条件也不错，但那又怎么样？打游戏打个第一有什么了不起的啊？！一点儿用都没有！”

“陈小姐……”初七深吸了一口气，打断了陈岚的话，“岳子陵是《荣光 2》历史上第一个拿到世界冠军的中国人。绝对不是你所说的‘一点儿用都没有’，他创造纪录，铸就辉煌，是无数人心目中的神话。”

陈岚用那种不可置信的眼神看了一眼初七，皱起眉：“你也知道他？你也玩《荣光 2》？”

“没错。”初七缓缓地说道，“我觉得你对游戏有偏见，对电子竞技也是。如果岳子陵是一个跳水运动员，在全运会上甚至奥运会上拿了冠军，你还会这样说他吗？”

陈岚撇撇嘴：“游戏和那些体育项目能一样吗？国家运动员花了多少努力才能拿到冠军，那可都是用汗水换来的！”

初七的声音平静：“2003 年，国家体育总局把电子竞技列为我国正式开展的第九十九项体育项目。2007 年，亚洲室内运动会引入电子竞技为正式比赛项目。2008 年，国家体育总局整合合并我国现有的体育项目，并将电子竞技重新定义为我国的第七十八号体育运动项目。同一年，十名电子竞技选手成为北京奥运火炬手。2009 年，WCG 世界总决赛在成都举行。2015 年，WCA 观赛人数突破二点二亿。”

没想到初七会突然说出如此多的数据，陈岚皱紧了眉头，抬起头愣愣地看着初七。

“我在这款游戏所投入的时间和精力，比当年备战全国《珠心算》比赛所耗费的精力还多。”初七淡淡地说道，“《荣光 2》的职业选手，十几岁摸索练习游戏的时候，国内的电竞环境不好，战队不专业，教练就是他们自己。至少有两三年时间，从早晨八点到晚上十一二点，除了吃饭时间，都在片刻不停地打练习赛，磨炼技巧，琢磨战术。在这个过程中打败对手，不断变强……

这个过程本身，和《珠心算》或者体育项目的系统练习别无二致，国家级运动员挥洒汗水，站上奖台。电子竞技的选手，难道没有付出努力和汗水？”

说到这里，初七看了一眼岳峰，又继续说道：“电子竞技也是体育竞技项目，电子竞技的世界冠军，也是世界冠军。在某一个领域能做到极致的，都应该被称之为大师，游戏也一样。岳子陵登顶世界冠军的时候，全世界玩这款游戏的人，无论男女老少，都无法与他匹敌。在一段时间里，《珠心算》算得比其他人都快，就是了不起。短跑比其他人跑得都快，创造了世界纪录，就是了不起。那为什么，打游戏打得比全世界每一个人都好，创造了世界纪录，就不厉害了呢？在我看来，一样很了不起啊。”

“你……”

陈岚之前找初七聊天的时候，觉得这姑娘话不多，沉静安恬。和陈跃聊天才知道，这姑娘曾经是被称之为《珠心算》女神童的存在，有非常好的全国比赛和世界比赛的成绩，自然对她刮目相看，觉得她谦逊努力，会是岳峰的好榜样。

直到此刻，听到初七说这些话的时候，陈岚才发现自己对她的判断，竟然全都是错误的。

“乒乓球的世界冠军，会赢得无数喝彩，跳水冠军、跑步冠军也是如此。为什么到了电竞这里就不一样了呢？只是因为它是游戏，就被认定为他们是不务正业吗？电子竞技的世界冠军，同样值得，而且应该被人尊重，甚至崇拜。”

其实《数独》《扫雷》都是游戏，但这些游戏中难道没有数学吗？

《荣光 2》《全民斗魂》，能用到计算的地方就更多了，你想让小峰优秀的心情我能理解，但是不了解电子竞技就全盘否定真的不好。你否定的那个人，是你丈夫的弟弟，是你儿子的叔叔。直到今天，岳子陵仍然有无数的粉丝，他当年拿到世界冠军的照片和视频，还在《荣光 2》的论坛荣誉堂里挂着。”

“可是他一旦不打游戏了……”陈岚犹豫着开口，“过了那个年龄，不就什么都做不了了？”

“不一定，退一万步讲，就算真的是这样，那应该更值得被尊重才对，”初七低下头，声音很轻很低：“电子竞技是体育竞技项目，体育竞技本身，就很残酷。”

体育竞技之美，大概就在于残酷吧。

王皓拿了三次奥运会亚军，终于还是只能带着遗憾离开，微博上粉丝众筹给他做了一枚“人民心中的冠军”奖章，因为他是真正的“无冕之王”。

刘翔创造历史后身体每况愈下，状态再不如前，还要面对无数的抨击和责骂，只因为他不如过去的自己。当年那个意气风发披着国旗奔跑的少年，只能成为大家回忆里的画面。

一次受伤，也许就能终结一个运动员的职业生涯。一次失误，可能就会让他一生都和世界冠军之类的奖项无缘。除非他真的出类拔萃令人惋惜，否则就算获得了亚军，对很多人来说，你也只是个“失败者”。

就算你不失误，不受伤，比任何人都要努力，打败天下无敌手，笑傲群雄……你依然无法打败自己最大的敌人——时间。

身体到了峰值之后，就只能走下坡路。运动员，尤其是某些体育运动的运动员，职业生涯非常的短暂。四年一次的奥运会、世界杯……有些人这一生，只有参加一次的机会。

电子竞技发展到今天，虽然没有残酷到短跑、跳水、花样游泳之类的地步，但是它对年龄的限制，要求也一样是很严格的，否则，岳子陵又何必退役？

电子竞技最残酷的是：就算你荣誉满身，也很难得到绝大多数人的认同和赞美。

“我家儿子是全国乒乓球比赛冠军”“我家小孩是全国《珠心算》第一名”……父母提起这些，都是自豪和骄傲，亲朋好友听到，也都是羡慕和钦佩。

相比起来，“我家孩子是XX游戏的世界冠军”，对于长辈来说，未必就那么容易说得出口。就算说了，又有多少人会羡慕？

在很多人的传统概念里，打游戏，始终是不务正业。也许很多人会看电竞比赛，会觉得电竞职业选手挺厉害，但他们会选择让自己的孩子去当电竞职业选手吗？未必。

当下，国内的电竞环境已经越来越好，比起月皇他们刚出名的那几年，实在好太多了。

初七看向窗外，有些出神。

她想，也许未来有一天，当岳峰这个年龄的小孩儿说出“我过几年想当电竞职业选手”的时候，人们会像听到“我要当钢琴家、运动员、律师……”一样习以为常。

也许……会有这么一天的吧？

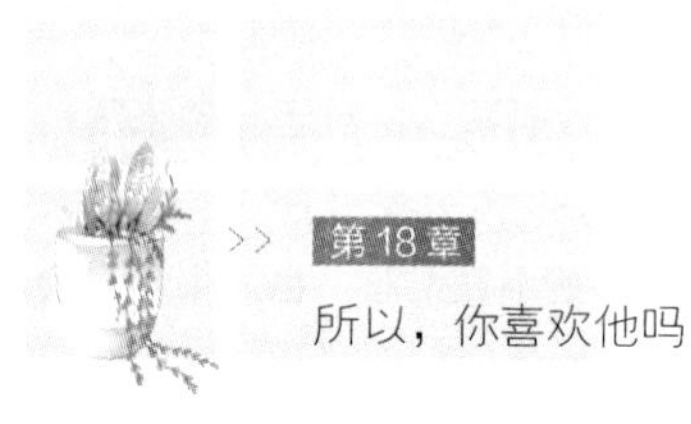

第18章 所以，你喜欢他吗

“我挺意外的。”

吃午饭的时候，陈跃看着初七，突然说道。

初七一愣，继而反应过来 “觉得我比以前冲动易怒？还是话多？”

“这都不是什么褒义词，”陈跃摇摇头，“你比以前更……唔，怎么说？感性？”

在陈跃的印象中，初七近乎不食人间烟火。

她不喜欢和人交流，宁可和一堆数字打交道。怕麻烦，对无法用数据量化的东西都尽可能敬而远之。初七不是“离群索居”的类型，待人也算友善，只是她真的太过理性，什么事情都要用十足的逻辑来分析，感情方面的反射弧又长得可以绕地球一圈，有时候相处下来会让人有些哭笑不得。

她天生聪颖，天赋极高，对数字非常敏感，而且难得的谦逊，没有很多小女孩的那种骄矜。虽然有时候给人的感觉有一些淡漠，可一旦接受了这种设定，可能还会觉得她有点儿酷。

“如果是以前的你，不会去跟学生家长说这些，”陈跃的语速不紧不慢，还带着些给学生上课时的循循善诱，“毕竟，你心里很清楚，那不但不能改变陈岚的想法，还会让她觉得你是个奇怪的人。甚至认为你这番话会对她儿子有不好的影响。”

初七闷头扒拉着米饭，将米饭和陈跃师兄的话反复咀嚼之后，她突然抬头问道：“师兄，你也看不起打游戏的那些人吗？”

“看不起？”陈跃连连摇头，“个人选择没有什么看得起看不起的。但你应该也很清楚，传统的教育观念和现在的大环境并不十分认同。而且普通少年人一旦沉迷于游戏，的确会有耽误学业的后果，大多数人也基本不可能走上电子竞技选手的职业生涯，如你所说，打游戏也要看天赋的。”

陈跃继续说道：“我对《荣光2》《全民斗魂》之类的游戏没有意见，因为贪玩是人类的天性之一。人生的大多数成就是‘递延享受’才能获得的，游戏却是在付出的同时立刻就能得到回报，所以游戏容易让人上瘾。但作为老师和家长，阻止孩子们沉迷游戏也是正常的。人生的前三十年，经不起耽误。游戏什么时候都能玩，但是《珠心算》，错过了最佳年龄，就没有机会了。”

“一方面，我理解岳峰这个年纪喜欢玩游戏，对家长的限制不满的心理。”陈跃继续道，“另一方面，作为老师，我当然也理解陈岚的心理，孩子正是学《珠心算》的关键时期，除了《珠心算》之外还有学校的课程、课外兴趣班等等，她辞职在家，全部心力都投入在孩子身上。岳峰年纪小还不懂时光宝贵，我们这些过来人，难道没有提醒他的责任吗？”

初七一直沉默地吃着饭菜，陈跃看着她，说道：“你一向冷静理智，应该不会觉得师兄我说太多了吧。”

初七摇摇头，没有说话。

陈跃这才笑了笑：“嗯，你这点是最好的。”

有些女孩儿不太讲理，甚至可能会明知道你说的有道理，还死不承认，甚至胡搅蛮缠，初七不是这样的女孩儿。

她吃完饭，将筷子放到一边，拿出纸巾擦了擦嘴唇，缓缓地说道：“师兄，你说的都没错，但只是岔开了话题而已，我们说的不是同一件事。”

“啊？”陈跃有些意外地看着初七。

“少年人意志薄弱，‘自律’不是人类天生就拥有的优秀品质，需要长期的培养。我理解陈岚作为母亲的担忧，也能理解她不让孩子玩游戏的心情。”初七的声音听不出什么情绪，“她不想让岳峰打游戏，有一千个合理的理由。但她选择贬低所有打游戏的人，包括世界冠军岳子陵，岳子陵还是岳峰的叔叔。而且她说的话，毫无逻辑，所以我不认同。”

“OK，”陈跃点点头，“这点我认同。”

“师兄，你之前避重就轻，没有正面回答我的问题，”初七顿了顿，继续说道，“不过，我已经大概知道你的态度了。”

陈跃无所谓地耸耸肩：“我的确不太瞧得上，这是我的个人观点，不会强加到任何人身上。我是个喜欢用脑子解决问题的人。天天只玩游戏的人，没办法改变这个世界，只能被这个世界改变。而且我很怀疑现在的职业选手，不是因为他们年少时沉迷游戏，而是他们除此之外一无所长，没办法才做职业选手的”

初七抬起头，迎上了陈跃的目光。

“陈岚说岳子陵十几岁辍学玩游戏，耽误了学业。想必他后来也没有读过几本书，如今他快三十岁了，他眼界有多大？他所知道的世界，就是他那个游戏而已。可能他不打游戏，做其他的事情也不会有什么成就。他应该庆幸，他是世界冠军，创造了历史，所以即使退役，仍然很有名气，还能衣食无忧，过得很好。换个角度想一想，有多少人当年和他一样，后来落得个一事无成？”

初七深吸了一口气：“说到底，你和陈岚竟然是同样的观点。”

只不过，陈跃的说法听起来更“客观”，却也更刻薄。

一顿饭的结局自然是不欢而散，初七悻悻然来到《全民斗魂》游戏公司。

她自己都不知道为什么会来到游戏室，可能是突然想打几局游戏发泄一下吧。

游戏室的人不少，有几个面孔是初七曾经在这里见到过的，还有一些生面孔，在玩5VS5的内战。初七找了个离后门很近的角落坐定，认真地玩起了人机模式的1VS1。

这当然是欺负人，不，是欺负电脑，初七根本没有兴致推塔，故意放慢了自己胜利的脚步，等着对方的英雄一次次复活，然后再杀。一局1VS1下来，杀了对方十六次。

连着开了五局这样毫无悬念的1VS1，终于，初七看着“游戏胜利”的字眼，觉得索然无味。

书上说，不要逃避自己的负面情绪，要正视它们，要想办法知道自己到底怎么了，才能避免以后再次发生类似的事情。

初七有些懊恼地挠挠头。

她不知道自己是为什么生气，就是和师兄聊了之后很不爽。如果说之前陈岚的说法让她觉得愤怒，她还能理解，甚至能分条缕析地去反驳。

可是陈跃师兄说的那些话，她根本不知道该怎样去辩驳。也许是因为无从辩驳，是因为他说的没错，但是初七还是觉得心里很憋闷。

周围很嘈杂，能够听到游戏里的背景音乐，人物台词，还有周围这些人的指挥声。

“撤，撤，撤！”

“小心点儿，别让他看见你蹲在草丛中！”

“不要站一块儿，不然冰女一冻冻三个！”

“比网咖还吵……”初七深吸了一口气，又一次打开游戏。

就在这时候，她清楚地感觉到，有一双手，从她身后，给她戴上了一副耳机。

突然，整个世界突然安静下来，只剩下好听的旋律。

男声温柔悠扬，轻柔如羽毛：“Met you by surprise/I didn’t realize/that my life would change forever.Saw you standing there.I didn’t know I care……”

初七有些惊讶地回过头，看到身后的人。

他右手手肘放在桌上，托着腮帮子定定地看着她，脸上带着浅淡的笑。

那双黑曜石一般的眼睛里，闪烁着流光溢彩。

配着耳机里传来的温柔的男声，初七有那么一瞬间，以为时光停住了。

她心里像是有了一根无形的针，牵引着一根很长、很细、又很温柔的丝线，在她的心里，一下一下地拉扯着。

斐诰。

“你什么时候……”

话说到一半，就看到斐诰将食指竖在唇边，示意她什么都别说，然后又指了指耳机，嘴唇扬起好看的弧度。

是让自己听完？

初七对感性类东西的接触乏善可陈，影视、动漫、小说、音乐……她都接触的非常少。

因为父亲不希望她变成多愁善感又爱做公主梦的女孩儿，所以会认真地筛选书籍和电影，确认没有太多逻辑不通和儿女情长，才会让初七去看。筛选之后，大多都是百科全书、难读懂的正史和比较写实的电影或者纪录片系列，至于听歌，基本都是纯音乐。

以前初七听歌，听旋律，看乐谱，都会下意识地考虑这其中的数学问题，因为音乐里有严格的数学理论，旋律、节奏也都和数学相关。她父亲还专门给她做过这方面的培训项目。

但这一次不同。

初七听着耳边响起的旋律，只觉得动听迷人，像轻柔的风，将自己刚才的烦躁和憋闷之气，缓缓吹散了。

一曲终了，初七拿下耳机，脸上终于有了些许笑容，问道："什么时候来的？"

"有一阵子了。"斐诰接过她递回来的耳机，语气里带着些许不经意，"你心情不好，能说给我听听吗？"

初七微微一愣，正要收回的手停在空中。

"你……"

"不想说也没关系，"斐诰说话的语气没有变化，声音低沉如同大提琴的琴音，却又透着别样的温柔，"不过先离开这里吧，这里人太多。"

初七这才发现，斐诰今天西装革履，领带也是严肃的风格，像是刚刚进行过商业会谈。周围的人虽然觉得他有些奇怪，但大概不知道他的真实身份，所以都还在一心一意地打游戏。

她微微点点头，收好了东西，跟着斐诰从后门走出了游戏室。

"今天也上班吗？"斐诰把她带到了自己的办公室，初七匆匆扫了一眼，发现他办公桌的电脑还开着，才开口问道。

"嗯，"斐诰打开办公室里的小冰箱："喝点儿什么？"

"我喝纯净水就好。"初七轻声回答道。

斐诰便拿了一瓶矿泉水，递给初七："今天有个视频会议，"说着，他苦笑了一声，微微松了松脖子上的领带，"刚开完没多久。"

斐诰也不太习惯过分正式的服装，他解开领带，脱下西装随手搭在椅子上，又把衬衣的袖扣解开，稍稍挽起一点儿，这才觉得自在了一些：

“今天怎么会来？”

“我问你，”初七没有回答他的问题，而是提出另一个问题，“如果不考虑你的家庭，你当时为什么会做职业选手？”

斐诰几乎是毫不犹豫地回答：“因为喜欢啊。”

“我听说，大多数职业选手没做过真正的职业规划，只是年少时自控力不足，才走上打游戏这条路，然后成了职业选手。他们别无所长，只会打游戏而已。”初七试着把之前陈岚和陈跃的意思表达出来，“而这个行业是吃青春饭的，到了一定年龄，就没有然后了。甚至，就算成为最火爆的游戏冠军，一样没什么用，因为主流大环境中，打游戏就是……”

“不被认可，不被接受，不务正业？”斐诰斜靠在自己的办公桌旁，接过话茬儿。

他低下头，看向那个握着矿泉水瓶的女孩儿，她纤细瘦弱，却一向坚定，这一次，他从初七的眼神里看到了几分迷茫，他开口问道：“是有人跟你说了什么吗？”

初七微微歪了一下脑袋，仔细分析了一下自己的心情，然后简短地概括：“我师兄曾经在我父亲的研究所工作，我父亲说他理性睿智，逻辑分明，一直以来，我和他的很多观点也都是一致的，很谈得来，直到这一次。”

初七抬起头，看向斐诰：“他有个学生叫岳峰，是岳子陵的侄儿，岳峰的妈妈反对他打游戏，理由是打游戏没有任何出息，即使能成为‘月皇’那样的人，最终还是一无是处。我师兄说，岳子陵十几岁就开始打游戏，他应该庆幸自己是有天赋的那种人，否则要面临的就是游戏打不好，其他事情也不会做的窘境了。”

听到岳子陵的名字，斐诰几不可见地皱了下眉。

斐诰给自己也拿了一瓶水，然后缓缓地说道：“唔，我大概明白了。”他的声音似乎有治愈别人的能力，“不过我始终觉得，人，没有走到坟墓那一步，就无所谓成败。”

谁都不知道未来会发生什么，即使已经做到了全国乃至世界首富，也有可能会一步棋走错，然后一无所有，欠债无数，甚至锒铛入狱。

他微微顿了顿，喝了一口水，喉头微动：“我所认识的职业选手，都是有天赋，而且也真心喜欢，愿意钻研，才一路走到今天的。”

“要说吃青春饭，体育运动、模特行业，还有光鲜亮丽的娱乐圈，不都是如此吗？”斐诰嘴角有了一丝苦笑，“你师兄可能想说，一个游戏天赋不够的人，打游戏打了很多年，然后没能出人头地，过得很凄惨，还因为花费了大量的时间和精力在游戏上，所以耽误了他学其他本领。”

“对，”初七微微点了点头，“虽然我不认可，但我不知道该怎么反驳他。”

斐诰看向她，轻叹了一口气：“你不必反驳。”

“嗯？”初七有些疑惑地皱了皱眉。

“因为这就是人生，还有选择。”斐诰的声音听起来有些冷峻，又有些残酷，“很多人这一辈子都没有找到自己适合的，和真正擅长的事。说得更残酷一点儿，很多人一辈子庸庸碌碌，各方面都普普通通，一生原地踏步毫无建树。”

初七的眉头皱得更紧。

“但天赋是相对论。比如你天生对数字敏感，也愿意为此钻研，你喜欢这个，它也融入了你的生命。你也许在年少的时候开始就背负着‘天才’的光环，受到欣赏崇拜的目光，但在那些身份闪耀的数学家面前，你恐怕，仍然无法跟他们相比吧。”

初七点点头：“那当然。我也不可能像米尔扎哈尼一样拿到菲尔兹奖。”

“你的师兄，在数学方面很有天赋，也适合当老师。但假设他没有这些天赋，他非常努力，却一事无成，甚至连给别人当老师的资格都没有，这时候才发现自己不是这块料。但他前面多年的时间，都用在这上面了，那他是不是也会过得很沮丧？”

初七摇摇头：“这个说法不成立，有没有数学天赋是能感觉到的。如果数学成绩始终不理想，又怎么可能一直有浓厚兴趣呢？如果一直努力下去，哪怕天赋不高，但勤于钻研，能够跟上基本的学习进度，只要基础理论扎实，当老师是绝对没问题的。”

“数学这个领域如此，”斐诰挑挑眉，“那为什么换成游戏，你就不这样觉得了呢？”

“额……”初七先是愣了愣，才明白过来，“你说得对。”

是否有游戏这方面的天赋，也一样是能感觉到的。打几局赢不了，没办法完成优秀的操作，还非要不管不顾打职业……那是有点儿傻。

初七用手拢了拢自己的头发：“如果我表哥打一款游戏，很久都没赢，体会不到打游戏的快乐，他就一定会放弃。所以能在这条路上走得够久的人，应该不至于一窍不通。”

“至于所谓的浪费时间，有些人少年时没打游戏耽误时间，最后也碌碌无为啊。”斐诰耸耸肩，“觉得岳子陵对游戏只是有一点儿天赋，未免也太看不起他了。月皇在游戏中的天赋和能力，如果真要按照学习成绩来算，起码得是个高考状元吧？”

初七闻言忍不住笑出声。

也对，若真拿高考来作比较，《荣光 2》最火的时候数十万人争夺天梯排名，能进前一百名的，都是尖子生。

初七觉得斐诰的话像是雨后那一股清新的风，把之前心里的那些郁结和不爽，都吹散了。

“花时间打游戏又获得了成功的，”初七笑着看向斐诰，“你就是很好的例子。”

斐诰挑了挑眉，说道：“你呢？”

初七歪着脑袋，认真想了想：“嗯，我应该也算。”

“还有一个很好的例子，” 斐诰笑着说，“段屿。”

“段公子？”

“嗯，”斐诰点点头，“段屿打游戏比一般人要好，但他也知道自己仅限于此，不可能打职业。他喜欢游戏，对这个行业很感兴趣。做不了职业选手，他就做解说，出视频，从一窍不通走到今天，不光是《荣光 2》，其他游戏也解说得很好，有车有房高收入又自由，还有个很漂亮的女朋友，按照大众的观点，算是绝对的成功人士，对吧？”

听到这里，初七微微一愣：“咦？段公子有女朋友吗？”

斐诰点头：“嗯，是早年就开始看他解说的一个女粉丝，现在已经订婚了。”

“可是，”初七皱了皱眉，“坊间传闻，你俩……”

是一对儿。

初七想了想，到底还是没把这句话说完，倒是斐诰，听出了她的弦外之音：“啧，你也信这些坊间传闻？”

初七笑起来：“抱歉，玩笑而已。”

斐诰定定地看着她，停顿几秒后才说道：“心情好些了吗？”

“嗯。”初七微微点了点头，眼里有了盈盈的笑意，“谢谢你。”

“其实他们说了什么不重要，我只是心有不甘。”初七整理了一下思绪，继续说道，“我希望我喜欢的电竞选手，能够得到大家的认可、尊重和欣赏，而不是作为反面教材。”初七叹了一口气，“可连我敬重的学长也这样觉得，而且我知道无论我说什么，恐怕都无法改变他们的观点。这种无力感让我觉得不甘，甚至愤怒。不过，和你聊过之后，心情好多了。”

斐诰突然俯下身，微微凑近她，看着初七的脸，轻声说道：“但是现在，我心情不好了。”

“啊？”初七眨了眨眼睛，身体下意识地向后倾了倾，“怎么了？”

斐诰凝眸看着她，眼睛里闪烁着些许意味不明的情绪：“我能问你一个问题吗？”

“可以。”初七点了点头，身体又稍稍往后倾了一点儿，“但是你能……”

她脸上没来由得有些发烫：“你能站直了问我吗？”

斐诰眸色一暗，微微皱眉，但还是站直了身子：“所以，你喜欢他吗？”

“啊？谁？”话题跳跃的有些快，初七一时没反应过来。

“岳子陵。”斐诰的声音低沉。

喜欢的电竞选手。为了他才会压抑、不甘，甚至愤怒。

因为不甘心他被别人看不起，所以才据理力争。

他静静看着她，等待着初七的回答。

“月皇吗？”初七眼神清澈，不假思索地说道，声音里带着些近乎残酷的单纯和天真：“喜欢啊。”

第19章 都说女大十八变，越变越好看，这话不假

女声清澈干净，眼神里似乎还带着些许向往。

斐诰不动声色地攥了攥拳，感受到来自胸腔左侧的一阵钝痛，嘴角的笑容僵住，抿成了一道尴尬的弧线。

然后他听到初七继续说道：“我是因为月皇才玩这款游戏的，月皇的 APM，我恐怕一生都无法超越。那时候我真的很想见一见这个人。我曾经排过很长的队去拿月皇的签名，还曾经在月皇自己组建《荣光 2》战队的时候报过名，不过……”

初七说到这里，耸耸肩：“没能一起玩就是了，说来有点儿讽刺，上次一起打了一局，中途网咖竟然停电了。”

斐诰有些心虚地抿了抿嘴唇，心头有一股火焰在燃烧，他知道这怒火来得毫无道理，甚至知道自己当时指使网咖的工作人员断电，是无理取闹。

但竟然难以自控。

初七说的每一句和岳子陵相关的话，都像是在用小锤子，一下一下往他的心口上砸。

他知道自己没有资格，没有立场生气。

而这样的认知更让他觉得心里发闷。

斐诰看着初七那张精致好看的脸，迎上她那双清澈无害的眼睛，生平第一次，后悔自己提出这样的问题。

“见到了之后……”斐诰深吸了一口气，堪堪保持住自己的君子风度，“感觉怎么样？”

初七有些疑惑地看了斐诰一眼：“什么感觉怎么样？”

四目相对，初七不知怎的，突然觉得斐诰看向自己的眼神里，似乎掺杂着些许急切，她心里疑惑更甚：“你为什么突然问这个？”

斐诰：“……”

堂堂《全民斗魂》游戏公司的总裁，竟然在自己的办公室里，被一个女孩儿问得说不出话来。

“好像有点儿热，”斐诰强行转移了话题，“我去开空调。”

初七看着他的背影，歪了歪脑袋，说道：“你在故意转移话题，按照社交理论来说，一般是因为我问了让你觉得尴尬的问题，可是我没有提起你的家人或是女朋友，也没有询问你的身体隐疾，为什么你会觉得尴尬而无法回答？”

斐诰：“……”

身体隐疾？

“因为……”斐诰终于鼓起了勇气，决定以四两拨千斤的形式来把这个话题轻轻带过。

他话还没说完，门外就响起了敲门声。

初七和斐诰同时看向门的方向。

斐诰是想说“因为我下一个问题是想问你对我的看法”，此时听到敲门声，心里的感觉很复杂，像是松了一口气，又像是刚刚才凝聚好的勇气，又被人猛然打散了。

因为这一瞬的犹豫，他没有起身去开门，初七作为客人，自然也没有去开门的道理，倒是敲门的人是个自来熟，象征性地敲了两下，就直接推门进来了，一边往里走一边说道：“我说小诰诰，你……”

说到这里，他的话顿住了，目光停留在坐在椅子上的初七身上，微微一愣：“咦？初七也在？”

初七唇边扬起一抹淡淡的微笑，非常礼貌地打了个招呼：“段公子。”

段屿听到这个称呼又是一愣，挠挠头说道：“他连这个也告诉你啊？”

“不是，”初七摇摇头，“段公子，我看过你一百三十七场游戏解说视频，看过你总计十八小时四十一分三十九秒左右的直播，在你直播间的 ID 是：七月初七，所以称呼你为‘段公子’，是我的习惯，不需要别人来告诉我。”

真是精确的数字。

段屿一时间不知道该怎么接话，用求助的目光看向斐诰，却发现斐诰看自己的眼神……有些冷？

他不自觉地打了个寒战，脸上堆着笑：“哈哈原来你真是‘七’啊！多谢支持，多谢支持。”

“找我什么事？”斐诰问道。

段屿顿时来了精神，连忙回答道：“当然是来问你的‘曲线救国’计划实行的怎么样了？你没接我的电话，我就直接开车过来了。你昨天说今天在办公室开视频会议的，对吧？”

听到“曲线救国”四个字，初七也将目光转向斐诰，等待着他的回答。

“还在谈，那边不太肯卖，应该还是价格问题。”斐诰叹了一口气，“反正急不得，一步步来吧。”

“哎……”段屿有些无奈地摇摇头，“又不肯继续发展，又想卖个高价，真是贪心不足蛇吞象。你家里那边怎么说？”

斐诰的声音听不出有什么情绪：“这个是他们能接受的最高价位了，我家里的态度很明确，我们是商人，是企业，不是慈善机构。”

“这个价格已经很良心了，前几年其实就有人想买，只是一直都……”段屿撇撇嘴，“哎，想到就气。”

初七在一旁静静地听着他们你来我往的谈话，几不可见地皱了皱眉。

然而段屿问完了正事，八卦之魂就开始熊熊燃烧：“说起来，今天是周末，你们一起在办公室……”他故意顿了顿，坏心眼儿地笑了笑，“一起加班啊？”

初七眨了眨眼睛，认真地思索着：段公子是怎么把“加班”这个词说得那么诡异的？

“我心情不好，过来打游戏，”初七语气平静地站起来，“F 神刚才在帮我梳理心情。”

……

段屿一时有点儿没消化过来。

段屿："梳理心情？"

"嗯。"初七笑了笑，"本来我因为有人说月皇他们的坏话心情不好，现在和F神聊过之后，好多了。"

听到这话，段屿看向斐诰，发现某人果然脸色不善。

看来今天不应该心急跑过来问开会结果。

初七啊，你心情是好了，可是我看小诰诰的心情……不怎么好啊。

"所谓的'曲线救国'，是……你要买下《荣光2》吗？"

听到初七说的话，斐诰和段屿都愣了愣，段屿连忙说道："哦，那个……"

"如果我说是的话，你怎么看？"段屿话还没说完，斐诰就打断他的话，看向初七说道，"买下《荣光2》。"

初七迎上他的目光，想了想之后摇摇头："不太明智。"

段屿皱了皱眉，问道："怎么说？"

"《荣光2》不可能重现辉煌了，如果单方面因为情怀或者喜好，而拼命让这款游戏重新进入市场，可能性非常小。"初七的声音里听不出任何情绪。

段屿的脸色一沉："话也不能这么说吧，现在还有不少人支持《荣光2》的……国内的电竞环境也在好转，虽然RCG的比赛以后没有《荣光2》了，但是也许会有其他世界级的比赛啊。尝试一下，还是有机会的吧。"

最后一句话他说得很心虚。

"我能理解你的心情，"初七淡淡地接过话茬儿，"所谓的曲线救国，重点应该是一个'救'字。但是现在的《荣光2》，真的能'救'吗？"

"你这话什么意思啊！？"段屿有些着急地说道，"这么悲观！你之前和欢喜哥说的那些话，都是假的吗？"

说完之后他又觉得自己语气不太好，叹了一口气，又继续说道："不是，我没有针对你的意思，初七。"他看了一眼斐诰的脸色，发现斐诰果然在瞪着自己。

于是段屿后悔不已，暗骂自己今天为什么要火急火燎地来斐诰的公司找他，为什么出门之前不看皇历呢？

“没事，”初七摇摇头，“我理解你的心情，我和欢喜哥说的话，都是我的真心话。我也知道段公子真的很喜欢《荣光 2》，否则也不会数年如一日地坚持到今天。你做《荣光 2》的收益，肯定远不如你做其他游戏来得钱多。选手坚持，是有利益牵扯，而且没有退路，可你不一样。很多人是因为看了你的视频才玩这款游戏的。”

说到这里，初七顿了顿，微微叹了一口气，才继续说道：“也正因为你的职业，所以你应该更清楚现在国内的电竞情况，市场已经变了，《荣光 2》再怎么好，也已经没落了。作为爱好者，希望它好。但是作为投资者，合适吗？”

一款已经不可能再兴起的老游戏。

一款职业选手青黄不接几乎没有年轻人的电子竞技项目。

一款走到暮年，即将被世界级电子竞技赛事 RCG 移除的游戏。

游戏公司也基本放弃了这款游戏，而这款游戏的玩家们，基本上也已经开始了新的工作，充其量就是抽空看看比赛，怀念一下当年曾经的青春。

情怀仍在。

可是商人不能单靠情怀吃饭。

“难道就这样眼睁睁地看着它彻底没落？我虽然说过，要陪这款游戏走到最后，但我真的希望，这款游戏的最后，永远不会到来。”段屿颓然地坐在一旁的沙发上，捋了捋头发，“我不是一个理想主义者，可我真的不甘心。”

看到《荣光 2》一步步走到今天，不甘心的，又何止是段屿呢？

斐诰会和游戏公司洽谈，足以说明他的态度。

月皇直到今天都在关注着《荣光 2》的所有比赛，看着《荣光 2》慢慢不再被人提起，新一代的中学生们，全都知道《全民斗魂》，却没几个人知道《荣光 2》。

他甘心吗？

那些职业选手甘心吗？

就算是人品欠费的数字帝，他也是经过努力拼搏后，才有了和其他职业选手的一战之力，好不容易能站在世界级的比赛场上，却被告知是最后一届。他能甘心吗？

论坛里那些“小可爱们”，那些自称十年《荣光》老粉的人们，那些和欢喜哥一样的玩家们……他们甘心吗？

初七也不甘心。她对《荣光2》所倾注的心血和精力，跟其他职业选手比起来，根本不值一提。可她尚且会为《荣光2》鸣不平，希望更多的人了解《荣光2》而不是抹黑它，她想要参加最后一届RCG。

其他人，又会是怎样的心情呢？

初七轻轻地叹了一口气：“是价格没谈拢吗？”

“嗯。”斐诰点了点头，俊朗英挺的眉皱在一起，“《荣光2》的公司虽然已经基本放弃了这款游戏，但要买下来也没那么容易。不然的话，《荣光2》早几年就已经卖掉了。”

“狮子大开口。”段屿攥了攥拳，语气里满是愤愤不平，“真是让人恶心，自己不想要这款游戏了，一旦有人想买，他们又摆出一副‘《荣光2》是我们的心头爱，不能轻易卖掉’的姿态。便宜了买不下来，贵了又血亏。气死我了！”

段屿在一旁愤愤不平，初七却看向斐诰：“意料之中？”

“嗯。”斐诰又点了点头，“要不是因为了解《荣光2》的这个情况，我也不会放心等了三年。”

初七的嘴角浮现出浅浅的笑意：“所以你那时候离开，是因为知道《荣光2》会有这么一天，和家里达成了某个协议？你用三年的时间，把《全民斗魂》这款游戏做成爆款，才有了如今谈判的筹码，是吗？”

段屿有些意外地看向初七：“是你猜的还是这小子告诉你的？”他摇摇头，“当时他离开我都没想通是为啥，本来一直和家里抗争的人，怎么说妥协就妥协了呢，一直到他快回国的时候才告诉我他的打算。”

“根据你们的谈话，能基本推测出来，”初七语气平静地说道，“眼下的困难其实也在斐总的意料之中，是吧？”

斐诰微微挑了挑眉：“如果我说不是，你有什么建议吗？”

“取决于你到底是想重振《荣光2》，还是想做一款新的游戏。”初七抬起头，一双好看的眼睛定定地看向斐诰，她的双眸如一汪深泉，让人沉浸其中。

一旁的段屿："啥？做新游戏？不会是《全民斗魂》吧。"

"快餐时代，手机游戏的寿命很短暂，《全民斗魂》虽然如日中天，而且短期内没有其他游戏可以超越，但是也已经开始了审美疲劳和各方吐槽，《全民斗魂》最近推出了新的模式，也是为了满足不同层次人的需求。"初七轻声道，"哪怕是《全民斗魂》，也是没办法保证还能让人们喜爱多久的。《荣光 2》的很多东西已经不再流行，也不适合现在的游戏世界，重振《荣光 2》的希望的确不大。"

段屿终于听出她的弦外之音，他腾的一下站了起来，说道："你的意思是，用《荣光 2》里面的东西，来做一款新的游戏？！"

"《荣光 2》是哪里吸引大家直到今天还在玩？把它最精彩的东西留下，根据现在别人对未来游戏发展方向的预测，添加其他元素，让整个游戏更有趣。甚至可以加入全息网游之类的元素，用很好的 VR 技术，做一款既能承载《荣光 2》的情怀和精华，又能适应甚至引领这款游戏时代的新游戏。"初七一口气说完这些话，这才微微顿了顿，"如果是这条路，我认为还是行得通的。"

段屿的表情变得有些复杂，他看了看初七，又看了看斐诰，他和斐诰多年好友，却没能猜到斐诰的意图。倒是初七，短短几句对话，就能猜个八九不离十。

想到这里，段屿忍不住默默给自己点了个赞，上次看到斐诰看她的眼神，他就觉得有门儿。现在想来，简直……

斐诰静静地看着初七，嘴角扬起了一抹微笑。

很神奇，他分明什么都没有跟她说过。

他突然想起，在他退隐之前的最后一次水友赛，是和她一起 2 VS 10，虽然只是和粉丝还有直播间水友一起玩的友谊赛，却是他最后的告别赛。

那一次的配合就让他觉得非常惊讶，因为他什么都不必说，分明是第一次一起组队，却配合的仿佛是多年搭档。那时候他还不知道 Ture 是个女孩儿，但已经开始思考，如果能和 Ture 一起组队 2 VS 2 的话，也许能打过星帝和大懒的组合？

那只是一闪而过的念头，因为他已经决定了离开。

当时也心有不甘，因为那年，他还是电竞职业的黄金年龄，只拿过两次 RCG 的世界亚军，没有真正登过顶。

“我是有这个想法，”斐诰轻声说道，低沉的男声缭绕在初七耳畔，“也在做一些评估和测试，《荣光 2》绝对不会轻易全部卖掉，我所需要的，也只是一部分使用权。”

段屿忍不住捶了一下斐诰的肩膀：“你小子！这么大的事都不告诉我？我还以为你要买下《荣光 2》的所有版权，然后重振这款游戏，我前阵子还在思考怎么调整职业平衡性呢！”

“认真想来，也没什么不好。”初七接过话茬儿，“真要做新游戏，是非常漫长和痛苦的过程，已经有了《全民斗魂》这样的手游爆款，走入 PC 市场，竞品公司会高度紧张，也会遇到不少对手。游戏的策划和设计很费神，尤其是想做一款好的电脑端游戏，要投入的人力和物力实在是太多了。”

“所以……”斐诰点点头，对着初七伸出右手，“你愿意加入吗？我的搭档。”

初七看着那只修长的手，唇边扬起好看的弧度，她轻轻点点头，心里竟然不由自主地生出了些许向往：“兼职费用加倍吗？”

斐诰挑挑眉，眼里有温柔的笑意，却没有回话。

初七也伸出手，握住斐诰的手说道：“荣幸之至。”

她想，如果是眼前这个人的话，也许真能再创造一个《荣光 2》历史上最大的奇迹——让曾经点燃无数玩家心中热情的荣光之火，延续到一款和《荣光 2》一脉相承却又完全不同的游戏之上。

见证了这一幕的段屿挠挠头，心情更加复杂。

什么啊？

一般情况不是应该三个人都在这里，就三个人都伸出手，你叠我的我叠他的，然后三个人一起大喊“加油，加油”吗？

斐诰这小子根本没有要邀请自己加入的意思啊！

“我准备走了，”初七淡淡地说道，“今天谢谢了，改天见。”

她收拾好自己的东西就往外走，回过头又说道：“你们应该还有事情要谈，不用送我了。”

斐诰本来是要跟着出去的，脚步一顿，微微皱了一下眉，点了点头说道："再见。"

斐诰没有送她，只是在初七离开之后，站在窗前往外看了一会儿，看着她离开的背影，唇边仍然挂着浅浅地笑。

"我说……"段屿一脸玄幻地看着斐诰，"你对初七，是认真的吗？"

斐诰皱了皱眉，然后才说道："不知道你在说什么。"

什么玩意儿，小诰诰学坏了！跟自己都不说真话了！

段屿叹了一口气："哎，不知道多少女孩儿会伤透了心哦。说起来，"他话题一转，"初七果然就是那个 Seven！我之前还以为 Seven 是 T 哥呢，哎。你那个战队组合名字也太奇葩了吧，和 Seven 组队，居然叫 Future？论坛那帮好事之徒到现在都喋喋不休说这事儿呢。"

"我起的战队名字，一点问题都没有。"斐诰微微挑了挑眉，不再继续和段屿讨论这个话题。而是走到自己的办公桌旁，打开抽屉，从里面拿出了一幅画。

是一幅素描画。

留下段屿兀自坐在那儿自言自语地嘀咕："到现在 T 哥也没露过面，哎，可能真的是从此就消失在天涯了吧，想想也是有点儿可惜……"

说到这儿，段屿抬起头看了一眼斐诰："咦，怎么把这幅素描拿出来了？"

素描上是一个女孩儿的侧脸，她的头发很短，穿着打扮也非常中性，若不仔细辨认，很难判断她的性别。

素描画上女孩儿的年龄，大概只有十六七岁，在这幅素描右下角本该署名的地方，画了一只很小的小狗。

"这就是当年那个，你印象很深的姑娘，是吧？"段屿问道，"你在《荣光 2》活动现场捡到了这幅素描，但是没能找到人，按照你的说法，那姑娘还很会玩《荣光 2》？"

斐诰偏过头看了一眼段屿，好一会儿才开心地说道："我可能有机会把这幅素描还给她。"

"真的假的？"段屿掰着手指头算了算，"至少四五年了吧？《荣光 2》那会儿还有校园行之类的活动，这两年早就没了。而且这素描上画得只有一个侧脸，还不是特别清楚，你还能认出来是谁吗？”

闻言斐诰轻轻勾了勾嘴角：“我说了，我见过她。我是看到她不小心把这幅素描掉出来，捡起想去还给她，但是那时候人太多了，不一会儿，人就不见了。”

“可是女大十八变啊，这假小子一样的姑娘，你当时就见过一面，她现在要是长头发，再化个妆什么的……你还认得出来？”段屿撇撇嘴，“哎，你别说，你珍藏了这幅素描这么多年，我一直以为你对这画上的小姑娘有意思呢。

斐诰心想：都说女大十八变，越变越好看，这话，还真不假。

导致他那时候第一次见到初七，并没有反应过来她是谁，后来一起打游戏，才终于把她和记忆中的女孩儿，重合到了一起。

段屿兀自喋喋不休：“你那时候还冒充月皇和她打过几局游戏，是不是？”

“嗯。”斐诰点了点头，“那会儿月皇一天签名下来累到不行，根本打不了游戏，又不想让粉丝伤心，主办方也没法交代，所以才想出了个‘改打线上赛’的招数，找了我们这些当天没活动的人来帮忙。其实当时不该我和她打，应该是大懒。”

斐诰微微顿了顿，然后唇边扬起一抹微笑。

他还记得。

那天他在超市里买东西，看到了一个长得有点儿帅气的短发女孩儿，让人印象很深刻。

在她前面的那个人结账的时候，她说收银算错了账，收银在电脑上反复核对，都说没问题，她现场算账，对购物车里所有商品的原价和折扣都记得一清二楚。

后来工作人员发现是超市的电脑出了问题，而且已经结账的人也有算错的可能，还要另外两台收银的电脑是否有问题……收银台排起长龙，顾客纷纷表示不满，电脑的故障一时解决不了，经理拿来计算器应急，但人手不够，因为要对照条码来查找价格。

她说，如果信得过她，她可以帮忙。

她心算比计算器算得还快，而且非常精准，甚至连寻找对照条码的时间都比那些营业员要快得多，不少人在旁边对她赞不绝口。

“一共七十八元五角。”

这是她跟自己说得第一句话，女声清甜而温柔，她说这句话的时候，连头都没抬。

斐诰结账之后没有立刻走，而是饶有兴味地在旁边又看了一会儿。

等收银的电脑问题解决之后，经理对初七简直是千恩万谢，还惊叹地问她怎么能比超市员工更快地找到那些对应的条码和价格，夸赞她怎么这么会算账？

女孩儿淡淡地回答：“我以前做过一段时间这方面的特训，唔……和《珠心算》练习差不多。”

本以为只是一段插曲，可谁能想到，下午的《荣光 2》活动现场，他竟然又看到了她。看她排长队去拿月皇的签名，看她站在游戏竞技场旁边观战，看到她拿了号码牌，等主办方宣布获得和月皇线上友谊赛资格的名单。

七十七号，她也是那二十个被抽中的人之一。

斐诰还记得，当时她的笑容。

安恬又美好，仿佛得偿所愿。

第20章 书上说得对，女人是老虎，不能惹

斐诰本来是过来凑热闹的，看到她抽中之后，想了想就去了游戏室。

游戏室里，他看到了打着哈欠的大懒。

“不是吧，这次抽到代打的竟然有你？”斐诰不可置信地看着大懒，“太阳打西边出来了？”

大懒整个人瘫在椅子上：“前面是星帝在打，但他突然有事，找我顶班……哎，我真是命苦，还有两场！沉安那边打完了，但他不肯帮我，”然后大懒眼睛突然一亮，“喂？你是来帮忙的吗？”

这里能非常清楚地在屏幕上看到粉丝那边游戏室的情况。斐诰看了一眼屏幕，犹豫了一会儿。

再过一会儿，她也会坐在这个房间里。

她是第二十个被抽中的人，那应该是打完一场，下一场就是她？

“好。”斐诰点了点头，在电脑旁边坐定，开始熟悉这款鼠标和键盘。

大懒如释重负，说道：“F神，你真是个好人！”

莫名被发了一张好人卡的斐诰扯了扯嘴角：“行了，快回去吧。”

大懒站起身，伸了个懒腰，却又躺在了沙发上：“星帝说忙完就会过来，要我在这里等他。”

说话间，他已经闭上了眼睛。

这时，游戏室里走进来第十九个被抽中的人，斐诰快刀斩乱麻，十分钟就结束了战斗，和那个人闲聊了两句，用月皇的口吻感谢他的支持。

然后看到那个女孩儿走进游戏室。她进来的时候，手里还拿着一摞纸，最上面的是《荣光2》的游戏海报，斐诰知道，这是她领了海报之后，排了很长的队，才拿到月皇的签名。

她玩得是月族，整个打法也刻意在跟月皇靠拢。但是作为职业选手，斐诰很清楚，月皇的打法无法复制，是因为只有他才有那样的手速。

手速差距，可以说是天生的“硬件”差距。

斐诰放缓了一点儿速度，看着屏幕上的女孩儿。

她有一双非常好看的手，纤细修长。当时斐诰想：女孩儿的手指这么修长，怎么没有去学钢琴呢？

然而他没想到，自己不过是略一走神，竟然就被对方抓住了自己的失误，进行了反击。斐诰连忙调整，好在当时她接触《荣光2》的时间不长，也没有和职业选手对战的经验，比赛进行到第二十一分钟的时候，她打出了 GOOD-GAME。

那头的女孩儿犹豫着敲击键盘。

屏幕上显示她发送的过来的信息。

NO.20：月皇手下留情了，本来在第十分二十一秒，十三分十四秒和十七分七秒的时候，都可以直接拆家的。

这个 ID 是官方给的，不是她的游戏 ID。

斐诰在心里略有些遗憾地叹了一口气，回复她。

丘山月：不算手下留情，是你打得很不错，我只是想留点儿时间观察一下你的操作手法。

NO.20：哦？

丘山月：我仔细研究过，你的手速不算快，但你的意识很强，而且耐心极佳，对时间、距离、伤害等数值都有非常精准的判断。我个人的观点，希望你不要觉得我多管闲事，我觉得你可以尝试一下打其他职业。

NO.20：我没打过其他职业。

丘山月：打一下“影”试试看？如果觉得不适合自己，再回来打月族也可以的。

NO.20：多谢月皇，辛苦了，好好休息。

丘山月：不用客气，也多谢你的支持，今天排队也辛苦了。

女孩儿看着屏幕，微微愣了一瞬，然后轻轻扬起了嘴角。

那头的斐诰看得真切，心里微微一动，这时候女孩儿的手机响起，她接电话时，工作人员进来处理事情，拿进来一堆海报和资料，女孩儿朝他们点点头，拿起自己的东西往外走。

却偏偏落下了一张纸。

斐诰看到的时候就往那边跑，赶过去，拿起她落下的那张纸，是一张素描。

画上是她。

斐诰拿着这张素描追了出去，那女孩儿已不见了踪影。

一别，数年。

还以为再也见不到了。

初七打开了游戏界面，这几天斐诰在的话，她会和斐诰一起练习，或者去打 2VS 2，斐诰不在的时候，她就每天自己打两局天梯练练手感。

2VS 2 基本都是虐菜，没什么提高，但初七在和斐诰的对局中获益良多，虽然手速到了这个年龄已经不可能有所提高，但在意识和对局势的判断上，她还是有了不少进步。

初七点了天梯赛的匹配，匹配到了一个名字。

ID 是小甜瓜。

初七一愣。

咦？

这是这一届 RCG《荣光 2》比赛，D 组名单中的一个 ID。

也是，自己的对手之一。

初七用的是 Seven 这个 ID，所以对方也很快认出了她。

小甜瓜：Seven？啊，是最近那个很火的女孩儿吗？

Seven：我们都在 D 组。

小甜瓜：刚好，早就想和你较量一下了。我玩“星”这个职业。

“星”。

国内“星”这个职业的巅峰选手，自然是现在如日中天的星帝，ID 是一闪一闪亮晶晶。

不过这个职业和其他几个职业不同，它是个非常吃后期的职业，而且，非常缺钱。

“星”职业如其名，万事靠星光。哪怕是要开金矿，也要先花钱弄成星光之矿，建立大本营，要先花钱把土地变成星光之地，然后才能建造大本营和其他建筑。

这个职业最怕的是前期被骚扰到崩家，因为“星光”的大本营不能守护自己的农民，其他职业的农民都还能躲进洞穴之类的地方，只有星族的农民没地方躲，一旦被骚扰，逃不掉就是死。

当然，一旦星族有了钱，那简直就是战斗力爆表，英雄的秒杀能力极强，恢复手段也很多，而且带的那些兵种也都非常变态。在星光之地上，所有星族的单位都能回血——当然，也只能在星光之地上才能回血。此外，虽然挣钱慢，但是论砍伐木材的速度，星族绝对是所有职业中最快的。

“星”是猥琐发育的典型，努力挣钱积蓄能量，大本营一级和二级完全是两个概念，大本营三级的时候非常无敌，因为能创造出的都是所向披靡的空军单位，还带有独一无二的冰冻效果。

总的来说是个大后期职业。

“82.3%。”

初七皱眉思索，喃喃地说出这个数字。

这是星帝大后期的胜率，一旦比赛拖到大本营升到三级之后，除了最高级别的星族内战，星帝几乎无败绩。

小甜瓜不是真正的职业选手，但是天梯积分一直不错，国内以星帝的打法为尊，所以基本所有打“星”这个职业的人，都是学星帝的打法，小甜瓜也不例外。

初七选择了随机职业，无禁用地图。

小甜瓜：咦，随机！

Seven：嗯，怎么？

小甜瓜：你不要看不起我哦，我知道你玩得最好的是“影”。

Seven：我其他职业也玩得不错。

初七随机到了“武”。

这个职业，很克星族。星族前期弱，怕骚扰，但“幻武”这个职业前期很强。

初七挠挠头，心想：本来还想慢慢打一局看看效果，怎么就随机到了“武”呢？

那边的小甜瓜看到初七这个随机职业，也是心里咯噔一下。

但小甜瓜还怀抱着希望。

小甜瓜：美女，我相信你不会像其他玩“武”这个职业的人一样，英雄刚二级就跑来打我的农民哦？

Seven：嗯，我不会。

小甜瓜叹了一口气。

然后，小甜瓜就看到一个二级的迭戈冲了过来。

小甜瓜：喂！

二级的迭戈停下了。

Seven：别怕。我不打你的农民。

小甜瓜皱着眉，疑惑地看着那个朝自己基地冲过来的迭戈。

然后猛的一下瞪大了眼睛。

啊？

小甜瓜让自己现有的军队和英雄前往阻拦，但是迭戈显然刚刚去过商店，他竟然买了一个炸弹人！

迭戈身上贴着一个带着加速卷轴的炸弹人，冲进星光之地，然后将炸弹人丢了出去。

小甜瓜刚刚建好的防御哨所，被炸了。

小甜瓜：……

他连忙将自己的兵和英雄开过去，去追迭戈。

然而迭戈用了一个分身，真身跑得飞起，只留给小甜瓜一个潇洒的背影。

小甜瓜：你太过分了吧！

Seven：我没有打你的农民，只是炸了你一个建筑而已。

小甜瓜：书上说得对，女人是老虎，不能惹。

初七看着屏幕上的这句话，突然觉得对面的人有些有趣。

有了这个“美好”的开端，接下来的流程就非常顺利了，打到13

分钟的时候，小甜瓜打出了 GOOD-GAME。

小甜瓜：万事开头难，中间难，结尾难。本来就很穷的我，竟然还一上来就损失了那么多金币。惨惨惨。

Seven：你操作不够好，计算有问题，就算一开始我没有选择这样攻击你，你也一定会落败。时间大概在十七分钟到二十分钟之间。如果我想的话，还可以提前两分钟，我不可能让“星”这个职业拖到大本营三级然后打大后期的。

小甜瓜：女孩儿你讲话……

Seven：？

小甜瓜：捂胸口。

Seven：？

小甜瓜：没事，今天这局游戏打得很……愉快，我们，赛场上见？

Seven：你赢不了的。

小甜瓜：……

Seven：如果是星帝，我和他之间的胜负大概是三七开。但是我和你就是 99:1。

小甜瓜：那不是还有 1% 吗？

Seven：在数学上，这个叫作小概率事件。胜利概率 1%，你似乎还非常有信心？

小甜瓜：一切皆有可能。

小甜瓜：再见啦，女孩儿。

Seven：嗯。

打完这局游戏之后，Seven 没有立刻退出游戏平台，只是看着屏幕上的那个“一切皆有可能”的字样稍微发了一会儿呆。

她想起之前斐诰说过的话，粉丝们说他能把不可能变成可能，其实是错的。他只是把每种微乎其微的可能，尽自己全部力量，放到最大。

“我最喜欢玩劣势局，”那人带着些戏谑和小得意的声音言犹在耳，“因为可以随意冒险，已经劣势了，难道还怕输吗？可是一旦赢了，成就感会是十倍不止。”

成就感怎么能具象地去乘以十呢？

初七摇摇头，心想斐诰这个人的数学有点儿问题。

“感觉怎么样？”

“她打“武”这个职业，看不出真实实力，反正虐我没问题。”

“职业选手，虐你基本都没问题。”

“哥，我挺期待你们打一局的。”

“你觉得我打不过她？”

“我是期待你们打 2 VS 2。你和大懒，她和 F 神，应该会很有趣吧。”

听到这些话，岳星宇顿了顿，笑了起来：“你又不是不知道，“星”这个职业，是最适合 2 VS 2 的职业了。”

因为“星”单打独斗时的所有缺点，都可以在 2 VS 2 中弥补，缺钱，那就找土豪队友包养，开矿难，那就不开分矿，让队友开分矿。前期怕被骚扰，就让队友保护自己，等有了金币，大本营也升级之后，星之光才能开启，简直可以 1 VS 2。

2 VS 2 的队伍，基本都会有“星”这个职业，组队非常吃香。

“我也有点儿期待，如果 2 VS 2 的话，难道 F 神还准备继续随机？”那头的男声比较年轻，声音是上扬的那种，属于让人听了就会心情变好的类型。

岳星宇淡淡地说道：“到时候你就知道了。你早点儿休息吧，我挂电话了。”

这个弟弟也真是让人不省心，取什么名字不好，偏要叫小甜瓜。

岳星宇皱了皱眉，发现大懒又趴在桌子上睡着了。他走过去，轻轻地推了推：“大懒，起来，去床上睡。”

大懒睡得迷迷糊糊，睁开眼看着岳星宇：“你打完电话了？星浩说什么了？”

“没说什么，就是他和初七打了一场，不过初七打的是“武”。

大懒揉了揉眼睛，仍然是一副懒洋洋的样子：“那他输了还是赢了？”

“肯定输了啊。星浩的水平不能跟职业选手比，他的打法又完全模仿我，学得又不好。”岳星宇摇摇头，拍了拍大懒的肩膀，“行了，你赶紧回你房间去睡觉，别在这儿捣乱。”

大懒叹了一口气，一边慢吞吞地站起来往自己的房间走，一边缓缓地说道：“小组赛我会碰到初七吗？我想好好和她打一场。”

“这么期待？”岳星宇的嘴角噙着些许笑意。

大懒像是终于有了一点儿精神，点点头说道：“那当然啦！肤白貌美大长腿的女孩儿，打游戏又打得好，声音也好听，自从看了那个视频我就一直想和她打一局。”

岳星宇看着大懒，眼里闪过一抹不易察觉的失落：“你知道现在外面有人传 F 神和她闹绯闻的事吗？”

“这圈子不就这样？还有人传初七和月皇，F 神和 T 哥，甚至还有人传你和我呢。”大懒不以为然地耸耸肩，“嘴巴长别人身上，爱怎么说就让他怎么说呗。更何况，她和别人传绯闻，跟我想和她打游戏有什么关系？”

大懒说着，又眯瞪着眼睛，打开了自己卧室的门。

“哦，对了。”

大懒突然转过身，看着岳星宇。

岳星宇看向他：“嗯？”

“明天的早餐，没有了。”

岳星宇眉头一皱：“你什么时候偷吃的？不是跟你说了，要留在明天当早餐吗？”

大懒挠挠头，撇撇嘴：“我饿。”

“你！”岳星宇气不打一处来，他有气无力地摆摆手，说道，“行了你赶紧去睡吧，吃这么多居然也长不胖，你也太浪费粮食了。”

“晚安。”

“嗯。”

大懒的房间门关上，岳星宇才叹了一口气。

他看着大懒的房间门，微微眯着眼睛，没有人知道他在想什么。

“师傅，师傅，师傅！这边！”

中午吃饭时间刚过，初七就听到了袁璜的叫喊声。

经过这些天的相处，大家都比较熟悉了，宋词和初七走过去，袁璜和邱易已经坐在那里等着她们，袁璜说道：“老地方被占了，怕你们找不到。”

惯例的日常四黑时间。

初七点点头，登录了《全民斗魂》，这段时间练习下来，他们之间的默契好了很多，邱易的基础本来就好，最近练习了刺客之后更是如鱼得水，袁璜打坦克，初七打射手，宋词还是打法师。

虽然匹配的时候会匹配到一个不认识的路人，但他们的胜率还是很高。

袁璜摩拳擦掌跃跃欲试：“GO，GO，GO！杀他们个片甲不留！”

胜率高不代表100%能赢。

四黑匹配，对面也是四黑或者五黑，而且随着排位赛的段位提升，即使是打匹配和娱乐赛，也还是会匹配到和自己段位相近的对手。他们变得强大的同时，匹配到的也是更强大的对手。

“路人秒选了一个射手？”袁璜皱眉，抬头看了一眼初七，“师傅，你选什么？”

路人秒选的是一个自带位移的射手，名叫大炮。

初七耸耸肩：“无所谓，那我打个能全场游走的辅助吧，顺便副坦。”

“好嘞！”

初七选择的游走辅助叫桃成蹊，特点是速度快能解控还能给对方减速。是个可以解控的坦克型法师。

袁璜选择的还是最常用的肉盾，邱易玩的刺客则是剑仙。

剑仙是《全民斗魂》最受欢迎的英雄之一，被誉为《全民斗魂》的“亲儿子”，长得帅，皮肤多，输出高，带位移，攻击能力超强。

《全民斗魂》为了平衡这款游戏的赛制，明里暗里削弱了不少，但是剑仙还是剑仙，玩得好的人依然可以带动全场。在《全民斗魂》的职业赛中，有几个职业选手因为把剑仙玩得出神入化，所以基本是一上来就被BAN（被禁止使用）。

“剑仙真的好帅啊。”游戏准备页面里，看到邱易新买的皮肤，宋词忍不住发出感慨。

第21章
怦然心动，是什么样的感觉

“这个皮肤好像限购吧？”宋词笑起来，“果然是内部员工有名额，我们这些人想买都买不到呢。”

邱易摸了摸鼻子：“额……如果你想买的话，也可以。我们有推荐名额，可以五折购买。”

“啊！”宋词顿时激动起来，“真的吗？不过我不会玩剑仙啊，当时花很多金币买的皮肤，买回来用过两次就搁置了，虽然不会用，但是真的长得很帅。”

初七微微偏过头看着宋词，想起之前斐诰说的“要从玩家的角度来考虑英雄的设计，外观设计是否科学其实远不如外观好看来得重要。”

难怪这款游戏里那么多英雄的身材比例都不太合理。

《全民斗魂》这款游戏，买英雄基本不需要花钱，只是英雄的皮肤另外收费，买皮肤的人都是冲着皮肤好看才去买的。

反正也不贵，几十元一个。考虑到《全民斗魂》的普及性和皮肤的多样性，比如剑仙这个英雄前后出了五款皮肤，价格从二十八元到三百八十八元不等，每一款都卖得非常好，所以很赚。

游戏开始。

看到准备页面，宋词皱了皱眉，玩了这些天，她对这款游戏的熟悉度和敏感度都提高了不少：“初七，匹配到的路人射手，熟练度不高。”

初七不动声色地点了点头，射手在这类MOBA游戏中的地位其实是非常重要的，尤其是《全民斗魂》这样的有“塔”存在的游戏，射手这个职业推塔很快。

以前他们四个人让初七来打射手，也是因为如果射手打得好，即使前期劣势，后期也有极大的可能一波反杀。

但是这个路人……恐怕是不能指望了。

“没事，先打着。”初七选择的桃成蹊，可以辅助可以坦克，必要的时候还能调整成输出。之前商量修改的版本，是她和邱易他们一起探讨的，对这个英雄的数据，没有人比她更清楚。

反正也不是什么正规比赛，打一打娱乐匹配，有输有赢很正常。

“中路小心。”

游戏刚开局三分钟，初七就开口提醒，从她的视角看过去，对面中路除了有一个法师之外，刺客和坦克也在往那个方向跑，但是在中途就失踪了。

“在草丛中，别出……”

第一滴血！

初七的话还没说完，宋词操纵的法师就跑了出去，然后被对方的坦克、刺客和法师一起用技能控住之后，杀死了。

队伍频道里看到宋词的话。

言司司司：哭了……

一别经年：中路法师看着点儿，别出塔，别送人头。

言司司司：好的，好的！我会注意的！

初七笑了起来：“对方应该是五黑，懂套路啊。”然后她调出页面看了一眼数据，转向袁璜，“对方的法师更强，你先出法防，物理防御可以等一等再说。”

袁璜忙不迭地点头，预购了法防的鞋子。

“这局主要看刺客的发挥了。”初七轻声说道，“对方除了坦克之外，都是脆皮，坦克也是血不算很多的副坦，如果剑仙发挥得好，我们可以赢。”

话音刚落。

屏幕上显示。

队友：“一别经年”已死亡。

队友：“我是师傅的乖徒弟”已死亡。

初七叹了一口气。

这个“我是师傅的乖徒弟”是袁璜用改名卡改的名字，初七虽然一直觉得用什么 ID 并不是最重要的，但是每次看到袁璜顶着这个 ID，再联想到他说的师傅是自己，都觉得有种“一言难尽”的感觉。

一别经年：你这坦克是怎么回事，会不会玩啊？保护射手，不懂？

看到这话，袁璜立刻就来了火气。

袁璜站在原地，开始打字。

我是师傅的乖徒弟：我还没升到四级，经济都让你吃了，我怎么保护你？要不是为了救你，我会死？

眼看着两个人要吵起来，初七连忙说道：“行了，这事儿怪我，本来应该你来上单的，”她说着，操纵手中的桃成蹊往下路走，“我已经四级了，你来上路，不要出塔，好好发育，记得出法防。”

因为对方的法师，是长轩。

虽然袁璜对那个路人射手有千百种不满，却还是听初七的话，点点头转移了阵地。初七则来到了下路，保护那个 ID 名为一别经年的射手。

她看得出来，这个射手不怎么会玩，每次位移方向都有所偏差，等于是给别人送人头。初七改成了辅助出装，她带得特殊技能是治疗，再加上有解控的能力，所以在下路保护这个射手，倒也不错。

但是游戏进行到七分钟的时候，中路已经被抓了好几次。

对方的法师长轩和刺客都非常强势，而且看准了宋词不太会玩，反复抓她。

宋词已经死了四次，后面三次都是被越塔强杀的。

对方的长轩也因此和她拉开了极大的经济差距，全部频道里有人开始有人嘲讽。

你奈我何：对面那个法师，你数过自己死几次了吗？

“你奈我何”是对方的法师长轩。

他嘲讽的人，自然是宋词。

一别经年：瞧瞧，那个智障法师，在骂你！

初七皱了皱眉，偏过头看向一旁的宋词，宋词秀气的脸涨得通红，咬了咬嘴唇，显然有些气恼，却一句话也不肯说。

袁璜的暴脾气又上来了："这群浑蛋，我非骂死他们不可！"

我是师傅的乖徒弟：射手还好意思说别人？！

我是师傅的乖徒弟：浑蛋玩意儿，还骂女孩儿，要不要脸？

宋词连忙说道："袁璜，你别再说了，没意思。"她声音不高，带着些许不甘和憋屈，"而且他们说得也没错，我的确玩得不好。"

《全民斗魂》是一款需要非常打配合的游戏，一旦有一个人掉链子，很容易满盘皆输。宋词心里清楚，这一局是她拖了后腿。

尽管自己人没说什么，但被路人甚至对手嘲讽，滋味真的不好受。毕竟，这世上没有哪个人能完全不在乎其他人的看法。

"哎，不是……"袁璜连忙安慰她，"你没有不好啊，明明是那个射手自己玩得不行。而且，死几次又有什么关系，对方那几个英雄很克制你，专门针对你，越塔强杀，前期死几次也很正常。别放心上，后期我们会变强的，稳住，我们能赢！"

宋词有些感激地笑了笑："嗯，我知道了。"

她更加专注地盯着游戏页面，生怕再被抓到错漏。

"袁璜，法防出了之后再出一个减速的防御装。"初七调出双方英雄界面看了一眼，"邱易的剑仙已经是经济第一了，我们偷个小龙，差不多准备起飞。"

初七注意到，邱易的剑仙，出了一个制裁武器，是个用来阻止对方英雄回血的物理攻击装备。

剑仙是自带位移的刺客，身法飘逸。顶尖的职业杀手，能冲进对面人群中刷大取人头，然后满血回到原位。

对方追不上，杀不掉，只能眼看着自己的脆皮队友一次次地被抓死。

剑仙只要对野怪或是对方连续普攻四次，就能蓄一次大招。会刷大的剑仙可以在野区和兵线那里无限刷大。

削弱过的剑仙伤害减了一些，难度也相应增加，所以更加考验操作和计算。

初七不动声色地看了一眼邱易，他神色如常，眼神专注。初七笑了笑，她知道邱易的剑已经练得非常好了，这局经济第一，虽然还没有人头，但是要起飞，那也是分分钟的事。

游戏里，剑仙打出“发起进攻”的信号。

只见那手持长剑的翩翩贵公子已经来到了中路草丛。

刺客躲在草丛中埋伏，是最常见的套路。

宋词看到邱易发出的信号时，心里有些害怕。毕竟已经死了七次，对手还开了嘲讽……不过一起开黑过这么多次，她相信邱易。宋词小心翼翼地朝前跑了几步，离开了塔的保护区，放了技能清兵。

长轩看见她出来立刻来了劲儿，二技能位移到了宋词操纵的冰女身边，开始攻击。

邱易打出“撤退”的信号。

冰女一个闪现往塔下跑，长轩奋起直追！

却猛然被减速了！

一个英雄从后面冲上来，用特殊技能给自己减速，然后二技能在地上画了一个圈，长轩正要跑出圈外，就看到空中的剑仙大招，迎面而来。

Shut Down！

长轩前面是八个人头，零死亡，两助攻。

如今被邱易的剑仙杀了一次，一路以来的超神之路，被“终结”了。

全部频道里，出现了一个人的发言。

心态良好才会赢：1。

你奈我何：？

宋词也有些不解地看了一眼邱易的方向，却发现邱易在杀了长轩之后，已经独自去和小龙单挑了。

宋词吁了一口气，刚才的那种憋屈感少了些许，虽然杀死长轩的人不是自己，但是剑仙飘逸地飞进来，取了人头之后毫不留恋，飞身离开。

真的好帅啊！

复活后的长轩和刺客猜到了剑仙在打小龙，直奔着小龙的方向而去。

在中路的宋词第一反应，是想去支援一下剑仙，却看到队伍频道里那个射手发出的撤退信号。

一别经年：别去送，剑仙有位移，说不定能跑回来。

剑仙的位移技能，是两段位移然后退回原点，除了能攻击突进之外，用来逃跑也非常有效。

宋词看了看自己和剑仙的经济差，默默地想了想，自己过去了可能真的会帮倒忙……还是算了吧。

双杀！

小龙已经被“心态良好才会赢”击败！

听到系统的提示音，宋词瞪大了眼睛，有些不可置信。

她刚才没有转换视野，不清楚邱易是怎么做到的，但结果就是他1 VS 2杀了对方两个英雄，还顺便杀了那条小龙。

全部频道。

心态良好才会赢：两次。

一分钟后，刚复活没多久去助战小龙的长轩，再次死在了剑仙的剑下。

心态良好才会赢：三次。

一直到这个时候，宋词才反应过来：“咦？”她眨了眨眼睛转向邱易，“你这是在计数？”

邱易点了点头：“对方不会数数，我替他数着。”

他没有看宋词，只是继续看着游戏界面，刚才追着宋词杀的那两个英雄，如今被他杀了三四次。

宋词不知怎的，听到这句话的时候，脸上飞过了一抹淡淡的红云。

初七活动了一下手腕，猜到了邱易的打算，此时她的装备也全都出好了，开始了满场瞎浪的节奏，反正桃成蹊这个英雄比较肉，能当坦克用，自带解控跑得又快，不怎么怕被追，动不动就和邱易的剑仙一起去对面的野区浪，拿人头。

她给桃成蹊出了一个减速的法术装备，加攻击又能减速，这样的话剑仙这个英雄打起来，那就更加容易。

心态良好才会赢：四次。

一分半钟后。

心态良好才会赢：五次。

对方的那个长轩终于有些坐不住了，他也不怎么出门，在塔下守着，然后开始在全部频道里发言。

你奈我何：对方那个剑仙，你是故意的吧？

心态良好才会赢：我怕你算不清楚自己死了几次。

你奈我何：不就是玩剑仙玩得厉害一点儿吗？有必要开嘲讽吗？

心态良好才会赢：这是嘲讽吗？那刚才你说的话算什么？

你奈我何：呵呵，存心的是吧？我不出门还不行？

他在自家高地塔下原地清兵，因为吃准了剑仙这个英雄虽然厉害，却也不敢轻易在对方英雄满血的情况下越塔强杀。

初七却微微笑了笑："不就是越塔吗？"

说话间，只见桃成蹊已经朝着对方高地塔的方向奔去。

邱易立刻就明白了初七的意思，用位移跟了上去，桃成蹊在没有兵线的情况下直接闯到了高地塔附近，承受着高地塔对他的伤害，放了一个一技能和二技能。

一技能给对方的长轩减速，二技能帮自己减一点儿伤。

邱易在这时候进来，二技能放圈，然后直接开大。

长轩的血条顷刻间就只剩下了三分之一。

还不够。

初七的英雄桃成蹊承受着塔的伤害，所以难免有些吃力，她用了特殊技能治疗，又承受了一次塔的伤害，与此同时，给了长轩一个减速。

长轩本来要往自家的水晶处跑，却被这个减速给绊住了。

桃成蹊的任务完成，跑出高地塔，血条还剩下十分之一。此时对方的其他英雄冲过来支援长轩，并且追赶桃成蹊，桃成蹊开大解控，一路狂奔。

邱易的剑仙，此时一边顶塔，一边用特殊技能给长轩减速，硬是用二技能砍死了长轩。

对方的两个英雄已经赶了过来。

其间剑仙两段位移，只剩下一格血，却还是安安稳稳地跑了出去。

心态良好才会赢：六次。

哪怕是宋词，看到这个数字的时候都忍不住笑出声，心里暗爽的同时，又觉得对长轩有点儿太残酷。

而这边，剑仙在野区刷了几下野，然后又跑回去，一个刷大。

又拿了对方脆皮射手的人头。

真的好帅。

队伍频道里初七说道：先别急着推。

她好整以暇地扬起嘴角笑了笑，说道：“顶塔我和邱易的剑仙都不合适，还是让我徒弟去吧。”

袁璜听到这话有些激动，整局他都在上路默默地清理兵线和推塔，偶尔和对方的坦克对战一会儿，处于“你打不死我，我也打不死你”的状态。看到对方开骂的时候很气，后来看到邱易耍帅的时候，心里高兴，但又遗憾自己没能参与，一直都心痒痒。

“终于有我出场的机会了！”袁璜兴奋握拳，“邱易，我们怎么打？我顶塔然后你杀长轩吗？”

说到这里，袁璜微微皱了皱眉：“不过对手现在好团结哦。”

对方看出了剑仙对长轩的危害，现在都是五个人一起行动，把长轩保护得很好，要杀他并不容易。

队伍频道里。

心态良好才会赢：走，中路团一波。

邱易抬头看向宋词：“宋词，你待会儿跟着我。”

宋词猝不及防被点到名，连忙点头说道：“啊，好的，好的！”

虽然还不知道邱易让自己跟着他是为什么，但是这个剑仙实在是太帅，宋词化身为迷妹，法师冰女开开心心地跟在剑仙的身后。

“袁璜，扛伤。”初七说道。

袁璜作为主坦克，自然一马当先，上去吃伤害，初七上前开了个刷大，给袁璜减控加速，路人射手趁此机会上前就打，三个人先打死了对方一个英雄，但是射手又一次冲进人堆中，牺牲了。

这个结果初七和邱易都不意外，初七上前一步说道：“行了，来吧。”

对方剩下的四个英雄，技能用了不少，基本都是残血，是让剑仙收割人头的时候了。

剑仙冲进来，一个刷大带走了一个，刷了几下野，又回来带走一个，简直来去如风。袁璜一边继续进攻一边“啧啧”感慨：“剑仙这个英雄真的是，设计得太给力了！”

初七上前，一技能减速，顺手收走了对方第三个人头。

初七说道：“走，我们撤。”

此时，对方的高地塔已经被推，只剩下孤零零一座水晶。

虽然没有兵线，但是如果强拆还是没有问题的。

因为对方只剩下长轩和一个只剩下一格血的坦克。

袁璜一愣：“撤？”

初七不由分说地说道：“撤。”

初七和袁璜的英雄往回跑，剑仙再次上前，一个刷大收了对方残血的坦克。

“宋词，”邱易说道，“打长轩。”

宋词听到这话的同时按下了二技能，这一次她的预判很准，因为她知道，长轩一定会往回跑，躲避剑仙。

冰女二技能冻住了长轩，然后直接开大。

漫天暴风雪。

你已经击杀了“你奈我何”。

宋词看到屏幕上的这句话，突然百感交集。

她知道，邱易和初七是故意让自己杀掉长轩，为自己报仇。

邱易：“还想再杀几次吗？”他声音近乎是温柔的。

宋词却摇摇头：“午休时间短暂，还是推了吧。”

“跟着我。”

全部频道里。

心态良好才会赢：我家法师说玩够了，推了。

因为没有兵线，只见剑仙一马当先，冲进水晶。

宋词紧跟在他背后输出，剑仙被水晶攻击死亡。

宋词推掉了水晶。

游戏胜利！

宋词微微红着脸，看向一旁的邱易，咬了咬嘴唇准备道谢，就听到一旁的初七说道：“这局比想象中时间要长一些，还剩下十四分钟，应该来不及再玩一次匹配了。”

“啊……”袁璜一脸惋惜，“太可惜了，今天就只玩了一局。”

初七已经站起身：“好了，我们回去了。”

在回去的路上，宋词小心翼翼地问道：“初七，我问你哦……那个，你觉得邱易这个人，怎么样？”

初七一愣：“哪方面？”

“额……”宋词挠挠头，脸色微红，“就是，性格啊什么的？”

“挺好。”初七回答的言简意赅。

宋词：“嗯？就这些吗？”

初七有些疑惑地看着宋词：“不然呢？”

宋词挠挠头：“今天他在游戏里帮我报仇……我还挺感动的。”

初七眨了眨眼睛，进行了一个短暂的回忆：“原来是在帮你报仇吗？难怪他发挥得不好。”

“啊？”宋词有些不可置信地看着初七。

“意气用事嘛，”初七缓缓道，“本来有机会攻击其他人，那样会更方便，但他一直追着长轩打，不然的话我们游戏时间能缩短四分钟左右。”

听完初七的话，宋词微微消化了一会儿才说道：“所以，你是觉得他做得不对？”

“没有啊，对方嘲讽你，想替你出气是情理之中的事。最后那一波，我们撤退就是为了让你有一个机会报仇。玩游戏，不能被游戏玩。”初七一顿，“不过如果是比较正式的比赛，邱易这种心态就要不得了，如果没把握好，错失良机，可能会全军覆没。”

宋词低下头，一边继续往前走，一边轻声问道：“邱易好像平时话不多？”

“嗯，内敛又细心的类型吧。”初七回忆着以前看到的一篇对男孩儿分类的文章，对邱易的性格进行了归纳和总结，“袁璜说邱易这个人很仗义，所谓的重视情义。平时话不多，但心很细。我个人的感觉是邱易不吵，工作的时候有想法，玩游戏的时候懂配合，也有进步，还挺好。”

宋词看着初七问道：“你觉得他挺好？”

“不然呢？”初七回答得理所当然。

“那邱易他……”宋词像是犹豫了好一会儿，才鼓起了勇气问道，“他有女朋友吗？”

初七反问道：“啊？我不知道啊，你怎么自己不问他？”

宋词抿了抿嘴唇，满脸都写着不好意思。

初七想了想：“那要我帮你问吗？”

宋词先是眼睛一亮：“啊！”然后又迅速低下头，用手握了握自己的衣服下摆，“还……还是不要了。”

初七答道：“哦。”

她本来已经拿出手机准备问邱易这个问题，但是宋词既然说不要，她就又收了回来。眼看着已经走到了公司门口，两个人就没有再说话。

到了公司楼下，宋词才打破沉默，说道：“初七，我想跟你确认一件事。”

“嗯？”初七听出她话里的认真，便也停下脚步，看着宋词，“你说。”

“你喜欢邱易吗？”

初七：“……”

她皱了皱眉，终于听明白了宋词的意思：“额，你的意思是你对他……”

“我也说不好……”宋词叹了一口气，“但就是，今天有那种，被保护了的感觉，他说那句话的时候，我有怦然心动的感觉。”

初七：“哪句话？”

“就是他说，替对方数着，”宋词笑了笑说道，“你会觉得我很幼稚吧，为了这点儿小事感动不已，他可能就是随口一说，就算当时其他人被嘲讽，他也一样会帮忙报仇。但是……邱易本来就是我的理想型，人稳重，话不多，但是会很认真听我们说的话，可能因为本来就有好感，加上今天的事情，我觉得……我好像有点儿喜欢他了。”

午后的阳光热辣灼人，她们两人站在公司大楼的树荫下，穿着粉色连衣裙的女孩儿，裙摆随着微风轻轻摆动，脸上有淡淡的红晕，嘴角含着娇怯的笑意。

清澈见底的眼眸里，写满了纯真的少女情怀。

不知怎的，初七突然觉得心里有些触动，她向来不合群，独来独往惯了，小的时候被誉为天才，身边的同学大多数都比自己大好几岁，她错过了最好的学生时代交友时机，身边唯一一个相处比较好的同龄人，就是自己的表哥边牧。

工作之后认识了宋词，这个普通的，可爱的女孩儿，喜欢一切小女生喜欢的东西……即使和初七有那么多的不同，但她们还是成了闺中密友。

“怦然心动……是什么样的感觉？”初七看着宋词，万分好奇地问道。

宋词先是一愣，然后挠挠头：“唔，怎么跟你形容呢？就是突然心跳加速，唔，心跳慢了一拍的感觉。”

初七的表情变得复杂而困惑：“到底是心跳加速还是慢了一拍？你说得慢了一拍的拍子是怎么算的，四三拍吗？”

宋词：“……”

两个人面面相觑了一会儿。

宋词不禁问道：“那个，初七，你……谈过恋爱吗？”

初七摇头。

“喜欢过男孩儿吗？”

初七先是摇头，然后又想了想，说道：“我表哥说我没有，我也不知道。大概是因为，我不知道喜欢别人是什么滋味吧。”

“之前我想问你是不是喜欢邱易，是想告诉你，我喜欢邱易，如果你也喜欢他，我们就是竞争对手。除非邱易已经有喜欢的人，否则我不会让步。”宋词的声音不大，但似乎带着些许奇特的力量，让她整个人都散发着光芒，“因为我今天非常真切地觉得，我想要和这个人在一起。”

第22章 你相信我吗?

初七眨了眨眼睛。

在她的印象中，宋词从来没有用这样的表情和语气跟她说过话。

宋词的脸色微红，眼里满是坚定和憧憬。

“我可以让你帮我做一份问卷调查吗？”

宋词一愣：“啊？”

“下午下班之后发给你，有空帮我填一下，可以吗？”初七十分诚恳地说道。

虽然不懂她在说什么，但宋词还是呆呆地点点头：“哦，好，好的。

【关于青年男女之间，感情问题的问卷调查，共计4870字】

宋词看到这个标题之后，愣住了。

这个标题也太值得吐槽了吧？

而且为什么还有字数？

“这是我整理了一下午的问卷，关于一些感情上的问题。我们能探讨一下吗？”初七指着她打印出来的纸张，然后说道，“放心，我没有影响工作。”

宋词连连摇头：“不不不，我不是那个意思，我就是有点儿……惊讶而已。”

那张纸上列出了很多问题，比如“如何确定自己喜欢上了别人？是凭借某些类似心跳加速的心理特征？可是如果同样的情况发生在另外一个人身上呢？还是说，人本来就是可以同时喜欢很多人的？”

还有一些渐进式的问题，类似“如果你喜欢上了一个人，对方是有男（女）朋友的，你有没有要拆散他们感情的意思。

那么你是会选：（　　）

A. 选择和他（她）保持距离。

B. 继续和他（她）如常相处，把自己的心思藏起来？

C. 努力在他（她）面前表现自己，让他（她）发现你的好？

……

如果选择A的话请看第10题，选择B的话请看第13题，选择C的话请看第21题。”

竟然还有21题！

宋词觉得自己快晕过去了。

宋词听到自己颤抖的声音：“那，那个初七……感情的事情，怎么能用这些简单的问题来判断呢？而且你问我一个人，其实是没有用的。”

“抽样调查也是调查的一种方式，全世界人口这么多，不可能每个人都被问到，虽然严谨程度肯定会差一些，但是我会尽可能多选取一些人来做这个调查。”初七认真地解释道，“我没有想过要用这些问题来概括情感本身，我只是想了解其他人对于感情的想法和态度。”

宋词：“……”

她挠挠头，把自己的头发抓得有点儿乱：“那个，我……我回去再看看，行吗？”

“我不强迫你。”初七郑重地指着问卷题目下面的那一行“本问卷完全采取自愿填写模式”的字样，让宋词看，“自愿填写就好，也不限制时间，也不用全部做完，你什么时候想给我就给我。”

宋词：“哦。”

她感觉自己像是突然回到了被老师布置课外作业的时光，老师非常和蔼可亲地对自己说：“这个是附加题，你可以做也可以不做，可以选择做一道或两道题，也不怎么限制时间，做完了交上来就好。”

但这个意思，不就是不能不做吗？！

“我给袁璜和邱易发一份电子档。”初七打开了手机里的存档，给袁璜和邱易各发了一份，“这样就可以多两份调查报告了。”

宋词眨巴着眼睛，心想：这样也好，至少可以找两个队友和自己一起商量，这份“作业”应该怎么做。

晚上回到家，初七又想了一些可以完善在问卷里的问题，着手补充的时候收到了斐诰发来的微信消息。

F：有空上 YY 一起打两局《荣光 2》吗？

初七：没有。

初七回复了这条消息后便把手机丢在一旁，非常认真地完善了问卷调查，新增了四百二十一个字，开始盘算要不要重新给袁璜他们发一份。

QQ 上边牧的头像又闪烁起来。

边牧最可爱：小七，你十七号到机场接我吗？

初七：不去。

边牧最可爱：……

初七：你自己打车从机场过来很快，我去接你反而浪费时间。

边牧最可爱：……哎，我怎么会有你这样铁石心肠的妹妹！你难道一点儿都不想念我吗？

初七：想念，但还是不会去接你。

边牧过了整整一分钟才发来消息。

边牧最可爱：算啦，我知道，我也不舍得让你跑那么远来接我，不过知道你想我就超开心啦！你在干什么，打天梯练习吗？

初七：哦，没有，我在做一个问卷调查。

说话间，初七就把这份问卷发给了边牧。

初七：你也来填一份。

边牧最可爱：……这是什么东西啊！？你怎么又把感情搞成学术论文？

初七：你不是让我多了解这些吗？我认识的人少，你多找几个你的朋友帮忙填一下。

边牧最可爱：……行吧。哦，对了，你有没有让 F 神填这份问卷调查啊？

初七看到这句话的时候，微微愣了一会儿。

F 神吗？

初七拿起手机，看到斐诰之前发给自己的消息。

F：这样啊，那你先忙，我自己开两局，我挂着 YY，如果你有空了就来找我一起打。

不知怎的，她竟然觉得有点儿不好意思。分明也没有提前约好，这份莫名的愧疚是怎么回事？

初七上了 YY，紫色马甲在房间里挂着，她打开麦，试探性地说道："在玩吗？"

"你来了。"

男声低沉而温柔。

初七笑了笑，说道："你这局什么时候结束，我登录游戏，我还能玩三十二分钟，应该够打一局了？"

"刚好结束。"

初七微微挑眉，心想：这么巧？

她登录之后看了一眼 F 神的最近战绩，输给了一个她完全没听过的 ID，但是从经济和人口来看，F 神都遥遥领先。这么大的优势，怎么会输？

"你刚才是被别人一波抄家了吗？"初七皱着眉看着数据，又摇摇头否定了自己的猜测，"不对，你这个经济肯定是已经升了二级大本营开了分矿的，就算被抄家，也不可能两个家都被抄了。无论英雄还是军队对比，你都没有理由输啊，总不会是断网了吧……？"

听到初七的这段话，那头的男声似乎是有意无意地轻笑了一声。

男声轻柔："哦，投降了。"

初七一愣："咦？"

"对手可能认识我的 ID，在全部频道里打字想跟我聊天。他死守家里不出来，一时间要强攻也不是件容易的事，他不肯投降，我短期内拿不下，这样打下去也只是在浪费时间而已，"斐诰的声音平静，带着些许理所当然，"和他拖着没必要，就投降了。"

"也是，"初七点点头，"不过恐怕他要去论坛秀了，毕竟，不管是用什么方式，赢你一次都够吹一年了。之前我和月皇一起打 2 VS 2，"胖聪"和"瘦聪"发在论坛的帖子，到现在都有不少人去评论和顶帖。还有人说要合影留念呢。"

听到月皇的名字，那头沉默了一会儿才说道："唔，随意吧。"然后又问，“怎么，今天要打 2 VS 2 吗？”

“啊？”初七眨了眨眼睛，“之前你不是说暂时不练 2 VS 2，等 RCG 开始进入复赛阶段之后再练吗？”

五秒后。

初七收到了 2 VS 2 的组队邀请，她有些疑惑地看着屏幕。

那边一道男声传来：“哦，不小心开错了，算了，打一局 2 VS 2 吧，就拿你这个 ID 也没关系。现在你这个 ID 段位起来了，我们也许能匹配到比较厉害的对手。”

这倒是真的，之前用王巷卷和王卷巷这两个 ID 去打 2 VS 2，虽然没人能认出他们，但是匹配到的对手也都很弱。

初七微微歪了歪脑袋，点了同意。

不知道是不是这个时间点 2 VS 2 的人太少，匹配足足等了六十秒钟，还没等到。

《荣光 2》的 2 VS 2 匹配规则，是如果六十秒钟还没匹配到，就会自动休息六十秒钟，然后重新匹配。

匹配的这段时间，初七切出了游戏界面，看到屏幕右下角边牧的 QQ 头像在闪烁。

边牧最可爱：小七，你给 F 神做一下这个问卷调查，我这边就帮你多问几个人！

初七：因果联系？

边牧最可爱：F 神很有代表性啊，年轻有为又帅气多金，这么多年都没什么绯闻女友之类的，你难道对他的爱情观不好奇吗？

初七：不。

边牧最可爱：……可是我好奇！这样好了，你让 F 神做你这个问卷，如果他做了，然后你就发给我，我就帮你把这个问卷发给一百个人！让他们做！帮你采集样本！行不行？

初七：两个问题。一、如果 F 神不做怎么办？二、问卷本质上应该是匿名加保密性质的，如果 F 神并不想让其他人看到怎么办？

边牧最可爱：一、我相信 F 神一定会做！二、我相信 F 神不会那么小气！你就说你表哥要看！不要说是随便一个男人！

初七：……

边牧最可爱：总之试一试吗？你只需要问他肯不肯做问卷调查，以及能不能允许给你表哥看一眼结果，这两个问题，只要他都同意了，你就能多一百零一份问卷调查的样本！多么划算！

初七：好，那我问问他。

边牧最可爱：好的，好的，好的！现在吗？！！

初七：嗯，我在和他一起打游戏。

边牧最可爱：天啦？！你们在打《荣光2》吗？天啦噜！我想看！哎呀不对！那你专心打游戏！不要回我消息了！快去陪着F神！

初七：……

初七说道："匹配到了吗？"

"还没。"斐诰的声音一如既往，"我听到你打字的声音，切出游戏界面了是吗？没事，匹配到了我会喊你。"

"嗯，好。"

初七给边牧发了两条消息。

初七：那我去打游戏了，再见。

初七：对了，表哥，你的数学进步了。

说完初七就关了QQ。

大洋彼岸的边牧，看到最后这条消息时气就不打一处来："什么叫数学进步了！一百加一等于一百零一，我还是会算的好吗？！"

初七讪讪地问道："那个，斐总。"

"嗯？"

"我有件事想……"

"可以。"

"咦？"初七一愣，"我还没说什么事。"

"我猜肯定是我能力范围内的事，更有可能只是举手之劳的事，所以我同意。"

男声宛转低沉，隐隐带着些许笑意。

初七嘴角也缓缓上扬："啊，我想让你帮我填一份调查问卷，我表哥说你如果填了的话，他想看一下你填写的结果。"

“嗯……”斐诰沉默了好一会儿，“第一个问题可以，第二个么……”

果然是个注重隐私的人，不想让别人看到吧，初七这样想着。

“第二个我也可以答应，但是希望你也能答应我一件事。”

初七扬眉：“啊？”

“你以后可以叫我的名字吗？不要叫我斐总了。”

“不叫斐总？”初七想了想，“叫你斐诰吗？”

斐诰想了想：“哦，对了，你怎么称呼月皇？”

“我之前叫他月皇，但他好像不太喜欢，让我叫他岳子陵？”初七想了想又笑着说道，“说真的，虽然只是个称呼，但是叫月皇的这个名字还挺别扭的。”

“你叫我F神好了。”斐诰想了想说道，“简单好记，应该也不至于会别扭？”

初七低喃着念起来：“F神……嗯，可以，那我以后叫你F神。”

听到初七答应了，斐诰不自觉地扬起了嘴角。

然后斐诰就收到了一个文件传输，他接过来一看，也是先被标题和字数给吓了一跳，他挑眉问道：“这是你的情感学术论文吗？”

“我表哥说我不懂感情，我在这方面的确比较迟钝。表哥让我多研究一下，我弄了这个问卷调查。”说到这里，初七像是突然又想到了什么似的说道，“你会不会觉得我很夸张？就是……竟然连这种东西都做成问卷调查，还写了这么多字。”

“不会。”斐诰慢慢地看着文档里的字，唇边笑意更浓，“不是说这世上万事，最怕‘认真’二字吗？你想要知道人和人之间的感情，别人的感情观念，为此花时间和心思，哪里夸张？我觉得很好。”

说到这里的时候，两个人的2VS2终于匹配到了。

匹配到的仍然是两个不熟悉的ID。

初七随机到的职业是“星”。

“听说你已经和小甜瓜打过一局了？”斐诰突然问道，“感觉如何？”

“单挑打他没问题，他学星帝的打法比较多，但是水平上还是弱一些，再加上“星”这个职业单挑太吃后期了。”初七一边操纵着手中的小兵和英雄，一边说道，“不过，你怎么已经听说这件事了？”

“他在论坛上说，如果在小组赛上遇到你，也不用打了，因为赢不了。”斐诰声音低沉，“小甜瓜和星帝是亲戚，打法自然像他。不过，我个人还是希望你能好好练一练星族。”

初七心下了然：“是为了2VS2吗？”

“2VS2对于星族来说太重要了，”斐诰轻声说道，“如果真遇到职业选手，比如星帝和大懒，我们打起来，几乎毫无胜算。”

“你是希望我打“星”这个职业？”

“我来打。”斐诰的声音没有什么变化，“你的习惯和经验技术都更适合打‘影’这个职业，‘星’和‘影’打配合也很合适。但是你对‘星’这个职业欠缺了解，也缺乏和顶尖‘星族’选手的对决经验，要你练，不是要你打得多好，而是让你更好地理解这个职业。”

初七点了点头：“好，我知道了。”

说着，她更加认真地研究起手中的这个职业来。

心里却隐隐约约对斐诰的话产生了几分怀疑。

“星”和“影”的配合是不错，但这是因为“星”这个职业和任何职业都能配合得很好，星帝和大懒的组合是“星武”组合，他们一直是国内2VS2的第一名。

初七已经猜到了斐诰的心思：“你是觉得与其我彻底换职业重新练起来，不如让习惯打随机的你来练‘星’这个职业，这样我的压力没有那么大。对吗？事实上，我们最好的方案，其实是我来打‘星’这个职业，你来打‘月’。然后……”

“初七。”

认识这么久以来，第一次，斐诰开口打断了初七的话。

初七微微一愣：“嗯？”

“你相信我吗？”

初七有些蒙，没明白他的意思。

“2VS2，最重要的不是职业，甚至不是操作，而是信任。”斐诰缓缓说道，“‘星月’组合的确是最占优势的2VS2组合，而且很克制‘星武’这个组合，但是最好的，未必最适合。你现在需要做的，不是磨炼技术，而是需要相信我。”

“相信你的队友——我。”

毫无保留地相信队友。

初七像是第一次听到这句话一样，手中的动作都完全停顿了下来，整个人呆坐在电脑前。

然后她听到斐诰的声音。

“我看过你以前的比赛。不是《荣光2》，而是《珠心算》。”斐诰的声音不紧不慢，却又带着些回忆陈年往事的感觉，“我看得出，在团队赛里，你并不相信你的队友，你只相信你自己。哪怕是和我们一起组队玩《全民斗魂》，你第一反应是打输出，或者是坦克。而且你的坦克输出和承伤都很高，相当于全场Carry。我曾经问过你，为什么喜欢坦克。你当时回答说，因为可以靠自己。”

因为这个位置，即使队友很糟糕，只要自己足够强，还是有获胜的可能。

和路人打游戏的时候，初七百分百会选择比较能抗的输出，或者是比较能打的坦克，即使是和斐诰他们开黑，她也会尽可能让自己打输出位，或者是非常关键的坦克，辅助位。

在初七的心灵深处，始终有一个根深蒂固的念头：信自己，不要对其他人有太大期待。

“我参加过三次，《珠心算》的团队赛。”初七轻声叹了一口气，“我不知道你看到的是哪一年的，可能是最后一年吧，因为前两年我都不是主力。”

时隔多年，再次想起那三年的经历，竟然有了恍如隔世之感：“那时候我年纪还小，一心要强，想赢，想走上巅峰，想和最厉害的对手比拼，想要不断提高自己。而且内心还有些骄傲，我觉得我很强，我的队友也很强。但第一年，我第四个出场，没有意义了。因为前三局，都输了。”

“第二年，我第一个出场，赢了，但是没用。”初七又叹了一口气，“比分很接近，一直打到第七场，我们3:4输了。那时候我第一次真正地感受到，即使一个人的实力到达了顶峰，在团队赛里，恐怕也没有意义。”

斐诰操纵着手中的英雄，来到了初七的英雄附近，施展开了保护罩，静静地听着。

初七深呼吸了一下，唇边有一抹苦笑：“第三年我们止步四强，输在了一个非常低级的失误上，大位数的乘法，中间有一个数字，那个人写错了。非常可惜，但是输了就是输了。竞技场，没有借口。”

“嗯，我知道。”斐诰点了点头，表示赞同，“电子竞技也是一样。《荣光2》只要是一个很小的失误，就有可能导致最后被大翻盘。《全民斗魂》，一次打团切入时机不对，就会引发团灭。很多时候回头去看视频，觉得都到这个级别了，怎么会犯这么低级的错误，但错了就错了，没什么可遗憾的。”

斐诰的声音提高了一些：“初七，我跟你说这些，是因为我们未来可能是战友。你不提要求，不提条件，只是一味地对自己高标准、严要求，这并不好。那次在游戏城打《全民斗魂》，你基本上扛下了所有的压力，比如第二局，如果你开大的时机不好，我们没能立刻到达对方的水晶下面，就会全盘皆输。你对自己的要求极高，是因为你对我们，还不够信任。”

“是吗？”初七有些不服气，“可我觉得……我已经很相信你们了。尤其是你。”

“哦？”斐诰有些意外，“尤其是我？”

“嗯。”初七点点头，“你打《全民斗魂》的水平接近职业水准，我和你之间的配合也基本没有问题。我相信你，相信你们能做到，不……相信我们五个人一起，肯定能做到。”

初七想了想，又继续说道：“《荣光2》的2VS2我不太熟悉，我其实没有不相信你，只是2VS2，我打过最多的配合，就是和数字帝，唔……我不太想提到这个人，但我知道他也报名参加了《荣光2》的2VS2。我希望能和你一起打败他。因为我知道，他搬弄这些是非，说到底，是想要一张通往RCG世界赛的门票。”

“一定会。”斐诰的声音坚定，“他带给你的伤害，会让他成百上千倍的偿还。你期待的正面对决到来时，我会和你在一起。”

见证你的胜利和荣光。

见证所有对你的是与非，都会被彻底消除。

见证T哥，荣耀归来。

“糟糕……”初七突然反应过来自己还在打《荣光 2》，这才发现一直以来斐诰都在 1 VS 3，除了对方两个对手，自己这个队友简直就是对方的第三人，斐诰还要分散兵力来保护自己。

玩《荣光 2》这么多年，初七第一次出现这种低级失误，瞬间愧疚感爆棚：“真的不好意思，我……我竟然给忘了。”

很大的劣势。

斐诰虽然是随机之神，不代表他真的可以一个打十个。

而且对方，还是很有经验的 2VS2 搭档。

初七皱了皱眉：“要不要投降？翻盘概率，不到 20%。”

“我不是说过吗？”斐诰笑了笑，“相信你的队友，指尖竞速，极限翻盘，才是最有成就感的事情。”

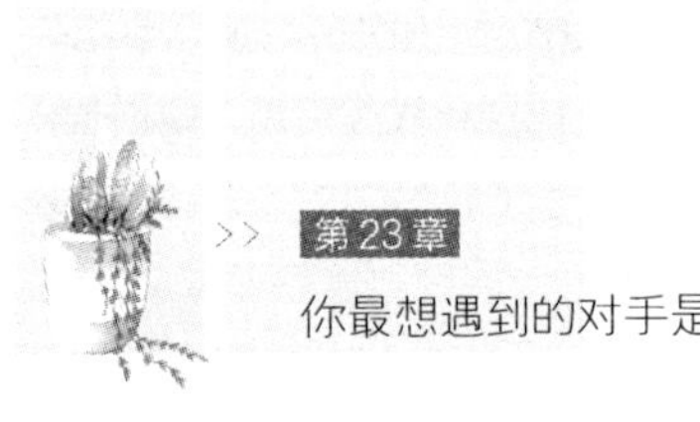

第23章 你最想遇到的对手是谁

初七随机到的是“星”，斐诰随机到的是“影”。

2 VS 2 要靠着队友来养星族，前期，初七经济落后了不少，现在两个人只能拖延时间，猥琐发育，外围骚扰，面对攻击的时候全力抵抗，努力拖到初七的经济起来，他们才能和对手正面交锋。

对手的水平不弱，看出了初七和斐诰的想法，所以直接出了飞龙，两队人马集结，来到了初七的主基地。

初七的主基地正在进行升级，如果此时被打断，那刚才存的钱就全都打了水漂儿，斐诰用传送卷轴将自己的全军传送到了初七的主基地，为了保护初七的主基地不被摧毁，初七和斐诰都将英雄的微操进行到了极致。

“分兵，东南角 27° 方向，你出两个空军单位，我用骑兵赶过去。”斐诰声音低沉地说道，“准备复活英雄，我调了农民过来，在你这里建两座防御哨所。”

初七淡淡地“嗯”了一声，两个人就分头行动起来。农民、步兵、骑兵、空军、投石车、防御哨所、主基地防御……一时间，安静的只有他们敲击键盘和点击鼠标的声音。

“糟糕。”

好不容易度过了劣势时期，初七计算的胜率都已经到了 70%，却听到了斐诰有些懊恼的声音。

初七迅速看了一眼局势，没看出什么不对的地方，疑惑地问道：“怎么了啊！是我哪里失误了吗？”

“没有，是我失误。”斐诰轻声地说道，“时间拖太久了。”

“可是这样的话，胜率很高，”初七仍然有些不解，“我们在五分钟之内肯定可以结束战斗的，这局这么大的劣势，扳回来，不是应该很有成就感吗？”

虽然最初的劣势是自己造成的。

斐诰低沉的声音传来：“没控制好时间，耽误你休息了。”

初七这才注意到，电脑右下角的时间，已经是晚上十点零三分。

“你是那种很有规律的人，一旦打乱了你的作息表，可能接下来的安排都会乱，”斐诰的声音带着些许歉意，“我们速战速决吧，虽然只能快一两分钟。”

说话间，斐诰已经迅速行动了起来。

而另一边的初七，虽然配合着他一起攻击对方，心里却有一种说不出的怪异感觉。

斐诰这个人……

堂堂《全民斗魂》公司总裁，就算不是日理万机的类型，也不会太轻松吧？要体验《全民斗魂》，要管理公司，提意见，还要打《荣光2》的比赛……

除此之外，初七知道，他还在研究新的游戏，在和《荣光2》公司谈判，看能否将《荣光2》的一部分版权买下来，重新做一款新的游戏。

他到底是哪里来的时间，挂在YY上，等自己和他一起打游戏？

就算是初七再怎么慢反应，此时也已经后知后觉地明白，上一局，斐诰之所以会投降，恐怕就像他说的那样。

是自己上YY进入频道有声音提示，他听到了，才选择投降的吧？

这个人心细到了什么地步呢？竟然连自己随口一提的时间表也记得如此清楚。

“你……”许久初七才说道，“记性真好。”

与此同时，屏幕上出现了“游戏胜利”的字样。

斐诰不置可否地笑了笑：“唔，感谢夸奖。我想记住的事情，就不会轻易忘记。”

“我先下了。”初七退出了游戏界面，收拾东西准备关电脑，却又突然说道，“说起来，你作息时间是怎样的？”

“没太多精确的时间，”斐诰的声音似乎带着些许遗憾，“有时候很忙，就算定了要早睡早起也不行。我蛮佩服你的，自律是非常可贵的品质。好了，别跟我说话耽误时间了，快去做你的事情，然后早点儿休息吧。明天就要开始小组赛了，加油。”

“对哦，”初七点点头：“嗯，你也早点儿休息，小组赛加油。晚安。”

说完，她便下了 YY，关了电脑。

YY 上的那个紫色马甲并没有多做停留，很快也下了。

斐诰看了一眼电脑旁堆积的文件，微微挑挑眉，心想：早睡早起，对自己来说果然是个难以完成的任务啊。

不过……

“晚安。”

斐诰的嘴角扬起些许笑意，这是她第一次跟自己说：晚安。

小组赛如期举行。

在准备进行第一轮网上抽签的时候，边牧的头像就一直闪烁着。

边牧最可爱：你可别和 F 神抽到同一个时间段啊，各个小组的小组赛是同时进行的，如果你们分到的是同一个时间段，那我看谁的比赛啊？

初七：随你。

边牧最可爱：小七，你最想遇到的对手是谁？

初七：大懒。

边牧最可爱：小组赛是积分赛，你一上来就遇到他，有什么好处？输了就是零分。

初七：早点儿遇到大懒，有助于提升状态，我们这个小组，最后总积分进入小组前三并不难。早一点儿和大懒打过，好过到复赛遇到他的时候手足无措。

边牧最可爱：……也有道理。对了！我今天看到数字帝发了微博，祝所有小组赛的人都首战告捷呢！

初七微微歪了歪脑袋，皱着眉回忆了一下。

初七：他那组好像也很轻松？

边牧最可爱：他那组只有他一个人是职业级的选手，如果这都出不了线，我觉得他可以去抹脖子上吊了。

初七：好了，我去抽签了。

边牧最可爱：小七加油！GO，GO，GO！

初七：抽签并不需要加油。

说完这句话，初七就没有再理会边牧，而是去了抽签。

抽到的是第一场比赛，对阵的是那个叫“好汉饶命”的人。

这个ID还挺有意思，初七笑了笑，又去看其他组的抽签情况，F神也是第一场比赛。初七心里有一点点小遗憾，她轻叹了一口气。

这样的话，表哥恐怕会陷入不知道该看哪场比赛的两难之中了。

F神抽到的人，是大宇。

这个曾经的“万年老二”。

在初七的印象中，大宇至少有两年没有打过正式的比赛了，现在是个什么状态呢？

裁判：请双方选择自己的职业和禁用地图。

Seven：随机。无禁用地图。

好汉饶命：啊……我可以直接投降吗？

Seven：？

裁判：……不好吧！

好汉饶命：我打不过她啊！而且面对她的时候，我的这个ID就没有用了！

初七挑挑眉，是因为自己不是“好汉”吗？

Seven：要投降吗？

好汉饶命：什么？你竟然激我！

好汉饶命：自古以来点将不如激将法！你让我投降！我就……

三十秒后。

裁判：……我觉得我有必要出来挽下尊。

好汉饶命：哇，妹子你怎么不按常理出牌啊？你难道不应该先问问我吗？

裁判：RCG 的比赛很正式，虽然我知道你一直喜欢瞎扯，但是希望你能正视场合。

好汉饶命：“……”

裁判：请“好汉饶命”选择自己的职业和禁用地图。如过就直接投降，请打出 GOOD-GAME。

好汉饶命：好没有幽默感的裁判哦。职业“影”，无禁用地图。

裁判：好，我再次重申《荣光 2》小组赛比赛规则，轮流积分赛制，全部结束后每个小组积分前三的选手晋级到复赛，剩下的所有选手，再进行比赛，成绩优异的两个选手复活。小组赛期间，比赛都是 BO1，一局定胜负，赢积三分，负积零分，若长达七十分钟都无法决出胜负，将由专业嘉宾和裁判来进行分析，定出优劣，如果实在无法裁定，则定为平局，双方各积一分。

裁判：接下来有三十秒的时间让双方选手进行调试，确认无误后请在屏幕上打 1。

调试界面。

初七操纵了一下英雄还有小兵，确认自己这边没什么问题。

Seven：1。

好汉饶命：1。

裁判：比赛，开始！

随机职业，“影”。

随机地图，第七十三张。

场景，夜。

好汉饶命：啊，我好像有点儿占便宜了。

“影”这个职业非常适合在夜间作战，在刚进入游戏的时候，双方是无法看到对方的主基地或者职业的，所以好汉饶命此时并不知道初七的职业也是“影”，才打出了这句话。

Seven：彼此彼此。

好汉饶命：啊……你也是“影”？果然是天要亡我！

初七已经很久没有在《荣光 2》的赛场上，见到这么活泼的对手了。

话是真的多。

她迅速出了英雄出去探路，第73张地图她也非常熟悉，一共七个矿点，她的地理位置在最中间的出生点，好处是去其他几个矿点的距离都不远，坏处是这个出生点几乎没有屏障可言，四通八达，如果前期探路不做好，很容易被不知道从哪儿攻来的军队偷袭。

“你在打“影”这个职业的时候，打得非常谨慎。每一步都计算得很到位，这本身是没有错的，但是电子竞技的赛场，瞬息万变，很多时候你计算得太多，反而容易失去先机。”

不知怎的，初七突然想起了斐诰曾经跟自己说的话。

“你应该试着相信自己的直觉，也就是所谓的运气，如果面对稳赢的对手，可以考虑让自己放开一点儿，多去冒冒险，这个冒险造成的后果，是在可控范围内的，即使一两次冒险失败，也基本不会影响最后的大局。当然，这也只是我个人的建议。因为你的问题在于，你会依赖自己的数据和过往经验。你算出来90%的可能，对手会走这条路，在这里设伏，但对方偏偏是那10%，这就非常尴尬。纯粹依靠数据不可能一直获胜。相信你的数据，但不要依赖它，偶尔要学会信任你的直觉。”

初七一边默念着“相信直觉”，一边将自己的探路部队朝着一个方向跑过去。

她并不知道对方的出生点在哪儿，以往的习惯，她会分兵把四个方向都探一遍，也会留下几个小兵，看好自己的主基地。

然而这次不同。

初七觉得对方不会在这个时候攻击自己，即使在这时候攻击，最多只能拆掉一座防御哨所，对自己的影响并不大。

至于探路，分兵探路的确很保险，但是效率却十分低。初七决定让所有的兵都先去她认为最有可能的方向。

探路失败的可能，68%。

一旦探路失败，可能造成双方之间的经济差在526金到812金之间，可能造成双方英雄经验值的差别在220到420之间。

对方趁此偷袭的可能，12%。

一旦对方偷袭，可能造成双方之间的经济差在1046金到1345金之间，可能造成双方英雄经验值的差别在350到670之间。

初七心里算着数据，手中动作不停，带着探路队一路向前。

眼前是一座空荡荡的金矿。

这个方向有两座金矿，初七都去探了一下，对方并不在这里。

唔……失败了。

就在初七准备改变方向的时候，屏幕上显示出了红色的警告：

你的主基地正在被攻击！

初七：“……”

看来还是放弃相信自己的直觉这种事情吧？

不过，不到12%的概率竟然也被自己碰上了，真是点儿背不能怪社会。

初七的打法其实一直都很谨慎，生平第一次大胆冒险，就落了个进退两难的地步。

她咬了咬嘴唇，计算了距离之后，用了一个全体回城卷轴，探路队全体回归，自家最外围的防御哨所已经快要被拆除干净。

初七定睛细看，对方也只带了一个英雄和五个小兵过来。

她微微眯了眯眼睛。

大宇。

段公子的直播间里，有很多人都在刷这个名字。

十年一觉荣光梦：好久不见啊，大宇。

永远支持F神：F神的对手是大宇啊，心情有点儿复杂。我希望F神赢，但是又不想看到大宇输。大宇大概就是所谓的，努力的天才吧？

夜未央：只能说大宇没有赶上好时候，只能当配角。他“月”玩得很好，但当年月皇光芒太盛，所以被人说是“万年老二”。看看现在数字帝的水平都能被称为“第一幻武”，大宇如果是后来打比赛的话，知名度会高很多。

滚筒那个洗衣机：我觉得恰恰相反，大宇是赶上了最好的时候，是所有人都知道《荣光2》的年代。有人说在香港电影的黄金年代，连配角都闪闪发光。《荣光2》也一样，是因为有高水平的第二名，才更显得第一名厉害。他们成就了彼此啊。

段公子的声音响起：“啊，我看到直播间里很多人都在刷大宇的ID，托这款游戏的福，我和大宇在现实生活中也是朋友，说出来你们可能不信，现实生活中的大宇是一位老师，教书育人，教育学生们不要玩物丧志，所以他打了几年比赛之后，也就退役回归了生活，虽然还在继续关注《荣光2》，却不是以一名选手的身份。”

“这次他会参加比赛，是因为不想错过最后一届有《荣光2》的RCG。刚才有个网友说的话我非常喜欢，如果非要说大宇是配角的话，他也是熠熠生辉的配角。《荣光2》一路走到今天，不是被一两个冠军成就的，而是被这些数不清的，闪闪发光的配角们，所成就的。”段公子的嗓音浑厚，带有质感，尾音总是微微上扬，让人听到之后会觉得心情舒畅，可他在提到这段往事时，竟然带着淡淡的伤感，“不过你们也别难受，大宇这几年没有进行系统的训练，APM下降，反应和意识有所缓慢，这都是必然的事情。这场比赛可能不会十分精彩，但是对我而言，大宇能够回来比赛，已经是很开心的事了，我们就静静地看完这场比赛，好吧？”

不要轻易对爱说无所谓：双方都加油，能看到大宇再上战场，已经非常满足了。

段公子：请双方选择自己的职业和禁用地图。

F：职业随机，无禁用地图。

大宇：月族，禁用地图第八十九张。

段公子：刚才经调试双方都没有问题，那么比赛，开始！

不知道是不是天意，F神随机到的职业是“月”。

竟然打成了内战。

死性不改：我去……这对大宇来说可能是昨日噩梦的重现吧？

当年的月皇，如今的F神。

在《荣光2》的历史上，大宇从来都不是天才。他打职业比赛比月皇还早，那时他玩月族拿到了全国第三。

但月族的新战术、新打法的开发，全都来自另一个人——岳子陵。

人们记住的，是丘山月这个ID。

这个ID被称为“月皇”，操纵这个ID的人，被国内《荣光2》的粉丝们誉为无所不能的神。

最早，岳子陵被称为“月族后起之秀”“黑马”“未来之星”，后来，他就是国内的月之第一人，他创造了历史，走上了世界之巅，让五星红旗，飘扬在了领奖台冠军席位的上空。

他是国内《荣光2》的骄傲。

大宇是他的手下败将。一次又一次。

甚至，很多人连大宇这个ID，都没能记住，因为那些年，被月皇打败的人，实在太多了。没有谁会刻意记住第二名，即使那个人是亚军，即使那个人战胜了除了冠军之外的所有人。除非是打破了某项纪录，否则他的名字，不会被人们提起。

大宇大概就是这么一个人，他打“月”这个职业，比很多人玩得都要好，但是在他那个时代，月族，有一个神。

电影里不是曾经说：神之所以成为神，是因为他做到了人所做不到的事。

有神的时代，谁会过分在意一个普通人呢？

比赛开始。

月族VS月族。

比赛进行到四分钟，F神的英雄已经去骚扰大宇的英雄，将对方扰乱得几乎溃不成军，大宇的防御哨所被拆了一座，英雄也已经死亡，在等待复活。

神秘菜鸟：心疼大宇，有必要这样打吗？全程压着打的优势局有什么意思？F神真是没劲儿透了。

听说下雨天F神和我更配哦：我承认大宇好不容易打一次比赛，大家都希望这场比赛精彩，但是难道要因为这个，就让F神故意放水故意输掉吗？

“好的，我们现在看到，比赛已经进行了七分钟，”直播间里，段公子的解说声音一如既往，“现在这个局势对大宇很不利，F神占尽先机，月族的内战大家也都知道套路，接下来就看大宇是不是能顽强守家，疯狂建造防御哨所，一点点消磨掉F神的意志，等双方经济和英雄的差距没有那么大的时候，主基地升到三级，一起来拼一波后期。”

我看你是在做梦吧：段公子的解说真客气……这还有什么后期可言？是我，我就投降了。

何苦要上青天：以前F神曾经说过，电子竞技的比赛，不到最后一秒，谁都不知道结果。他之所以被称为随机之神，之所以一直是个传说，是因为他最擅长的就是极限翻盘，反败为胜。如今换成大宇，你们就不抱任何期待了吗？

风吹屁屁凉：心态不一样，F神是出了名的心态好，好多时候高手过招，水平都差不多的话，就看心态的区别了，不过F神今天打得真的很好，我觉得……大宇赢的机会不大。

比赛进行到十二分十三秒，大宇打出了GOOD-GAME。

“大宇这边选择了投降，我们也恭喜F神，顺利地拿下了小组赛的第一场比赛，战胜了大宇，拿到三分。不过小组赛是积分赛制，我们还是很期待接下来的比赛的。”段公子做了一下简单的比赛总结，“F神这边应该是结束的比较快的一场，接下来我这边还要直播一场数字帝对疯疯疯的小组赛，第三场的话应该是大懒对潇十二的比赛。有兴趣的直播间水友们可以看一下。”

死性不改：求一个采访啊！

F神我的嫁：对对对！采访，采访，采访！

“我去问一下他俩是不是愿意接受我的采访哈。”说着，段屿先关了麦，然后在QQ上分别私聊了大宇和斐诰。

F：我就算了吧。

段公子：你的粉丝们可都还等着你呢。

F：我没什么好说的，小组赛第一场而已。你去问问大宇。

另一边。

大宇：唔……其实我好久没回来了，真的还有人记得我吗？

段公子：哦，不瞒你说，我直播间里你的粉丝还真不少！大家都在追忆似水年华呢！

大宇：那好吧，呵呵。

“大宇这边可以接受我的采访，直播间的水友们可以准备一下问题哈，”段公子的声音重新响起，“采访时间不会太长，大概三到五分钟，因为还要直播下一场比赛，希望大家多体谅一下，以及，问重点啊！”

“唔，大家好，我是大宇，可能挺多人不知道我，我已经有好几年没打过《荣光2》的比赛了。今天发挥得不是很好，如果还有人记得我的话，那我反而会有点儿尴尬。”

大宇的声音自带混响，说话时还真有点儿书卷气，像是学校的老师一样。

“哪里话，大宇打得还是很好的。”段公子笑起来，“你可以看到弹幕吧？等下你自己挑几个来回答。我先问几个之前问得最多的问题，为什么决定回来参加这一届《荣光2》，重新走上赛场的感觉如何？”

大宇顿了顿才说道：“因为是最后一届了嘛，我对《荣光2》呢，还是很喜欢的，重新回到赛场感觉真的很棒，虽然以前的很多选手，比如月皇，他们都不玩了。但让我觉得欣慰的是，还有这么多粉丝继续关注着《荣光2》，挺高兴的。之前进入小组赛，我那个冷清了好久的微博都有很多粉丝去给我加油，心里很暖，真的。”

我若乘风归去：今天这么快被F神打败，心里是什么感受？

看到这条弹幕的时候大宇有些尴尬地笑了笑：“哈哈，那个！其实我以前就打不过F神啊，现在输给他就更正常了，不过……”

他顿了顿才继续说道：“的确没想到会输得这么惨，这么快，我之前对自己的能力还是有点儿过分乐观了，F神也是真的，一点儿都不手下留情。”

……

后来大宇又回答了几个问题，这件事便就算过去了。

他回答这个问题的时候，大概没想到会有人把这个放到《荣光2》的论坛上。似乎是有些人有意为之，论坛上出现了不少粉丝骂F神。

风再起时：呵呵，我就不明白了，小组赛的第一场比赛而已，F神有必要这么拼？他不是一向优哉游哉的？一点儿机会都不留给大宇，以前是有什么仇什么怨啊？

存钱娶媳妇儿喽：人家是F神嘛，首战当然要告捷啦。我没记错的话，F神以前说过最早打比赛的时候看过大宇的视频吧？现在就是要还给人家啰。

说说说说说你爱我：对这种级别的老将，一点儿尊重都没有，一点儿面子都不给，人家大宇自己都说了，没想到F神会这么不留情面。啧，路转黑。

F神我的嫁：楼上这几个ID是谁啊，以前都没见过，你们有没有好好看比赛啊？上来就这么酸，有意思吗？还路转黑，谁稀罕你？

滚筒那个洗衣机：看到大宇回答问题的时候就觉得会被有心人利用，还合起来一起黑F神，有意思吗？比赛就是比赛，比赛就会有胜负，难道还要故意放水吗？

我我我我说不出口：不是故意放水，而是有所保留。就像你比武，把别人打败和把别人按在地上猛打猛踹，打成残废，生活不能自理……那是一回事吗？

七：看了这局比赛的视频，全长十二分十三秒，是这几个月以来看到的F神打得游戏局数里，发挥最好的一次。我认为这不是不尊重。恰恰相反，全力以赴，就是对大宇最大的尊重，最高的敬意。

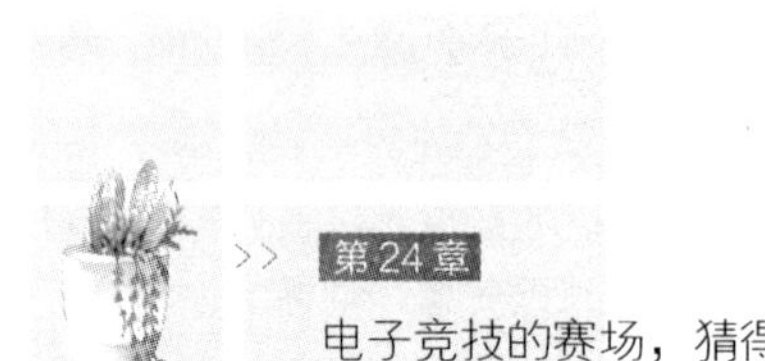

第24章 电子竞技的赛场，猜得到，不代表打得赢

听说下雨天F神和我更配哦：呜呜呜呜呜正牌情敌出现！虽然你说得很对我也很认可但是F神是我的！

不听不听王八念经：Seven本尊吗？！前排合影留念！

今天段公子减肥成功了吗：看到这段莫名觉得好暖，另外也恭喜初七第一局获胜（这确实是初七妹子没错吧？），F神那局真的发挥得很好，用尽全力打败了大宇。他是真的很尊重这位前辈，才会这么认真地去对待这场比赛吧？

人生就是一场戏：我记得F神早年接受瞎转悠的采访，问他在电竞圈里最喜欢哪个选手，他的回答就是大宇。

七：倒是不知道还有这样一段渊源，总之这场比赛是F神这段时间以来发挥最好的一次。认真对待比赛，才会全力以赴，尊重对手，才会全力以赴。最出色的表现，最优异的成绩，才是对对手最大的尊重。F神没有错，如果是我，我也会这样做。

段公子：你看到论坛了吗？

F：什么？

段公子：有人拿你今天和大宇的那场比赛说事，说你欺人太甚，让大宇这个前辈很没面子。

F：就这种小事你还要在QQ上跟我说一遍？嘴长在别人身上，随意。

段公子：是啊，我知道你不在意，可是你的粉丝们在意啊。

F：过段时间就会好。

段公子：哦，对了，你老婆帮你说话了。

F：初七？

F撤回了一条消息。

F：别乱说话。

段公子：你撤回也没用我看到了！

段公子：所以我说你老婆的时候你的第一反应是初七啊？

F：因为你爱乱八卦。别胡说。

段公子：我的第六感果然很准。

F：那不是女人才有的东西吗？

段公子：啧啧啧啧啧啧，你管我有没有，反正你喜欢初七。

F：嗯。

段公子：真的啊？！

F：大惊小怪什么，你难道看不出来？

段公子：看得出来，只是没想到你承认得这么快。

F：我没什么好不承认的。

段公子：不过恕我直言，她好像……在这方面脑回路和别人不太一样？

看到这句话，斐诰嘴角扬起了一丝微笑，他随手截了个图，把自己正在做的一个问卷，调查的一部分截图给了段屿。

段公子：这啥？

段公子：如何才能判断自己是否喜欢上了一个人，拿他和怎样的人做对比才能确定心意呢？比如说，同等身高，同等体重，同等工资收入……是否需要控制这样的变量，经过多次调查呢？如果不需要的话，又是怎么判断的呢？

段公子：这什么玩意儿！？

F：我在做的一个问卷调查，至于谁出得这份问卷，你应该也猜得到吧。

段公子：初七啊？果然像她做出来的事，不过我说你小子还真是，做什么都选择HARD模式啊？追妹子也是，初七太理性了吧，我怀疑她对感情这玩意儿完全不懂吧？

F：她懂。

斐诰此时已经打开了《荣光2》的论坛，看到了ID为“七”的那个人说的那几句话，嘴角不自觉地微微上扬。

她也许比其他人在这方面的反射弧长，也许太过理性，凡事都想用理性来分析，只要不能用逻辑来推断的事情她都觉得有些难以理解，她和大多数女生不同，不文艺，也几乎没有浪漫细胞可言。

但她不是不懂。

为了帮朋友出气，哪怕明知道对方是挑事儿的游戏托，也会同意和对方打《全民斗魂》。

为了帮自己喜欢的游戏正名，从来不愿意出风头的人，却说出了“我让你一只手”这样的话，打败对手之后，又循循善诱，让欢喜哥用更好的方式，来维护《荣光2》。

为了帮自己的队友说好话，平时在论坛上发帖都是分析帝，数据小王子，却在这一天连发了两条和数据几乎毫无关联的评论，说F神的所作所为，都是因为尊重大宇。

还有诸多细节。

会在吃饭的时候说起自己的事情，又怕“交浅言深”会给听她说话的那一方带来困扰。

为了陪自己那个徒弟打游戏，牺牲一部分午休时间，只要答应了对方的事情，她都全力以赴地去完成。

甚至会因为别人说岳子陵坏话而心情不好。

会对别人对他的开导充满感激。

她从来都是怕给别人添麻烦的人。

连主动去学习如何社交，如何理解所谓的“正常人”怎么和朋友相处，怎么聊天怎么说话怎么判断别人的心情……她学这些不是为了让自己受欢迎，是为了让她身边的人不那么累。

她分明是这样细腻又温柔的人。

她怎么会不懂？

她比一般人懂太多，只是她恐怕连她自己都没有发现，她有多细心。

段公子：行行行，她懂。不过你俩真的挺配，我第一次见你们两个人在一起的时候，就觉得特别般配。

F：你别胡乱瞎说就是了。

段公子：好好好，我不乱说，行了吧？一句话都不说。

F：不，我不是这个意思。

段公子：啊？

F：今天这种，你该怎么八卦就怎么八卦啊，这不是正常范围内的事情吗？

段公子：……你难道还想闹绯闻？

F：你怎么这么多废话。

段公子：求人帮忙办事儿，能不能有点儿诚意？

F：偶尔在她面前开开玩笑也可以，她在这方面是比较迟钝的，我个人，一方面不想吓到她，在她眼里我们肯定认识的时间还很短，她应该没往那方面想过；另一方面，偶尔说一说这些八卦也好，让她稍微有点儿这种感觉。最重要的是，她不能是别人的。

段公子：……你怎么突然开启了霸总模式？打声招呼行不行兄弟？我一口水差点儿喷屏幕上。

F：这就是我的想法。

段公子：……知道了！不过我感觉她自带拒人于千里之外的冰山气场，就算是有人追求她，她也意识不到吧？长得倒是很好看，不过这性格，我感觉你不用太担心她会被别人抢走。

F：我自有打算。

段公子：啧啧啧，说起来，她打随机是跟你学的吗？

F：不是，她在摸索自己的打法。

段公子：哦？

F：最早打随机应该只是不想让别人太快猜出她是谁。

段公子：后来那个视频出来，就暴露了她是 Seven 这个事实。

斐诰微微一顿，这才想起段屿并不知道初七就是 Seven，Seven 就是 Ture 这个复杂的关系。

他想了想，现在还不是告诉段屿的时候，便岔开了话题。

F：她对这款游戏很有天赋，APM 虽然很难提高，但是她对这款游戏的理解，精准的判断、出色的记忆和无与伦比的计算能力……都是很多选手望尘莫及的，尤其是计算能力。

段公子：我还以为你让她加入新版《荣光2》的游戏设计只是给她开个小灶，原来不是啊？

F：开什么玩笑，我一向公私分明。

段公子：所以你真的一点儿私心都没有？

F：当然公心私心都有啊。

段公子：果然是公私分明。在下佩服！

F：她今天的比赛视频你那里有吗？

段公子：没有啊，我那时候在直播你和大宇的比赛。

F：哦，拜拜。

段公子：？？？

对方离线或隐身。

段屿在心里骂了一万句，以前斐诰没追求过任何一个女孩儿，就算有女孩儿追他，他也没怎么理睬过，所以他从来不知道……原来斐诰竟然是这么有异性没人性的主？？？

F：唔，我看到论坛上的帖子了，这事儿其实是小事，没想到你会出来帮我说话，特意来跟你说声“谢谢”。

初七：不用谢。我的确是这样认为的。

F：有空上YY吗？来1VS1？距离你关电脑还有二十二分钟。

初七：好。

初七上YY的时候，果然看到F神的紫色马甲在等着，她登录了游戏，听到斐诰那边传来的声音：“你今天的比赛我看了，前期有些点儿背，但是你那波劣势围杀转成顺势，打得很精彩。”

那时候的初七猜错了对方的方向，对方直接带着英雄来到了她的主基地，她用了一个全体回城的卷轴回到主基地，那时已被拆了一座防御哨所，还在拆第二座，初七经过计算后，故意引诱对方的英雄带着小兵继续往里面走，然后用一个农民去建了一个民居，虽然短期内没办法建好，却完美地挡住了对方回去的路。

然后初七在自家的主基地那里，以第二座防御哨所为代价，用自己的防御哨所、英雄、步兵和那个半成型的民居和农民形成了一个包围圈，然后将包围圈里对方的英雄和小兵全都杀了。

所谓的“围杀”。

“对手和我的水平还是有一点儿差距的。”初七伸出手揉了揉眉心，“不过我是按照你跟我说的，相信直觉，勇敢地去打，可惜直觉全都错了。”

斐诰忍不住笑出声来：“哈哈！这种东西本来就不是万无一失的，不过我觉得这是一个好的开端，是一件好事。真的。”

初七微微皱起眉头，说道：“但这是违背数学规律的，我们本来就应该按照概率更大的走法来走。”

“你做了计算之后，选择了概率更大的那一个。”斐诰轻声道，“那你应该也算过，对方来攻击你的主基地的概率是多少？”

“很低。”初七坦诚相告，“所以他打过来的时候，我有一种自己中了奖的感觉。”

“噗。”斐诰的声音很低，“来吧，我们打一局。我知道一点儿大懒的思路。你下一局是跟大懒比赛，对吗？”

初七一愣：“啊……是的。”

“大懒一直都想和你打一局，所以我猜，他应该会认真对待。”斐诰缓缓说道，“你和他对打的经验太少，我觉得有必要开个小灶。”

“小灶？”初七重复了一下这个词语，“额……”

她试着用自己的汉语文学来理解这个词在这个语境中的意思：“你是说，走后门吗？”

斐诰强忍笑意：“嗯，如果非要这么说的话，应该也可以。”

“走后门不是什么好事。”初七的语气突然变得认真又严肃，“你只是和我打练习赛，让我做好迎战大懒的准备而已。”

“你知道虽然暗殷27是新生代的‘第一幻武’，但他和大懒的打法完全不同，如果真正内战的话，他对大懒，可以说是毫无胜算。”

斐诰的声音似乎有些小，初七将音响声音调到最大，依然听不太清楚：“我听不清你说话，是声音太小吗？”

“哦，”斐诰叹了一口气，“我今天在别人家里，没办法大声说话。”

初七有些惊讶：“住别人家吗？”

斐诰笑了笑：“算是吧，一个阿姨家里，唔，阿姨和我妈妈是世交，今天宛若生日，过来给她庆生，就住在这里了。不过她们也知道我今天要打比赛打游戏，所以没有干涉我。我在客房，戴着耳机和你说话的。”

“那还挺不方便的，”初七皱了皱眉，“要不今天就算了吧？我也过不了多久就要下了。”

“你稍微等一下，我调一下麦克风增强试试，”斐诰的声音提高了一些，“这样会好点儿吗？”

初七翻出了自己的耳机戴上，终于能够听清他说话，点了点头，说道：“现在好些了，不过其实我觉得……”

“那我们速战速决。”

初七话还没说完，就听到了那头斐诰的声音。

距离自己平时关电脑的时间，还剩下十八分二十八秒。

她接受了斐诰的邀请，进入1VS1的对战。

“和大懒打的时候，不要用随机。”斐诰继续说道，“你玩得最好的职业，始终是‘影’，而且这个职业也很适合你，用你最擅长的英雄去和他对战。”

初七轻轻地“嗯”了一声，静静地等待着斐诰的下文。

斐诰的声音低沉而温柔：“我之前一直担心的是你和数字帝之间对战的习惯，会造成你在对战大懒的时候有一些错误的判断。”

“我也很担心。”初七接过话茬儿，“我这几天找了大懒对战的视频来看，但是没什么太好的角度，因为他的比赛不算多，打法又完全不同，他甚至有时候第一个英雄都不是用迭戈，而是直接出绝地领主，思路很奇特。”

“并没有那么难想。”斐诰继续说道，“大懒之所以被称为大懒，是因为他真的非常懒，你知道最懒的人有什么特性吗？就是他们会计算性价比。其实你对战大懒是有你的优势的，因为你数学好。”

初七微微一愣：“啊？”

斐诰笑着回答道：“数学好的人玩这款游戏天生有优势，你在对战大懒的时候，只需要计算最短路程，那就是他会走的路，计算最少经济消耗量，那就是他会建造的东西，基本上不会出意外。”

“可是如果是这样，那不是太好猜了吗？”初七皱紧了眉头，总觉得有些不可思议，“难道其他人没有这样去计算过？”

斐诰摇摇头：“概率只是一方面，不能作为百分百的参考，其实大懒可能自己都没意识到自己的想法。因为他懒，所以不会浪费任何一个操作，仔细看大懒的比赛视频，你会发现他的手速在职业选手里算比较慢的，但是他非常精准，没有多余的动作，这和你非常像。大懒正是因为看到了你们之间的相似性，才想和你打一局。”

初七完全愣住了：“这是他和你说的？”

“知己知彼，百战不殆。”斐诰的声音里仍然带着笑意，“我们这些人，彼此之间打过太多次，不瞒你说，我在国外的这几年，还是和他们打过不少局的，也和国外的一些选手打过练习赛。我熟悉他们每个人的手法和习惯，甚至猜得到大懒的很多想法。当然，电子竞技的赛场，猜得到，不代表打得赢。”

“嗯。”初七点点头表示同意，“就拿月皇来说，其实他从来没有打过什么出人意料的战术战略，但还是基本都能赢，因为他的手速实在是太逆天了。”

斐诰听到这句话，微微顿了顿，突然问道：“可是你不觉得，月皇这样的胜利，有时候会太没有意外感了吗？”

“当然不会，”初七摇摇头，“他也不是每次都能赢，只是说同一个操作，只有他能做到那一步，因为快。我记得小时候我表哥看的那些武侠小说，里面最常用的一些说法，就是天下武功，唯快不破？我觉得这大概就是同一个意思吧。”

天下武功，唯快不破。

斐诰也清楚地记得，这是《电子竞技》杂志给月皇做过一期专访用的标题，因为真的没有人比他更快。斐诰倒不是什么小气的人，只是在有些地方难免会有些小心眼儿。

比如……某人会为了别人说月皇的坏话而生气什么的。

再比如……只要提到比赛的常胜将军，提到《荣光 2》中的偶像，某人都会立刻想到月皇。

再比如……哪怕是他们当年初见的那天，某人丢掉了自己的画像而不自知，抱着有月皇亲笔签名的海报狂奔而去。

自己追了出去，却没有追上。

斐诰勉强将自己心头那股无名的火压下去，心想：不能急。

急不得，他知道。

“对了，”斐诰突然岔开了话题，“上次你那个问卷调查，我做完了，今晚就给你发过去。”

初七当然没有忘记这茬儿，听到斐诰提起，一时竟然有些莫名地感动：“哇，你是我这么多问卷调查中，第一个说你做完了的。”

“那我是第一个给初七老师交作业的人？”斐诰的声音里带着些许戏谑，“十分荣幸。”

初七扬起嘴角笑了笑：“不是作业，不过我会认真看完的，因为你们都是我熟悉的人，我知道了你们的想法，也许对我会有一些帮助。”

“小心了。”斐诰突然说道。

初七却笑着回答道：“不怕。”

斐诰的英雄躲在草丛中，本来准备给初七的女将军致命一击，却发现周围突然有了一层网，斐诰微微一愣，连忙后撤，这是影族空军专有的技能之一：天罗地网。

就是一个空军单位能变身成为小树，与此同时在周围结网，做成陷阱。

“竟然上了你的当。”斐诰有些啼笑皆非，“大意了。”

初七早已埋伏好的女将军在这时候出来，用火之箭攻击斐诰的迭戈，斐诰吃了一瓶血药，硬生生让迭戈一边扛着女将军的伤害一边将那个天罗地网打破，还杀了一个空军单位。

此时的迭戈只剩下十分之一的血量。

斐诰皱了皱眉，点击了回城卷轴。

初七上前一步想要去打断，却没能打断这次的回城卷轴，看着斐诰的迭戈和几个小兵集体回到了他们的主基地。

初七撇撇嘴，她是算过的，也知道斐诰会用这一招，但是斐诰的位置卡得非常好，自己短期内没办法上前打断，等到绕过了那个卡着的地形，斐诰的英雄和小兵都已经回到了家。

这波初七不亏，消耗掉了斐诰的一个大血药和一个集体回城卷轴，还杀了两个小兵。

但和预想的情况不一样，就好像你觉得自己能考一百分，成绩下来是九十分，虽然也不错，但和满分差距还是很大。

“斐诰哥哥。”

耳机里传来一道女声。

“我能进来吗？”

初七听得出来，是个女孩儿的声音。

叫斐诰哥哥……是斐诰的妹妹吗？

哦不，应该是那个阿姨的女儿，初七歪了歪脑袋，回忆了一下刚才斐诰说的话，应该是那个叫宛若的女孩儿？

耳机里传来斐诰的声音：“唔，不好意思，稍等一下。”

斐诰大概是转过了头：“嗯，请进，怎么了？”

女孩的声音带着笑意：“昨天是十五，都说十五的月亮十六圆，今天的月色特别好，我妈妈说办个小型的舞会，就在别墅外面的露台上，唔……我妈妈说让我来问问你，看你想不想去跳舞？”

斐诰似乎有些为难：“跳舞啊……我……”

“你去吧。”

初七知道他还能听到自己说话，便轻声道：“反正你说的话，我也大概明白了，距离我关电脑只剩下四分三十二秒，这段时间也分不出胜负，就这样吧。”

初七选择了申请和局。

《荣光2》这款游戏的比赛，如果并非正式比赛的情况，拖得时间太长，双方又都觉得难分胜负，可以选择申请和局。

“啧，”斐诰撇撇嘴，“和局啊，我怎么觉得我赢面还是挺大的呢？”

初七认真地回答道：“至少还需要十三分钟以上才能分出胜负，如果我们双方都出到第三个英雄，然后主基地都升到三级，胜负还很难说，我的胜率也接近50%，所以和局吧。”

“好。”斐诰似乎叹了一口气，“嗯，那就这样，你早点儿休息。”

斐诰点击了同意和局。

“斐诰哥哥，没关系吗？”

女孩儿的声音里带着微微的不安：“我是不是不该来叫你？”

“是我妈让你来的吧。”斐诰无所谓地耸耸肩，“她始终觉得，我玩这款游戏是不务正业。”

说话间，他给初七发了条微信：明天比赛加油。

然后摘下耳机，站起身来，看向一身盛装晚礼服的杜宛若，朝她微微一笑：“走吧，不知道我有没有这个荣幸，和寿星共舞一曲？”

杜宛若的脸上飞过一抹红晕，忙不迭地点点头：“我也好久没和斐诰哥哥跳舞了。”

第25章

我已经有喜欢的人了

当杜宛若和斐诰走向舞池的时候，人群似乎自动让出了一条路。

将舞池中央的位置留给了他们。

看着不远处对自己含笑点头的妈妈，斐诰不动声色地皱了皱眉。

这是个小型的生日晚宴，说是“小型”，可来的人并不少，杜家千金的生日，来的都是商界的人。

跳舞的时候，斐诰能感觉到杜宛若的紧张和期待，也能隐约听到人群中的窃窃私语。

“啊，果真是郎才女貌，天生一对啊。”

“何止啊，他们还是青梅竹马呢！你看杜家和斐家的关系，这事儿怕是迟早的吧，宛若也不小了，该嫁人了，而且嫁给斐诰，根本不影响她的事业和学业啊。对斐家家业也有帮助。”

商界很多人考虑商业联姻，两家是世交，关系极好，斐诰和杜宛若又是青梅竹马，两小无猜……

斐诰大概是神游天外，自己都没注意到舞步出了问题。

“斐诰哥哥？”杜宛若有些疑惑地抬起头，看向斐诰。

这种低级的失误，不像是斐诰会有的。

斐诰先是道歉：“不好意思。”

然后在杜宛若谅解的眼神中，继续和她跳完了这支舞。

看着杜宛若脸上的红晕，斐诰却突然无端想起了初七的话“你去吧”。

他想起他将耳机给她，初七回过头，看到自己的那个眼神。

这时候，斐诰突然想起，自己珍藏了多年的那幅，画技不算娴熟的画。

记起自己刚刚填写完的那份问卷。

过去的这些年，他不是不知道家里人的意思，也不是没有想过，和杜宛若在一起。

杜宛若没有不好。

她学识不俗，教养优良，而且多才多艺。算得上温柔贤淑，有能力有才学，也独立自强，不依附于家庭，也不依附于父母，不过分矫情，也没有太多的阶级观念。

她也不黏人，有自己的生活圈。学的专业是珠宝设计，了解女孩儿的心理，也肯钻研，在这个领域已经有了不俗的成就——即使这些和她的家庭脱不了关系，但也不能否认杜宛若自己的能力。

她是斐诰最合适的结婚对象，这是整个斐家乃至斐诰自己，都深知的事情。

斐诰不讨厌杜宛若，有时候也会不自觉地让杜宛若与其他的女孩儿作比较，杜宛若是这类女孩儿中的佼佼者，他们从小就相识，这些年见证彼此成长。斐诰欣赏她，如果不是因为欣赏，他甚至不会维系这些年的友情。

他认真想过，也许自己真的可以和宛若在一起？

——但现在情况不一样了。

这么多年，他还不知道真正的怦然心动，究竟是什么滋味。

当年对初七的深刻印象，所以让他一直保留着那幅素描，对他而言是惊鸿一瞥。他从来不相信，也不认为，那是一见钟情。

他始终记得那个女孩儿，觉得那个女孩儿，跟他见过的所有人，都不一样。

或许，初七也没有那么与众不同。

只是对斐诰而言，不一样罢了。

他从来不缺女人喜欢，却是生平第一次，知道喜欢别人是什么样的感觉。

即使那人似乎，还毫无察觉。

“我就说嘛，斐诰虚岁也二十七了吧？事业越来越好，你们家里也该放心了吧？当年说他非要打《荣光 2》是不对的，我看他现在就做得很好。”

说话的人是杜宛若的妈妈宛希之。

宛希之笑容和善，用满意的目光看着斐诰：“小斐，都说男人要先成家后立业，你是不是该考虑成家的事情了？”

一旁的杜宛若，脸唰的一下就红了。

斐诰的爸妈都用那种期待的目光看着斐诰，就像是只要他点头，立刻就能把这生日晚宴，变成订婚宴似的。

斐诰在心里幽幽地叹了一口气，然后笑了起来，像是不经意般地提起：“哦，别提了阿姨，我喜欢的女孩儿啊，”他稍微顿了顿，才继续说道，“不喜欢我。”

在座的其他人，一起变了脸色。

杜宛若艰难地挤出一个微笑：“怎么，这世上还有不喜欢斐诰哥哥的人吗？”

“哎哟，我儿子有喜欢的人了？我怎么不知道？什么样的女孩儿啊，妈妈认识吗？”斐诰的妈妈忙不迭地丢出了一堆问题。

“宛若可能知道？我刚刚还在和她一起打游戏，”斐诰笑起来，眼神里闪烁着温柔的光芒，“不过我求你们先别添乱，我现在还处于追求阶段，我怕吓到她。”

这时，杜宛若脸上的笑容终于彻底僵住了。

她突然想起，刚才去叫斐诰的时候，他唇边的那抹微笑——别样温柔。

她还一度以为，那是斐诰给自己的笑。

如今看来，是自作多情了。

宛希之微微愣住，看了一眼自己的女儿，看到了她眼神里的失落，忍不住干咳一声说道：“怎么，是游戏里认识的？小斐啊，不是阿姨说你，打游戏的女孩儿，有几个好的？”

“打游戏的男孩儿也没几个好的。”斐诰一向修养极好，却在这时不怎么礼貌地打断了长辈的话，他向来不喜欢这种根深蒂固的观念，更何况，宛希之话语里攻击的人，不是别人，而是初七，斐诰的声音有些冷，“我就是打游戏的男孩儿。”

宛希之皱紧了眉：“哎呀，这怎么能一样啦。”

一旁的杜宛若，在身后不动声色地拽了一下宛希之的衣袖，然后努力地扬起一个微笑：“不知道这次 RCG 那个女孩儿会参加吗？我很想见见斐诰哥哥喜欢的那个女孩儿呢，也许，以后会成为我……”她顿了顿，艰难地说道，“嫂子。”

“她很优秀，”斐诰定定地看向杜宛若，“我想，你一定会喜欢她的。至于能不能成为你嫂子，就看她会不会看上我了。”

这下，连斐诰爸妈的脸色都变了，斐诰的妈妈清了清嗓子：“斐诰，好了，虽然家里这些年一直不干涉你，让你自由发展，无论是事业还是其他方面，都是选择尊重你，但是婚姻大事这件事，绝对不能随便。”她的脸色缓和了一些，“你喜欢的女孩儿，有机会倒是可以带回家来看看。”

斐诰的爸爸也点点头：“嗯，不过听你的意思是，你还不一定能追得到，是吗？”

斐诰的妈妈有些嗔怒地看了一眼斐诰的爸爸，像是在说“咱家儿子怎么可能有追不到的女孩儿”。

斐诰笑了笑：“嗯，老实说，没什么把握，不过我会尽全力，”他神色突然变得认真起来，“我从来没有这么喜欢过一个人，我是不会轻易放手的。”

斐诰的妈妈对斐诰的言行有诸多不满，当晚他们仍然留宿杜家，斐诰的妈妈都没怎么和斐诰说过话，倒是快十二点的时候，斐诰的爸爸来敲了斐诰的门。

斐诰的爸爸名叫斐明涵，是个眼光毒辣、说一不二的商人。他接管斐家的时候，斐家已经到了经济危机时期，是他快刀斩乱麻，把所有拖后腿的产业全都一并关掉，然后一举开创了现在的斐家，是个有野心的狠角色。

斐明涵对老婆也是数一数二的好，从来没有过任何绯闻，对老婆一心一意，所以所有人都说，斐家的太太，其实被保护得很好，嫁人之前被家里保护着，嫁人之后被老公保护着，商界的很多事情，她根本不用懂，只需要做自己想做的事情就好。

虽然很会处理夫妻感情，但是斐明涵在教育孩子方面却比较冷淡，他和斐诰之间的关系一直都是冷漠而疏离，斐明涵从来没有什么“慈父的温暖”，只有严厉的家规。

早年斐诰的叛逆和斐明涵的教育是脱不了关系的，他们关系最紧张的那几年，就是斐诰疯狂打《荣光 2》的时期，斐明涵无法理解斐诰，斐诰也懒得和他交流。

前几年，斐诰在国外自己开始经营公司，慢慢地理解了一些父亲肩上的责任和重担，知道了创业之艰。斐明涵也看到了斐诰的坚持和不肯放弃，两个人虽然理念不同，但毕竟是父子，在那几年的时间里，竟然慢慢达成共识，开始相互理解信任，和相互支持。

“为什么会突然说那些话？”斐明涵开门见山地说道，“今天可不是说那些话的好时机，你惹你妈妈不高兴了。”

斐明涵可以不在意杜宛若，也可以不在意整个杜家，但是自己老婆的心情，他是不能不管的。

“妈妈的不高兴是因为觉得我伤害到了宛若，”斐诰对斐明涵说的话并不意外，他缓缓地解释道，“可是这些话我迟早要说，伤害到宛若也是迟早的事。而且我如果没猜错，你们现在已经开始筹备这件事了，如果再拖着不说，只会造成更大的伤害。现在什么事情都还没有摆到明面上，分明是最好的时机。”

“你没猜错。”斐明涵倒也不避讳，“你妈妈和宛若的妈妈都有这个意思，她们是闺密，你也知道的。而且，这些年你并没有交女朋友，宛若喜欢你是所有人都看得出来的，你妈妈也以为你对她……”

斐诰点点头：“嗯，我知道。我身边并没有更合适的人，我也不排斥宛若，我们的确有可能在一起。但是爸爸，我有喜欢的女孩儿了。”

“不是八字还没一撇吗？现在就跟家里人说，不怕追不到或者之后自己不喜欢了吗？”斐明涵义正词严地对斐诰说道。

斐诰微微挑了挑眉，迎上父亲探寻的目光：“爸，你了解我。我认准一条路，认准一个人，就会坚持走下去。我心里有人的时候，哪怕她没有和我在一起，我也不能给别人希望，这本身就是一种伤害。我尊重宛若，所以不能这样对她。而且我想追初七的时候，其他人却在传我和宛若青梅竹马……这很可能会阻碍我的追求之路。”

斐明涵不置可否地说道：“你倒是考虑得很周全。”然后顿了顿，

“那个打游戏的女孩儿，叫初七？”

斐诰脸上扬起一抹难以掩饰地微笑：“嗯，是的，很好记的名字，对吧？”

“你是大人了，感情方面的事情，我不管你。”斐明涵声音冷峻，“不过你要记得，跟你妈妈好好说这件事。”

小组赛第二轮。

段公子的直播间里热闹非凡。

段公子：“哇，今天又来了这么多人，小组赛的第二轮，我们今天选择的直播是D组的一个对决，是Seven迎Lazy，Lazy大家很熟悉，就是大懒。至于Seven，是这一届RCG的黑马，虽然学F神玩随机职业，但最擅长打影族。Seven到底是谁，外面有很多猜测，鉴于我们是个严肃正经的直播间，就不做什么不负责任的猜测啦，比如Seven八成就是论坛那个“七”，是我直播间的七月初七，是单手血虐欢喜哥红遍《荣光2》论坛的三次元大美女初七……这些！我们都不会猜！我们就只说她是Seven!”

滚筒那个洗衣机：严肃正经的直播间，我还以为我进错房间了呢？

试问谁会不喜欢边牧呢：然而我们不负责任的猜想是正确的！

段公子今天减肥成功了吗：好好好，我们只说她是Seven！我真的无比期待线下赛啊！Seven一定要进线下赛！

“好的，比赛快要开始了，双方选手都已经进入了游戏界面，很久没看到大懒认真地打比赛了，不知道这一次会不会认真对待呢？”

屏幕上出现的是游戏界面里的Lazy和Seven都已经就位。

段公子仍然兼职做裁判。

段公子：请双方玩家选择自己的职业和禁用地图。

Seven：职业“影”，禁用地图第六张。

Lazy：“武”第三十二张。

“好的我们可以看到，大懒一如既往的惜字如金，连标点符号都不给我加！作为裁判，实在是看不下去了！”段公子的声音响起，“Seven直接选择了‘影’这个职业，和我们之前的猜测差不多，之前的对手不算强，她用随机职业依然可以赢，但是这次面对“幻武”最强者大懒，她没有选择随机职业。”

段公子：职业地图选择完毕，请双方选手在三十二秒内进行游戏调试，调试无误请在聊天框里打 1。

Lazy：1。

“哇，大懒到底有没有进行过调试啊？怎么二话不说直接打 1 啊？”段公子有些无奈地叹了一口气，“这种懒得调试的性格，果然非常……‘大懒’。”

“唉？调试失败了？”段公子那边的声音带着些许无奈，“初七那里似乎没什么反应？”

的确，一分钟过去，初七那里还没有打出 1。

Lazy：？

段公子：稍等，我问一下。

段公子作为裁判之一，也有初七的 QQ，他在她 QQ 上留言。

段公子：Seven，你那边什么情况？是调试有问题吗？

没有应答。

斐诰用手机打电话给了初七：“怎么了？”

“家里停电。”初七皱了皱眉，正在路上狂奔，“我在去网咖的路上。”

初七抬头看了一眼腕表：“我记得《荣光 2》的规则是超过十五分钟算弃赛，是吗？”

“嗯。”斐诰点点头，“来得及吗？”

初七一边跑一边气喘吁吁地说道：“八分钟之内跑到最近的网咖，加上开机下载对战客户端之类的时间，可能差不多刚好。”

“你开机之后上 QQ 跟段公子说一下，大懒很好说话，应该愿意等。”斐诰叮嘱了几句，“小心点儿，我挂电话了。”

初七“嗯”了一声，挂断了电话。

直播间里传来段公子的声音：“刚了解了一下，Seven 家里停电了，正在赶往网咖的路上，尽量会在十五分钟之内赶到。现在要和大懒协调。”

Lazy：等。

“比赛，开始！”

随着段公子的宣布声，D组小组赛的第二轮，终于正式拉开了序幕。

Seven VS Lazy。

直播间依然热闹非常。

滚筒那个洗衣机：两个英文字母之间的对决！万众期待！

不听不听王八念经：迫切地想知道结果了！

死性不改：这个出生位置，Seven不占优啊。

“直播间有水友提到出生点的问题，这张地图很大，一共有六个矿，时间是傍晚，《荣光2》的这个机制时间是会变动的，如果初七能拖到后期，等游戏里的夜幕降临，就会有很大概率凭借夜晚的优势获得胜利。但Seven的出生点距离大懒非常近，是“幻武”打野的必经之地，恐怕很难拖后期了。”

段公子的解说在继续：“大懒这边出了迭戈，Seven出了黑暗战士。两边的英雄出生之后，已经开始探路。我们可以看到，迭戈已经领先一步到了两个矿之间的野区，开始击杀野怪，黑暗战士也在赶来的路上了！”

初七有些心烦，网咖的键盘不好用，她出门的时候着急带了自己的鼠标却忘记了带键盘，三十秒的调试时间不足以熟悉键盘。直到这一刻，初七才意识到，有一个用习惯了的键盘和鼠标有多么重要，这家网咖经营时间已经很久了，虽然一直号称用的是最好的设备，但键盘本身的性能姑且不提，光是上面那些油腻腻的脏东西，就让初七忍不住叹气。

但她从来不是轻易放弃的性格，只要有足够清晰明确的目标，她就能全力以赴，并且集中注意力，把所有不利条件丢在身后。

初七集中精神认真打比赛，所以她完全没有注意到，这家网咖里进来了一个男人。

这个男人有着非常英俊的眉眼，穿了一身休闲装，怎么看都和周围的一切都格格不入，他进来之后先是向四周张望了一眼，然后微微皱了皱眉，将目光锁定坐在角落里的一个女孩儿身上。

她穿着简单，白色T恤加牛仔裤，外套放在腿上。

令人意外的是，她竟然没有戴眼镜。

男人轻轻地“咦”了一声，店员问道：“先生，请问您是要上网吗？”

他将右手食指竖在唇边，压低声音：“小声一点儿，给我开台机，谢谢你。”

拿出身份证登记，在店员有些莫名其妙的目光注视之下，他坐在了那个女生斜后方的位置上。

初七对这一切一无所知，只是微微皱起眉，看着眼前的形势，比赛已经进行到了六分三十二秒，她在努力拖时间，如果能拖到夜晚，就有机会逆转，大懒在努力速战速决，迭戈前期非常强势，他选择进攻的话，初七这边的黑暗战士并没有太多还手之力。

更何况，迭戈击杀了野怪，还拿到了一个 +3 的攻击武器，本来就已经强势的迭戈拿到这个武器之后更是如虎添翼……双方的经济和英雄经验也有了一定的差距。

初七轻轻地咬了咬嘴唇，选择了给主基地升二级。

主基地升级之后能让整个军队的攻击力都有所提升，还能新建一些更为厉害的兵营，生产出更为强大的兵种，比如最强大的空军等等。

主基地最高级别是三级，三级的主基地连防御都比一级时候的主基地高了很多，更何况人口上限和食物上限，还有军队攻击力之类的。

但是主基地升级需要消耗大量金币和木材资源，需要一个农民专门来升级，升级速度非常慢，升级过程中非常容易被打断，一旦被打断，很容易被直接拆家，一旦对手来打断你的主基地升级，对于任何一个玩《荣光 2》的玩家来说，都是莫大的悲剧。

首先，你一定会牺牲一个农民。其次，你这次的主基地升级一定会被耽误很多宝贵的时间。再次，你要面对一个两难抉择：是否要取消主基地升级？如果不取消，建设中的主基地如果防守不住，可能被直接摧毁；但是如果取消，就意味着放弃了之前已经投入了的大量精力和金币，退回到一级的大本营，正所谓“一夜回到解放前”。

所以大本营升级这件事本身，基本都必须要确认安全性，能够保证大本营完善升级，才会去点击升级。

“额……我其实有点儿不太明白，”段公子皱了皱眉，“初七眼下没有优势，双方矿点如此之近，为什么要在这时候选择升级大本营？太容易被攻击了啊！”

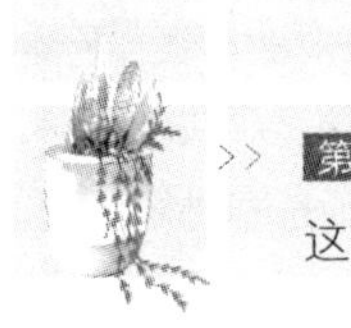

第26章

这才是真正的“第一幻武”

死性不改：已经去攻击了。

没错，大懒的英雄迭戈已经带着手下的四个步兵和两个骑兵来到了初七的主基地附近，他放眼就看到初七正在升级主基地，毫不犹豫地冲了上去。

“哇，Seven点儿背啊。”段公子认真地看着游戏界面，不由自主地为初七捏了一把汗，“让我们看看这波会怎么样。”

屏幕上的迭戈已经五级，带着手下的兵来到了初七的主基地，攻击正在升二级的主基地，迭戈一个重剑上前，正在给主基地升级的农民就牺牲了，主基地的升级进程卡在三分之一的地方，看得人非常纠心。

但是令人意外的是，初七竟然没有选择回击，也没有暂停主基地的升级。

“Seven现在在做什么？”段公子皱了皱眉，“被打蒙了吗？啊！商店！她刚才去商店了是不是？”

一闪一闪亮晶晶：糟。

十年一梦：这ID是星帝吧？星帝说糟，是说Seven糟还是大懒啊？

段公子的音量顿时就提高了：“真的去了商店！初七购买了一个炸弹人？！等等，她这是要做什么？！”

只见黑暗战士已经把炸弹人绑在了身上，直接冲向了迭戈。

“我看错了吗？！”段公子瞪大了眼睛，“黑暗战士绑着炸弹人冲了过去，这是要干什么？在自己家炸人？我不太懂Seven这个路数。”

滚筒那个洗衣机：求星帝解答！

一闪一闪亮晶晶：简单来说就是，火烧连营。

黑暗战士，一技能是火球的法术攻击；二技能是献祭，用火焰将自己包围，伤害所有附近的敌人；三技能是被动有概率触发闪避……在六级之前，黑暗战士是一个真正的脆皮，虽然伤害很高，但是因为经济和经验值的差距，是没有办法打败迭戈的，因此，初七给它绑了一个炸弹人。

炸弹人，可以炸东西，也可以炸人。

炸弹人用的是火，如果本身就有火势，就会引发一连串的爆炸。

“星帝的意思是，Seven 是要……哇！”段公子话还没说完，游戏中的双方英雄已经在一起交战了，绑着炸弹人的黑暗战士在对着迭戈使出一技能进行了法术攻击，然后直接连上二技能进行献祭，段公子连忙加快了语速进行直播解说，“和星帝分析的差不多，这招应该是 Seven 自创的吗？火烧连营，亏她想得出来，她用火球将对方的迭戈和小兵都烧了一下，二技能之后，黑暗战士的血量就只剩下一半，因为这个技能必须要牺牲自己的血量，Seven 引爆了炸弹人！这会造成至少双倍的伤害！而且会连击到迭戈和其他所有小兵！”

屏幕上发生了一次爆炸，还有一连串的火焰。

火焰翻腾，所有人的目光都定格在游戏画面上。

初七只用了黑暗战士一个英雄冲上去，因为这次爆炸，她本来就所剩无几的主基地的血量，瞬间只剩下了 10%。初七手中的动作没有停，还一边认真地看着屏幕。

火焰逐渐散去，能够看见场面上的情况。

“黑暗战士还剩下 30% 的血，但是迭戈只有 20% 的血了！因为他直接被炸弹人炸到了，再加上火焰的伤害，现在迭戈的血量告急！本来带了六个小兵过来，现在只剩一个骑兵和一个步兵！黑暗战士此时是远程攻击，迭戈如果要追他杀，十分不容易。但如果迭戈不追的话，此时是会选择逃跑还是怎样呢？”

段公子的声音很快很急：“两个小兵，20% 血的迭戈，但 Seven 也只剩下一个残血的黑暗战士！双方都精于计算，应该是算好了的，接下来会怎么做？迭戈动了！”

“哇！Seven果然早有准备，看到迭戈带领两个小兵开始战略后撤，但是后方已经被堵住了！”段公子继续解说道，“难怪刚才只有黑暗战士冲上去！现在看来，Seven不派小兵的真正原因，就是知道迭戈要跑！甚至早就猜到迭戈会选择这条路线了！十个小兵早就把守在这里！现在迭戈应该怎么做？！”

“啊！迭戈死了！”段公子惊呼出声，“比我想象中还要脆！？这，怎么会？”

一闪一闪亮晶晶：没死。

FFFFFF团：萌新一句话都不敢说，我第一次看到拿炸弹人去炸自己家主基地的……炸弹人还能这么用呢，真的是长知识了。

“迭戈没死！”段公子瞪大了眼睛，“让我们稍微看一下回放！原来这一切也在大懒的预料之中！刚才我们看到的是迭戈的分身！”

初七这边也已经发现了死的是分身，那真正的迭戈在哪儿？！

“迭戈没有跑！迭戈没有选择撤退！也没有选择去打黑暗战士！而是让自己的分身和小兵去吸引注意力，迭戈还在攻击主基地！”段公子深吸了一口气，“他顶着火焰在攻击主基地！主基地还有5%的血！注意看一下迭戈的走位，他几乎避开了所有重伤的地方，而且在这个过程中也完全没有被防御哨所击中，只是攻击主基地！将错就错，一搏到底！出色的判断，稳定的心态，精准的操作，无与伦比的决断！这才是真正的大懒！”

滚筒那个洗衣机：想让数字帝来看看这局比赛，这才是真正的“第一幻武”！

是的，这才是真正的“第一幻武”。

大懒从初七的黑暗战士来的那一刻，就已经猜到了眼前的这个结果，他经过计算之后使出了分身术，找了一个很诡谲的点，用了隐身技能，完美地隐藏了自己，在初七的那个角度，很容易忽略他。

初七的小兵没有来，一定是在某个地方等他。

所以他不能逃跑。

而是要声东击西，掩人耳目。

等到初七的小兵和黑暗战士都去堵那个逃跑的迭戈的时候，真正的迭戈就会出来，冲上前去攻击主基地！

残血的迭戈，去攻击对方的主基地，对方的英雄和小兵会在十秒内展开支援，再加上还要躲避防御哨所，这个举动可以说是非常危险，随时可能会让自己的英雄丧命。

但是，如果迭戈真的打掉了血量所剩无几的主基地，初七就输了！

“黑暗战士和其他小兵都在往回赶，我们可以看到，Seven 这边同时开了五个农民，一起去维修主基地，原因无他，只是为了撑过这几秒钟的时间，等其他人赶到！看一下大懒的操作，大懒的迭戈已经回头击杀了一个农民，Seven 这波损失了两个农民，主基地在维修的过程中是没有办法生产出新的农民的，所以这时候损失农民真的很亏，但没有办法。”段公子紧张地看着赛场，“双方的英雄都已经五级，黑暗战士带着小兵回来了！ 双方拼操作的时候到了！”

“主基地没有被推掉！四个农民同时修补还是很有效果的！”段公子深吸了一口气，“初七的黑暗战士在走位！同时操纵了手中的六个小兵！迭戈使用了隐身术！一个疾步急速，不见了人影！”

初七凝神盯着屏幕，突然意识到了什么似的将两个农民后撤，黑暗战士的火球攻击丢向了自己的一个农民的方向！

她猜测，迭戈这时候不会选择逃跑，因为跑不掉，他会用自己的命，去尽可能换掉初七的农民，造成经济上的损失，因为农民虽然很便宜，但是在主基地升级到二级之前，初七是没有办法新增农民的。

本来只有五个农民，现在只剩下三个，与此同时农民还要采矿，对于初七来说，可以死几个小兵，但是不能再随意损失农民了。

“打中了？！”段公子惊呼一声，“Seven 的预判非常精准！她准确地算出了刚才迭戈的那一步会走到哪里，会去攻击谁！黑暗战士的火球攻击打中了对方的迭戈！因为被打中了，所以迭戈的隐身术也失去了效果，迭戈只剩下一千点血！”

屏幕上的迭戈喝了一瓶大血药，血量回升了一部分。

“迭戈想跑！”段公子分析道，“虽然大懒经济上占据优势，但是如果迭戈死了，在等待英雄复活的过程中，足以让 Seven 的主基地升到二级，二级后的“影”会强力很多，而且黑暗战士如果拿到了五级迭戈的人头，将有可能升到六级。重要的是，二级之后的Seven，可以拥有第二个英雄，还能生产出非常强力的空军单位，到时候场面对大懒不利。大懒不想让英雄死，他已经喝了第二瓶血药了！”

倒计时十分钟：我想问一下，为什么迭戈吃了血药之后不继续去攻击主基地？主基地只剩下那么一点儿血了，拼了这条命不就没了吗？

谁还不是小仙女呢：大概是推不掉吧？刚才不是试过了吗，几个农民同时在维护主基地，残血的迭戈推不掉的，而且Seven这边的英雄和小兵都回来了，破釜沉舟孤注一掷固然可贵，但是也要看有没有可能吧？

一闪一闪亮晶晶：来不及了。他计算有失误，对方比他算得更精准，他发现推不掉对方的主基地之后才开始反杀农民。战术失误，只能靠操作和经济来弥补。

不怕不怕我是你爸：星帝这话说得真是中肯，不过现在看两边的微操真的都很棒，没想到小组赛就打到了这种地步。

段公子：“本场小组赛的时间虽然不长，但已经有了很多个非常精彩的瞬间，直播间里的水友们相信都和我一样，非常期待这场比赛的结局，每一个细节双方选手都做得很到位，刚才Seven操纵那几个农民回来补救的时候，一直在不打断所有农民维护节奏的前提下，尽可能躲避着迭戈的攻击。当时迭戈已经把一个农民砍到只剩下一丝血，Seven突然让另一个满血的农民顶替了这个位置，帮忙挡住了一次伤害，这才将损失降到了最低，只是又损失了一个农民。”

“好的！双方再次对上了！迭戈如何应对？！” 段公子的语速变得更加快，“咦？黑暗战士把迭戈放过去了？怎么回事？没来得及操作吗？我们可以看到，现在迭戈已经快要冲出Seven的攻击范围了！”

一闪一闪亮晶晶：糟。

F神我的嫁：哈？怎么又糟了？求剧透！求告诉！求分析！

你妈喊你回家吃饭：星帝说糟糕，应该是说大懒糟糕？

一闪一闪亮晶晶：高级围杀术。

这条弹幕刚刚飞过，段公子已经惊呼出声：“我的天？我看到了什么？！十字围杀！”段公子的声音充满了惊喜和不可思议，“传说级别的围杀术！Seven好强！所有小兵的走位，加上黑暗战士，将迭戈团团围住！摆出了一个在屏幕上看起来是十字形的图案，十字路口，正是被堵住的迭戈！我的天！Seven 是什么时候进行的这次组织？是什么时候开始把这些兵都调整到了这些位置上？而且还如此精准地判断出了大懒要逃跑的位置！这么厉害的十字围杀，已经很久没有看到过了！”

滚筒那个洗衣机：啊啊啊我激动得不行了，我要下楼去跑圈，传说中早就没有人能用的十字围杀术啊！有生之年系列！

经纪人：我如果没记错的话，这个十字围杀术，传说中只有被削弱之前的“旭日”这个职业能够使出来，因为这和兵种还是有一定关系的，“影”这个职业居然也可以用，真是太厉害了。

岁月你别催：这个位置的计算，偏差一点儿都不行，Seven 太可怕了，之前单手虐菜的时候根本没有发挥出真正实力吧？

FFFFFF：弱弱地问一句，没记错的话，之前 T 哥和数字帝对战曾经尝试过十字围杀吧？在我们看来数字帝是被 T 哥围杀而死的，但是 T 哥自己在对战之后说失败了，因为有个地方没有围住。那局好精彩……仔细看的话，Seven 用“影”的很多细节都很像 T 哥，难怪之前有人猜是同一个人。

永远支持数手帝：妈呀？都这时候了还有人提 T 哥？比赛好好看行不行，恶心不恶心？

滚筒那个洗衣机：啧，我还觉得提到数字帝很恶心呢。T 哥至少还是真“第一影刃”，数字帝好意思天天顶着“第一幻武”的名号吗？所有真正玩《荣光 2》的人都知道数字帝的实力根本没办法和大懒比较。

不如归去：楼上这个三观我很服气，大懒自己不参加那些比赛拿积分，“第一幻武”是数字帝的不是很正常？这称号是别人给他的这也能喷？比起睡粉，打假赛的 T 哥，数字帝简直是清流了好吗？

游戏界面里，场面仍然十分焦灼。

迭戈不知道喝了多少瓶血药，初七的黑暗战士也开始吃血药，因为迭戈的攻击力摆在那里。主基地的修复快要完成，迭戈在摆好的十字围杀阵营里努力寻找突破口，却没有太大成效。

一闪一闪亮晶晶：咦？

“咦咦咦？！”段公子瞪大了眼睛，将裁判的视野全部放在了两个英雄对战的地方，他惊讶地发现，迭戈竟然逃脱了！段公子觉得有些不可思议，“等等，我没看清？迭戈怎么能逃脱的？这个十字围杀是天衣无缝的啊！难道有什么我们没发现的破绽和漏洞？迭戈！迭戈出去了！”

“迭戈逃出来十字围杀！一个隐身加速，立刻用了回城卷轴！迭戈回去了！”段公子的声音不断提高，“我的天！简直是峰回路转！如果是这样的话，Seven 这波还是很亏啊！”

丘山子陵：不，十字围杀本身是很完美的。只是……我不确定是不是操作失误，刚开始看直播没多久，如果可能的话看一下回放，就知道到底是设备问题还是 Seven 操作失误。

清欢：妈哟！妈哟！月皇来看直播了？！

段公子也忍不住笑起来：“这场比赛真是众星云集啊，直播间来了这么多大神，作为一个不怎么专业的主播还是有点儿小骄傲的。”

F：不是操作失误，应该是键盘问题。整场比赛下来，Seven 这边的快捷键 C 都有延迟或者粘连，导致微操上有一些小问题，应该也有调整和计算，但十字围杀的时候要多线操作，太过烦琐，C 键又出了问题，迭戈就是这个时候跑出去的。

一闪一闪亮晶晶：嗯，这样连同前面的一些小失误也说得通了。不过，大懒应该也注意到了，应该是故意引发 Seven 操作用到 C 键，然后钻空子逃跑。

丘山子陵：大懒具备这个能力，Seven 的那个十字围杀，即使是出了小错漏，也必须是非常精细的人才能发现，手速很快，操作极好，才能逃出去。但是……如果是这样，Seven 这边恐怕是有点儿可惜。

鳗鱼：比赛本来就有运气的成分在里面，Seven 如果出生点不是这么近的话，拖个后期是没问题的。而且要逃出那个十字围杀，必须是迭戈这种能隐身能加速的英雄才能做到。不过这场比赛真的很精彩，请段公子上传视频的时候务必上传高清版。

F：大懒也是超水平发挥了，看了一下实时 APM，刚才大懒的 APM 应该是突破了他职业生涯的峰值？

一闪一闪亮晶晶：对，所谓的遇强则强。

沉安：双方的比拼如此精彩，设备原因造成这种情况，实在是太可惜了。这一波 Seven 没能击杀迭戈，等于前功尽弃，迭戈回去之后主基地升到二级，马上可以带兵和绝地领主一起来骚扰她。到时候 Seven 守不住基地的。

大宇：小组赛而已，以他们两个人的水平，肯定都能进入复赛，会再次相遇的吧。

一时间，直播间只能看到这几个人的评论，因为其他人看到这些大神来了之后，基本都不怎么敢说话了。

星帝、F 神、月皇、鳗鱼、沉安、大宇……《荣光 2》那些熠熠生辉的名字，全都在这里了。

"哈哈，你们不发这些弹幕，我真不知道我的直播间隐藏了这么多大神，"段公子的声音传来，"我想问问，依你们看，这局比赛会怎么样？只要再过七分钟，就能在《荣光 2》的游戏时间里进入夜晚。到时候就是影族的天下了吧。"

F：拖不了那么久。

鳗鱼：说实话，迭戈逃出的那一刻，双方胜负已分。

"看来几位大神的看法都很接近，那么……"段公子声音一顿，"唔，Seven 这边打出了 GOOD-GAME。非常精彩的比赛，感谢两位，我觉得双方都理应得到掌声和赞美。"

滚筒那个洗衣机：Seven 赛高！真的超棒！

游戏屏幕上。

Seven：GOOD-GAME

段公子：感谢两位的精彩表现，真的太棒了。

Lazy：唔……

大懒大概是在思考要说什么，初七用右手拧了拧眉心，强行压下了心头的那股不甘，然后才重新操纵鼠标，准备退出游戏。

可就在这时候，有人从身后握住了她拿着鼠标的手。

初七微微一皱眉，想要回头，却看见那个人另外一只手在她的键盘上打字。

那个人的手指修长，清瘦而有力量，像是弹奏乐器的手。

初七看着屏幕，看到那人在屏幕上一字一顿地打出了三个字，和一个标点符号。

下一次。

他点击回车，选择了发送。

初七一愣，整个人呆在了原地。

那个人收回手，坐在她旁边的位置上，侧过身，定定地看着她，眼神极其温柔，却似乎又蕴藏了一些其他的东西，比如，鼓励和赞许。

他分明一句话都没说，初七却觉得自己心头的种种不甘，都淡了不少。心情也没有那么糟了。

运气本身就是比赛的一部分，这无可厚非。但是运气不会每一次都偏袒某个人。

初七伸出手，在键盘上又敲了两行字和两个标点符号。

然后选择回车，发送。

Seven：下一次，

Seven：我会赢。

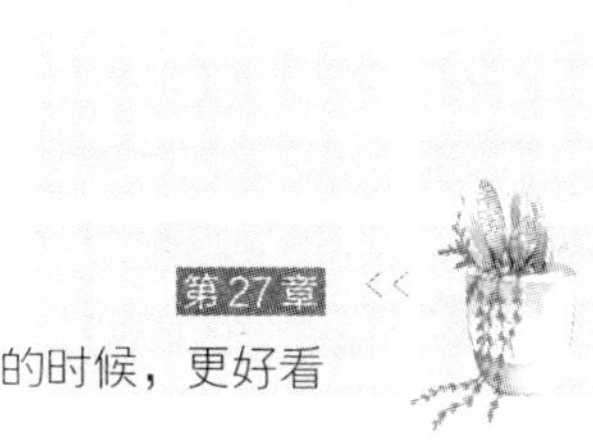

第27章 你不戴眼镜的时候，更好看

棉花那个糖：下一次，Seven 会赢！！！

F 神我的嫁：对不起 F 神，我要爬墙了，我突然被 Seven 帅一脸，我想嫁给 Seven 了。

落雁不沉鱼：Seven 和 T 哥的打法真的太像了……

鳗鱼：搓搓手，我也很期待和 Seven 对决的那天。

段公子："好的，Seven 这边下了下次再打比赛的战书，她这次落败的确运气不佳，家里停电中途去了网咖换电脑，键盘可能还出了问题。当然，大懒真的发挥得非常好，这一局大懒的平均 APM 和最高 APM 都比他之前要高，甚至超过了他和月皇对决的那一局，足可见他的发挥程度。好了，小组赛第二轮就为大家直播到这里，感谢直播间的各位水友，还有刚才那几位发言的大神，你们让我这小小的直播间蓬荜生辉啊。"

网咖里，静默相对的两个人。

初七缓缓退出了游戏界面，低下头看着键盘。

目光停留在 C 键上。

这个键位其实不是常用的《荣光 2》快捷键，只是一些连环招的时候才会用得到，一般用的都是上面的 Q、W、E、R、A、S、D、F 这些键，《荣光 2》这款游戏本身就比较复杂，对操作要求很高，左手操纵键盘右手操纵鼠标，两只手的微操都必须要配合得很好。

"擦一下？"

好听的男声从耳边响起，初七抬起头，看到了递到自己眼前的湿巾。

她缓缓接过来，却在那一刻碰到了那个男孩儿的手指。

男孩儿的手指有些凉，虽然只是轻轻地触碰，却让初七心里有了一种略微异样的感觉。

她拆了湿巾擦手，抬起头看着身边的人："你怎么会来？"

"刚好在附近，"斐诰说得轻描淡写，"本来在用手机看直播，给你打电话时你说去最近的网咖，以前你说过你住的地方，所以我就查了一下附近的网咖，在这家看到了你。"

"一直在吗？"初七似乎有些惊讶，她瞪大了眼睛，"看我打游戏？"

斐诰伸出手，指了一下自己刚才所在的位置："之前坐在那里，你打比赛，我不好打扰，就在你身后看直播。你今天真的很棒，天衣无缝的十字围杀，以后很可能可以成为你的绝招。"

"其实练过一段时间，这次刚好算准，走位没有出错，"初七嘴角扬起了一抹微笑，那笑容在她脸上慢慢蔓延开来，眼里终于也有了光芒闪烁，"不过有了第一次成功的经验，以后会越来越成熟。"

斐诰点点头："嗯，你还可以用我练练手。"

"和大懒打成这样，已经超过我的期待了，"初七的声音很平静，"虽然因为键盘有问题而导致最后的结果不如人意，有点儿不甘心，但是仔细想来，到底是大懒更厉害，同样的情况，我就算看到了漏洞，也未必能够逃出去。谢谢你这段时间陪我练手，真的很有帮助。"

斐诰淡淡地笑着，温柔地看着她，并没有搭话。

初七关了电脑，站起身说道："走吧，网咖的空气很不好。"她四处嗅了嗅，皱起眉，"这里不是说禁烟的吗，怎么还有一股烟味。"

"说是禁烟，还是会有人偷偷吸烟的。"斐诰也站了起来，关了自己的电脑，和她一起往外走，"你讨厌烟味吗？"

走出网咖之后，初七深吸了一口气，这才觉得放松了下来，歪着脑袋想了想才回答："不讨厌烟草本身的味道，但是烟草燃烧的过程中会产生很多有害物质，尼古丁、烟焦油、一氧化碳、一氧化氮、二氧化硫等等，这些东西一来味道糟糕，二来有毒。"说着她耸耸肩，"所以我才不能理解，烟这种东西有什么好抽的。"

斐诰不动声色地扬了扬嘴唇："唔，也对，不过，月皇抽烟的。"

"是吗？"初七回忆了一下，"好像是，打《荣光2》的职业选手不少都抽烟，无聊的时候提提神吧，沉安和鳗鱼也抽烟的吧。不过……”

她摇摇头：“自己的身体自己做主，我也只是单纯不喜欢这些东西罢了。不在我身边抽，我就吸不到二手烟，无所谓。”

“嗯。”斐诰点点头，“时间还早，一起去吃点儿东西再回去吗？”

“不了，我没有吃这些的习惯，”初七摇摇头拒绝了，“我这就回去了，还说要陪袁璜他们打一会儿游戏。”

斐诰挑挑眉：“我刚查过你们那边的电网通知，恐怕今天晚上十二点前都不会来电。”

“是吗？”初七拿起手机看了一眼，这才发现物业给自己发了短信通知，抱歉地通知自己要到晚上十二点之后才会来电，她秀眉蹙起，“要不然去你公司？一起打一会儿《全民斗魂》。”

斐诰笑了笑：“好。我的车在附近，我让司机开过来。”

“已经过来了，”初七见过斐诰的车，所以有印象，看着不远处开过来的车，伸手指了指，“那辆就是吧。你的司机眼力见真好。”

“对了。”斐诰像是想起什么似的回过头，看向初七，“你今天……没有戴眼镜？”

初七一愣，伸出手摸了一下自己的鼻梁处，这才叹了一口气：“嗯对，估计是出门太急，忘了。”

“你近视吗？”斐诰问道，“我看你不戴眼镜的时候好像也没什么影响。”

初七摇摇头：“不近视，其实我之前也不怎么戴，只是学生时代尝试出去做家教，很多人都觉得我看着太嫩，师兄建议我戴副眼镜，看起来成熟稳重一些，我就买了几副平光镜戴着，后来就习惯了。”

“你戴眼镜很好看。”斐诰说道。

车在这时候开到身边，斐诰过去给初七开了车门，初七朝他礼貌地点点头，上了车，就听到他又说道：“不过你不戴眼镜的时候，更好看。”

初七一愣，转过头，迎上斐诰的目光。

他有一双如墨的眼睛，里面像是自带漩涡，能将人卷进去。

而她的眼睛清澈如一汪泉水，那么干净，又那么好看。

片刻，斐诰率先移开了眼睛，轻轻咳了一声，分明是自己赞美别人，却莫名有些不好意思。以往是万花丛中过，片叶不沾身的倜傥贵公子，礼貌性地赞美之词不知道说过多少次，能很好地拿捏分寸，甚至能清楚地给话里的暧昧分等级。

却偏偏在遇到她的时候，笨嘴拙舌。

还没等到对方脸红心跳，自己已经觉得心跳加速口干舌燥起来。

真是……

所幸初七没有再说什么，两个人就这样一路无言到了公司。

路上，斐诰不动声色地想：她的眼睛，真的很好看。

凌晨一点二十分。

斐诰被段屿的电话吵醒。

“怎么回事？我听说有人在质问 RCG 的大赛组委会官方，关于 Seven 真实身份的事情？”

段屿劈头盖脸一句话，把斐诰半夜被吵醒的火气给熄灭了，他先是微微一愣，继而反应过来：“怎么，是她和大懒那局比赛出了问题？”

其实是意料之中的事情，当时不少直播间的水友都说 Seven 的打法和 T 哥很像，尤其是那个十字围杀，正是当时 T 哥独家研制的招数，虽然 T 哥没有成功，但国内，打影族会这一招的，应该只有这一个人。

段屿叹了一口气：“我当时直播了那场比赛，后来比赛视频被人上传到《荣光 2》论坛还有微博之类的地方，最开始的舆论方向还算好，都是赞美 Seven 和大懒的能力，为 Seven 感到惋惜什么的，还对十字围杀术进行了高度赞扬。”

“然后他们开始怀疑，Seven 和 T 哥是同一个人。是吗？”斐诰不动声色地接过话茬儿，声音里有些寒意。

“嗯，”段屿问道，“这时候大家突然想起来，其实单手打败欢喜哥的初七是 Seven，只是一个猜测。就打法而言，Seven 的确更像 T 哥，现在越来越多的人开始怀疑，初七到底能不能打到这个水准，如果能，那她之前的 ID 到底是什么？我都有点儿拿不准了，你真能确定，初七是 Seven 吗？”

斐诰沉默了一会儿才说道：“之前，数字帝和 T 哥一起组队比赛，两个人关系很好，后来T哥被人爆出各种打假赛、睡粉等之类的事情，暗股27出来做时间证人，基本佐证这件事是真的，还有各种聊天记录作为证明，T哥那段时间完全没有露面，被禁赛之后也一言不发，让原本相信T哥的人，也慢慢失去了信心。”

“是啊，我一直都觉得奇怪，我总觉得我印象中的T哥不是这样的人，只是他本人不出来澄清，其他人再相信也没用，反而会给人留下脑残粉的印象。”段屿继续说道，“T哥之前一直没有参加过线下赛，这次想报名参加RCG是大家都知道的事，否则也不会打天梯积分，他被禁赛之后，出现了Seven这个最强黑马，认为Seven就是T哥马甲的人不少，到昨天那场比赛为止，这个猜测基本到达了最高峰。”

《荣光2》论坛上，关于Ture的各种负面新闻再次被扒了出来，不少人都纷纷要求：请官方关于Seven的真实身份，给一个说法。

因为RCG的比赛规则非常严格。T哥既然已经被禁赛，就不能参加RCG，还有人要求官方重新做一次Seven的身份核查。

吃瓜群众：哇，真是半夜吃瓜，不过这个分析有理有据，我觉得再厉害，人品不行还是算了，我们不需要这种打假赛、睡粉的选手继续待在RCG的赛场上！

吃瓜群众：已经禁赛的人，难道披个马甲就没人认得你吗？

吃瓜群众：F神不是和Seven组队名叫Future了吗？这还不够说明问题吗？F神退隐三年，出来就为T哥说话，还明显站队，真是奇怪。

吃瓜群众：其实说真的，那个聊天记录也很古怪，明明T哥打游戏这么多年了，为什么黑料全是最近几个月的，不觉得太奇怪了吗？

吃瓜群众：拜托，T哥那个是板上钉钉的实锤，你们这些人是怎么回事，难道要爆几年前的黑料你们才开心？没准儿这么多年睡粉一直没成功呢，毕竟又不是什么最厉害的选手。而且《荣光2》现在这么衰落。

吃瓜群众：坐等官方说法。

……

斐诰打开电脑，匆匆扫了一眼《荣光2》论坛上的评论，应该是有人在刻意引导舆论方向，专门做了T哥和Seven打法的视频对比。打比赛的时候，一旦情势比较紧张，会有非常多的习惯性动作，自己可能都注意不到。

初七这种选手更是如此，所以一对比，就更觉得万分相似。尤其是那个十字围杀。

不过……那又怎么样呢？

斐诰耸耸肩：“会重新核查身份吧，不过，这件事你不必操心，不会有问题。之前 T 哥打的线上赛都是小比赛，本身就对身份证和人对不对得上号这件事不怎么管，不少人用的都不是自己的身份证，只有 RCG 这种大型线下赛，管的才非常严格。即使是重新核查，也不会有问题。”

“对，你之前还问过我和小斯来着，不对，等等！等会儿？”段屿像是突然反应过来似的大喊道，“不是，你的意思是……你的意思是大家的猜测没错，这三个人真的是同一个人？”

斐诰轻声道：“嗯，不过你心里有数就好，不用告诉其他人。初七应该是，等着给数字帝一个惊喜呢。”

“我的妈！”段屿好一会儿才把这个消息消化完毕，“哇，那我真是太期待了，真的从来没想过，T 哥，居然是个女孩儿啊？！”

如果 T 哥从一开始就是个女孩儿，那么那些所有的所谓黑料，自然就不攻自破了。

要让初七这样的肤白貌美大长腿去睡粉、骗炮吗？恐怕难度是有点儿大吧？

“所以你一回来就叫板数字帝，是因为你知道这些？”段屿眼睛滴溜溜地转，“什么时候和初七勾搭上的啊，老实交代！”

斐诰轻轻扬了扬嘴角，语气却一如既往地坚定：“当时真不知道，只是感觉 Ture 不会做出这种事情来，那些黑料也太集中了。后来我了解了一下，初七那三个月刚好在做准精算师的全封闭式入职培训，她三个月没开手机。”

“啥？！”段屿的眼睛和嘴巴一起张大，半晌才喃喃道，“现在这个世界竟然还有人离开手机也能活吗？”

他歪着脑袋想了想，叹了一口气说：“不过，如果是初七的话，感觉她还真的做得出来。”

高度自律又守时，印象中初七本身就不怎么爱玩手机，她又是个不善于也不喜欢过分社交的人，玩游戏也非常节制，有目标的时候坚定且专注。

入职培训期间，恐怕一门心思都扑在了培训上，她这种人，对大多数人的八卦毫无兴趣，更不会被什么朋友圈之类的东西困扰，想看书就看实体书，打游戏之余还能做做《数独》什么的，需要知道时间还有精准的腕表，而且有初七自己在，手机里的计算器也毫无意义……

这样看来，手机对于初七来说，的确没什么离不开的。

更何况，她是很守规矩的那种人，规定了不能开机，她会给自己画一条不能越界的线。

“行了，别废话了，大晚上的，我睡了。”斐诰打了个哈欠，说道，“你也早点儿休息，别当夜游神。”

但是段屿半夜三更知道了这样一个惊天大秘密，怎么可能睡得着，憋着这个秘密不能到处说，他忍不住在心里打起了腹稿，到时候一旦大家知道了T哥的身份，作为《荣光2》第一知名视频解说的他要说些什么呢？

那一边，段屿兀自进行着即兴演讲，挂了电话的斐诰却也没能立刻入睡。

说到底，他担心。

F：因为之前的十字围杀，论坛和微博上有了一些关于Seven是Ture马甲的说法，RCG那边应该会进行第二次身份核查。我觉得你不如阐明原委，有不少组委会的人都替T哥鸣不平，如果和官方说出真相，应该会有挺好的效果。

第二天一早，初七睁开眼，看到的就是这条消息提示。

初七：嗯。

的确没过多久就收到了大赛组委会那边的电话，初七轻描淡地写了几句话，就把事情都说清楚了。当天中午，RCG官方就发了声明，表示初七的身份核查没有任何问题。

微博和论坛上的议论却因此而变得更多。

永远支持数字帝：所以大赛组委会是睁着眼睛说瞎话？Seven和T哥还能不是一个人？

风吹屁屁凉：我突然想起一件事，禁赛是禁身份证，万一T哥之前用的就不是自己本人的身份证，那这事儿怎么算？

若得其情：要真是这样的话，那T哥只要这次拿自己的身份证，一样能参加RCG啊，不算违规？

我要射太阳：本身就是制度漏洞，以前 T 哥一次线下赛都没打过，网络赛那些又不怎么管身份验证之类的，这样一想，还是大有可能啊。

莫让红颜守空枕：呵呵，一想到要在线下赛看到 T 哥就觉得恶心。

不止如此，在 F 神的微博下面，也有不少评论炸开了锅。

听说名字取得好能上镜：F 神！提问！请问就 Seven 是 Ture 这件事你怎么看？！

永远支持数字帝：本来对 F 神印象挺好，这下粉转黑了，T 哥做的那些事那么恶心，他还跟 T 哥组队？真是大写的服。

F 神我的嫁：楼上赶紧走行吗？谁求着你粉了？F 神的粉丝这么多，谁说什么了吗？组队的事情你第一天知道吗？看看你自己的 ID 回去找你家主子好吗？我们 F 神回来就发声明说过不相信 T 哥会做那些事情，旗帜鲜明地支持，需要我再次提醒你吗？

FFFFFF 团：数字帝的这个粉丝为啥这么喜欢来我们这里找存在感？我真是很愁哦。别的不说，当时 T 哥这些黑料被抖出来的时候，很多人都表示不信，倒是数字帝，这个平时一直和 T 哥一起打游戏的人第一个落井下石，生怕和自己扯上关系。怎么，现在 T 哥有可能重回 RCG 赛场，你家主子就坐不住了吗？

听说下雨天 F 神和我更配哦：F 神说相信 T 哥，我就相信 T 哥。没错啊，我就是脑残粉。另外，且不说 Seven 到底是不是 Ture，就算真的是 T 哥本尊又怎么样？大赛组委会都说身份核查没问题了，你们还想干什么？规则本身有漏洞，之前 T 哥用的是别人的身份证，以前也有不少选手是这种情况吗？数字帝有空指使自己的粉丝颠倒是非，倒不如提高一下？ Seven 能打出完美的十字围杀，之后选出十六强进行线下赛，决出六强进入国际赛。数字帝要是碰到 Seven，别被打得满地找牙才好。

@F：官方身份核查没问题，那我们组队就没问题。Future 组合，未来见。

Future 组合。

看到这条微博的时候，初七微微笑了笑。

他一开始就猜到自己会有掉马的那一天，所以才索性起了这个名字吧。

不过他倒是真的，从一开始就很坚定地相信 Ture。

初七歪了歪脑袋，开始敲击键盘。

五分钟后，有一个名叫 Seven 的微博小号，转发了斐诰的这条微博。

@Seven：第一次参加 RCG，希望能给大家一点儿惊喜。

F：这是你的小号？

那个名叫 Seven 的微博，看起来是个僵尸号，三四年间一共发了十二条微博，最近一条微博是四个月前，关注列表和粉丝列表都是个位数，个人简介空空如也。

初七：我就这一个号。

系统提示：您有一个新粉丝。

初七点开一看，发现是 F 神。

她先是皱了皱眉，直觉告诉她这样会有麻烦，又想起之前表哥跟自己说的那些个礼尚往来的社交礼仪，操纵鼠标，点了个回粉。

过了一会儿，她就接到了表哥发来的微信语音电话。

“嗯？”

“初七我是不是眼花了你快告诉我！你掐我一下告诉我是不是真的！”

初七非常冷静：“表哥，你还没回来，我掐不到你。”

其实边牧已经回国了，只是他还要在沿海城市周边浪一波，下周才回 S 市。

此时的边牧依然处于兴奋状态：“初七，你知道吗？刚才 F 神关注我了！激动到跑圈！”

“嗯？”初七一只手拿着电话，另一只手操纵鼠标，发现 F 神最新关注的几个人，都是自己关注列表里的人，她皱了皱眉，总觉得这样的举动似乎有些古怪，但又说不出哪里奇怪，只好继续说道，“这样啊，这不是好事吗。”

边牧也留意到了 F 神的关注列表更新，他深吸了一口气：“初七，F 神是关注了你，然后也关注了我？”他提高声音，“你和他提过我吗？！”

“嗯，提过。”初七想起来了，“我和他说过，你是他的粉丝。”

边牧感动到眼泪汪汪："嗷嗷嗷小七，你真是我最好的妹妹！"

"表哥，你就我这么一个有血缘关系的妹妹。"初七的语气非常平静。

边牧早就习惯了她这较真劲儿，兀自沉浸在兴奋之中："对了，小组赛三十二强是不是要出来了？什么时候能打线下赛，我激动得不行了！就等数字帝被狠狠打脸。"

"快了，决出十六强，就是国内的线下赛了。"初七不动声色地笑了笑，"不要急，只要数字帝能进十六强，那线下赛相遇的时候，一定很精彩。"

边牧也笑起来："嘿嘿嘿，我就知道，惹谁都不能惹小七，从来没有人占过便宜的。对了，我看到那天的十字围杀了，你有没有感觉，你现在进步真的很大？"

初七微微愣了一瞬，用了十秒钟的时间仔细计算了一下数据，才缓缓地说道："APM 有了三十左右的提升，发挥也稳定了一些，分析游戏数据的同时也开始分析对手，力求寻找突破……这么一说，还真是进步了。"

"啧，你真是毫不谦虚哦。"虽然是实话，但是听起来还真是……颇有初七的风范。他顿了顿又继续说道，"线下赛开始，我也回 S 市了，到时候见，我还给你带了礼物！"

初七淡淡地"嗯"了一声，这才挂断了电话。

三十二强名单出炉，小组赛每个小组的前三名进入，再加上两个复活名额，三十二个人进入复赛。而排在前十六名的选手，分别是沉安、鳗鱼、F、暗殷 27、一闪一闪亮晶晶、Lazy、Seven、大宇、香辣小黄鱼、沫上、不二、keo、当时明月在、潇十二、流火、XiXi。

除了那几个人人皆知的大神 ID 之外，其他人也都是常年在《荣光 2》天梯积分上排名前二十的选手。初七在小组赛的时候就遇到过潇十二，他们这个小组的总体成绩都不错。至于那个 keo，初七也记得，是一个很出色的"影"，这一次，还和暗殷 27 一起组队，参加了《荣光 2》比赛的 2 VS 2。

复赛是三十二进十六的淘汰赛，仍然是分成四组，每组前两名进入线下赛，没有复活名额。分组名单目前还没出，不过根据以往的情况来看，不会让最厉害的那几个人太早就分到同一个组。到了这一步，就不单是为了比赛精彩程度考虑，更是为了国家荣誉。

因为线下赛之后会选出六个人进入最后的国际赛，从其他国家也选出了八个真正的《荣光 2》高手进入比赛，如果国内选出来的人不够强，那肯定拿不到 RCG 冠军。今年 RCG 是有《荣光 2》这款游戏的最后一届，每个选手都非常重视。听说国际赛为了这八个名额也是挤破了头。

不过《荣光 2》这款游戏，还是亚洲水平更高一些，尤其是中国和韩国，所以根据国际《荣光 2》的规则，再加上天梯积分和综合实力考虑，最终决定从国内选六个人进行国际赛，而其他国家的选手，则会根据世界排名和这几年的比赛积分情况，一共邀请了二十名选手进行比赛，最后选出最好的八名进入国际赛。

初七的目光在看到新闻最后一段的时候，缓缓定格。

“2VS 2 的初赛也要开始了啊。”她喃喃自语地说道，“还没有和 F 神用 2 VS 2 一起打过比赛呢。”

2 VS 2 的报名，是三十二强名单出炉五天后才最终截止，因为要给进入三十二强的选手一些准备和磨合的机会。当然，2 VS 2 的队伍中，最被人看好的还是星帝和大懒。

他们本就常年一起打游戏，无论是打对手还是作为队友，两个人都太熟悉彼此，不需要语言就能配合得非常默契，也一直是国内 2 VS 2 的综合排名第一。

初七没有告诉过任何人，其实最开始听说这一届 RCG 会有 2 VS 2 的比赛时，她是想过和数字帝一起报名参加的。

因为一起打过的局数最多，彼此之间也最为了解。

至少，是她以为他们彼此之间很了解。

她习惯性地上了 YY，看到了那个紫色马甲，初七淡淡地说道：“这么早就在？”

“来打游戏吗？”斐诰的声音听起来情绪不错，“今天打 2 VS 2，我给你找了个新对手。”

2 VS 2 的新对手？

初七眉毛一挑，感觉来了些兴趣：“好啊。”

第28章 怀揣最小的期望，尽最大的努力

屏幕上的两个 ID，一个叫嘻嘻一个叫哈哈。

不过初七也很清楚，这只是两个马甲，真身可能都是大神。

“在国外，需要连一下 VPN，”斐诰的声音低沉，“FPS 估计会高个三四十左右，能接受吗？”

这种程度的延迟，是能接受的。

初七点了点头：“好的。你找了国外的人一起打？”

“嗯，在国外的时候会和他们一起打游戏。”斐诰顿了顿才继续道，“做好输的心理准备。”

咦？

初七眨了眨眼：“很厉害吗？”

她双手靠拢至脸颊旁，用嘴轻轻哈了一口气，然后搓了搓手，活动了一下手指，笑容灿烂地说道：“那太好了。”

对方是“星月”的组合，嘻嘻选择的是“星”，哈哈选择的是“月”。

他们这边还是一样，初七选择了“影”，斐诰选择了“星”。

游戏开始。

十二分二十八秒，初七轻声叹了一口气，发起了投降。

她听到耳机里斐诰有些诧异的声音：“怎么，要去睡了吗？”

“赢不了的，”初七的声音里多少带着些许沮丧，“对方星族的一个英雄已经六级，经济也领先太多，装备也非常好，总共能 +7 攻击和 10 防御，因为 FPS 稍微高一些的缘故，我们的操作和发挥都还是有所限制的，但主要还是因为对方的配合非常默契，很难被打破，我们的胜率不超过3%，这样打下去没意义，不如早点儿投降。”

说话间，初七再次发起了投降。

【对不起，您的队友拒绝了您的投降申请！】

看着屏幕上弹出来的话，初七微微一愣。

“你说的没错，”斐诰的声音传来，“但是哪怕只有万分之一的赢面，我也要继续打下去，现在局面虽然很劣势，但不是没希望。”

初七皱了皱眉头，一边继续操纵手中的英雄配合斐诰行动，一边在心里计算起来，然后才说道：“我懂你的意思，如果能把游戏时间撑过三十分钟，《荣光2》地图会进入夜晚，到时候影族有优势，有机会反败为胜。但是我们眼下的情况，能撑过三十分钟的概率不超过5%。更何况，就算有了优势，以双方的经济和英雄差距，一样很可能会输。”

【警告！您的主基地正在被攻击！】

“当心。”斐诰的声音低沉而果断，“这个主基地不要了，开分矿，撤！”

初七的眉头越皱越紧，她看了一眼地图，悄无声息地开了两个农民，去往最偏僻的角落开了分矿，然后眼睁睁地看着嘻嘻和哈哈家。

这张地图上的矿非常多，只要你想，可以一直开分矿建主基地，但建造一个主基地就要一千八百个金币，更遑论需要投入的木材、食物资源和大量的时间。所以《荣光2》很少有职业选手会在打比赛的时候一直开分矿，不但无聊，还容易为对手所不耻。

不停开矿，对方想赢，就要不停拆家。

但这招成效不大，因为浪费大量人力、物力和财力，而且正在建造的主基地，旁边没有防御哨所和兵营，对手想拆是很容易的事。

【警告！您的主基地正在被攻击！】

游戏进行到十九分二十二秒，初七建立起来的分矿被发现。

初七叹了一口气：“唔，没办法了。”

这一次，斐诰没有拒绝她的投降申请。

F：GOOD-GAME。

哈哈：See u tomorrow？

F：OK。

嘻嘻：bye。

顿时，世界安静下来。

那边的人分明一句话都没说，初七却超乎寻常的敏锐，她轻声问道："你心情不好？"

斐诰伸出手拧了拧眉心："不是的。"

"我想问一下，十二分二十八秒的时候，你为什么不肯投降？"

斐诰的声音有些凉意："我为什么要投降？"

"当时的差距你看得很清楚，"初七满心都是不解，"为什么要开分矿来拖延时间呢？投降之后我们一起找一下问题，分析数据和解决问题，不是下一次会更好？"

斐诰沉默了大概有五秒钟，初七听到他深深地呼了一口气。

"初七，我的字典里，没有放弃。"斐诰的声音低沉，却带着难得的严肃，在初七的印象中，斐诰从来没有用这种语气和自己说过话。

斐诰的声音在耳边响起："在《荣光2》打随机这个职业，吃亏的时间很多，但是我还是一直打随机。关于这件事，有很多人分析说是因为我在任何一个职业，都没有办法打到极致，如果打'月'，我的手速始终差一些，打'影'，计算的精准程度会差一些，打'星'，多线操作的技术流会弱一些，打'武'，那种硬打硬抗正面的方式，我并不擅长，也不喜欢。"

"很多粉丝追随你，是因为你无论多难多冒险，都会打随机这个职业。"初七缓缓接过话茬儿，"因为有你的存在，旭日、辰光、玄机……这三个已经被削弱到无法走上竞技擂台的职业，才有可能出现在国内乃至国际的顶级大赛上，因为有你参加的比赛，总是会有无限可能。"

斐诰叹了一口气："我不是什么随机之神，也没有绝大多数粉丝说得那么厉害。我只是始终相信，人是游戏里最大的变量，始终觉得，电子竞技的赛场，不到最后一秒，无法预测结果如何。我很多场比赛都是大劣势翻盘。我想走下去，看自己的极限究竟能做到怎么样。"

"嗯。"初七点了点头，她的确看过很多。斐诰被称为随机之神，传奇第五人，不只是因为他玩随机，更是因为他最擅长的，就是极限翻盘。

"人的潜力，很多时候是极限时候才能发挥出来的，月皇的最高手速，星帝的星火燎原，甚至你的十字围杀。"斐诰缓缓地说道，"很多时候，力量来源于信任。自己对自己的信任，队友对自己的信任，粉丝对自己的信任，凭借这些东西，人会变得更有力量。”

初七一脸的莫名其妙：“这怎么可能？主观意识并不能增加手速或者让你变得更强。”

“这样，”斐诰非常耐心，“你把它当作肾上腺素来理解，是不是会简单很多？”

“肾上腺素吗？”初七歪了歪脑袋，“人们经历某些刺激时，应激状态下分泌出肾上腺素，与此同时呼吸加快心跳加速，血液流动变快，瞳孔放大，但心脏功能会变强，而且身体也会比平时更强大，甚至能够做到平时做不到的事情。跳伞蹦极之类的极限运动，都能强烈刺激肾上腺素的分泌，人会处于兴奋状态……”

说到这里，初七微微顿了顿：“你所说的力量，是在兴奋、紧张的状态下，肾上腺素才会产生的效果？”

“唔……”斐诰一时间也想不出什么词，来和初七继续聊下去，只好点了点头，“基本可以这么理解。”

两个人陷入了沉默。

好一会儿，初七才打破沉默：“你是想让我在打《荣光2》的时候，更相信自己，也更相信你，不轻易根据算出来的数据就选择放弃，是吗？”

她果然听懂了。

斐诰嘴角扬起一抹微笑。

“我相信你，初七。”他的声音格外坚定，“我希望这份信任能给你力量，而不是负担。同样的，我希望你相信你自己，相信我。相信我们两个人一起，可以创造奇迹。”

初七静静地听着。

“即使我们不能创造奇迹，也一定能做得更好。我知道你的思维习惯让你非常理性，相信逻辑，相信数据，但我们是人，我们和对手本身都是极其不稳定的变量，没有办法用数据来概括和总结。刚才那一局，我不是想赢，我只是想和你一起试一试，怀揣最小的期望，尽最大的努力，看我们究竟能走到哪一步。”

“即使结果没有变化？”

“即使结果没有变化。”

那天夜里，初七做了一个梦。

她梦到了十一岁时的自己，正在参加一个《珠心算》的比赛。

从别人的视角看着当年十一岁的自己，感觉非常微妙，她还看到了不远处坐在嘉宾席上的父亲。梦里的女孩儿明显有些紧张，她的手握成拳，初七不需要去看，也知道她手心里都是细密的汗珠。

“初七，这一切都是正常的，不要被你所谓的生理本能所支配，所谓的紧张、兴奋、难过、伤心……这些东西你都要抛弃。你要冷静，要理性，要战胜自己，要更强大。数学，是构成这个世界的根本之一，而理性思维和逻辑，则是我们赖以生存的法宝。”

这是父亲多年来反复说起的话。

所以在女主持人问初七“你紧张吗？”的时候，那女孩儿挤出了有些僵硬的微笑，目光不自觉地看了一眼嘉宾席，然后摇摇头，回答说“没什么好紧张的”。

那一次，她获得了第三名，初七站在领奖台上的时候，再次看向嘉宾席，父亲却已经离开了。

在比赛之前，父亲就曾经分析过，第一名和第二名的实力，比初七要强，是没办法赢过的。而第四名和初七在伯仲之间，只看谁更能冷静发挥。所以初七获得第三名，在他的计算之内。

他不会为女儿感到骄傲或是自豪，也不会因为她没能拿到第一而沮丧失望。

“这就是你现在的实力，初七。”

而记忆和梦境终于在这一刻出现了差别，初七清楚地看到有个人在为她鼓掌，然后冲上来送给自己一束花：“初七，你很棒。”

斐诰。

在她的梦境里，她看到成年的斐诰给了年少时的自己一个拥抱，对她说：你很棒。

表扬和赞美，其实是没有太多出现过在她生命中的东西，因为父亲不允许。即使姑妈他们都觉得自己非常优秀，却也在父亲的要求下，要努力克制自己的溢美之词。

父亲的眼里只有数学，只有数字，他沉迷于此，对人情世故几乎一窍不通。

“小七，妈妈没办法带你走，但是答应妈妈，不要成为和你爸爸一样的人，好吗？他的确优秀，的确绅士，但这些都是模式化机械化的，就像和一个完美的机器人一起生活，感觉不到真实的情感，我很痛苦。小七。”

这句话是不是妈妈在现实生活中跟自己说过，还是自己在梦境中编造出来的？初七已经无法分辨。

只是她突然有些理解这些年的自己。

为什么要和人相处？为什么表哥说的每一句话，就会认真去研究？为什么想知道情感和情绪，为什么想知道什么是喜欢？

因为在初七的内心深处，她始终清楚地知道，自己是有血有肉有情感的人，关于爱的能力，不必谁去教，也不必谁给予，这是人天生就有的东西。她其实并不想和父亲一样，优秀，精准，规律……如同一个完美的机器人。

“其实，小时候，我想要父亲的夸奖。”初七喃喃自语道。

她醒来的时候，是凌晨两点十三分。

眼角竟然有些湿润。是哭了吗？

初七微微皱了皱眉，不太理解自己梦中的情绪。她靠在枕头上，静静地发了一会儿呆。下意识地去分析做这个梦的原因，以及梦里的那些细节究竟是不是真实的存在，却无端地想起之前斐诰跟自己说的那些话。

“临近比赛，我们会兴奋、紧张，我们可能会发挥超常，也可能会发挥失误，比赛结束，成绩优异我们会高兴，失败了我们难免难过沮丧。这都是非常正常的，不是一句‘我的水平就是这个水平，输赢都在计算之内’可以解决的。我们是人，我们会想要被认可，想要被赞美，想要走到更高的地方，听到更多的欢呼声。”

“正因为我们本身不稳定，才有了创造奇迹的可能。初七，你可以更投入一点，不去考虑结果的前提下，更尽兴更投入，去享受为了哪怕万分之一的可能，全力一搏的感觉。”

初七知道，斐诰想告诉自己的，并不是简单的“数据不能说明一切”，也不是什么“全力以赴之后，就算输了也没有遗憾”的道理。

他是让自己打游戏时不要太压抑，享受打游戏的快乐。

以前，她一旦算出数据概率要输，就会觉得没必要做无谓的挣扎，不必浪费时间。

她很少能体会到那种“很想赢但最后输了好难过”的心情，因为她会精准地计算胜率，一旦胜率很低，她根本不会抱这种期待。当然，她也很少能体会到“明明能赢却因为我一个失误而输了好生气”的心情，她发挥一向稳定，算好所有数据才会出手，基本不会出现因一个失误而毁掉全局的情况。

当然，上次和大懒对局那场除外。那场不是她的失误，而是硬件问题。不过初七当时真的不甘心。

可是……明知道有 99% 的可能会输，也还是要全力以赴吗？为的是什么呢？

初七依然困惑。

她难得失眠，拿出手机查了一下《荣光 2》论坛上的新消息，发现分组名单已经出来了。

这次她还是在 D 组，

在这个组，她与其他人都没有交过手。

只是有一个 ID，实在是再熟悉不过。

暗殷 27。

初七修长的手指在那个名字上停留了片刻，眼神变得锐利起来。

还是遇到了啊。

数字帝。

三十二进十六，RCG《荣光 2》复赛，D 组第一轮。

Seven VS 暗殷 27

消息刚一公布，《荣光 2》的论坛就异常热闹。

秋羽：哇，数字帝对战 Seven 啊！以前数字帝好像说过，现在玩“影”这个职业的，除了 T 哥，其他人他都有把握能赢？

我的内裤在哪里：有点儿期待这局，而且这局应该最容易看出来

Seven 到底是不是 T 哥。我觉得如果是做了打假赛，睡粉……这些事，还好意思顶着另外一个 ID 上来招摇撞骗，就为了拿一个 RCG 的好名次——这事儿本身就挺不要脸的吧？

大家好，我的名字是三观不正：可能是我三观不正吧，我觉得只要 T 哥不打假赛就无所谓。睡粉不也是粉丝愿意的吗？既然现在大赛组委会说了 Seven 参赛是完全符合规定的，那看比赛就行了呗。

雁过无痕：其实很多打游戏非常厉害的人，现实中可能是别人嗤之以鼻的 Loser，邋里邋遢的宅男。二次元无所不能的神，三次元中最最普通的人。对我们而言，当个看客，比关注比赛本身会更好。上次很多人对 T 哥粉转黑，是因为不少粉丝觉得 T 哥神秘又帅气，后来黑料一出，这些人接受不了。可是 T 哥现实中的样子，不是你们想象出来的吗？

你猜我猜你猜不猜：其实我已经倾向于相信 Seven 就是 T 哥了，但如果是这样，那这场比赛就很令人唏嘘。T 哥当年和数字帝关系有多好，两个人一起 2 VS 2 的局数是最多的，一起打娱乐赛的时间也是最多的。昔日并肩作战的好友，如今成了对手。

永远支持数字帝：心疼数字帝。

你们脑子有病吗：当时 T 哥的黑料被爆料出来的时候，数字帝立刻跳出来撇清关系，说什么“很遗憾他竟然是这样的人，我也没想到，觉得对大家有些愧疚”……数字帝有什么好值得撇清关系的？还有，哪怕是星帝和大懒，都有 1 VS 1 对上的时候，这在《荣光 2》的比赛场上不是很正常的吗？又有什么好唏嘘的？说的好像以前 T 哥和数字帝没打过比赛一样。

斐诰看了一眼《荣光 2》论坛上的诸多消息，又看了一下各组的比赛安排，这一次自己和沉安分到了一组，星帝和鳗鱼在一组，大懒这次和大宇分到了一组。

其实每年 RCG 到了这时候，最后能进国际赛的人，都能够猜到七七八八。

《荣光 2》这些年青黄不接，没有太多厉害的新鲜血液注入，要玩好这款游戏，要经过很长时间起早贪黑的辛苦训练，打《荣光 2》的练习打到要吐，没有几个新人愿意为这款游戏投入这么多的时间和精力。

所以这几年《荣光 2》的粉丝看到的也基本都是那些老面孔，当然，每个人都会研发新战术，不断进步。RCG 最后国际赛的四强每年都不太一样，谁能走到世界之巅，归根结底要看现场的发挥。还有那一点点的好运气。

斐诰想了想，给初七发了一条微信。

F：看到比赛分组了，你准备用什么职业和数字帝打？

初七：随机。

斐诰在看到这条回复的时候微微一愣，继而又笑了笑，心想：这的确是她的风格没错。他正准备回复初七的时候，就听到了门口秘书的敲门声。

“请进。”

“斐总，”秘书态度恭敬地说道，“杜小姐在公司楼下，不过她没有预约，您看……”

能在没有预约的情况下，让自己的秘书亲自来找自己询问的杜小姐，不会有第二个人。

斐诰先是不动声色地皱了皱眉，然后叹了一口气：“今天我有什么其他安排吗？”

“三十分钟后和《荣光》游戏公司的藺总有个视频会议。”

“那你让她先进来吧。”斐诰伸手揉了揉眉心，“给她倒杯咖啡，她喜欢喝蓝山咖啡。”

秘书点点头说道：“是，我知道了，斐总。”

杜宛若穿了一条明黄色的连衣裙，线条勾勒的极其好看，她妆容精致，笑容温柔甜美，进门的时候都不忘记再次向秘书说道：“真是麻烦你了，李秘书。”

她提着一个包装精美的礼品袋，走进来之后，先是对着斐诰眨了眨眼睛：“我听说了，你三十分钟之后有个视频会议，不过我是奉命来给你送礼物的，希望斐诰哥哥不要生我的气。”

其实说真的，以杜宛若的美丽和周到，实在很难让人对她生气。

尤其是，她现在脸上带着那种有一点儿俏皮又有一点儿娇羞的笑容，非常好看。

第29章 意外的反差萌

礼物是一尊玉马，应该是杜宛若的父亲准备的，理由无非是《全民斗魂》再创纪录之类的，让他继续腾飞向前。

斐诰礼貌地表示了感谢，然后听到杜宛若说道：“斐诰哥哥，晚上一起吃饭可以吗？”

斐诰微微一愣：“可我等一会儿……”

“我知道，斐诰哥哥要开会，对吧？我可以等你啊，我去游戏室玩一会儿，等你下班。”杜宛若先发制人，“别以为我不知道啊，蔺韩宇我也认识的，他没什么耐心，你们的视频会议，绝对不会太久。”

斐诰犹豫了片刻，又听到杜宛若补充道：“斐诰哥哥，我只是想和你一起吃个饭，我们以前经常这样的，这没有什么吧？如果你怕会有记者报道或者闲言闲语，可以去我家的餐厅。更何况，S 市的媒体，如果不是我们自带记者，谁没事会曝光我们一起吃饭的事？”

这话说得倒没错，很多人觉得娱乐圈和富二代的商圈，如果爆出什么爆炸性的新闻，就是那些狗仔日夜潜伏弄出来的东西。

其实未必，娱乐圈资深的人，没那么容易被撞破恋情、甚至是婚外情，很多都是出于某种原因自带狗仔，又或者是得罪了势力更大的第三方，故意曝光。

商圈更是如此，商圈富二代们如果想低调神秘，就能让网上基本没有报道和资料，如果想高调宣扬，也能为人所熟知。

很多事情，如果不是他们想让其他人知道的话，普通人是绝对不会知道的。

斐诰作为《全民斗魂》的总裁，同时也是《荣光 2》的资深玩家，他被称为F神的时候上过多次采访，都没有人爆出过他的家庭，自然是因为他们家并不想让这件事被太多人知道。

看着杜宛若，斐诰深深地叹了一口气，终于点了点头："那就一起去吃个饭吧。不过可能等的时间会比较无聊，那你先去打游戏吧，或者想做其他的事情，尽管吩咐李秘书就是。"

这正合杜宛若的心意，她忙不迭地点点头，扬起了灿烂的微笑。

看着杜宛若离开的背影，斐诰伸出手拧了拧眉心，他接下来要和《荣光 2》公司的掌权者蔺韩宇开视频会议，这自然不是什么轻松的事情。

商界的这些交易最后说到底都是为了利益，更何况，蔺韩宇并不是一个好相处的人。还有晚饭……比起媒体什么的，斐诰真正担心的仍然是杜宛若本身。

毕竟，他和她青梅竹马一起长大，他清楚她对自己的情意。

还以为上次已经说得足够清楚，但很明显，杜宛若并没有因此而死心。杜宛若自己倒也罢了，她母亲宛希之和父亲杜睿明……恐怕并不会太过轻易地允许别人抢走自己女儿的心上人。两家毕竟是世交，妈妈和宛希之又是数十年的闺中密友，所以斐诰才希望能从杜宛若这里下手，免得到时候两家的关系会变得不友好。

李秘书带着杜宛若走到了游戏室附近，说道："杜小姐，其实我可以送您去专门的贵宾休息室等，现在游戏室里还有几个人在试玩，怕您觉得吵……"

"没关系的，"杜宛若礼貌地笑着摇摇头，"就是这样才有氛围嘛。而且，我玩得也不好，就随便玩玩而已，《全民斗魂》还挺有意思的，有些英雄也很帅。"

的确是小女孩心性，李秘书知趣地点点头，做了个"请"的手势。

杜宛若便轻轻笑着，走了进去，她看到了一个穿着一身杏粉色套装的女孩儿，她戴着眼镜，长发挽在耳后，虽然是在打游戏，但是姿态优雅，格外吸引人的眼球，旁边有不少在玩游戏的男孩儿，时不时就要偷看她一眼，但她眼里只有游戏，在她手边，还放着一支淡蓝色的笔，一个素洁的本子，上面写了一些数据。

这个游戏室杜宛若来过几次，也见过这里的一些兼职的游戏测试玩家，杜宛若知道，游戏测试作为游戏方聘用的兼职测试，会来这里试玩，与此同时，一边打游戏一边写一些测试报告，发现的 bug 和反馈的建议。但是女玩家作为游戏测试来这里玩游戏的，她的确没怎么见过，难免有些好奇，就小心翼翼地凑了过去，坐在了那个女孩儿的旁边。

“所以，你的意思是，你要购买的并不是整个《荣光 2》，而是《荣光 2》的一些故事背景和延伸英雄技能名称、特效、场景之类的使用权？”

视频上的蔺韩宇一只手撑着下巴，皱着眉，颇有些不解地看着斐诰：“我不明白，你不是想继续做《荣光 2》，而是要做一款新的游戏？”

斐诰没打算隐瞒自己这个真实想法，他坦率地点点头：“的确如此。”

“可是，毫无道理啊。”蔺韩宇将手放下，将背靠在身后的老板椅上，语气有些傲慢地说道，“你是觉得《荣光 2》已经没什么出路了，想做新游戏吧？可是如果连《荣光 2》本身都没办法吸引玩家的话，一款沿用了许多《荣光 2》的概念、英雄、场景和背景故事甚至打法的游戏，又怎么吸引玩家呢？《全民斗魂》的确做得很成功，但说到底，那是一款手游，而且你我都知道，手游的寿命是非常短暂的。斐总，能告诉我，你完整的计划吗？”

斐诰轻声笑了笑：“蔺总既然同意和我开这个会议，应该是在考虑我的提议了，卖出《荣光 2》的这些使用权，对蔺总来说毫无损失，因为你反正也不打算再继续做《荣光 2》或者《荣光》的延续产品了，至于我是不是要做新游戏，蔺总又何必太在意呢？只是希望蔺总能尽快考虑，毕竟，商机这种东西，转瞬即逝。”

他说话的语气毫不客气，蔺韩宇已经微微变了脸色：“我会考虑。”说着，他挥挥手，“今天就这样吧，我还有其他事情要忙，一周之内我会让秘书再联系你。”

斐诰点了点头。

这次的视频会议，蔺韩宇的反应完全在斐诰的预料之内。蔺韩宇这些年不肯放弃《荣光 2》，始终觉得有利可图。这次自己的提议不会对《荣光 2》有什么损失，只会让他多赚点钱。蔺韩宇虽然会心动，但更会起疑心，所以一定会再三考虑。

不过。

自己提出的条件非常优厚，相信蔺韩宇到最后，还是会选择同意。

这样想着，斐诰稍微处理了一下手头的其他事情，就决定提前下班，去游戏室接杜宛若吃饭。

走到游戏室。

斐诰刚推开门，就听到了杜宛若讲话的声音。

“哇！初七！你真的好厉害啊！”

听到这话，斐诰的脚步一顿，表情有些复杂。

他看向声音传来的方向，看到了一起打游戏的两个女孩儿，一个明媚，一个婉约。斐诰的眉头皱了起来：“你今天怎么会来？”

这不是平时初七来游戏室的日子。

“嗯？”初七这才抬起头，看了一眼斐诰，然后又低下头，语气平静地回答，“哦，今天公司的网络出了一些问题，提前下班了，我想着你今天要开会，就顺路过来问问情况。”

斐诰的嘴角微微上扬：“你记得。”

“自然记得，”初七操纵的英雄取得了游戏胜利，然后将打游戏的手机放到一边，抬起头来，迎上了斐诰的目光，“你心情不错，看来谈得很顺利？”

斐诰耸耸肩：“谈不上顺利，如果《荣光 2》公司那边能放手的话，这件事也不至于会拖这么久。”

“这样……”初七微微皱了皱眉，“那新游戏的策划还要继续做吗？”

“嗯，自然。”斐诰点了点头，“我了解蔺韩宇，他虽然有些小家子气，又比较贪婪，但是不至于丢掉手中的利益，他需要资金注入，来继续他们其他项目。”

初七不懂商界的事，但她自幼对数学敏感，如今又是准精算师，算账还是会的。她轻声说道：“也对，他们就算抱着《荣光 2》不放，最后也只能等它越来越贬值，直到卖不出去为止，如果按照你当时草拟的合同来看，这件事对他们有利无害，条件如此诱人，同意是迟早的事。”

斐诰没有答话，只是微微挑了挑眉，唇边的笑意更浓。

在旁边静静听着他们对话的杜宛若，微微抿了抿嘴唇。

她这才再次打量起身边的女孩儿：虽然戴着眼镜，但是也能看得出，她有一双非常好看的眼睛。精致的五官，姣好的身材。还有……神一样的游戏操作。

是了，不需要再做什么介绍。

光是看到斐诰看向她的眼神，光是听到斐诰和她说话时的语气，就能够猜到她的身份。

初七。

她就是那天，自己敲门的时候，在YY语音频道里，和斐诰对话的人。看来她玩得好的游戏，不只是《全民斗魂》。

杜宛若不动声色地低下头，心情无比失落。

“宛若。”

听到斐诰叫自己的时候，杜宛若猛地抬起头，几乎是条件反射一般地扬起微笑，目光里写满了期待：“斐诰哥哥，你好了吗？”

“嗯。”斐诰点点头，却又看向初七，“你和宛若认识？”

初七看了一眼身边的女孩儿，皱了皱眉，有些犹豫地说道：“唔，这个取决于你怎么看待‘认识’这个词。”

“宛若是我妹妹，”斐诰笑着说道，“当然不是有血缘关系的那种，不过我们自小一起长大，不是兄妹也胜似兄妹，今天约了她一起吃晚餐。”

说到这里，斐诰顿了顿，才继续说道：“唔，你要不要一起？”

初七一愣，眨了眨眼睛，下意识地看向杜宛若。

同样愣住的，还有杜宛若。杜宛若在两个人都看不到的地方，攥了攥拳头，然后才缓缓地说道：“是啊，初七，一起去吧？”

“我……”初七有些犹豫，她想不出什么拒绝的理由，但又觉得自己跟着去似乎不太合适。她不善交际，也难以分辨别人的邀请是真心还是客套，导致她进退维谷，左右为难。

杜宛若却已经站了起来，轻轻挽住了她的胳膊，说道：“走吧，走吧，一起去，我还有好多游戏上的问题要向你请教呢。”

初七被她挽着走了出去，表情却满是困惑：“你有《全民斗魂》游戏方面问题，为什么不问他？”

她细长的手指指着一旁的斐诰，却敏锐地发现挽着自己胳膊的女孩儿身体突然一顿。

若换其他人，只需要看一眼，就看得出杜宛若看向斐诰的眼神里的那些仰慕和喜欢。或者，初七再敏感一点点，她也能清楚地感受到，斐诰对自己，和对别人是不一样的。

可惜她是感情方面反射弧绕地球两圈的初七。

她只好一路上都苦思冥想，自己该和杜宛若聊些什么？平时找话题这种事情都是斐诰在做，但今天斐诰都没说过一句话。

“对了，初七，”在车上，杜宛若打破沉默，说道，“你坐过斐诰哥哥的车吗？”

初七眨眨眼：“现在不算坐吗？”

“不一样的啦！”杜宛若笑着摇摇头，“是斐诰哥哥自己开车！”

“没有。”初七回忆了一会儿，确认了答案，“加今天我一共坐过他的车三次，总时长到目前为止不超过三十六分钟，都是他的司机开车。”

听到初七说的话，杜宛若笑着凑近初七耳边说道：“那你很幸运啊，我跟你说，斐诰哥哥，是一个真正的大路痴。”

“哦，有所耳闻。”

杜宛若挑了挑眉：“斐诰哥哥从小就毫无方向感，但很奇怪，只有三次元是这样，明明地理考试之类的他都能拿满分，游戏里那种很复杂的方向他也了如指掌，可是到了现实生活中就完全蒙圈了，当年为了拿驾照，都重考了四次才过。”

“咳咳。”

斐诰不太想让初七知道自己的这些糗事，轻轻咳嗽了两声，说道：“宛若，别太过分啊。”

“哈哈哈，斐诰哥哥不好意思啦！”杜宛若俏皮一笑，然后蹭了蹭初七的胳膊，“是不是很意外？不过，我一直都觉得斐诰哥哥这些事，意外的反差萌呢。”

初七：“反差萌是什么意思？”

“额……”杜宛若眨眨眼，不知该怎么解释，“他可是霸道总裁，其他都是全能类型的，竟然毫无方向感，自己出门经常迷路！”

初七歪着脑袋思索了一会儿，然后看向斐诰，皱了皱眉：“你有没有去看过医生？”

“不过也没太大必要，”初七顿了顿又继续说道，“位置细胞、网格细胞、边界细胞、方向细胞……有人天生这方面的敏感度就很低。如果是出门找不着北，就是方向细胞不发达，如果是去过的地方记不住，再次去还是会迷路，就是位置细胞不发达。你可能两者都有。现代人的位置细胞基本是靠建筑物和阳光等来激活敏感度，敏感程度远远不及老鼠，也没听说有什么很好的医疗手段。好在各种地图工具比较发达，再不济也能找人问路，而且你还有司机。”

杜宛若十分诧异，她真的没想到初七会这么认真地说这些。

倒是斐诰习以为常，点点头说道：“原来是位置细胞和方向细胞不发达啊，感谢新时代的高科技，而且我也不怎么一个人去陌生的地方，把迷路的可能降到最低。”

“初七，初七，”杜宛若说道，“这家餐厅的食物很好吃，我和斐诰哥哥经常来，你有什么想吃的吗？我推荐这家餐厅的牛排，七分熟的，非常好吃！”

“我不习惯用刀叉，”初七想了想说道，“我查过了，这家的意大利面好像还不错，我吃那个就好了。”

然后她抬起头，看向斐诰：“饭钱怎么算？”

“你想 AA 吗？”斐诰迎上她的目光，似乎已经猜到了她的想法。

初七点了点头。

而一旁的杜宛若更加惊讶，她自小就是千金小姐，虽然知道外面流行 AA 制，但却从来没有和谁一起吃饭的时候 AA 制过，尤其是和斐诰一起吃饭。

当听到斐诰说“嗯，好啊，那就 AA”的那句话时，杜宛若的心里，突然有了阵阵凉意。

就像是……大势已去的感觉。

他看她的眼神，和她说话的语气，跟她的交流方式，都跟自己的不一样。

不过，初七心里又是怎么想的呢？

趁着斐诰中途出去接电话的空当，杜宛若装作不在意地说道：“初七，你觉得斐诰哥哥怎么样？”

初七微微一愣，心想：这个问题好耳熟，怎么和表哥问我的问题差不多？

她拿起纸巾轻轻擦了擦嘴，才说道：“打游戏很不错，很有想法。相识时间不长，就现在来看性格也算和善。”

“斐诰哥哥刚才向你介绍我的时候说，”杜宛若看向初七，眼神里有光芒闪烁，“我和他青梅竹马一起长大，虽然不是兄妹但却胜似兄妹。可是一直以来，我从来都不想做他的妹妹。”

初七没有答话，因为她直觉这句话的背后还有其他意思。

“初七，我喜欢斐诰哥哥。”杜宛若一字一顿地说道，“是男女之间的喜欢，我从小心里眼里就只有他这一个人，想要嫁给他，想要一辈子和他长相厮守的那种喜欢。”

初七心里有了一抹异样，像是平淡无波的水面，吹起了阵阵涟漪。

初七仔细回忆着书上说得那些理论，缓缓道：“按照社交礼仪来说，一般人是不会对第一次见面的人表露心意，更何况，你喜欢斐诰的话，应该是去跟他说，不是吗？”

为什么会专门挑斐诰不在的时候跟自己说这些？

为什么会拉着自己一起来吃饭？

初七心里的那片波澜，变得更明显了一些。

“哦，你别误会。”杜宛若微微皱着眉，看着初七的时候，眼神有些复杂，好一会儿才说道，“我没有别的意思，只是觉得你很亲切，所以才和你聊这些。唔，先别告诉斐诰哥哥吧，不然又很尴尬了。”

初七沉默着将盘子里的最后一点儿意大利面吃完，突然抬起头说道：“你是怎么确定，你喜欢斐诰的呢？”

“我从小就认识斐诰哥哥，别的女孩儿的白马王子活在童话故事里、偶像剧里、小说里，可我的王子就活在我的身边，他从小就强大、英俊、帅气、温柔……在我的心目中，斐诰哥哥无所不能。他会保护我，会温柔地跟我说话，我和这样的人一起长大，十几岁情窦初开的年纪，眼里就已经看不到其他人。”杜宛若的嘴角轻轻上扬，“因为……他就是我心中的光。”

听到这个回答，初七迟疑了一会儿，歪着脑袋，认真地问道：“额，你所说的光是指什么光？灯泡的那种还是太阳光的那种？还是因为皮肤油腻之类的原因造成的油光？”

“噗！”杜宛若有些忍俊不禁，“初七，你知道吗，我从来没有见过你这样的女孩儿。”

虽然这是我们第一次见面，但是我却已经明白，你和我是完全不一样的人。

“我所说的光，是情人眼里出西施，在我眼里他太与众不同，所以人群中，我只能看得到这个人。在他出现的时候，他周围的一切都会黯然失色。”杜宛若笑容灿烂，“不过，初七，你大概不太懂这样的心情吧？你见到斐诰哥哥的时候，会有这种感觉吗？”

初七一脸的莫名其妙：“不会啊。”

杜宛若微微提高了音量：“所以，对你来说，斐诰哥哥和其他的男人，没什么不同吗？”

“每个个体自然都是不一样的。”

“除了特别明显的外貌之类的特征之外，对你而言，斐诰哥哥和其他男人，是一样的吗？不会有什么特殊的感觉吗？”

初七没有听太懂，皱眉思索了一会儿，郑重其事地给出了答复：“不会。唔……不过我也不知道你说的特殊感觉是什么，但应该是没有的。当然，还有 5% 左右的可能是我没注意到，你问了之后，我以后会注意一下。”

身后，刚刚接完电话的斐诰已经走了过来，他听到了她们的对话。

没有什么特殊的感觉吗？

他轻轻挑了挑眉毛。

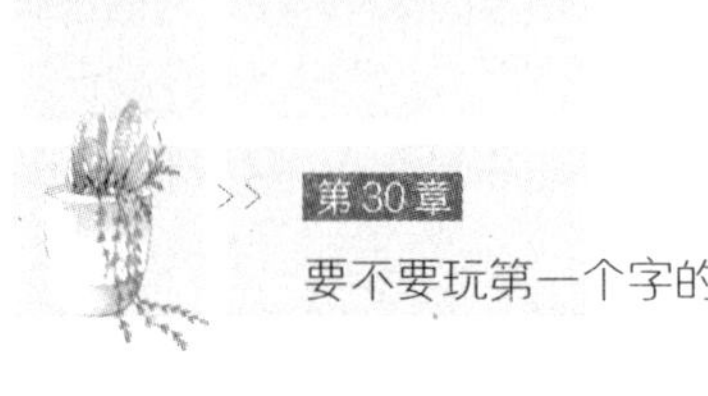

第30章 要不要玩第一个字的游戏

“初七？”

斐诰还没走上前，就看见一个男人朝着初七快步走了过去，他戴着一副眼镜，浑身上下都是书卷气，脸上有着温良恭俭的笑容，眼神有些惊喜：“好久没见了，你怎么会在这里，我记得你不爱吃这类餐点？”

“啊……”初七抬起头，先是礼貌地起身和那个男人握了握手，脸上露出淡淡的笑容：“师兄，其实也没有很久，二十七天没见而已。”

来人正是陈跃。

一旁的杜宛若笑了起来：“初七真厉害，竟然连和师兄多久没见都记数啊，不会是天天数着日子过的吧？”

这时候，斐诰和陪同陈跃一起来吃饭的男人也走了过来，陈跃指了指旁边的男人介绍道：“初七，这是我同事张成峰，”然后转向张成峰，“成峰，这是我师妹，初七。”

初七和张成峰握手，听到张成峰用恍然大悟的声音说道：“哦！你就是初七啊！我经常听陈跃提起你，难怪呢，陈跃一直拒绝我们领导和学生家长给他介绍的女孩儿，总说自己有目标了。他还在桌上摆了一张合影，是跟你和你爸爸三个人的合影。你比照片上还要漂亮！”

“啊，”初七忽略了一连串的前文，搭腔道，“我也有那张照片。”

是初七作为优秀毕业生上台演讲，下台的时候一起拍的，她和父亲的合影很少，所以一直留着那张照片。

杜宛若看着这两个男人，眨了眨眼睛，主动邀请道：“既然是初七的朋友，就一起吃饭吧？”然后她抬起头，看了一眼脸色不善的斐诰，问道，“斐诰哥哥，可以吗？”

初七心想杜宛若还真是自来熟，喜欢邀请第一次见面的人吃饭。她也将目光投向斐诰，只见斐诰不动声色地点点头，语气却有些冷硬：“五个人，换张桌子好了。”

“啊，不用麻烦。”陈跃连忙说道，“我们只是过来……”

“不麻烦的，”斐诰礼貌性地说道，“一起吃就好了。”

初七却不由自主地皱了皱眉，觉得这顿饭的时间远远超过了自己之前的预计，无端把晚饭时间拉长了一倍，难免让她有些郁闷。

“是不是有些闷？”刚坐下，陈跃看着初七的表情，就猜到她的心情并不是很愉快，他从背包里拿出一本《数独》，说道，“喏，刚买回来的，变态级难度，要做吗？”

初七的眼睛立刻就亮了起来，很惊喜地接过去：“嗯？我以为这个系列还没开始发售呢。”

“才出版的，”陈跃笑了笑，眼神温柔，“我猜你可能还没买，买了准备过几天送给你的，只是没想到会这么巧碰到你。”

初七还没来得及答话，就听见张成峰说道：“哇！所以你之前晚上熬夜抢的秒杀就是这个？真的假的，《数独》这类的图书还有人抢啊？”

“因为这个世界上有像我师妹这样的人啊。”陈跃笑着看向初七。

这时的初七已经翻开了《数独》，拿出了铅笔和橡皮，认真地做了起来。

张成峰叹了一口气：“这个系列非常难啊，对了，”张成峰看向初七，“初七，陈跃不是说你有可能会过来兼职吗？没下文了吗？”

初七却连头都没抬。

张成峰有些尴尬，陈跃摆摆手：“别白费工夫了，她从小就这样，遇到难解的数学题，就完全沉醉其中，做《数独》的时候，基本上听不到别人说话。”

然后陈跃抬起头，看了一眼旁边的斐诰和杜宛若，声音里有些歉意：“别在意啊，我是怕师妹会觉得闷，她时间观念很强，即使是和熟人一起，也会觉得吃饭时间太长很浪费。”

斐诰喝了一口面前的柠檬水，脸上没什么表情。

“啊，没关系。”杜宛若连忙摇摇头，“初七和其他女孩儿很不一样呢。”

“哈哈哈，我之前天天听陈跃念叨自己这个师妹，今天是第一次见到，真的与众不同。”张成峰笑起来，“她好像是准精算师吧？你们是她的同事吗？”

杜宛若摇摇头，然后看向斐诰。

斐诰缓缓说道：“哦，打游戏认识的。”

陈跃听到这句话，这才抬起头，认真地看向斐诰，两个人目光相对的时候，竟然有火光闪动。

完全在状况外的张成峰非常惊讶地说道：“哈，初七还会打游戏？陈跃说她最爱玩得是《扫雷》和《数独》啊。准精算师的工作挺忙的吧，竟然还有时间做其他的事情。”

“她计算能力强，天赋也高，游戏打得很好。”斐诰说这句话的时候扭头看了一眼认真做《数独》的初七，嘴角扬起，“她有很多粉丝呢。”

不知怎的，陈跃突然想起上次见到初七的时候，和初七说的那一段话。那个游戏叫什么来着？《荣光 2》吗？那是他第一次见到不一样的初七，竟然会感情用事到为了一个电竞选手和别人争执。

大概是斐诰的眼神和笑容太过明显，陈跃没办法不对这个男人产生敌意，他耸耸肩：“初七分得清轻重缓急，人生目标也非常明确，闲来没事才会抽空打打游戏，不可能把这个当作人生的重心。打游戏能打几年，她也就是玩玩而已。”

斐诰笑了笑，说道：“也是，不过我和初七也算是同事关系，准备一起设计一款新游戏。”

“希望不要耽误她的工作才好，她工作时长满了之后要去考精算师证的。”陈跃也说道，“本来是想邀请她来我们这边兼职的，不过想着路远，也不想太耽误她，就算了。”

一旁的张成峰帮腔：“你小子，是因为公司严禁办公室恋情吧？初七如果来兼职了，那岂不是你半个同事？”

饶是修养极佳的斐诰，听到这句话的时候，脸色也完全沉了下去。

“嗨！别胡说啊！”陈跃笑着摆摆手，然后将目光转向初七，看着她正在用铅笔填写这一页《数独》的最终答案，便开口道，“初七？”

之前一直沉浸在《数独》世界里的初七，完全没在意他们说了什么，现在确定了答案，在填写的时候才分了点神，头也不抬地问道：“嗯？吃完要走了吗？”

“差不多了，”陈跃继续说道，“这周末和我一起去见叔叔吗？你也有阵子没回家了吧？”

初七手中的笔顿了顿：“一百三十五天，不过我和我爸经常通电话，三天前才打过一次。”

“叔叔最近在做一个新课题，很有意思，”陈跃脸上笑意更浓，“你肯定也会感兴趣的。”

初七填完了手中的数字，歪了歪脑袋，点点头说道：“好。”

“到时候我去接你。”陈跃说着，打了个响指，“我吃好了，服务员……”

斐诰抬起头：“哦，我已经结过账了。”

陈跃一愣：“这……”

“策划游戏方面，初七帮了我很多，我还和她一起组了个2VS2打比赛的队，”斐诰轻声说道，“你们是初七的朋友，就是我的朋友，不要跟我客气。”

初七有些疑惑地挠挠头，却没说出劝阻的话。迟钝如她，也能感觉到斐诰说话的语气中，带着些许不容置疑。

陈跃稍微愣了一会儿，才点点头说道：“那好吧，下次，下次让初七叫你出来一起吃饭，我请。”说着他站起来，“我去上个洗手间。”

“哦，等会儿，一起去！”张成峰也站了起来，和陈跃一起朝着洗手间走去。

杜宛若一直静静地看着这一切，然后转头看着初七：“你和你师兄，关系很好？”

“还可以，他数学学得非常好。是我父亲的得意门生之一。”初七的语气依然淡淡的，她非常认真地将那本《数独》收好，放进了自己的包里，“我们以前经常一起做题。”

“是吗？”杜宛若笑容灿烂，“看来和我跟斐诰哥哥一样，也是青梅竹马呢。”

初七一愣，几乎是下意识地回答：“额，不一样。”

你对斐诰的感情，是喜欢，是爱情，你不是说想嫁给他？说看到他的时候其他人都黯然失色？

她咬了咬嘴唇，没有说出这些话，只是静静地想：我对陈跃师兄，和你对斐诰的感情，一点儿都不一样。

不知怎的，斐诰原本阴沉的脸在此时却好转了一些，他突然说道：“初七，要不要玩第一个字的游戏？”

初七刚把《数独》放进包里，乍一听这句话有些没反应过来，愣了两秒后才说道：“什么？”

斐诰唇边带着微笑，眼里映着星光：“就是一个小游戏，我说一句话，然后你重复我说的这句话的第一个字，就好了。”

“哈？”初七完全不理解玩这种低智商的游戏有什么意义，但看到斐诰那么认真的眼神，竟然有些无法拒绝。她略一犹豫，点了点头，说道，“好吧。”

斐诰也缓缓地说道：“今天我们五个人一起吃饭。

“今。”

“饭店里的饭菜味道还不错。”

“饭。”

“如果下次有机会，想去你喜欢的餐馆。”

“如。”

其实在回答的过程中，初七已经觉得很无聊，但她遵守规则，既然答应了斐诰玩这个“游戏”，也不好直接说无聊就不玩了，只盼着师兄他们赶紧回来，大家快散了这次极其尴尬莫名又离谱的饭局。

“能认识你师兄他们也很荣幸，第一次见到除了袁璜、宋词他们之外，你的其他朋友。”

“能。”

斐诰看了一眼初七身后，已经从洗手间回来的陈跃和张成峰。

然后他刻意提高了音量：“你喜欢的人是谁？”

“你。”

走过来的陈跃和张成峰：“……”

一旁看着他们玩游戏的杜宛若：“……”

陈跃的脸色一下就沉了下去。

杜宛若轻轻咬了咬嘴唇。

斐诰低下头，掩饰住自己脸上的小得意，伸出手，帮初七拿起包：“你师兄他们回来了，走吧。”

初七看着他，愣了一会儿之后才接过自己的包，她即使反射弧长，也能够清楚地感觉到这次对话有多么诡异，和……故意。

“我送你回去。”走到餐厅门口，斐诰突然说道，却不是看着杜宛若，而是看向初七。

杜宛若在心里轻轻叹了一口气，说道：“嗯，那斐诰哥哥你送初七回去，我家的司机也快过来了，”然后她走向初七，“初七，能认识你很高兴。希望我们下次还有机会见面。你参加了《荣光 2》的比赛对吧？我有机会一定要去看你打比赛。”

“不一定能进线下赛的。”初七的声音非常平静，看不出任何起伏。

“我相信你，初七。”杜宛若脸上扬起灿烂的笑容，“加油！”

说完，她又转向斐诰，对他挥挥手：“斐诰哥哥，我走啦。”

斐诰微微点了点头，目送杜宛若离开。

陈跃却在这时候说道：“初七，别麻烦他送你了，我送你回去好了。刚好，还能和你聊聊叔叔的课题和你兼职的事。”

斐诰不动声色地挑了挑眉，本想说点儿什么，但却看了一眼初七，想了想，到底还是忍住了。

他已经有些后悔今天的失态，他摸不准初七的心里是怎么想的，他原本打算步步为营，稳扎稳打，一点点让她接受自己，让她慢慢喜欢上自己。

可每次看到她，斐诰就忍不住想要快一点儿，再快一点儿。

心里比谁都清楚眼前的人是急不得的类型，却还是在看到“情敌”的时候没能忍住。

“最近在准备比赛，”初七静静地说道，“师兄可能不知道，其实我也勉强算是个电竞选手，上次碰到的岳峰和陈岚，他们提到的岳子陵，是我当年崇拜的偶像。如果师兄你们那边能等的话，等我结束这次《荣光2》的比赛，会再过去一次。”

陈跃面沉如水：“打游戏？你……”

“师兄，不早了，我该回去了。”初七说着，自己却没有动，只是看了一眼斐诰。

斐诰会意，朝着陈跃他们挥挥手：“那我送她回去，下次再见。”

说着，像是生怕初七改变心意一般，带着初七往自己的车那边走。

心里着实有些忐忑，嘴角却按捺不住地上扬。

一路上，初七低着头，看着自己的包，一句话也没说。

开车的司机都能看出车里气氛不对，只好默默地打开了车载音响，放了一些轻柔的乐曲。

“我送你到门口吧。”

车开到小区门口停下，经过这段时间和初七的相处，已经足够让斐诰猜到她的心思，以她的性格，自己可以回去，却选择了同意让他送，原因恐怕是有话想跟他说。

可是车上有司机，初七大概是因为这个，才一路都没说话。

斐诰下了车，帮初七打开车门，陪着她朝她住的那栋楼走去。

十七号楼。

“我也要玩第一个字的游戏。”

单元楼下，初七终于说了第一句话。

斐诰点头：“嗯。”

“原本我不应该去吃那顿饭，对吗？”

“原。”

“那个第一个字的游戏，非常无聊。”

“那。”

“当时你问我的那个问题。”

“当。”

“是不是故意的？”

“……是。”

初七闻言皱着眉，心里没来由地觉得更加烦躁，转身的时候，说道：

“真无聊。”

却被身后的人拉住了手腕。

初七回过头，有些疑惑地看着斐诰。

斐诰缓缓地说道：“你可以问回来。”

“啊？”

斐诰定定地看着她，夜里暗沉的光芒加深了他脸上的轮廓，让他原本就俊朗的五官更显深邃，斐诰一字一顿地说道：“我问你的那个问题，你可以问回来。”

初七一愣，然后摇摇头：“我没那么无聊。”

“不是无聊，”斐诰的嘴角有一抹无奈的微笑，“如果你问我，那就是我的答案。”

他深深地看向她的眼眸，看到她眼里的那面湖水，涟漪四起。

“以我的性格，原本不会那样做，”斐诰有些自嘲地叹了一口气，“之所以一反常态，归根结底，是因为……”

斐诰顿了好一会儿都没再说话，初七几乎是下意识地追问道：“因为什么？”

下一秒。

她被拥入一个温暖的怀抱。

甚至能感受到斐诰的胸膛里，强有力的心跳。

然后一道温柔又低沉的男声响起。

那声音如醇酒如琴音，在她耳边盘旋缠绕。似乎被什么东西牵引着，在耳边盘旋一会儿，又飞入了她的心田。

她心里像是有一串风铃，被风吹过，在叮咚作响。

和着他说的那句话一起，一下一下，敲击着心房。

“因为……”斐诰长长地叹了一声，语气里带着些许无奈的温柔，“我在吃醋啊。初七。”

“宛若，怎么这么晚还没睡？”宛希之听到卧室外的响声，开了灯起来，看到女儿在厨房里煮咖啡，她担忧地皱起了眉，“大晚上的还喝咖啡？”

她了解自己的女儿，很快就反应过来：“怎么，晚上去找斐诰，不开心吗？”

“你别担心，”宛希之走上前，爱怜地拍了拍杜宛若的肩膀，“斐家，再怎么样，也不可能让斐诰和一个打游戏的女孩儿在一起的，斐诰不过是图一时新鲜，你别往心里去。我们和斐家多年交情，你和斐诰又是青梅竹马，谁都动摇不了你的地位。妈妈知道，宛若想嫁给斐诰，我家宝贝的梦想，我们都会帮你实现。”

杜宛若抬头看着宛希之，没有答话，只是轻轻地抿了一口杯中的咖啡。

我见到斐诰哥哥喜欢的那个人了。

妈妈，她和你说的那些“打游戏的女孩儿”不一样。

但杜宛若最后没有把这些话说出口，只是一口接一口地喝着咖啡，听着妈妈在耳边说着那些鼓励的话。

她脑海中却始终回荡着那段对话。

——你喜欢的人是谁？

——你。

斐诰哥哥，我从来不知道，原来你会这样在意另外一个人。

只是，那个人对你，到底是怎样的心意呢？

初七在床上坐了很久，这个时间，她原本应该换上家居服，拿出包里的《数独》，做两道题目，然后做瑜伽，再看十五页精算师运用的书，最后洗澡睡觉的。

可她只是静静地坐在床上，回忆着刚才的那一幕。

那个人的拥抱，超过她的体温，超出她的预计，让她脸颊发烫，让她心跳加速，让她莫名其妙的，落荒而逃。

她刻意不去想斐诰所说的那些“喜欢”和“吃醋”之类的词语，只是在心里静静地想：自己这样，和别人连再见都没说一声，推开人，然后扭头就跑的行为，实在是有些失礼。

至于斐诰……初七皱了皱眉，她像是突然想起什么似的，站起身，打开了电脑。

打开E盘的文件夹，打开了一个名为“F——问卷”的文档。

这是斐诰的问卷调查，其实之前初七已经看过几遍，还遵守承诺发给了表哥，当时表哥看了之后，给自己发了一连串的省略号。

边牧最可爱：初七，你看过这份问卷调查吗？

初七：嗯。

边牧最可爱：你就没什么……感觉吗？

初七：有啊。

边牧最可爱：啥？

初七：F 神做问卷很认真，而且格式也做得很好，排版漂亮干净，应该是一个比较讲究的人。而且他回我回得也很及时，让我很感激，他很守时。

边牧最可爱：我说得不是这个！你难道没看那些他的回答吗？你看到那个问题的答案了吗？就是“会被什么样的异性所吸引？”那个问题。

斐诰的回答是：长发，最好发尾带一点儿卷，清秀干净，个子高，大长腿，有一双好看的眼睛，笑起来甜。擅长打游戏，逻辑思维强，可能不太会人际交往，但是非常善良，会处处站在别人的角度着想。不是非常热情的类型，话不多，简单直接，有时候稍微有点儿酷，但与此同时，正义感很强，会为朋友出头，也会为了维护一些自己想维护的东西和别人对战。

当时看这些的时候，初七也没有觉得怎么样，这一次却越看越觉得微妙，心里隐隐有了一点儿疑问：所以，这是在说我吗？

生平第一次开始思考感情问题的初七，打开了 QQ，给表哥发了一条消息。

初七：表哥，我有事情要问你。

然而等待了七分二十一秒，对方都没有回应。

不应该啊。

初七看了一眼时间，这个点，边牧肯定没有睡觉，这个网瘾少年是那种一天二十四小时都挂着 QQ 的，不管电脑还是手机，只要看到就会回复。

没有回音的话，她还真想不出来，表哥能去哪儿，分明已经回国了，也就没有所谓的时差了，不是吗。

初七抬手拧了拧眉心，总觉得自己心情很复杂，却又说不出话来，是自己过去从来没有体验过的复杂。

以后要怎么面对斐诰呢？

就在初七想这些问题的时候，收到了斐诰发过来的微信。

F：今天唐突了，能当没发生过吗？

F：如果不能，二次元游戏里，我们还能继续做组队一起打比赛吗？三次元里，你还能继续当游戏测试，还能和我一起策划新游戏吗？

初七看着手机，冷静地考虑了十秒。

初七：第二条可以，第一条不行。

发生了的事情就是发生了，怎么能当没发生过呢？虽然初七还不知道自己到底要怎么面对。而且，根据她以往读过的为数不多的情感小说和电影的经验，还有听过表哥诸多告白失败的经历，这种情况似乎应该被称之为——告白？

但是斐诰似乎没有说要和自己在一起？

初七本来想就这个问题好好请教一下她表哥的，没想到这个平日里叽叽喳喳说个不停的表哥，却在这时候玩起了失踪。

初七不知道的是，此时的边牧也正在纠结。

当时间回到三十分钟以前。

边牧正在刷微博，收到了一条新消息提醒，是自己互粉的人发来的私信，他点开之后，发现发信人是……F 神？！

F：你好，请问是初七的表哥吗？

边牧激动得不能自已，已经在 QQ 上打开了初七的对话框。

F：我给你发私信是有重要的事情找你，可以请你先不要告诉初七，我给你发私信这件事吗？

咦？

为什么自己和 F 神从来没聊过天，但是 F 神却一副很了解自己的样子？

F：在的话麻烦回我一下？

边牧这才反应过来，对哦！自己把男神晾到一边一直没回消息啊！

试问谁能不喜欢边牧呢：啊！ F 神！我在！不好意思？我刚才太

激动了！忘记回复了！为啥不能告诉初七啊？我刚才都已经点开对话框了！幸好你及时阻止我！

F：微博上说起来不太方便，能给我一个其他联系方式吗？

边牧迅速地报出了自己的微信、QQ、MSN、YY、手机号码……

斐诰加了边牧的微信和QQ，留了他的手机号码，在微信上简单地说明了一下情况。

F：我今天跟初七告白了，但不是严格意义上的那种告白，因为我怕操之过急，会吓跑她。我听她提过你，我相信如果你看了我的问卷调查，也知道我的心意。我猜测她成长的过程中，关于感情方面的问题不可能去咨询父亲或者其他人，你应该是她的引路者，不出意外的话，她回去之后，一定会找你，希望我联系你的时间还算及时，如果可能，我希望你能帮我。

哇……

边牧看着斐诰发过来的消息，一时间高兴得不知所措。

我家表妹就要嫁人了！哦不，作为娘家人，要矜持一点儿，不能表现得太过于激动。

边牧：F神！我就知道你喜欢她！哇，超开心的！F神有机会成为我的妹夫呢！

边牧撤回了上一条消息。

边牧：哦，原来是这样。可我为什么要帮你？

斐诰一直盯着手机，虽然边牧撤回得很快，但是斐诰还是看到了，两条消息的语气相差真大啊……他扬起嘴角，继续和边牧聊天。

早在他第一次听到，初七说她表哥是自己的粉丝的时候，他就心生愉悦，总觉得初七这个表哥能帮自己的忙。

于是两个人就开始了一场密谋。

晚上十一点三十分。

F：初七，你明天还要打比赛，和数字帝的对战，可别掉以轻心。早点儿休息，晚安。

三十秒后。

初七：晚安。

斐诰看着手机屏幕，无声地笑了起来。

那个拥抱其实……冲动又鲁莽。

周围一片安静，似乎只能听到自己的心跳声。斐诰自己都快要记不清，有多少年没有这么紧张过了。本来应该再多说几句话的，却突然像是什么都不会说了一样。

只是。

他能闻到她的发香，感受到她的温度。还有她轻微的颤抖，拥抱着她的那个瞬间，像是已经拥有了全世界。

初七，你如果问我：你喜欢的人是谁。

我会毫不犹豫地回答：你。

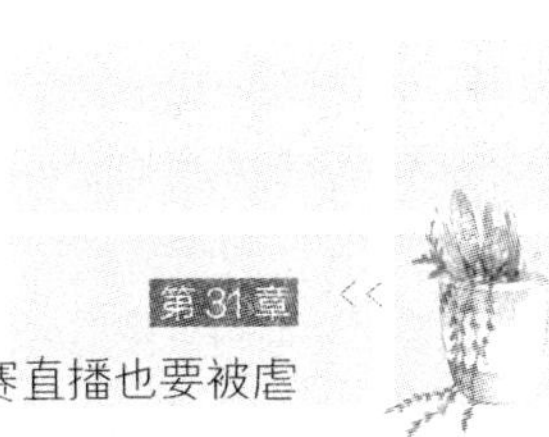

第31章

哎，心好累，看个比赛直播也要被虐

段公子的直播间非常热闹。

段屿清了清嗓子："今天是复赛的第一轮，来自Seven和暗殷27的对决，Seven之前在小组赛对战大懒的时候给了我们很多惊喜，有超过90%的观众认为那场比赛是小组赛里最出色的一场。Seven这个ID再次被推到了风口浪尖，Seven究竟是不是T哥？如果是的话，这场比赛又会如何？之前数字帝说过，国内玩'影'这个职业的选手，他只怕T哥。如果Seven真的是T哥披马甲来打的，那么这场比赛就是宿敌相遇。当然啦，我个人还是更倾向于认为Seven是初七妹子。"

揣着明白装糊涂的段屿自己心里有数，T哥的确就是Seven，当然也是初七。

大写战队，这么一想，还真的有点儿甜。

无数弹幕飞过。

永远支持数字帝：呵，不管是谁，来一个杀一个，来两个杀一双。

死性不改：恕我直言，之前和T哥对战，暗殷27的胜率并不算高哦。

人间自是有情痴：数字帝会进步的好吧？他是所有选手中最年轻的一个，手速还在上升期，巅峰状态也还没来临，但是其他选手，呵呵。能保持住往年的状态就很不错了，即使是退隐三年荣归的F神，统计出来的APM，也没办法和最初的时候比较了啊。

你算老几：APM虽然对这款游戏本身很重要，但却不是决定性的因素，F神打败数字帝的时候轻松吗？轻松啊，他的那几局平均APM比数字帝落后七十多，意味着什么？意味着如果F神能全力发挥，只要不是随机到那三个职业，数字帝只有被虐的份。

试问谁会不喜欢边牧呢：我相信 Seven 一定会赢！ I believe ！

F：嗯，我也信。

弹幕疯狂地刷了起来……

FFFFF 团：啊啊啊我看到了什么？！和男神合影！你们都走开！

听说名字取得好能上镜：我仿佛看到了又一次官方发糖？

时间是十二点四十五分：F 神这么相信 Seven，是有什么依据吗？还是因为别的什么原因？

俊朗小甜瓜：因为爱情！

潇十二：不会轻易悲伤！

风吹屁屁凉：请不要突然唱歌谢谢！

“哇，直播间里出现了谁？”段公子的声音响起，“F 神来我直播间看热闹啦，现在选手还在准备阶段，F 神对这场比赛的预期是怎么样的？ Seven 是你的搭档，相信你对 Seven 也非常了解，你觉得这场比赛中，Seven 用影族会采取什么战术？会见识到上次的十字围杀吗？还有，这次她的键盘没问题吧？不会有粘连吧？”

呀啦嗦我爱你青藏高原：啧，段公子这话摆明了在偏袒？上次 Seven 输给大懒，没准是操作失误啊，F 神他们说了，有可能是键盘出了问题，现在大家都这么觉得了？证据呢？

我还是不是你最爱的小姐姐：键盘有没有问题是 F 神自己说的吗？其他职业选手都这么觉得啊。赛后大懒说，对战过程中能明显感觉到 Seven 在使用某个快捷键时有延迟。

风从哪里来：别扯这些了，先让 F 神来回答一下关于 Seven 真实身份的事情好吗？我就搞不明白了，为什么 F 神这么相信 Ture 啊？他和 T 哥是什么关系？莫非睡粉的时候是一起的？

F 神我的嫁：你说什么呢？风从哪里来。

今天段公子减肥成功了吗？没有：我就奇了怪了，为什么一直咬死这个事儿不放，上次 F 神的微博不是说得很清楚吗？《荣光 2》官方对 Seven 的身份进行过核实，确定参加比赛没问题，既然 Seven 可以参加比赛，F 神和 Seven 组队也无可厚非。官方都没说什么，你们怎么这么多话？

F：Seven 的真实身份，线下赛的时候大家都会知道。还有，我不觉得 Seven 今天会用“影”这个职业。

段公子提高了音量：“什么意思？不用‘影’，又要打随机？对战数字帝如果用随机的话，恐怕胜率真的不会太高哦。”

此时，双方选手已经入场。

段公子：请双方选手选择职业和禁用地图。

喑殷 27：职业“武”，禁用地图第八十二张。

Seven：随机，无禁用地图。

Seven 真的选择了随机，直播间里一片沉默，虽然有 F 神的说法在前，但的确没人想到她会用随机来对付数字帝。

段公子：请双方选手进行三十秒的调试，确认没问题请打 1。

Seven:1。

喑殷 27：1。

段公子：好的，调试完毕，比赛，开始！

随机地图第七十五张，Seven 随机到的职业是……“玄”。

日、月、星、辰、影、玄、武，《荣光 2》的七大职业之一，“玄机”。

但可惜，这个职业有很多年没走上正统的比赛台了，因为“玄机”这个职业一开始就有一点儿鸡肋，虽然经过几次调试，却始终没有解决这个职业的问题。

这个职业和它的名字一样，靠的是精巧的机关之术和傀儡之术，这不但对操纵的选手要求很高，还对各个军团之间的协调作战有自己的要求。

但要命的是，即使你手段高超，算法精确，依然很难用“玄机”这个职业取胜。因为这个职业不能打前期，也不能打后期，只能靠中期。

前期各项机关技能没有准备好，碰到“幻武”这类的职业，基本上一上场就会牺牲，很难展示出来什么真正的机关之术，而如果真的拖到了大后期，双方的主基地都已经升到了三级，空军单位都出全了，双方的三个英雄都已经升到了六级甚至更高级，这时“玄机”的三个英雄又很容易被对方的英雄绕过傀儡，攻击英雄，英雄又比较脆皮，难以招架，常常会被对方打崩。

这就是“玄机”这个职业很少能登上国际竞技赛场的原因。

一个职业，不能打前期也不能打后期，只能靠中期，缺点太过明显。所有和“玄机”对战的职业都很清楚，如果一开始没打崩对方的“玄机”，那就猥琐发育，拖到打后期，死守家门升三本，三英雄带着浩浩荡荡的军团进发，一举将对手拿下。

但是如果玄机之术施展的好，还是非常有看点的，曾经有人在娱乐赛上用过“玄机”，把“玄机”这个职业的所有英雄和兵种能使出来的玄机之术都用了一遍，让人眼花缭乱的同时，也让人感慨：哎，“玄机”这个职业，可能就是太过华而不实了吧。

人生若只如初见：好多年没看到“玄机”登场了。

F 神我的嫁：没记错的话，上一次看到“玄机”这个职业的对战，还是三年前，那时 F 神还没有退隐，和星帝对战的那一局？那场前中期都非常占优势，但是被星帝拖到了后期，最后一波翻盘，惨败。“玄机”打不了后期，真的惨。

死性不改：打不了后期不是“玄机”最大的问题，最大的问题是这个职业没有强推的能力。一般来说，不太擅长大后期的职业，比如“幻武”，就配备了强有力的英雄，无论是迭戈还是绝地领主，都非常适合带队强推，兵种也可以在一开始就进行强推，全程压着对方打。但是“玄机”这个职业，既打不了后期，又很难强推，真的不知道这个职业当时设计出来是要做什么。

段公子突然说道：“好的，现在双方已经进入对战状态，“玄机”这个职业是久违了。数字帝的出生点距离 Seven 的出生点比较远，双方的出生点是对角线。地图上一共有六个矿点，数字帝的英雄首发依然是迭戈。让我们来看看 Seven 这边，Seven 选择出牧流风这个英雄，“玄机”这个职业本身偏东方化，英雄名字也经常是这个雪那个风的，好了，数字帝这边的迭戈已经出去探点了。”

屏幕上，迭戈带领着三个小兵在附近的矿点探路，但这里并不是 Seven 的出生点，迭戈又带着英雄去了另一边，准备去打那边的小怪。而另一边，Seven 出了牧流风之后，已经开始用这个英雄的技能制作傀儡之术。

牧流风，是“玄机”这个职业的傀儡大师，好处在于只要有了这个英雄，可以省很多买小兵、步兵和骑兵的钱，因为英雄可以制造出傀儡，让傀儡作战。一次最多可以创造十个傀儡，存在的时间为三分钟，在这三分钟里，傀儡可以进行风系的攻击，但是攻击力非常一般。不过好处在于，十个傀儡可以提高自身军团的移动速度，还能加一点儿防御，在前期倒是也够用了。

每次技能 CD 是九十秒的时间，也就是说，牧流风创造出了一批为期三分钟的傀儡之后，就会有九十秒的时间什么都做不了，这九十秒钟无疑是给对方可乘之机的时间。

等到牧流风升到了六级之后，可以展示出真正的玄机之术，就是结合自然之力，让这些傀儡变得无比强大，同时具有飞的技能，防御和攻击同时提高，几乎可以说是无坚不摧。

但是有一个致命的弱点：牧流风绝不能死。

如果牧流风操纵傀儡的过程中被打死，傀儡就会立刻消失。然而操纵傀儡，本身就会一直在危险区域。

“这时候，牧流风已经出了第一波的傀儡，十个小傀儡浩浩荡荡地朝着野怪的点出发了！”段公子解说道，“大家都知道，傀儡之术的好处在于，如果没人干扰，英雄美滋滋，牧流风只需要在身后看着，就能吃到足够的经验，开开心心升级。”

“好了，现在让我们看一下迭戈在做什么。”段公子陡然提高了音量，“等等！迭戈选择了隐身！数字帝是靠蒙的吗？竟然已经猜到了 Seven 的所在？“玄机”前期无论如何都不可能和幻武的迭戈硬拼，更何况，刚才迭戈打野怪升到了三级，拿到了一个 +5 的攻击之爪！现在怎么办？ Seven 能安心打完这几只野怪吗？”

初七看着屏幕，算了一下距离和时间，送出去了五个傀儡，去拦截数字帝的英雄，然后剩下的五个傀儡和牧流风一起，打掉了那几只野怪。

掉落了一个 +6 的防御戒指。

初七歪着脑袋，估算了一下数据，先将戒指给牧流风戴上，然后直接给主基地升级。

“这么早就升级主基地？”段公子有些吃惊，“要知道，很多人和“幻武”对战的时候，因为知道迭戈前期太强力，都不会太早升级主基地到二级，很容易主基地级还没升上去，已经被对方推掉了。玄机这个职业前期虽然能用摆阵防御稍微守一下，但还是有些冒险。而且 Seven 现在只剩下五个傀儡可以用了。”

玄机之术，防御之阵。

这是牧流风的防守技能，可以形成一个防御阵，将防御阵里的英雄或者建筑保护起来，不让它们受到外敌入侵，但这是一个需要至少七个己方成员才能完成的阵，只见初七调了两个小兵过来。

一闪一闪亮晶晶：Seven 的算法很精准，调来两个小兵乍一看是为了凑人数，但其实是让这个阵法变活了，其他傀儡完全受牧流风控制，这两个小兵虽然也在列队之中，但却是由 Seven 操纵，可攻可守，只要算法得当，走位不出错，就会比之前的防御阵威力更大。

风从哪里来：咦，迭戈去拆家了！

“如我们所料，迭戈已经率领军团前来拆家，现在比赛进行到六分十二秒，”段公子的语速加快，“这款游戏只要拖过十二分钟，就进入了中期的节奏，拖到三十分钟以上，就被称之为中后期。准确来说，十五分钟到二十五分钟的这段时间，是“玄机”这个职业最有胜率的一段时间。当然，概率只是参考，让我们一起来看一看现在的对决。”

迷雾之森。

迭戈和小兵已经进入防御之阵，要想冲破防御之阵，必须要找到所谓的“阵眼”，只要打破阵眼，就能破防御之阵。对于“幻武”的英雄迭戈来说，最常采取的行动是……直接打。

一个个去辨别阵眼不但容易出错，而且耽误时间，迭戈前期非常强势，还可以使用“影”分身，分身之后可以同时攻击两个目标，多攻击几次，自然就可以判断出哪个是阵眼。

永远支持数字帝：哇！这么快就找到阵眼了！太厉害了！

“迭戈已经找到了阵眼，是刚才 Seven 调过来的两个小兵中的一个！”段公子的音量陡然提高，“只要打败了这个小兵，这个阵就破了！”

小兵在十秒之内就倒下了。

但是想象出来的迷雾散去，防御之阵被破的场景却没有发生。

所有人都愣住了。

屏幕上出现一条金色的弹幕。

鳗鱼：怎么，阵眼转移？

沉安：应该是，所以 Seven 调来两个小兵自己操纵，不是因为缺少人手，只要时机把握的准确，就可以进行阵眼转移。

“阵眼转移！”段公子有些诧异，“早年，还有人玩“玄机”的时候，阵眼转移这招不少人用，太久没看到这个职业上场了，我都快忘记这个职业的英雄技能了。现在我们可以看到，Seven 这边又带来了两个小兵进入防御阵，咦？奇怪，为什么是两个？只倒下了一个小兵啊？”

的确令人奇怪，这个防御之阵只需要七个单位，本来是五个傀儡加两个小兵，现在却变成了三个小兵。

“虽然不知道 Seven 是什么意思，但是现在的结果就是，防御阵没有破，数字帝在这里耽误了不少时间，不但没能拆对方的家，还损失了两个小兵——唔，被 Seven 这边的防御哨所打掉的。那么迭戈是不是会选择回去呢？”

屏幕上的迭戈和身边的小兵消失了，用回城卷轴回到了自己的主基地。

段公子这时瞪大了眼睛，惊讶地说道：“天啊，数字帝这里怎么会有一个傀儡？！”

F：刚才阵眼转移时出去的，这个傀儡作为废弃傀儡，可以 3 分钟内无视伤害，强硬拆家，所以 Seven 直接把它派到了对方的主基地。

FFFFFF 团：啊原来是这样！我说刚才为什么新进来了两个小兵，原来是叫走了一个傀儡？太可怕了。我们看直播的人都没发现，F 神果然是火眼金睛！

今天段公子减肥成功了吗？没有：所以数字帝回去是为了救家？

“我个人认为数字帝回去是比较明智的，因为这一波拆家没拆下来，已经失去先机，还损失了两个小兵，有了一定的经济差距，他短期内没办法占到什么便宜，反而有可能被 Seven 这边的傀儡在两分多钟的时间内强拆掉一所民居或者一座防御哨所，这就得不偿失了。”

说到这里，段公子声音微微一顿：“现在比赛已经进行到了 11 分 30 秒，我相信大家都知道这意味着什么，比赛即将进入中期。双方都选择了升级主基地到二级，Seven 这边已经开始出第二个英雄了，第二个英雄是谁呢？是西边雨。奇怪，西边雨和牧流风这两个英雄，都是没有任何伤害可言的英雄，难道 Seven 也是准备升三级大本营，然后拼大后期吗？不划算啊。”

一闪一闪亮晶晶：数字帝没有出绝地领主。

数字帝的第二个英雄，不是绝地领主，而是深渊之王。

深渊之王是“幻武”的代表性大后期英雄之一，因为六级之后的大招，是大规模的破坏，甚至可以引发地震，在攻击敌方单位的同时摧毁周围的树木甚至敌方建筑，非常适合后期拆家。看到数字帝出了这个英雄，大家心里也都有数了。

数字帝不准备拼中期，决定要拖后期了。

看来他十分看重三十二进十六的这场复赛，否则不会采用如此稳扎稳打的方式。

至于Seven这边的西边雨是一个中期辅助英雄，技能主要是摆机关，在机关之内，可以给对方减速减攻击，还可以给己方加攻击加防御。当然，西边雨的第三个玄机之术，名为生魂替死。

说起来也没有这么玄乎，就是短暂变身，把自己变成其他英雄或者让其他英雄变成自己的样子，一般是用来迷惑或者保命的招数。

但“玄机”这个职业的几个英雄差别也很大，比如牧流风因为要牵制傀儡，所以必然会有丝线，只要定睛细看，就能看出牧流风和西边雨的区别。

一旦对手看准这一点，就不会被生魂替死所糊弄。

“因为“玄机”这个职业是到中期，也就是大本营升到二级的时候最为厉害，所以Seven一改刚才的打法，选择了主动出击，在路上杀了三四只野怪。牧流风已升到了五级，对了，忘记提到，西边雨这个英雄是一个非常善于牺牲自我的英雄，即使是组队一起打野怪，她可以拒绝吃经验。Seven让西边雨把经验都让给了牧流风，现在西边雨还不到二级。”段公子的声音响起，“比赛已经进行到了十八分十九秒，Seven集结了所有队伍来到数字帝的主基地，这就是要展开第一轮决战了吗？！”

滚筒那个洗衣机：可是数字帝好像没有要应战的意思啊。哼，真孬。

永远支持数字帝：你们猥琐发育就是战术，数字帝不出门应战就是孬？怕是双标的有点儿太厉害了吧？

死性不改：中期“玄机”这个职业的英雄和兵种都很强，现在避其锋芒是对的。

鳗鱼：嗯。不过，西边雨这个英雄不能小觑，Seven 的计算能力强，这个英雄在 Seven 手里，恐怕会有意想不到的发挥。

屏幕上，Seven 的军团停在原地，西边雨上前，组成一个金色法阵，十个空军单位和二十个步兵都在法阵之中。另一边，牧流风形成一个攻击法阵，将自己和十个傀儡包裹起来，蓝色的法阵看起来绚烂无比，两个不同颜色的法阵浩浩荡荡地朝着数字帝的主基地而去。

F 神我的嫁：哇，不知道是不是我的错觉，我总觉得这个打法很……孤注一掷？

不听不听王八念经：是啊我也觉得进展太快了吧？虽然已经快二十分钟了，但是我记得 Seven 是那种很稳的选手，怎么这次这么激进啊？

几乎没有给数字帝准备的时机。

数字帝反应不慢，毕竟中期的“玄机”很难对付，他的主基地附近早就建好了几座防御哨所，防守着自己的主基地。迭戈已经四级，深渊之王也已经快要三级。虽然牧流风在等级上有所压制，但是只要还没升到六级，双方的差距就不会太大。

数字帝小心翼翼地收了一些小兵进入防御范围之内，因为他很清楚，一旦让牧流风杀了自己几个小兵，就可能会升到六级，到时候会全面拖垮自己的节奏。

金色的法阵已经开始攻击外围的小兵和建筑，牧流风则率领着蓝色法阵直接开始攻击防御哨所，毕竟牧流风的傀儡，是可以在一定距离内无视防御哨所的攻击的，虽然傀儡的攻击力不高，但是承受的伤害也不高，倒也算是某种程度的持平。

“迭戈和深渊之王一起朝着西边雨的方向打过去了！”段公子提高了音量，“奇怪，西边雨附近还有三十个单位在保护西边雨，为什么这时候不打牧流风呢？”

喜洋洋：数字帝是不是慌了？

童话都是骗人的：不应该吧，是不是觉得除掉了一个西边雨，再去对付牧流风比较容易？

沉安：生魂替死。

“生魂替死！”段公子非常惊讶，“此时的西边雨其实是牧流风！数字帝是看穿了这一点才选择了攻击他的！只要牧流风死了，傀儡自然也死了，只剩下一个刚刚二级的西边雨，还有几十个小兵，并不会给数字帝造成太大的阻碍。原来是这样！”

屏幕上，迭戈和深渊之王一起朝着西边雨发起了攻击，西边雨召唤出蓝色的玄机之剑，和周围的单位一起，击杀了深渊之王。

也同样是在这时候，人们看到，西边雨果然不是真正的西边雨，而是牧流风。

所有人都瞪大了眼睛，屏幕上连弹幕都没有。

“迭戈，迭戈对着牧流风发出了致命一击！”

牧流风刚才击杀了深渊之王，但是自己也受到了重创，只剩下了十分之一的血量！迭戈此时因为受到小兵的包围，也是身受重伤，虽然已经损失了一个英雄，但是迭戈无论如何也要去杀了牧流风。

只要牧流风死在这里，Seven 那边，就再也没有还手之力了。

此时，面对着电脑屏幕的初七，露出了一个淡淡的微笑。

你了解我，正如我了解你，数字帝。

吟唱。

玄机。

变！

迭戈的致命一击给出。

牧流风倒下了。

“糟糕！牧流风死了！”段公子惊呼出声，“唉？可是为什么，为什么傀儡没有消失？”

牧流风倒下了，但是傀儡还在攻击防御哨所，转眼间，保卫着主基地的竟然只剩下一座防御哨所。

在傀儡中央的英雄，此时又变成了牧流风的模样，一个飞身闪入金色的法阵，一把玄机剑，插入了迭戈的心脏。

“什么……怎么可能？！”段公子瞪大了眼睛。

滚筒那个洗衣机：我是不是眼花了？发生了什么事？

你看你看春天的脸：难道……又用了一次生魂替死？

一闪一闪亮晶晶：两次生魂替死，极限操作，生魂替死这个技能和西边雨的其他技能不同，英雄等级越高，生魂替死所需要的时间越久，所以当西边雨的等级只有二级的时候，生魂替死的冷却时间很短，大概只有十五秒，所以西边雨在看到牧流风要死的时候，又用了一次生魂替死。

沉安：算准了数字帝的出击时间，知道第一次生魂替死一定会被看穿，那时候就想好了要用第二次生魂替死。每分每秒都把握得十分精准。

听说名字取得好能上镜：光是看大神分析我已经头晕目眩了。

“两次生魂替死之后，Seven 牺牲了西边雨，却还剩下一个牧流风，数字帝牺牲了两个英雄，而且牧流风在击杀迭戈之后，直接升到了六级！十个傀儡已经把数字帝的防御哨所给拆干净了，接下来就是拆主基地！”段公子的声音在这里顿了一下，“啊，数字帝也应该已经知道回天乏术了，打出了 GOOD-GAME。”

喑殷 27：GOOD-GAME。意料之外的精彩。

永远支持数字帝：啊……怎么会？

风吹屁屁凉：我觉得这局数字帝打得有些失水准？其实 Seven 好像也和平时的打法不太一样？

斐诰静静地看着屏幕，唇边有了一抹微笑。

他自然知道，今天她的打法与往日都不一样。

“玄机”这个职业要想赢“幻武”是非常困难的，数字帝之所以输，是因为对手是初七。初七太了解他，他也太了解初七的打法。

数字帝在心里已经认定对手是和自己一起玩游戏多年的 T 哥，采取的所有应对方案，都是对付 T 哥的。

但今天初七的打法，却不是 T 哥的打法。激进，破釜沉舟，孤注一掷，让人非常意外。

如果换一个人，也许不会输得这么快。

今天数字帝之所以输，是因为对方二级就直接冲家，对方直接出了西边雨，一看就是要使用生魂替死这个技能……这些，全都是以前的 T 哥绝对不会做的事。

现在，恐怕连数字帝心里都在打鼓，不知道自己面对的对手，究竟是谁。

第32章 你会忍不住排除所有，有可能阻挡你们在一起的障碍

2 VS 2 的练习赛，对手的 ID 变成了小一和小二。

但一交手，初七就知道是之前的那两个人。

这几次和他们 2 VS 2，初七和斐诰的队伍没赢过，但是初七经过这几次的对战，已经猜到了对方的身份。

King 和 Queen。

《荣光 2》历史上的 2 VS 2 传奇，星帝和大懒的组合是国内 2 VS 2 的第一名，但遇到 KQ 组合也从未赢过，星帝说过：这两个人如果分别和我们 1 VS 1，没有一个人能赢。但这是 2 VS 2，KQ 在打 2 VS 2 的时候，不是两个人，是无数个人。

初七在和他们对战的时候，也有过这种感觉，明知道其中一个人会在什么时候失误，却依然没办法冲过去，因为另一个人一定会补上那个错漏。就像是连破绽都是故意弄出来给你看的一样。

比赛进行到十九分二十秒。

初七发起了投降申请，这一次，斐诰没有拒绝。耳机里传来斐诰的声音："今天就这样吧，辛苦了。"

"没有。"初七摇摇头，心里却难免有些沮丧，"我们……真的有机会吗？"

斐诰和 KQ 他们打了招呼之后，才回答初七的问题："你算过我们的胜率吗？"

"和 KQ 他们一共打过十二局，全败，胜率最高的时候曾经达到

81%，但是那次他们出色的配合化解了危机，所以最终我们也没能赢。”初七回忆着这段时间的对战数据，缓缓说道，“这两个人的配合，好像从来没有输过吧。”

KQ是一个俄罗斯组合，两个人最早出现在俄罗斯的《荣光2》赛场上，本身也算是职业选手中的佼佼者，但是也仅限于在俄罗斯。King在俄罗斯的最好成绩是全俄第三，但是在国际赛上没有进过前五名。Queen也是如此，但是这两个人配合起来组队打2 VS 2，无论是在俄罗斯还是在国际赛上，从无败绩。

今年是RCG有《荣光2》这个项目的最后一届，也是唯一一届加入了2 VS 2这个比赛的，根本不用想，KQ组合一定会参加。

“但是那次我们是有机会的，对吧？”斐诰嘴角噙着一抹笑意，缓缓问道，“即使他们是不败的战神，但也一定会有弱点和缺点？上一次，我们能把他们逼到那个地步，他们应该也被我们吓了一跳。初七，我还是那句话，需要你多一点点的信心，对你自己，对我，对我们这个团队。”

许久，初七轻轻“嗯”了一声。

她知道，她和斐诰组队的时间并不久，两个人的配合能达到这个地步，已经很了不起了，而且他们对战的是KQ组合，等于直接挑战最高难度。只是，谁能在连败了十二场之后，还保持微笑自信地说：下次会更好呢？

“初七，早点儿休息。”

男声低沉而温柔。

初七没来由得耳边一阵滚烫，敷衍着“嗯”一声就下了YY，然后退出了游戏，打开了《扫雷》。

她以前心烦或者无聊的时候，总是用《扫雷》和《数独》来消遣，自从上次那个拥抱之后，她明显感觉到，自己和斐诰之间已经有了微妙的变化。

斐诰对她好像还是以前那样，一切看起来似乎都没有改变，但是他不经意说得每一个字，似乎都和以前不一样了。

想太多不是初七的性格，她天生条件优越，即使“不解风情”，也是从学生时代开始就收情书收到手软的女神，她当众拒绝过别人的追求，退回过别人送的花、巧克力、手表等一众礼物。

感情方面，她也许反射弧长，但不至于完全不懂。她知道怎么礼貌地保持距离，没有和任何人暧昧的习惯，更清楚地明白，如果不想给对方希望，就要早早地把话说清楚。

以往有过的追求者，初七能够精确地计算到该退给对方多少礼物，才算是真正的AA。

她对数字是天生敏感，这些根本不需要人来教。

可从来没有人告诉她，别人寄予自己的拥抱、关怀、信任……这种种，到底要怎么偿还。

边牧的QQ头像在这时候跳动起来。

边牧最可爱：小七，小七亲爱的小七，恭喜你打败了数字帝！我要去放烟花！告诉全天下数字帝是个大坏蛋！

初七：……冷静。

边牧最可爱：哦，对了！上次你找我是什么事哦？我都问了你好多次了你都不告诉我！

看到这句话的时候，初七又是一愣。

其实这个上次也没有过去几天。

那天那个人说的话都还在耳边萦绕，温热的怀抱都还历历在目。

初七：哦……我就是想问你。

初七的手指在键盘上停留了很久，终于敲下了下面的话：我有一个朋友，没有谈恋爱的想法，有一个还不错的男孩儿向她……告白了，但是没有说要在一起，我朋友也不想伤害他。现在我朋友应该怎么做？继续这样吗？那个男孩儿也说当他没说过，他对我朋友可能也不是真的喜欢吧。唔，我朋友的事情我本来也只是随口一问，就这样吧，已经没事了。

边牧看着初七发过来的这些话，心情变得非常复杂。

初七到底是什么时候学会了这种以“我有一个朋友”为开头的自我剖白？

还有，他对你怎么可能不是真的喜欢啊？

以及……边牧非常心塞地看着那句“我朋友也不想伤害他”，心想：如果真的让F神知道这段话，可能会被伤害的无以复加吧。

不行！作为一个纯助攻！一定要想点儿什么办法才行！

边牧歪着脑袋，开动脑筋。

边牧最可爱：唔……我觉得犹豫可能是因为心动吧？你确定你朋友，不喜欢那个男孩儿吗？

边牧最可爱：拒绝一个人很容易，如果不想和那个人再有什么往后地接触，只要保持距离不就好了？

初七：……应该保持距离吗？

边牧最可爱：当然不是！

边牧最可爱：我的意思是，男孩儿现在也说当没说过，那就先当没发生过啰！你……朋友应该也很珍惜这个男孩儿吧，我是说，即使作为朋友的话，不想失去这个人吧？

F神对不起，只能先委屈你了，不然的话我妹妹可能会突然决定和你保持距离哦。

珍惜。

初七看着这个词。

心里反复揣摩着自己的心意。

她知道怎么和别人保持距离，边牧曾经说过，她自带“绝人千里”的光环和气场。

她知道怎么拒绝那些追求者。

她知道，如果换一个人，自己会怎么处理眼前的情况。

会遵守承诺，一起组队打完比赛，但也仅此而已。

不会再有任何不必要地接触。

如果对方纠缠不休，她会连一起参加比赛的想法都放弃。

她一个人习惯了，从来没有什么不忍心。

可是……

她轻轻地咬了咬唇。

不动声色地想。

可是……那个人是斐诰。

“我可以加入吗？”

一道温柔而好听的男声在耳边响起。

初七微微一愣，身体有些僵。

其他人倒是都很高兴，宋词笑得温柔而甜美："呀，斐总好久不见。"

邱易和袁璜也连忙跟斐诰打招呼，斐诰朝他们礼貌地点点头，找了个位置坐下，拿出手机："你们这局还要多久？"

"斐总来得巧呀！"袁璜非常热情地说道，"这局快结束啦，我发现我们四个人在师傅的带领下越来越厉害了！"

说来也奇怪，明明知道斐诰是高高在上的总裁，但是相处下来，竟然没有太多距离感，袁璜跟斐诰说话都变得随意了很多。

斐诰轻轻地点点头："那我观战好了。"

的确是快结束了，人头差距高达二十，对方的三路高地都已经被拆，只剩下一座孤零零的水晶，初七这次玩的新英雄是个很可爱的萌物，和以往的人形英雄角色不同，也是《全民斗魂》新做的一个尝试，往这个方向的英雄试探性地发展一下，增加游戏趣味性的同时也能让英雄本身变得更加多元化。

这个英雄因为刚出来没多久，很多人还不是很适应它的技能，而且作为一个有四种技能的英雄，在手机上操作其实是有一点儿难度的。

手机屏幕不是很大，手指操作起来有时会出现差错，有四种技能的英雄容错率比较低，不过初七从来不用担心这些问题，她最大的优势就是精准。

这场游戏赢的没什么悬念，但是……斐诰微微皱了皱眉，他眼睁睁地看着初七出现了两个失误，虽然不是很严重，但这种失误是她不应该出的。

"你的手没事吧？"这局游戏刚结束，斐诰就看向初七，有些心疼地问道。

他关切的目光停留在初七细长的手指上。

"啊？"初七微微一愣，察觉到他关切的目光，手指不自觉地缩了缩，然后才摇摇头，"没有啊，怎么了？"

斐诰定定地看着她，好一会儿才说道："唔，也没什么，我刚看错了。"

"唔。"初七却已经明白了他的意思，"刚在走神，所以出现了两个失误。”

然后初七看向其他的人，笑了笑说道：“幸好，没有影响最后的结果。”

斐诰仍然看着她，平日里如果自己这样看着她，她手上没有在做其他事情的话，就会迎上自己的目光，用小鹿一样清澈的眼神打量着自己，眼神里会有些探寻，好像在说“看我干什么”“为什么这样看着我”。

但今天没有。

初七逃避了所有的眼神接触。

所以刚才的失误是因为她在走神，而她走神的原因是……

斐诰不动声色地扬起嘴角。

唔，害羞了吗。

她们的午休时间有限，每天还要回公司稍微休息一会儿，每天只能打两局到三局，宋词和初七回公司的路上，宋词一直盯着初七看，过了好一会儿才问道：“斐总！他怎么跟着我们呀？！”

初七听到这话，她没有回头，而是下意识地加快了脚步。

宋词的眼睛滴溜溜地转：“啧，初七，斐总又不会吃人，你走那么快干吗？”

“休息时间要不够了。”初七一本正经地回答。

宋词仍然盯着初七，然后摇摇头：“不，你肯定有事情瞒着我。”

天生爱八卦的宋词继续眨巴眨巴着眼睛，她身材娇小，挽住初七胳膊的时候看起来很像是姐妹，她凑近初七，轻声问道：“斐总是不是向你告白了？”

初七身体一僵，

“哇哇哇！”宋词立刻知道自己猜中了，兴奋地拍了拍手说道，“斐总真是神速，怎么告白的？快告诉我，让我也参考一下！”

初七皱起眉看着宋词，好一会儿才反问道：“那个……你为什么觉得他跟我，告白了？”

“只是时间问题而已，我猜的啊，因为你看起来和平时不太一样，”宋词笑起来，“斐总看你的眼神，和看其他人的完全不一样，以前我就知道他肯定喜欢你。只是我以为斐总会慢慢等，慢慢忍……没想到他竟然突然出击了！”

宋词仰着脸，满脸期待和憧憬：“初七，初七，快告诉我，你们告白的场景是怎样的？肯定超级浪漫！”

“看我的眼神不一样？”慢反应的初七却皱着眉问了她这个问题，“你的意思是，你们所有人……都觉得吗？”

宋词点点头：“你是真的一点儿都没察觉到，还是装傻啊？斐总看你完全就是那种喜欢、爱慕、欣赏，而且还带占有欲的眼神！对了！”宋词一拍脑袋，像是突然想起什么似的说道，“你还记得之前我们在游戏城认识的那个男孩儿吗？就是你夸他游戏打得不错的那个？”

初七歪着脑袋：“阿浩？”

她当然还记得那个人，的确打得不错。

“当时你夸他的时候，还跟他握手，斐总整个人气场就不对了，所以后来他还说什么，他们公司不需要兼职游戏测试，”宋词挠挠头，“我总觉得是因为……他在吃醋。”

这句话，将初七带回到那个晚上。

斐诰声音低沉：“因为，我在吃醋啊。”

“他因为这件事不让阿浩进公司做兼职游戏测试？”初七秀眉蹙起，“阿浩水平不错，对《全民斗魂》的游戏本身也有帮助，是个很不错的人选，就为了这点儿小事……”

初七摇摇头，叹气道：“斐诰这个人，是不是脑子有点儿问题？

宋词：“……”

救命啊！斐总，你到底是怎么告的白！为什么会让人家觉得你脑子有问题。

虽然不明就里，但是宋词还是连忙解释道：“啊，我听邱易说，后来那个阿浩，被推荐去了战队。是斐总亲自推荐的，在罗嘉教练那边的战队。”

罗嘉是出了名的魔鬼教练，但也是《全民斗魂》最出色的战队教练之一。

“哦，”初七点点头，“那他还是有点儿脑子的。”

宋词整张小脸都皱成了一团：“初七……这不是重点好不好？”

初七满脸不解："怎么？"

宋词摆摆手："算了，跟你也说不明白，不过……你现在应该也知道斐总的心意了吧？"

宋词一直都知道，自己和初七是完全不一样的女孩儿，事实上，初七和她见过的所有女孩儿都不太一样，但是这并不妨碍她喜欢甚至有些依赖初七，初七温柔善良，自信美丽，而且……很强大。是那种不需要依赖任何人，自己就能活得特别精彩的强大。

"初七，"宋词伸出手，握住了初七的手，笑容非常灿烂，"虽然你现在还没有和斐总在一起，但是等你们在一起之后，一定要告诉我，好不好？"

他们是郎才女貌天生一对，怎么看怎么配，宋词觉得，那一天不会太远的。

初七却皱紧了眉头："在一起？你是说……"她斟酌了好久之后，却还是说出了一个让宋词大跌眼镜的词，"繁衍吗？"

"不是，等会儿！"宋词感觉非常混乱，好一会儿才说道，"繁衍……额，我不是那个意思，就是简单的在一起啊，唔，作为恋人，男女朋友，再进一步可能会结婚生小孩什么的。"

"那不还是繁衍？"初七满脸的理所当然。

"这么说吧，"宋词挠挠头，"就是你们彼此欣赏喜欢，在一起是顺理成章的事情，你会想要跟那个人产生亲密关系。比如初七，我把你当我的好朋友好姐妹，我会牵你的手挽你的胳膊，一段时间不见会给你一个拥抱——这是非常自然的行为。如果你和男孩儿彼此喜欢，也会有产生亲密关系的想法，而且会对这个人有一定的占有欲，会希望他眼里只有你。"

初七皱眉："可是一个人的眼里怎么可能只有另一个人？"

"那就希望成为他生命中独特又不可或缺的一部分，希望他对你的心意就像你对他的一样，希望一直和他在一起。"宋词眨巴眨巴着眼睛，认真地说道，"喜欢比较简单，在一起要复杂一些，结婚生小孩涉及两个家庭的问题。"

初七歪着脑袋听完了宋词的话，犹豫着说道："既然这么麻烦，为什么还要在一起？”

“因为人是贪心的，会想要更多，比如我……”宋词的脸有些微红，“一开始喜欢那个人，觉得能多见到他几次就好。后来希望他也能多注意我一些，再后来，就会忍不住想，我这么喜欢他，他如果也喜欢我该多好啊。会想牵他的手，拥抱他，和他相拥到白首，想把他带到所有人面前，跟别人宣布，他是我的人。”

最开始的时候，只是看着他，大概就够了。但是一旦越来越喜欢，就会越来越贪图，越来越想要更多。想要他看到自己的心意，想要他也有同样的心意。

初七皱了皱眉，表示理解：“嗯，就像我们打游戏，最开始只是想玩一下，时间久了就会想要征服这款游戏，想要更多的胜利……”

宋词觉得这个类比似乎不太贴切，但是又一时想不出什么词来反驳她的话，只好点点头说道：“嗯，差，差不多吧。”

“说起来，”初七突然想起什么似的说道，“你和邱易……”

这下，宋词的脸红到了耳根，她低下头，声音很轻很低：“我问过袁璜了，他说邱易没有女朋友，而且……他说他觉得邱易可能喜欢我。”

最后三个字几不可闻。

“那不是很好？”初七耳力过人，“既然没有女朋友，而且可能也对你有意思，你不是也喜欢他？”

初七歪了歪脑袋，思考着正常人在这时候该做的事情，缓缓道：“所以你是不是应该……”她迟疑着开口，有些拿不准自己的判断是不是对，“去向他告白？然后顺理成章地在一起？”

毕竟，刚才宋词说了那么多关于喜欢和在一起的话。

虽然初七并不能完全体会和理解宋词的心情，却分明可以感受到，宋词想要和那个人在一起的期盼。

谁料宋词却摇摇头：“那，那个，我还得再观察一下……”

“你……”初七陷入了纠结，“额，观察什么？”

宋词咬了咬嘴唇：“初七，你肯定觉得我想太多，我也觉得自己很矫情，但是我现在不敢这样做，因为我有一点儿害怕。我家里把我看得紧紧的，他们一直希望我能按照他们的要求，去和他们看中的男孩儿相亲结婚。”

说到这里，宋词又有些沮丧：“如果我要和邱易在一起，我要和家里人都说清楚。我要明确地告诉他们我喜欢什么样的人，即使我和邱易没办法走到最后，我也不能从一开始就是有所保留的那个人。”

初七有些惊讶地看着宋词，似乎没料到宋词居然会想这么多这么远。宋词又继续说道：“初七，真的喜欢一个人的时候，你会忍不住排除所有，有可能阻挡你们在一起的障碍。即使你们根本没走到那一步，即使那个人根本不知道你做了这些。这不是感动自己，这是心甘情愿。”

宋词认真地看着初七的表情，忍不住又笑了起来。

她忍不住有些羡慕初七，如果是斐总的话，也一定会在最开始就排除一切障碍的那个人。会早早跟家里人坦白，会和所有绯闻对象澄清关系……即使初七，毫不知情。

“对了，晚上要不要一起吃饭？”宋词一拍脑袋，这才想起来，“袁璜说附近新开了一家中餐厅，挺不错的，你不是爱吃中餐吗？”

初七抬头看了一眼腕表，摇摇头：“今晚就不吃了，我约了人。”

“谁啊？我认识吗？男的还是女的？”宋词忍不住好奇起来，因为实在是没见过初七和其他朋友一起玩过。

初七笑了笑：“男的。你不认识，不过可能有机会认识吧。”

初七说完这句话，就朝着自己的办公室走去，今天中午打游戏加聊天，完全耽误了她的午休时间，初七揉了揉眼睛，总觉得这个下午会有点儿难熬。

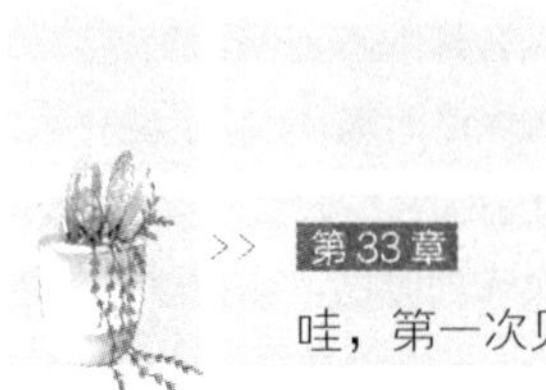

第33章
哇，第一次见男神！心情激动

晚上7点。

一条小巷里的湘菜馆。

初七走进去的时候，就闻到了熟悉的味道。

“小七，这里！”

初七脸上扬起分外灿烂的笑容：“表哥。”

边牧已经点好了菜，看到初七过来，先是将手中的礼盒交给初七：“喏，带回来的见面礼，嘻嘻嘻，是不是很爱我？”

“谢谢。”初七面不改色地接过来，拆开礼盒，发现里面放着的是一幅油画，画上的女孩儿长发飞扬，在一片花田里灿烂地笑着，穿着一身浅绿色的长裙，手腕上还有一个很好看的花环，初七轻轻扬了扬嘴角，“唔，你这几年，画技是越来越好了。”

边牧扬了扬眉毛：“开玩笑，那必须的。”

“这下姑妈应该放心了吧，”初七小心翼翼地将画收起来，“不会天天念叨你不务正业了。”

听到这番话，边牧又有些沮丧地叹了一口气：“嗨，别提了，我妈现在不说我学业、事业什么的了，就天天跟我催婚。逼着我去相亲啊，这啊那啊的，我才十八岁！”

初七用鄙视的目光看着边牧。

边牧清了清嗓子，补充道：“十八岁多几十个月而已。”

“菜来啰！”

这家湘菜馆是边牧学生时代的最爱，叫“妈妈菜馆”，店不大，主厨就是老板娘，做得一手好菜，大家都叫她李姨，李姨做菜做得好，性格也好，和那些学生关系都很棒，而且记性好，不但能记住大家的名字和长相，有些常客，她都能记住人家喜欢吃什么。

店虽然小，但是生意很火，最难得的是，这么多年都没怎么涨过价。

“小牧啊，回国感觉怎么样？变化挺大的吧？”李姨利索地把菜都上齐了，笑眯眯地开始和边牧闲聊，眼神里满是笑意，然后又转向初七，“小七越来越漂亮了。你这么长时间不来，李姨可想你啦。”

初七连忙冲李姨点了点头，笑着说：“啊，我上班了，离这边太远，就没怎么过来。”说到这里，她顿了顿又继续道，“现在我表哥回来了，以后有机会，我们会常来的。”

“好好好！”李姨忙不迭地应了几声，“你们兄妹也好久没见了吧？小牧都跟我说了，刚下飞机放了行李就到我这儿等晚餐，饿坏了吧？你们好好吃，我不打扰你们啦！老规矩，饭不够自己添，厨房还有凉菜和我自己腌的咸菜，想吃什么自己拿。”

“Yes madam！”边牧摆了个“遵命”的手势，调皮地朝着李姨一笑，“这么大分量，李姨你又要亏本啦，我会连盘子都舔干净的！”

李姨挥挥手，笑眯眯的又到厨房去忙活了。

分量的确很足，初七皱了皱眉说道：“肯定吃不完，要打包吗？”

“吃得完，我还叫了一个人呢。”

初七一愣：“谁啊？姑妈也过来吗？”

“不不不！”边牧的表情变得激动又兴奋，“我叫了我男神！第一次见男神！心情有些激动！”

说着，边牧理了理自己的头发，看着初七：“怎么样，我今天形象如何？会不会看起来特别土？”

“男神？”初七的眉头紧紧地皱在一起，心里突然有了一个猜测，“额……不会是，斐诰吧？”

边牧点头。

初七：“……”

边牧兴奋地说道：“今天我回来之前，发了一条微博，说终于要回S市了！很期待！然后F神回复了我这条微博！说有机会一起吃顿饭！

你说我能拒绝吗？！我立刻就问他什么时候有空，结果他说今晚就有空！我一想，那择日不如撞日！就今天了！”

“而且我觉得，反正你跟他也认识，”边牧摸了摸下巴，继续说道，“万一我和他到时候见面很尴尬不知道说什么，我们还能跟你聊天，嘻嘻，这个计划是不是非常完美！”

初七此时的内心却非常复杂，她挠挠头说道：“额……表哥，你，你和斐诰有联系？那你也应该知道，我和他……”

“嗯？什么？”边牧睁着一双无辜的眼睛，看着初七，“你和他不是朋友吗？还一起组队了呀，你还在他公司当兼职，初七啊，我简直羡慕死你啦！啊！糟糕！”

边牧突然一拍脑袋，满脸沮丧。

初七：“嗯？怎么了？”

“我忘了问他能不能吃辣了！”边牧看起来十分懊恼，“万一他不能吃辣怎么办……”

“妈妈菜馆”是个湘菜馆，而且边牧无辣不欢，点了一桌子的菜都是有辣椒的。

“他吃的。”初七淡淡地回答道，“不用担心。”

边牧这才长舒了一口气：“那就好，那就好，哦，对了，初七，你知道他喜欢吃什么吗？或者喜欢喝什么饮料？他说估计十五分钟左右就到了，我去买点儿饮料好了。”

初七神色淡然：“斐诰没什么特别爱喝的，他常喝爱尔兰咖啡，有时候也喝茶，一般喝祁门红茶，在外面吃饭喝橙汁、雪碧、可乐都无所谓，有果汁的话更倾向于果汁。饭菜的话，不喜欢吃内脏，其他的都无所谓，口味上也比较偏好辣。”

“小七……”边牧一脸目瞪口呆地看着初七。

初七眨眨眼：“怎么了？”

“没事，”边牧忍着笑，说道，“我只是觉得，你们果然很熟啊，你连他的饮食习惯都这么了解。”

在办公室喝爱尔兰咖啡和祁门红茶……这是没少去他办公室吧。

哎。边牧在心里叹了一口气，突然有点儿挫败感。

F神，好像根本不需要自己帮忙啊！

“糟糕。”

斐诰看了一眼自己的周围，伸出手揉了揉眉心。

他没想到边牧约吃饭的地方，竟然会这么……难找。

虽然斐诰作为一个似乎十项全能的男神，却是一个真路痴。司机一路把他送到这条小巷附近，他其实还比约定时间提前了二十分钟，竟然没找到那家店。

斐诰问了在这附近的人，不知道是第一个给自己指路的人说得不对，还是第二个人说得不对。

总之现在的结果就是：斐诰迷路了。

早知道应该提前探一次路的。斐诰皱了皱眉，对自己这次没能做好万全准备感到有些不满。他有些犹豫地看了一眼手机，微信上有边牧发送来的消息。

初七表哥：F神？堵车堵得很厉害吗？这个时间点是这样的，不过你还是快点儿哦，我表妹是个很有时间观念的人！

初七表哥：菜已经上齐了，就等你啦！不过也不用太着急，你工作比较忙。

初七表哥：到哪里了？快到了吗？

斐诰深吸了一口气，给边牧发了一个定位。

初七表哥：哦，到门口了呀，快进来吧。

门口？

斐诰环顾四周，完全不觉得自己在什么餐馆的门口，只是一条很窄的小巷，怎么看都不像有正在营业的餐馆，虽然想找个人来问一下，但是这四周完全没有人，只在不远处蹲着一条狗。

餐馆里，边牧笑容灿烂：“哈哈！斐总快到了！”

初七微微抬起头，看了一眼桌上的饮料，皱着眉说道：“你把他当水牛吗？”

边牧不知道抽什么风，买了一堆果汁，柠檬汁、橙汁、葡萄汁、苹果汁、桃汁应有尽有。

“没办法，不太清楚他最喜欢的口味，”边牧伸着脖子张望，又有些紧张地理了理自己的衣服，平日里吊儿郎当的坐姿都变得非常“端庄”，他又低头看了一眼手机上斐诰发来的定位，轻轻地“咦”了一声，“就在门口，F神不会是紧张吧？”

初七却像是突然想起什么似的伸出手：“我看看。”

“什么？！”边牧一把捂住自己的手机，“你休想偷看我和我男神的聊天记录！”

初七略一皱眉：“我听杜宛若说过，斐诰是个路痴。”

“路痴？”边牧一脸的不可置信，“不可能的吧，我F神哦，自己开公司自己做游戏自己独当一面，长得帅，气质好，身材棒，粉丝都号称他为行走的荷尔蒙，修养好，教养棒，打游戏天下无敌手，怎么可能是个路痴啊！”

“不对，等会儿？”边牧突然抓住重点，“杜宛若是什么人？”

“斐诰的青梅竹马。”初七很冷静地说道，“他并没有打游戏打到天下无敌手。”

边牧拉下脸，很不爽：“我不管，我男神就是天下无敌。等会儿？”边牧又说道，“他还有青梅竹马？”

“有青梅竹马有什么好奇怪的？”初七一脸的莫名其妙，“这并不妨碍他是个路痴，他定位的地方在哪儿？”

边牧打开那个定位的位置，拿给初七看：“喏，这么近，不就是门口？”

初七扫了一眼，站起身，朝着厨房的方向走去：“李姨，我去一下洗手间。后门那个小巷的洗手间还能用吗？”

“哎呀小七，那边关掉啦，阿姨这里现在有洗手间啦！你上二楼就行，厨房这边出去的门我都不开啦！”李姨笑着给初七指了指二楼，“去吧？”

初七顿了顿，有些犹豫地说道：“阿姨，你帮我开一下那道门吧。”

李姨用非常奇怪的眼神看着初七，初七叹了一口气，跟李姨解释了一下来龙去脉。

三分钟后。

“斐诰。”

斐诰在这条小巷里转得头晕，导航没用，这小巷七拐八弯还没人，对于斐诰这种拿着地图都能迷路的人，简直是太增加难度了，就在他焦头烂额想要让边牧出来接自己的时候，听到一道清雅的女声在身后响起。

斐诰脚步一顿，控制了一下自己的面部表情，然后深吸了一口气，回过头。

看到明眸皓齿的女孩儿，脸上露出了狡黠的笑容。

“这边。”

初七一句话都没问，似乎对他的情况了如指掌，只是挥挥手：“我表哥买了不少果汁，不知道你最喜欢什么口味。他很期待见到你呢。”

斐诰快步走了过去，嘴角不自觉地上扬：“唔，我也很期待见到他。不过……”斐诰顿了顿，脸上终于有了些不好意思和尴尬，“第一次见面就迟到，实在是很失礼。”

“唔……”初七看着他的表情，微微歪了一下脑袋，“他应该会觉得这样的你比较接地气吧，偶像会迷路，杜宛若怎么说的来着，反差萌？这世上没有人无所不能。你想这么多，莫非是所谓的偶像包袱？”

真神奇。

初七分明是一个不懂人情世故，连别人是不是不高兴都看不太出来的人。

竟然能看得出来斐诰是在尴尬，和觉得自己人设崩塌。

她竟然还知道什么是“偶像包袱”。

斐诰和初七一起从后门走进来的时候，李姨正好奇地看着后门，看到斐诰时立刻满脸笑意：“啊，这就是初七说的朋友吧？瞧这小伙子，长得可真周正！我还以为初七这么多年没谈朋友呢，原来啊，谈了一个这么俊的男朋友！”

初七眉头一皱：“李姨，我们是普通朋友。”

斐诰微微抿了抿嘴唇，却没有说话。

“哈哈哈好啦，李姨明白！”李姨拍了拍初七的肩膀，一脸“我懂”的表情，然后将初七往里面推，“好了，好了，快去吃饭吧！菜都要凉了，要不要我给你们再热热？”

听到这话，斐诰又一次觉得有些愧疚，他看了一眼初七，却发现初七神色淡然：“没事，现在这个温度吃起来刚好。吃太热的东西对身体其实是不好的。有科学研究表明……”

“啊！男神！”

初七话还没说完，四处打量的边牧一眼就认出了斐诰，立刻尖叫起来：“快来坐！”

斐诰微笑：“你好，不好意思，迟到了这么久。”

边牧连连摇头：“没有，没有，现在才是约定的时间，只是我们到早了。不说这些了，先吃饭吧？”

斐诰点了点头，看了一眼旁边的初七，初七已经坐下，将一瓶芒果汁递到了斐诰面前，然后坐在那里等着大家一起吃。

说真的，很难想象他们两个人竟然是有血缘关系的表兄妹。边牧是脸上表情瞬息万变的人，心直口快说起话来喋喋不休，比起……初七脸上的表情变化，就要少太多了。尽管她有一双很会说话的眼睛。

“对了，我记得你们还一起报了 2 VS 2 对不对？”边牧狼吞虎咽的时候突然说道，“2 VS 2 的比赛是不是也该开始了？”

初七将口中的饭菜咽下，点点头：“嗯，2 VS 2 的队伍已经全部集结完毕，国外最终会选出六支队伍，国内目前有超过两百一十支 2 VS 2 的队伍，也是先进行首轮淘汰赛，首轮淘汰赛会在线下赛前一天进行，淘汰赛赛制比较残酷，一局定胜负。”

“也就是说，如果你们一开始就遇到了星帝和大懒的队伍……”边牧有些担忧，“一旦输了，就没有然后了？”

“嗯。”初七笑起来，“不过，遇到他们的概率是两百零九分之一。”

“淘汰赛我就先不担心太多了，”边牧挠挠头，“那个，初七啊，线下赛好像就是这周六了吧？你做好准备了吗？”

初七挑眉：“什么准备？”

“当然是公开身份啊！”提到这个，边牧的眼睛都亮了，“你知道我等这一天等了多久吗？我专门回来，还买了线下赛第一天非常前排的门票！就是为了近距离看到那时候数字帝脸上的表情！”

初七："你……爱好有点儿特别。"

"不必担心，"斐诰缓缓说道，"无论初七用哪种方式出场，她只要上去，拿着 Seven 的参赛牌，就会让很多人哗然。"

"但是这还不够啊！"边牧很激动地说道，"我们忍了那些黑料这么久，等这一天等了这么久，不就是为了给数字帝迎头痛击吗？！"

斐诰轻轻扬了扬嘴角："不急。线下赛是积分赛制的规则，每两个人都要至少打一场，也就是说，初七，一定会再次对战数字帝。"

"我已经想好了，"初七微微歪着脑袋，眨了眨那双小鹿一样的眼睛，眼里的光芒透着些许狡黠，"到时候，我就向他道歉。跟他说对不起，曾经和 Ture 交好，让他跟我的名字一起，蒙了羞。"

"F 神，这是送你的见面礼。"

吃完饭，三个人闲聊时，边牧拿出一个蓝色的礼品盒，递给斐诰，斐诰惊喜地接过去，说道："谢谢，其实，我也给你准备了见面礼。"

斐诰接过礼品盒，从自己的包里拿出一个礼品盒，递给边牧。

边牧眼里放光，激动地说道："男神太贴心了吧！"他拿过礼品盒立刻就拆开了，看到里面东西的时候，边牧差点儿哭出来，"天啊！F 神，我死而无憾了！"

听到"死而无憾"这个词，初七有些诧异地转过头，看到边牧手里拿着一块《荣光 2》RCG 限量版手表，旁边还放着一张海报。

初七微微一愣："咦，这个？"

这是当年 RCG 为《荣光 2》特别定做的手表，一共做了八块，其中三块，给了那一届 RCG《荣光 2》的前三名，也就是世界冠军、亚军和季军。还有两块，作为《荣光 2》的终生成就奖，奖给了《荣光 2》名人堂的两位传奇，都是创造历史的选手，瓜帅和月皇。

而剩下的三块，是针对粉丝公开发售的。

向来都是物以稀为贵，更何况，这块手表的稀有程度，实在是太难得。彼时还是《荣光 2》的辉煌时刻，粉丝万千，RCG《荣光 2》分赛场一票难求，总决赛那天的黄牛票都能炒到天价。

更何况，是这款手表。

当时无数人都守着手机和电脑，就等着公开发售的那一刻，只过了0.01秒，三块手表就已经被抢购一空。

在极短的时间里，就出现了所谓的仿版和伪造款，即使是假货也被炒到十多万的价格，导致后来《荣光2》和RCG不得不公开声明，证明很多手表都是伪造的。

粉丝们要求再制作这款手表的呼声很高，但这八块手表的制作者，是德国顶级的手表工匠，本身也是《荣光2》的粉丝，在制作完这八块手表后，他身体不好，也没有办法再制作。

《荣光2》公司经过再三考虑，最终没有重制这款手表。那年做了很多与《荣光2》其他周边的纪念品：腰带、戒指、手环……

但是直到今天，《荣光2》的很多粉丝，都惦记着这几块手表。

边牧自然是其中之一。

“我看过你的微博，你好像很想要这块手表。这几年都还在寻找有没有人愿意出售，是吧？”斐诰问道。

边牧却根本无暇回答，只是认真地看着手中的手表，觉得自己可能还处于梦中。

拜托，见到了心中的男神，和男神一起吃饭，然后男神还送了自己见面礼，这见面礼竟然是自己做梦都想要得到的手表！

人生圆满了好吗！？

边牧非常想要这块手表，那一年斐诰得了亚军，边牧看着比赛结果，心里充满遗憾。那一年，他和家里关系很不好，但最终还是做出抉择，一定要继续学画画；那一年，他看到《荣光2》官方颁布的消息，说会有三块手表针对粉丝进行发售，还附有一张有历届《荣光2》的RCG冠军，亚军和季军亲笔签名的海报，他本来就喜欢手表，这款手表做工非常精致，每一个细节都很到位，而且连里面的图案和各种logo，都和《荣光2》息息相关。

这是他最喜欢的游戏，那是他看《荣光2》比赛最多的一年。更何况，这款周边实在是太过稀有，求而不得的东西，总是令人念念不忘。而且，能和那些熠熠生辉的名字，拥有同款手表，是多么美好的事情啊。

如今，这款手表，终于到了他手里。

“天啊！”边牧高兴得有些语无伦次，“你那时候竟然有空秒杀手表？还是你后来从别人那里买的？这块手表的做工真棒，我这几年买了好多冒牌货，和正品比起来，实在是差太多了。”

初七凑近了边牧，凝神细看那块手表，有些犹豫地说道：“这是……奖品吧？”

边牧一愣，瞪大了眼睛看着斐诰：“奖品？F神？”

“手表都是一样的，”斐诰语气平静，“我觉得你真心喜欢这块手表。这几年卖给粉丝的那几块手表虽然也有转手，但最后收购的价格都非常高，而且最后收购的人也没有再出售的打算。其实选手的手表卖出去或者送人的也有，前阵子月皇那块手表就捐给了慈善机构，可能过段时间就会进行拍卖。我留着这块手表也没什么用，就借花献佛，送给你吧。”

手里的东西似乎一下重于千斤，边牧挠挠头：“可这……这也太贵重了吧，我不能收。”

“不贵重啊。”斐诰笑了起来，“我也不知道该给你带什么见面礼，我手里有的东西，你正好想要，我觉得这就是很好的礼物。”

边牧看着手中的手表，半天说不出话来。

斐诰则在这时拆开了边牧送给他的礼物，是一幅画和一块金牌。

倒不是真的“金”牌，是一枚镀金的奖牌，但是看得出边牧非常用心，画上的人正是斐诰，他站在领奖台上，有无数的粉丝呐喊，旗帜飘扬。

这些年，F神的粉丝，在为他自豪的同时，也始终为他惋惜，在他退隐的这几年，很多人都说，RCG欠F神一个世界冠军。

最快的手速，最好的状态……都已经过去了。

他只拿过世界亚军，不止一次。

这块奖牌，是边牧作为粉丝，送给斐诰的美好祝愿。

在我心里，你就是冠军。

斐诰不动声色地扬了扬嘴角，说道：“谢谢。”

“我相信今年，”边牧抬起头，目光坚定，“今年，F神一定能创造奇迹。”

斐诰笑了笑：“借你吉言，”他的目光在画的右下角那只小狗上顿了一下，才继续道，“你画得很好，我会好好保存的。”

“F神真感人，”边牧小心翼翼地收起手表，忍不住有些怨念地说道，“不像某些人，从来没有给我带过见面礼，还把我送给她的画给弄丢了！”

又来了……

初七轻轻抚额，叹息道：“表哥，我只弄丢过一次，而且那是五年前的事了。在《荣光2》的活动现场丢的，我后来回去找过，没有找到，我已经反复向你道过歉了。”

“什么叫只弄丢过一次！”边牧愤愤不平，“你还想弄丢几次？！”

初七伸手拧了拧眉心，决定不再继续这个话题。

边牧还准备继续唠叨几句，却非常意外地看到，斐诰从自己包里拿出了另外一幅画。

那幅画被保存得很好，但看得出已经有一些年头了，保存者很用心地将画的四周保护了起来，还用了很薄的透明塑封包裹了一层，让它免受侵蚀和伤害。

“咦，这不是……”边牧一愣，他自己画的画，他当然认得。

斐诰看向初七：“是这幅画吧，我一直想找一个合适的机会，把它还给你。”

初七看着画，愣在了原地。

她忍不住伸出手，拿起那幅画，看到了画上的，十六岁时的自己。

她转头看向斐诰，眼睛里满是惊讶：“这幅画，怎么会在你那里？”

“机缘巧合，”斐诰的声音格外温柔，“五年前在《荣光2》的活动现场捡到的，但是没找到它的主人，你和画上的差别有些大，我之前没认出来。后来你和我聊起你表哥，说他叫边牧，会画画，我再次看这幅画，才发现这是你。其实……”

斐诰顿了顿，几秒后才继续说道：“其实我保存这幅画也好几年了，突然还给你，之前是怕突兀，后来是觉得有些舍不得。”

他说到最后“舍不得”三个字的时候，声音压得很轻。但初七却不知道为什么，在听到他说这三个字的时候，感觉自己心里的那片湖，又吹起了一阵涟漪。

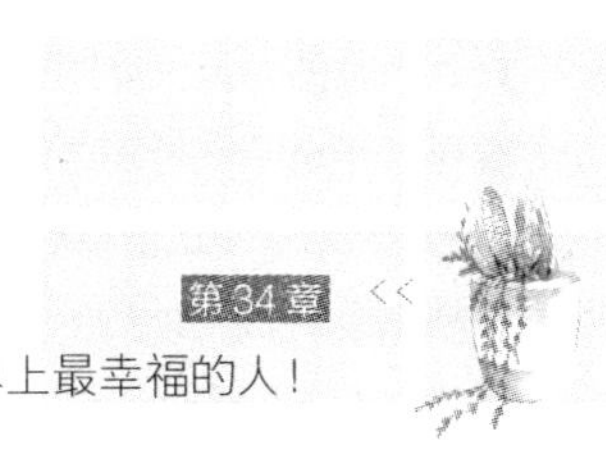

第34章

F神的女朋友一定是这个世界上最幸福的人！

边牧最可爱：小七，你在干吗呀？我觉得自己好像在做梦，我真的见到我男神了吗？我真的和我男神一起吃饭了吗？我拿着的这块手表，该不会是我的幻觉吧？

初七：你男神在和你聊天。我见到了，一起吃了饭，不是幻觉。

说这话的时候，初七不经意地看了一眼自己放在桌上的那幅画。

时隔五年，再次看到这幅画，再次看到这幅画上的自己。

心情非常复杂。

她从来没想过，这幅画竟然会在斐诰那里，更从来没想过，彼时的陌生人，会将这幅画小心翼翼地收藏了这么久。她凝眸细看这幅画，当时边牧画画的手法还比较稚嫩，实在谈不上画得有多好。

至于画上的女孩儿，初七一直都知道，在自己亲人的眼里，自己是被美化了的。无论是五年前还是现在，她都觉得表哥画出来的自己比真人美。画上的女孩儿有一点点中性化，乍一看眉宇见还有一点儿帅气，细看才会觉得清冽又甜美。

为什么……初七忍不住在心里问了一句。

为什么斐诰会把这幅画收藏这么久？

没找到失主，是不是应该放在工作人员那里？

还是说，斐诰当时觉得人太多太杂，即使是交给工作人员，那些工作人员大多数也只是兼职的大学生，只是一幅画而已，未必会放在心上，交给他们不放心吗？

那他又是为什么，将这幅画这么认真地保留到现在。

思考了五分钟之后。

初七得到了一个结论：应该是斐诰眼光比较差吧。

表哥当时的画风可能刚好很合他的眼缘，所以才留了这么久。

难怪，还送了表哥那么珍贵的手表。

初七抬头看了一眼消息框，果不其然看到了表哥发来的几十条消息。

她轻叹了一口气，扫了一眼，都是表示对斐诰的无比崇拜，坚定做一个死忠粉之类的话……初七暗自觉得好笑，但也只是回了一句：嗯。

然后她看到边牧说的下一句话。

边牧最可爱：不知道像我男神这么优秀的人会喜欢什么样的女孩儿啊！羡慕！F神的女朋友，一定是这个世界上最幸福的人！

边牧最可爱：哦，对了！你不是说F神有个青梅竹马吗？叫什么宛若的？

初七几不可见地皱了一下眉。

初七：杜宛若。

边牧最可爱：啊，搜到了！是杜家千金！而且是那种努力靠自己的姑娘。哇，厉害了，厉害了，还学过画画！唉，F神一直都没传过绯闻，会不会是早就和她私订终身了？看来她就是F神喜欢的人。

初七：不是。

边牧最可爱：表妹，快和我分享一下你知道的八卦！

初七：我怎么会知道八卦？

边牧最可爱：可你斩钉截铁地说F神喜欢的人不是杜宛若啊。他们青梅竹马，而且看起来好般配啊，我看有很多一起出席的活动！

初七：反正不是。

边牧最可爱：啊？为什么啊！有什么依据吗？

初七：我睡了，晚安。

边牧看着初七的头像暗了，忍不住伸出手摸了摸下巴："啧，我家表妹这小暴脾气，真是可爱。"然后又将目光移到了那块手表上，直到现在他的心情都还不能平静。

如愿以偿的手表，和F神同桌吃饭。

这若是放在几个月以前，他连想都不敢想。

而且……还发现了一段长达五年之久的缘分。

斐诰后来和他聊天的时候，聊到这幅画，言简意赅地说了一下第一次见到初七时的印象，还有这幅画自己是怎么捡到的。

缘分，真是妙不可言！

F神竟然从五年前就开始觊觎自己的这个表妹！居然偷偷保存了那幅画整整五年！居然五年前就冒名顶替以月皇的名义和初七一起打过游戏！

等等！

想到这里，边牧突然一顿，他挠挠头，自言自语地说道："如果是这样，那最开始建议初七玩'影'的人，难道不是月皇，而是F神吗？"

边牧至今还记得，初七提起那天的对战和几句闲聊的时候，眼神里似乎有星光闪烁。

后来，初七在打了"影"这个职业后，发现非常适合自己，对月皇的判断力也非常佩服，是因为这个，才让初七把月皇当作了偶像。

可现在看来，那天和初七对战的人，90%以上的可能，都是F神。

我的天，如果是这样的话……边牧觉得自己又要开始相信爱情了。

线下赛的前两天，所有2VS2的队伍都已经组队完毕，进行了第一轮淘汰赛的分组，分到了F神和Seven这个组合的对手，选择了弃权。

非常巧合的是，那两个人是"胖聪"和"瘦聪"。

@胖聪：我十分相信我和我搭档的实力，但后天就要开始线下赛第一轮了，还是让F神他们好好休息，准备第一轮的线下赛吧。我是F神的粉丝，线下赛见，听说F神比三年前更帅了。

@瘦聪：我是Seven的粉丝！我买了线下赛的票！线下赛我们就能看到Seven的真面目了！万分期待！

下面的评论里也同样是对于线下赛的期待。

最后一届RCG，这一届，是真正的众星云集，王者归来。

还有身份未明的黑马，无数争议的中心。

线下赛，一定会十分精彩。

RCG《荣光2》赛区线下赛，终于正式拉开帷幕。

官方请来了不少明星和网红来助阵，然后让官方荣誉大使上台讲话，这个荣誉大使，就是岳子陵。

岳子陵一上台，下面就响起了呐喊声，无数人都在呼喊月皇的名字，还有各种横幅和标语，大意就是：你是永远的皇帝，是我们永远的神。

月之第一人。

岳子陵深深地鞠了一躬，说道："已经退役好几年了，还每年都厚着脸皮来这里，有点儿不好意思。不过，人生中有近一半的时间，都和这款游戏共同度过，于我而言，《荣光 2》不是一款游戏，而是我的朋友、伙伴，是我荣誉的最高峰，也是我人生事业的新起点。很遗憾，这是 RCG 最后一届有《荣光 2》的比赛，但也很荣幸，我陪伴着这款游戏走过了它最辉煌的时期，可以说我曾经和这款游戏，彼此成就，共同到达过顶点。"

"今天不提往日荣光，也不说所谓的伤心事，大家都知道，这一届比赛，几乎全世界所有最优秀的《荣光 2》选手都回归了，我也想过要回来参加最后一届《荣光 2》的比赛，但最后没有报名，因为……"岳子陵缓缓抬起自己的右手，"我觉得人要服老。当然我也害怕，我始终被捧得太高，当年我运气很好，巅峰时期和其他几个优秀的选手是错开的，否则，我可能一次冠军都拿不到。我知道，我没参加这一次比赛，很多人都会为我感到遗憾，但我觉得如果我参加了这次比赛，可能很多粉丝都会难过，因为我退步太多。而且我相信，今年的比赛，会非常非常精彩。这一届《荣光 2》线下赛还增加了 2 VS 2 的比赛。这一届比赛我会作为嘉宾解说之一，担任比赛的解说，希望和诸位一起，共同见证新一届《荣光 2》世界冠军的诞生。"

"有一年瓜帅拿到世界冠军，上台领奖的时候他说，'愿星火长存'。"岳子陵环顾四周，看到了无数横幅，很多选手的姓名，他微微一笑，将右手放在胸前，"那么，我在这里，愿荣光不灭。"

"荣光不灭！"

"荣光永存！"

下面的观众彻底被感染，都大声呐喊了起来。

岳子陵再次低头，在数千观众的呐喊声和掌声中，缓缓走下台。

这是他第三次担任 RCG《荣光 2》赛场的热场嘉宾，他对这一切已经十分熟悉，但每一次听到整个场馆齐声喊选手的名字，喊荣光不灭的时候，都忍不住会心头一热。

即使退役多年，荣光之魂，始终在他体内留存。

所谓十年饮冰，难凉热血，大抵如此。

“好的，十分感谢月皇的精彩开场，下面，就让我们用热烈的掌声，欢迎《荣光》游戏公司的老总，蔺韩宇先生，他不但是《荣光》《荣光2》《灵契》《声之歌》等知名游戏公司的老总，与此同时，他也是一名《荣光2》职业联赛的忠实观众和粉丝，现在，就由他正式为大家揭开此次RCG《荣光2》的帷幕，然后由他亲自欢迎各位选手入场！”

掌声响起。

岳子陵抬头看向舞台，蔺韩宇也算是年少英才，只可惜眼界太窄，即使是曾经红极一时的游戏，到他手里，也没能做大做强。

他不知道怎么顺应时代，却又不肯轻易放手，前几年开始想要收购《荣光2》或者是和《荣光2》合作开发新游戏的公司，然而他不肯让步，最后合作都没能谈成，原因是他胃口太大，想要的太多。

而《荣光2》，已经无法承担他这份巨大的野心。

蔺韩宇拿起麦克风，在台上侃侃而谈了几句，岳子陵却有些走神，他还记得自己第一次参加《荣光2》的比赛，第一次站在线下赛时候的心情，当时上台发言的不是蔺韩宇，而是蔺韩宇的叔叔，那个人笑着说：“我年纪大了，但是看到你们打电竞比赛的时候，觉得自己的血液也跟着沸腾起来了。”

他是真心喜欢这款游戏的，用心经营，将《荣光2》推广成了世界上最火爆的电子竞技游戏。

蔺韩宇虽然好大喜功，但至少识趣，知道自己不是真正的主人，匆匆说了几句官话之后，就说道：“我们这次线下赛，最终进入国内线下赛的选手，一共有十六人，我和你们一样，迫不及待地想要看比赛了。好了，现在让我们用最热烈的掌声，欢迎这十六名顶尖的《荣光2》选手登场！”

舞台两侧的门打开，选手从两边缓缓走了出来，他们胸前都挂着自己的ID，脸上或多或少带着些笑意。

那些熟悉的面孔刚刚进入人们的视野，就已经引发了无数尖叫。

“沉安！看这里！”

“我 F 神果然是颜值担当！”

“嗷！鳗鱼好可爱！”

“星帝出来了！大懒呢？”

“哇！那个人是不是数字帝？”

“咦，等等我怎么没看到大懒？”

“十四个人？还有两个呢？”

台上的气氛有些诡异，因为十六名选手，只出现了十四名。

女主持人有些尴尬地皱了皱眉：“啊，我们现在还有两位选手没有到场，让我们稍微等一下，是 Seven 和 Lazy 两位选手吗？我让后台稍微催一下，不知道是不是出了什么状况？”她歪着脑袋调节气氛，“该不会是太紧张了吧。”

星帝接过话茬儿：“大懒可能……睡过头了吧。”

就在这时候，左边的门慢悠悠地走出来一个人，他揉了揉眼睛：“啊……这么快就说完了吗？”

他甚至连胸前的胸牌都还没来得及挂上，用慢动作挂上胸牌后才缓缓地说道：“Seven 的胸牌好像出了点问题，在重新弄。”

“说起来，”鳗鱼这时候也说道，“我之前在后台找了半天，想看看这位 Seven 的庐山真面目，都没找到人。”

数字帝点了点头：“是啊，我也很想见见呢。”

斐诰闻言，转头看了一眼数字帝，不动声色地扬起嘴角。

“喔，胸牌出问题了吗？”女主持人抿了抿嘴唇，“可能是我们这边后勤工作不到位，现在应该好了吧？我连线一下后台工作人员。”

女主持人说着就要连线后台的工作人员，这时候，从里面传来了一道声音。

“来了。”

女声清澈。

所有人的目光，都投向了舞台右侧的门。